中公文庫

川　の　光

松浦寿輝

中央公論新社

目次

挿画　島津和子

川の光

プロローグ　出発まで

1

静かだった。

西の空はもうきれいな茜《あかね》色に染まりはじめていた。川の水面はもうなかば土手の影に入っていたが、西日を浴びてきらきら輝いている部分もあって、そのあたりに目をこらすと、水中に転がる石や岩の回りで大小の渦《うず》を作りながら、水が意外に速く流れているのがわかった。いつの間にか空気が冷たくなっていた。

かすかにウイキョウの香りが漂うそのたそがれの大気には、夏の終わりの気配がそこはかとなく立ちこめていた。盛んに生い茂《しげ》っていた川べりの植物も、ここ数日で心なしか勢いをなくしたように見え、今はだんだん濃さを増してくる夕闇《ゆうやみ》のなかに静かに溶けこみかけていた。つい先ほどまでは耳にうるさいほどだったツクツクボウシの大合唱も夕暮れとともにすっかり衰えて、今はただ、土手に植わったクヌギやコナラの樹上から弱々しい声がまばらに落ちてくるだけになっていた。

そんなことはできないに決まっているけれど、もしあなたがまったく足音を立てずに歩けるのであれば、土手の急坂から川原に下りて、水ぎわの近くまで行ってみるといいと思う。静かに静かに歩いてゆくのだ。

どんなに足音を忍ばせても、靴で草むらをかき分けるときに葉と葉が擦《す》れ合う音だの、踏《ふ》みしめた小石が他の石に触れて軋《きし》む音だの、その他どんなかすかな音も、何ひとつ立てることなくそこまで歩いてゆくなどというのは、たぶん不可能に違いない。でも、もし仮りにそんな芸当があなたに可能であるのなら、どうか抜き足差し足で水ぎわまで近寄って、かがみこみ、足元の草の葉を、そおっと、そおっと、かき分けてみてほしい。すると、そこには不思議なものがあるだろう。やや大きめの平たい石のうえに、直径十五センチほどのむくむくした灰色の毛のかたまりがのっかっているのが見つかるだろう。

それがいったい何なのか、最初は見当もつかないかもしれない。では、もっとしゃがみこみ、息を殺して、ゆっくり、ゆっくり、顔を寄せていってみるといい。くどいようだが、絶対に音を立てちゃいけない。相手はとても耳ざといから、ほんのちょっとでもあなたの気配をさとられた瞬間に、すべてはだいなしになる。午後の最後の陽光が急速に薄れてゆくなかで、最初はなかなか見分けにくいかもしれないけれど、じっと目をこらしているうちに、その毛玉のかたまりの真ん中あたりが、呼吸に合わせてかすかにふくらんだりへこんだりしていることに、あなたはだんだん気づいてゆくだろう。やがてそれが、体をぴったり寄せ合い、互いに相手のお腹《なか》のなかに自分の顔をうずめて、一個の球のようになって眠っている二匹の仔《こ》ネズミであることが、ようやくわかるだろう。

うたた寝から覚めるともう夕闇が広がり出していた。ネズミのタータはまず、頭だけ上げて耳を澄ましてみた。

「耳をぴんと立てているんだ」とお父さんは始終口うるさく言っていた。「周囲で何が起きているか、いつも注意しているんだ。われわれはとてもちっぽけな、弱い、弱い生き物なんだからね。いつ何が襲ってくるかもしれないぞ」。

タータは弟のチッチと一日中遊んですっかり疲れきり、ついうとうとしてしまったのだった。何か危険は迫っていないだろうか。陰険な猫が忍び寄ってきていないだろうか。人間の足音は聞こえないだろうか。

大丈夫のようだった。タータのお腹に頭をうずめてぐっすり眠っているチッチの目を覚まさせないように気をつけ

ながら、タータは起き上がって、石のうえで体を伸ばした。数日降りつづいた雨がようやく上がって、今日は朝早くから真っ青な空が広がった。ふたりはつい浮かれて巣穴から出て、川原で遊び呆《ほう》けてしまったのだった。浅瀬の水をぱしゃぱしゃ跳《は》ね散《ち》らしたり、小石を蹴《け》っ飛《と》ばしてその距離を競ったり、追いかけっこしたり、そんなことで午後は愉快に、あっという間に過ぎていった。

その気になって探すと川辺は遊び道具に事欠かなかった。その日の収穫は、土手のうえの散歩道から誰《だれ》かが投げ捨てていった空のペットボトルを見つけたことだった。それは草むらに横倒しになって、少し土に埋もれていた。そのボトルを、こっちからあっちへ、あっちからこっちへ飛び越えたり、つるつる滑《すべ》るその丸いへりのうえで、平衡《へいこう》をとりながら、後足だけで立ち上がってみたり、ついバランスを崩してころころと転がり落ちてみたり。

なかでも面白かったのは、ペットボトルの口に頭をつっこむことだった。もちろんその口はタータやチッチの体がまるまるくぐれるほど大きくはなく、ボトルのなかに体ごとすっぽり入りこむことはできなかったけれど、頭だけつっこんで、半透明のプラスチック越しにぐるり四方の外界を見るのはとても面白かったのだ。

プラスチックの樹脂を透かすと、草や石が歪《ゆが》んで見える。空から落ちてくる光が乱反射して、きらきらしたさざ波のようにあたりを満たす。そっと囁《ささや》いたり、大きく叫んだりしてみると、ボトルの内部にくぐもった反響がこだまして、ぼあぼあした妙ちきりんな響きになって耳元に返ってくる。

川面《かわも》に夕焼け空が照り映えて水がきらきら光り、しかしその光もだんだん薄れ、すべてが夕闇のなかに沈みこんでゆく。そんなさまをタータは、石のうえに後足立ちになって、伸び上がるようにして見つめていた。

今日は楽しかったな、と思った。お腹が空《す》いたし、そろそろ帰らなくちゃな。お父さんが心配しているかもしれない。叱《しか》られるかもしれないな。

一日が終わるんだな、とも思った。それから、夏も終わる。タータにとっては二度目の夏、チッチにとっては初めての夏だった。来る日も来る日も強烈な陽射《ひざ》しがぎらぎら照りつけていた。水遊び。木の葉のボート。大きなショウリョウバッタとの追いかけっこ。ミンミンゼミやアブラゼミが鳴きつづけ、それから、その夏初めて聞く、オーシーツクツクというツクツクボウシの声。陽射しが弱まり、風景がほんの少し色あせて、それから雨が降った。今日も一日快晴だったけれど、川のにおい、木々のにおいがあのぎらぎらした日々とはかすかに違ってきているようだった。季節が移ろってだんだん寒くなってゆく日々の心細さ、やがて訪れる冬のきびしさをタータはすでに知っている。しかしチッチには、夏が終わってその後どうなるのか、まだわかっていない。

夏の終わり……。でも、終わるっていうのは、いったいどういうことなんだろうとタータはふと思った。ぼくはまだ、どんどん大きくなっている。夏の間毎日走り回って、体もずいぶんがっしりしてきた。そのうちぼくもお父さんみたいになるだろう。それから……それからどうなるのか。一日が終わるように、夏が終わるように、いつかぼくも「終わる」んだろうか。今まで考えたこともないそんな思いが不意に心をよぎって、急にタータは何だかとても淋《さび》しい気持ちになった。

チーというかすかな声が聞こえたような気がして、はっとして我に返り、あたりを見回した。背後の足元に丸くなっていたはずのチッチの姿がない。あっと思い、悲鳴が聞こえた方角に目をこらすと、数メートル先に、あのペットボトルのうえにしがみついて手足をばたばたさせているチッチが見えた。

タータはお父さん似のふつうのネズミ色だが、春先にチッチを産んですぐ死んでしまったお母さんの血を受け継いで、弟のチッチの毛色は白と言ってもいいような薄灰色だ。だから土のうえでもアスファルトの道路でもとても目立って、猫にもイタチにも狙《ねら》われやすい。お父さんはいつもそれをとても心配していた。

「おーい」とタータは呼びかけた。もう遊びの時間は終わりだよ、帰ろうよ、お腹が空いただろ……しかし、次の瞬間、そのペットボトルが水に浮かんでゆらゆら揺れていることに気づいて、タータはぞっとした。

ペットボトルは一瞬、ぷかぷかと水に浮いて、それから川面の真ん中へ向かってゆらゆらと漂い出していった。岸辺の土のなかに嵌《は》まりこんでいたはずなのに、いったいどんなはずみで水に転がり落ちたのか。タータは走った。だが、もうボトルは流れに乗って、最初はゆっくりと、それからだんだん速く、押し流されはじめていた。

「チッチ、しっかりつかまってろ！」とタータは叫んだ。チッチは四肢《しし》を精いっぱい広げてボトルのうえにしがみついているが、つるつるしたプラスチック面には手がかりも足がかりもないことはよくわかっていた。しかも、いつ何時くるりと回転してチッチのつかまっている方の面が下になり、チッチが水のなかに放《ほう》り出されてしまうか、わかったものではない。チッチは歪んだ顔をこちらに向けて、何やら必死に言おうとしているが、恐怖に縮み上がって声も出ないようだ。

ボトルが最初に水に落ちた地点までタータがようやく着いたときには、もうボトルはさらに数メートルほども流されていた。また走る。このあたりは川幅が少し広くなっていて、そのぶん流れはややゆるやかだし水深も浅い。ただ、昨日までの雨で川はいつもより水量を増している。ボトルもだんだんスピードを増してゆくようだ。走って走って、ようやく追いつくことは追いついたが、岸からボトルまでは二メートルほども離れている。

飛びこんだら泳ぎ着けるだろうかとタータは一瞬迷ったが、その考えはすぐに捨てた。自分の方がチッチよりも先に水に呑《の》まれ、溺《おぼ》れてしまうだけだろう。そのうちうまく岸に打ち上げられるかもしれない、何かに引っかかって止まるかもしれないと思い、とにかくボトルと同じ速さで岸に沿って小走りに走りつづけながら、

「おい、大丈夫か！」と叫んだ。返事がない。チッチが目をつむってぶるぶる震えているのがはっきり見えるのに、二メートル幅の水を隔てて何もしてやれない自分がもどかしくてたまらない。川に近づくんじゃない、川は怖いぞと、日頃《ひごろ》うるさいほど繰り返していたお父さんの言葉がよみがえってきて、ああぼくは何てことをしちゃったんだという黒々とした後悔が胸のうちに広がってゆく。あんなふうにぼんやり川を見ていて、一瞬でもチッチから目を離してしまったぼくの責任だ。もしチッチに何かあったら、お父さんに何て言い訳したらいいんだろう。

そのとき、ボトルのわきでいきなり盛大な水しぶきが上がって、何か大きなものの影がタータの視界にぬっと入ってきた。

2

ぞっとするような光景だった。

耳の垂れた黄色い巨大な犬が、ペットボトルの口のところをがっしりくわえて宙に浮かせ、川のなかにぬっと立ちはだかっていた。水底に足を踏んばっているのだろうが、何しろ犬の体が大きいので、水面は犬の下腹に触れるか触れないかといった程度までしか来ていない。犬は寄り目になって、ボトルのうえのチッチを見つめているようだ。チッチは滑り落ちかけながら、何とか体を引き上げようとじたばたもがいている。

川を流されてゆくチッチにすっかり注意を奪われていたタータは、犬が向こう岸の土手を駆け下りてくるところがまったく目に入っていなかった。その犬がためらいもせずいきなり水にざんぶと飛びこんで、ボトルをぱくりとくわえ上げた瞬間になってようやく気づいたのである。

ああ、もう駄目だ、とタータは立ちすくんだ。あの大きな口から見えている太い、長い、真っ白な牙《きば》で、チッチはたちまち嚙《か》み殺されてしまうだろう。いやたぶんその前に――きっとこちらの方が幸せな死にかたかもしれないが――水に落ちて溺れてしまうだろう。骨や玩具《おもちゃ》で遊ぶときよくそうするように、犬がペットボトルをくわえたまま、首をぶるんぶるんと激しく左右にふる光景をタータは容易に想像できた。

ところが、しばらく寄り目でチッチを見つめていた犬は、ボトルを水平に保持したまま、じゃぶじゃぶと川を渡ってタータの方に近寄ってきたのである。タータはどうしていいかわからなかった。逃げようか。でもすぐ追いつかれてしまうだろう。どこかに隠れられるだろうか。でも、チッチはどうする？　いろんな考えが頭をぐるぐる回って、金縛りに遭《あ》ったようになっているうちに、犬はもう水から上がってタータの目の前まで来ていた。

犬は、ゆっくり首を下げてペットボトルをそおっと地面に置き、それからぶるんぶるんと体を震わせて毛皮の水気を切った。跳ね飛んだ水滴をかぶってタータはびしょ濡《ぬ》れになってしまった。それでもまだ、タータは動けなかった。何しろ大きな犬で、頭部だけでもタータの体の十倍くらいはありそうだ。その頭がいきなりタータの顔の前にぬっと突き出され、茶色の瞳《ひとみ》でタータの瞳をしげしげとのぞきこんでいるのである。何秒かしびれたようになっていたが、ようやく我に返ったタータは、激しい恐怖に囚《とら》われて、もう弟のことも何も頭から消え去って、ただ一目散に逃げ出そうとした。

そのとき、犬が口を開いて、

「やあ」と言った。そして、呆気《あっけ》にとられているタータに向かって、「やあ、ぼくはもうお座りも伏せもできるんだよ。ゴロンもできるんだよ。こないだ海に連れてってもらったんだよ。ずいぶん泳げるようになったんだよ。でもぼくは女の子なんだよ。ぼくの名前はタミー」

ひと息にそう言って、言い終わるやいなや犬はお座りの、ついで伏せの姿勢になり、さらにゴロンと横倒しになってみせた。そうしながら、目はタータの顔から離さない。

「……そうか、凄《すご》いね」こほこほ咳払《せきばら》いしながら、タータはか細い声で言った。恐怖でのどがふさがったようになり声がよく出ない。すると犬の顔がぱっと明るくなって、

「そお？　凄いかな？」と言いながら跳ね起きた。「凄いかな？　凄いかな？　凄いかな？」と繰り返し、ぴょんぴょん跳ねながら体をその場でぐるりと一回転させ、またお座りの姿勢に戻って問いかけるようにタータをじっと見下ろした。犬がそんなふうに跳ねると、どしんどしんと地響きが伝わって、四本の太い足で跳ね散らかされた土くれがばらば

らとタータに降りかかってくる。

「……うん、凄いね。偉いね」と言いながらタータは、このタミーというやつ、こんなにでかい図体《ずうたい》だけど、どうやらまだ仔犬らしいとようやく気がついた。ほんの少し気持ちが落ち着いてきて、

「ぼくはタータ。それからこれは弟のチッチ」と言った。

そこでやっと、ボトルから滑り落ち目をつむって地面に丸くなったままのチッチに駆け寄る余裕が出来た。

「おい、大丈夫か」と体を揺すってみてもチッチは目を開けない。どうしたんだろう、水を飲んだんだろうか。頭を打ったんだろうか。

　不意に、濡れた温かいものがかぶさってきて、ふたりを一緒くたにしてべろんとこすり上げた。タータは尻餅《しりもち》をついたまま、タミーがハッハッハッと熱い息を吐きながら巨大な鼻面《はなづら》を寄せてきてチッチをぺろぺろと舐《な》めているさまを、茫然《ぼうぜん》と眺めていた。しかしなぜかもう怖いとは思わなかった。と、ほどなくチッチはぴょんと跳ね起きて、

「ええい、うるさいなあ。体中、べとべとになっちゃったじゃないか」と叫んだ。そのキイキイ声に、タミーはびっくりして飛びすさり、ぺたりと腹這《はらば》いになって顎《あご》を地面につけ、

「うーん、ごめんごめん。ぼく、また何か失敗しちゃったかな。でもぼく、もうお座りも

伏せもできるのさ。ゴロンだってできるのさ」と言い、それからまたゴロンと横に転がって、上目づかいで得意そうにふたりの方を見た。

ゴールデン・レトリーバーが仔ネズミ二匹の前でゴロンの芸を披露しているさまは、なかなか味わい深いものだった。

「どこか怪我《けが》したかい？」チッチの体をはたいてやりながらタータが訊《き》くと、

「大丈夫だよ。ああ面白かった」とチッチは肩をそびやかした。

「面白かったって、おまえ……もう少しで死ぬところだったじゃないか」タータは腹を立ててチッチのひげをつかみ、乱暴に揺さぶりながら、「ひとりで水には近寄るなって言ってるだろ」

「痛い、痛いよ、やめてよ。だって、大きな波が来て急に地面の土が崩れて、飛び降りるひまもなかったんだもん。でも、まあいいや、面白かったから」

「この馬鹿《ばか》！　タミーさんにお礼を言いな。助けてもらったんだから」

「……どうも、有難《ありがと》う」とチッチは小さな声で言い、それから横を向いて、「でも、こんなに、よだれまみれにされちゃって」とふて腐れたつぶやき声で付け加えた。

「こいつ……。ねえ、弟を助けてくれて、本当に有難う」とタータはタミーに言った。タミーは跳ね起きて、

「いいよ、いいんだよう。ねえ、遊ぼうよ。泳ごうよ。ぼく、泳げるんだ。こないだ海に

も行ったんだ。広いんだぜ、凄いんだぜ、海ってものは。きみら、海に行ったことある？」

「うーん、海っていうのは知らないや。ねえ、ぼくたちはもう帰らなくちゃいけないんだ。お父さんが心配してるから」とタータは言い、「きみのおうちはどこ？」とたずねた。

「あの向こうの土手を上がったところだよ」

「きみは帰らなくていいのかい？」

「いいんだよ。ご主人は今日は教授会で遅くなるからって」

「キョウジュカイって、いったい何さ？」

「知らないよ。知らないんだよ。とにかくご主人は大学教授ってもので、とっても間抜けな人なんだよ。だって、ぼくを庭に放しておいて出かけていくんだけど、ぼくが柵《さく》の隅のところに穴を掘って、そこから自由に出入りしていることを知らないんだからね。こうやってひとりで散歩して、遊んで、ご主人が帰る前に庭に戻ってればいいんだ。帰ってくるとぼくを撫《な》でながら、何でこいつ、こんなに泥だらけになってるんだろう、わけがわからんって。それからまた散歩に連れていってもらえるんだ。楽しいんだ」

　ゴシュジンもダイガクキョウジュも、タータにはわからない言葉だったが、

「そうか、いいね」とだけ言った。

「でも、そろそろぼく、帰らなくちゃ……」タミーは立ち上がり、つまらなそうに、後ろを振り返り振り返りしながら、また川をじゃぶじゃぶ渡っていった。向こう岸に上がった

ところで、もう一度タータたちの方を振り返り、「ねえ、言ったっけ？　ぼくは牝犬《めすいぬ》なんだよ」と叫んだ。

「うん、聞いた」とタータは声をかぎりに叫び返したが、何せ仔ネズミのこと、その声は水音にかき消されて向こう岸まで届かなかったかもしれない。

「ねえ、ぼくんちの庭の柵の下の穴のことだけど、ぜったい内緒だよ」

「わかった、誰にも言わない」とタータはまた叫んだ。タミーはひと声大きくバウッと吠《ほ》え、それから土手を駆け上がって姿を消した。

タータはそれを見届けると、安堵《あんど》と疲労でへなへなとへたりこんでしまった。チッチもへたりこんでいた。ああ面白かったなんて、こいつ、見栄《みえ》っぱりなやつ……。でも、チッチが無事に岸に戻れて本当によかったな。

ふたりはもう走る元気もなく、とぼとぼと歩いて上流に向かった。もうほとんど夜になっていた。川の両側の土手の遊歩道には交互に水銀灯が灯《とも》っているが、道の側を照らしているだけなので、川面は真っ暗になっている。もうツクツクボウシも鳴きやんでいた。流れの水音がさっきよりも大きくなっているような気がする。

「ねえ、あいつ、すっごく変なやつだったね」とチッチが言った。

「うん」タータは疲れきっていて、話をする気になれなかった。

「女の子なのに、ぼくは、ぼくはって」

「うん」

「あれ、これ何だろう」

昼間は気がつかなかったが、見たことのない太い鉄杭《てっくい》が川岸に立っていた。雨が降りつづいてふたりが巣穴にこもっていたここ何日かのうちに、人間がやって来て敷設《ふせつ》していったものらしい。

「何だろう。まあいいさ。さあ、早くおうちに帰ろう」タータはチッチを急《せ》かしてどんどん歩かせていった。鉄杭のうえに掲げられたパネルには、

放射＊号線の建造に伴い、この川の暗渠《あんきょ》化工事が九月＊＊日から始まります。

東京都建設局

と書いてあったのだが、むろんタータたちにそれが読めるはずはなかった。

ぐったり疲れて巣穴に戻った兄弟は、心配しながら待っていたお父さんにこっぴどく叱られ、夕飯もそこそこに寝床に追いやられた。

3

数日後、早朝から大勢の作業員がどやどやと川原に下りてきて、ゴミ拾いと整地が始まった。川原の清掃はときどき行なわれているからさほど驚かなかったが、今回はその人数が尋常ではなかった。

その翌々日にはブルドーザーとクレーン車が入り、石と砂利《じゃり》をトラックに積んで運び出しはじめた。太いケヤキの木の根もとにあるタータたちの巣穴よりも何十メートルか下流にくだったあたりで始まった工事だが、地響きが伝わってくるし、巣穴の前も人がひっきりなしに右往左往するしで、気持ちが休まる暇がない。

ネズミというものはだいたい夜行性で昼間は眠っていることが多い。しかしこの騒ぎではとうてい落ち着いて眠ることもできず、しかもふと気がつくとチッチがこっそり抜け出して工事の見物に行ってしまうので、そのつどお父さんかタータが探しにいって連れ戻さなければならない。

「いい加減にしろ！」お父さんがとうとう怒鳴って、チッチの顔を張り倒した。ブルドーザーのキャタピラが動いているすぐわきの草蔭《くさかげ》で、口を半分開けて感心したように眺めているチッチを見つけ、引きずるように連れ帰った後のことだった。

「だって、だって……」とチッチは泣きじゃくった。

「だってじゃない、この馬鹿もん！　踏《ふ》み潰《つぶ》されたらどうする」

「踏み潰されないもん。あの機械に飛び乗っちゃえばいいんだもん」

「そんなことができるもんか、馬鹿！　そうでなくたって、おまえは白いから、すぐ見つかる危険があるっていうのに……」

「白い白いって、お父さんはいつだってぼくのことを変なものみたいに……ぼくは普通のネズミだよ、お父さんなんか大嫌いだ」チッチは泣きながら穴の奥の小部屋に走りこんでしまった。お父さんとタータは顔を見合わせた。

「困ったやつ……」

「チッチも不安で、居ても立ってもいられないんだよ。ねえお父さん、人間たちは何をしてるんだろう。こんなこと、いつまで続くんだろう」

お父さんは難しい顔をして黙ってひげを撫でていた。おとなのネズミにしてはやや小柄なお父さんは、細く鋭い顔立ちで、体には針金のようなこわい毛を生やしている。ふだんは必要なこと以外ほとんど喋《しゃべ》らないのに、チッチ相手に口数が多くなっているのは、きっとお父さんも不安だからだろうとタータは思った。

むかし架《か》かっていた木の橋が老朽化して撤去された後、橋脚の土台をなしていたコンクリートの残骸《ざんがい》が土手の斜面に放置された。タータ一家の先祖がそのわきに穴を掘り、枝道や抜け道を延ばし、何世代かかけて居心地のよい住まいを作り上げた。コンクリ壁を支えに使って天井が落ちてこないよう工夫がこらされ、またその壁にあいた穴ぼこは食料室に使われて、エメンタール・チーズや乾めんのような保存食が手に入ったときにはそこにしまっておくこともできた。

大家族の一党で暮らしていた時期もあったが、今はタータたち三匹だけがこの巣穴の住民だった。タータはこの住まいが大好きだった。真冬でもこのなかはほっこり暖かく、寒風の吹きまくる外から帰ってくるとほっとした。穴のなかにいてもいつも川のせせらぎが聞こえていた。それは子守唄《こもりうた》のようだった。大雨で増水したときは流れの響きが高まって、少々怖くなることもあったが、そんなときでも、横になって片耳をふさぎ、もう一方の耳を床にぴったりつけて、ごうごうというくぐもった轟《とどろ》きが伝わってくるのを体ぜんたいで感じていると、何かとても大きな生き物の体内に棲《す》みついているような安息感に包みこまれた。

チッチと同じ白っぽい毛色をしていた優しいお母さんは死んでしまったけれど、その後は、いわば川がタータの母親だった。このせせらぎに守られているかぎり、どんな危険も身に及ぶことはないような気がした。タータはいちど、人家にもっと近いところに住んだ方が便利じゃないのと、お父さんに訊いてみたことがある。抜け道の一つが延びて土手を突き抜け、向こう側のアスファルト道路のきわに出られるようになっていて、真夜中になるとそこからタータたちは食料の調達に出かける。今はチッチも一緒に行けるようになったが、巣穴で待つ赤ん坊のチッチに食べ物を持ち帰らなければならなかった頃は、その行き帰りの道中がいかにも面倒だったものだ。

「たしかに、人間の家の床下や屋根裏に住むネズミもいる」とお父さんは答えた。「そりゃあ、その方が便利かもしれないよ。台所の流しだの、蓋《ふた》のずれたポリバケツだのから食べ物を掠《かす》めとるにはね。ぼくら一族もむかしはそんな暮らしをしていたらしい。でもね、ぼくらのご先祖のなかに、あるときここにやってきて、川岸に住もうと決めたネズミがいた。彼は穴を掘り、仮りの棲みかを作った。その子どもたちが穴を延ばした。孫たちが部屋を広げた。そうやって長い年月がたつうちに、だんだんとここが本物の家になっていった。なあ、ぼくらは川に生きるネズミなんだ」

「川に生きるネズミ……」

「人間の足音や話し声にびくびくしながら、隙間《すきま》から隙間を伝って、くさい暗がりでこそこそ生きるのと、風に吹かれて、草のにおいを嗅《か》いで、いつも新しい水が古いものを押し流してゆく川を眺めながら生きるのと、どっちがいい。なあタータ、ぼくらほど幸福なネズミはいないんだよ」

口数の少ないお父さんがいっぺんにそんなに喋るの

は珍しいことだったので、その言葉はタータの心に深く刻みこまれた。ぼくは川のネズミなんだとタータは思い、それが誇らしかった。ぼくの子どもも、その子どもも、そのまた子どもも、ずっとこの川のほとりで、水の流れを眺めながら暮らしてゆくだろう。同じではありながら、一瞬ごとに絶えず新しく生まれ変わりつづけるこの川にいだかれながら。

しかし、その川のせせらぎも、今や、朝早くから日が落ちるまで動きつづけるブルドーザーの音にかき消されがちだった。工事の騒音がようやく止《や》んで、夜の静けさのなかにせせらぎの響きが戻ってきたとき、

「ねえ、あいつら何をしてるのかな。何が起きるのかな」とタータは言った。お父さんは難しい顔をして黙っていた。それから、

「さあ、少しお眠り。ずっとうるさくて眠れなかったろ」とだけぽつりと言った。

騒音は一週間ほど続いてぷつりと止んだ。静かな日々が戻ってきた。タータとチッチは川原に走り出し、からまり合うように転げ回って、夢中で遊んだ。そのうちに、浅瀬の水をじゃぶじゃぶ跳ね散らかし、石や水草をくんくん嗅ぎながらのんびり歩いてくる犬のタミーにも再会した。遊ぼうよ、遊ぼうよと鼻面を寄せてくるこの巨大な動物のことを、タータはもうぜんぜん怖くなくなっていた。気持ちの優しいやつだとわかったから、濡れた大きな鼻で後ろから背中をつんつんされても平気だった。しかしチッチの方はタミーの図体の馬鹿でかさに気圧《けお》され、尻込みしてあまり近づこうとしない。怖くなんかないよとば

かり、横を向いて口笛を吹いたりしているけれど。

草むらに隠れたタータを、前足で草の葉をかき分けながらタミーが探しにくる。逃げ出すタータ、追いかけるタミー、そこに入ってゆく勇気が奮い起こせず、ちょっと悔しそうに遠くから野次《やじ》を飛ばすチッチ。はっと気がつくともう日が暮れかけていて、あわてて帰ってお父さんに叱られる。平和な川の日常がすっかり戻ってきたように見えた。

けれども、ある日、何の前触れもなしに樹木の伐採《ばっさい》が始まり、今度は耳をつんざくチェーン・ソーの金切り声が、朝から晩まで聞こえてくるようになった。

これはとうてい信じられない音だった。ブルドーザーの騒音や、大勢の人間がつい目と鼻の先を歩きまわる足音なら、嫌だったけれどまだ何とか我慢ができた。でも突然始まって突然止み、また突然始まるチェーン・ソーの甲高い叫びは、最初から忍耐の限度をはるかに超えていた。

それが初めて川原に響きわたり、タータたちの巣穴に暴力のように侵入してきたとき、チッチはひっくり返ってなかば気を失ってしまった。ぶるぶる震えるチッチを抱きかかえながら、引きずりながら、タータとお父さんは巣穴のいちばん奥の、あの抜け道の端の出口近くまで行って、三匹で身を寄せ合ってそこに一日中いなければならなかった。そこは車の通りの多い道路のきわで、その騒音もうるさかったけれど、そんなことは言っていられない。しかし、チェーン・ソーの暴力的な唸《うな》りはそこにまで三匹を追いかけてきた。

夕方にそれが止み、それでも一家は動揺がおさまらず、餌《えさ》あさりに出かける気にもなれないで一夜を過ごした。悪夢にうなされながらの浅い眠りから何度も目覚めたあげく、明け方早々、川辺に出てみてタータは驚いた。

巣穴とちょうど向かい合う対岸にそびえ立ち、太い枝を何本も川面に張り出して、涼しそうな影を流れのうえに落としていたケヤキの巨木が倒れていた。伐採された枝がかたわらに積まれて山になっている。大きな切り株に残されたぎざぎざの切り跡が痛々しい。

上流を眺め、下流を眺めてみると、そのケヤキほどの大きさの木が何本かやはり切り倒されていた。そうした何本かがぽつぽつと歯の抜けたように消失するだけで、川の風景がいきなり妙に平板になっていた。タータは怖くなってすぐ巣穴に戻り、お父さんに体をぴったり寄せた。

「ん、どうした」とお父さんは眠そうに言ったが、タータが震えているのに気づくと、すぐに起き上がって外に出ていった。しばらくたっても戻ってこないので、チッチがぐっすり眠っているのを確かめたうえでまたタータも出口に向かった。

外に出てみると、お父さんが土手の中腹のヤツデの葉の下で、ここより少し下流にひとりで住んでいる年寄りネズミと話をしているのが見えた。

「……こんな目に遭うとはな、この齢《とし》になって」とその爺《じい》さんが言っているところだった。

「本当なんですかね、確かなことなんですかね」とお父さんが言った。

「そう、確かなことだ。この川はなくなるんだ」と爺さんネズミは言った。

4

川がなくなる。

そんなことはタータの想像を超えていた。タータが生まれたときから川はいつもそこにあった。タータが老いても、死んでも、ずっと川はそこにあって、相変わらず澄んだ水が流れつづけているだろう。死んだタータの体は細かくなってその水に溶け、遠い広いところまで流れていって、この世界ぜんたいと一つになるだろう。タータの体と魂が染《し》みこんだその水は、蒸気になって天にのぼり、雨になってまたこの大地に降りそそぐだろう。そのしずくが寄り集まり、小さな流れになり、そのきれいな流れがどこかでまたこの川に合流するだろう……。

そんな言葉で考えたわけではないけれど、タータはそんなふうに感じていた。そんなふうに深く信じていた。

爺さんネズミが喋っていた。

「人間は地面が欲しい。地面には家が建てられる。道路が作れる。道路には車が走れる。だから川にふたをして、そのうえを地面に変えようってわけさ。烏滸《おこ》の沙汰《さた》ってもんじゃあないか」爺さんはそう言って、大きなくしゃみを一つした。「急にめっきり冷えこんできたわい。もう秋か。セミどももこの騒ぎにびっくりして鳴きやんじまった」

「……とんでもないことになった」とお父さんはつぶやいた。

「わしはこのところずっと人間たちの足元にぴったりついて、話を盗み聞きしておった。二、三度踏み潰されかけたがね。もう間違いない。石をどけて木を切って、土手をコンクリートで固めて、うえにふたをする。水はその下の真っ暗な穴のなかを流れておればいいんだと。そういうことだ。そういうとんでもないことをやるんだ、あいつらは。わしの爺さんの、そのまた爺さんは、そんなふうに潰されちまった川から逃げてきたネズミに会ったことがあるんだとさ」

「どうしたらいいんでしょう」

「わしは引っ越すよ。どうせ、早晩、この川はなくなる。いや、もうなくなりかけてるじゃないか。あのケヤキを見ろよ」爺さんはそう言いながら、毛がすっかり白くなった鼻面を振って対岸を示した。「あんなに太く高くなるまで、何十年も一生懸命に生きて、草を守り、虫を守り、わしらを守ってくれてたのに。可哀《かわい》そうになあ。子どもの頃、毎日あれに登ったり降りたりして遊んだもんだ」いきなり爺さんネズミの声が震えたのでタータが爺さんの顔を見ると、目に涙が溢《あふ》れていた。

「引っ越しか……そうですね、それしかないでしょうね」お父さんが静かに言った。

「嫌だい、ぼくは絶対に嫌だ！」とタータは叫んだ。

だが、その日もまた朝早くからチェーン・ソーの騒音が始まった。しかも今度はタータたちの巣穴のすぐ近くで。

三匹は抜け道から外に出て住宅街に避難し、一軒の家の物置の後ろの小さな隙間に入りこみ、そこにじっとして一日を過ごした。

「この狭さなら猫は入ってこられない」とお父さんが言った。「でも、あいつらは、ひとたび獲物の居場所を感づいたら、出口のところで何時間も何時間も、気配を殺してじっと待っている恐ろしい動物だからね。ちょっとでもにおいを嗅ぎつけられたら、もう駄目だと思った方がいい」

お父さんの声は平静だったが、タータは大声で叫び出したい気持ちだった。

「だって、だって、そんなら、なんで、こんなところで……」するとお父さんはタータをじっと見つめ、チッチの方にちらりと向けた視線をまたタータの方へ戻した。チッチを心配させるな、おまえがしっかりしていなくちゃ駄目だろ、という意味だろうとタータは思い、それ以上の言葉は呑《の》みこんだ。

午後になるとチッチが、お腹が空いたと駄々《だだ》をこねはじめた。我慢しな、じっとしていなと言い聞かせてももぞもぞ動きつづけ、チーチーと声を立てる。「待っていなさい」とひとこと言ってお父さんが不意に姿を消した。じりじりしながら待つうちに、お父さんは一時間ほどもたって疲れきった顔でようやく戻り、くわえてきた食パンの切れはしをふたりの間にぽとりと落として、「これしか見つからなかった、大事にお食べ」と言って蹲《うずくま》った。それをチッチががつがつと食べるのを見ながら、ターダは、

「お父さんは食べたの?」と訊いてみた。お父さんはうんと頷《うなず》いたが、本当かしらと思い、のどが詰まったようになってしまった。

「さあ、タータもお食べ」

「うん……ねえ、お父さん、顔が汚れてるよ」

「……陰険な野良猫にちょっと追いかけられてね。うまく撒《ま》いてやった。でも、逃げる途中でパンがちぎれて半分になっちゃった」お父さんは前足で顔をこすりながらにっこり笑った。タータは顔を伏せ、パンの耳を少しかじったが、固くなって黴《かび》の生えかけたパンはとてもまずかった。

「ねえ、川がなくなるって、本当かな」

お父さんはうえを見上げて黙っていた。タータも目を上げると、細い狭い隙間から、細い狭い青空がのぞいていた。ずいぶんたってから、

「本当だと思う。あの爺さんはとても賢いネズミだから」とぽつりと答えた。

その晩遅く、年寄りネズミの住まいよりもう少し下流の対岸に住んでいる若いネズミ夫婦が、生まれたばかりの二匹の赤ちゃんネズミをそれぞれ一匹ずつ口にくわえて、タータ

の家にやって来た。この家族とは出会えば挨拶《あいさつ》くらいは交わすけれど、そんなに深い付き合いがあるわけでもない。

「すみませんが、朝まで休ませていただけないでしょうか」と若いお父さんが丁寧に言った。

「もちろんいいですとも。しかし大変なことになりましたね」とタータのお父さんが言った。

「わたしらの家は天井が落ちてしまいましてね。大きなクヌギの根っこに穴を掘っていたんですが、今朝がたその木が切り倒されて……切り株と根っこは残ったものの、わたしらの穴はそのときの震動で潰れてしまいました」

「よくまあ、皆さん、ご無事で」

「避難していましたのでね。しかし、穴はぺしゃんこになりました。何しろうちは、こちらのお宅ほど立派な住まいではなくて、家内の出産のために間に合わせに掘った、ごくごくちゃちな穴だったし……」

「そう、ここはいくつも部屋のあるけっこう広い家でね。むかしは十何匹も住んでたこともあるらしい。どうですか、ぼくらと一緒にここで暮らされたら？」

「そう……有難うございます。せっかくのお言葉ですが……しかしこちらのお宅だって、いずれそう長くは住めないでしょう。ずいぶん頑丈なようだし、すぐには潰されないかもしれないけれど、もうこの川自体、駄目になるわけだから」

「川にふたをして地面にしてしまうという話……。やっぱりそうなんですかね」

「そう、もちろんそうです。みんなそう言っています。わたしらはどこか他の棲みかを探します。もっと上流に行ってみるつもりです」

若いお母さんは痩《や》せたおとなしい牝ネズミで、どうやら喋る元気もないらしく、その間もずっと二匹の赤ちゃんネズミを舐めつづけていた。タータのお父さんが夜食用にとっておいたチーズのかけらをあげると、ひどく恐縮して何度も何度も礼を言って受け取り、それを自分の口で嚙み砕《くだ》いて口移しに赤ちゃんたちに食べさせた。

「上流の方は工事はないのですか」

「そう聞きました。下流もね。この数百メートルの区間だけにふたをするらしいのです。わたしらは遡《さかのぼ》るつもりです。この上流に榎田《えのきだ》橋というのがありますね。工事はあそこまでなんだと聞きました。わたしらはその向こう側に引っ越そうと思っているんですよ」

夜明けを待ちかねるように、若夫婦はまた赤ちゃんネズミを一匹ずつくわえて出ていった。

タータの一家はさらに三日間我慢した。

三日目の夕方、巣穴から川原に出てみると、そこには夕暮れの薄明のなかに無惨な風景が広がっていた。目ぼしい木はもうすべて伐採され運び去られていた。木々に隠されていた住宅街の家々が、今や素通しで見えるようになっていて、あかあかと灯ったたくさんの窓々の人工的な明るさが何やら不気味だった。ブルドーザーの整地が進んで、川岸は赤土むき出しの妙にのっぺりした平面になっていた。三匹は声もなく立ちすくんだ。やがて、

「今夜、人間たちが寝静まってから出発しよう」とお父さんが言った。出発、というのがどういうことかタータにはすぐわかった。「さあ、少し眠っておこう」

「うん」

「さあ……」とお父さんがタータに手をかけた。

「わかったよ。すぐ行くよ」とタータが苛立《いらだ》ったように言うと、お父さんは肩をすくめてひとりで巣穴に戻っていった。

もうここへは帰ってこないんだとタータは思った。ぼくらはここを、この場所を捨てるんだ、

見捨てるんだ。赤ん坊の頃から慣れ親しんできた風景はもうなくなってしまった。そして、今度はこの家、ぼくらみんなを優しく守ってくれていたこの懐かしい家も、ぼくらは失おうとしている。「出発」してどこへ行ったって、こんなに素敵なところにもう二度とふたたび住めるはずがあるもんかと思い、タータの目が涙でうるんだ。と、手がぎゅっと握られて、かたわらを見るとチッチが心配そうにタータをのぞきこんでいた。

「お兄ちゃん、ぼくら、どこへ行くの？」とチッチが言った。

「……すてきなところへ行くんだよ。旅行だよ」

「旅行って、散歩よりもっと遠いんだよね」

「うん、もっとずっと遠い。ちょっと大変だけど、チッチはもうおとなだから頑張れるよな」

チッチがこくりと頷《うなず》き、さらに何か言いかけようとしたとき、バウッという吠《ほ》え声がして、ちょうど真正面の対岸の土手から大きな動物がドドドッと駆け下りてきた。そのままじゃぶじゃぶっと川水を蹴立てて渡ってきて、大きく跳ねてこちらの岸に降り立った。ゴールデン・レトリーバーがブルルッと大きく身震いすると、水しぶきが二匹の仔ネズミに降りかかった。

「やあ、久しぶり。ぼくのご主人は今日もお出かけさ。ねえ、何して遊ぶ？」とタミーは言った。

「うん……。あのね、ぼくらは今晩、出発するんだ」とタータは言った。

「へえ、出発って、どこ行くの？」とタミーはご自慢のお座りの姿勢になって言った。

「まだわからない」

「で、いつ帰ってくるの？」

「ええと……」タータの目にまた涙が溢れてきたが、それを二本の前足で両側にぴん、ぴんと払って、「うーん、どうかなあ。川がこんなことになっちゃったろ。もう、ぼくらはここには住めないんだ」

「この川、なくなっちゃうんだってねえ。つまらないねえ。もう水遊びができないねえ」

「きみはほんと、お気楽な仔犬だなあ」と呆《あき》れながら、ふとタータは、タミーの頭のうえに何かがちらちら動いているのに気づいてびっくりした。

「おい、動くなよ。きみの頭のうえにチッチがいるぞ」と言うか言わないかのうちに、チッチの姿が消えて、わーいという声がタミーの背中の方から聞こえた。あわてて回りこんでみると、チッチはタミーの尻尾《しっぽ》を両後足で跨《また》いでいて、

「ああ、面白かった。滑り台だあ」タミーの背中を伝って滑って降りてきたらしい。

「おまえ、危ないぞ、この馬鹿」と一応言ってはみたけれど……結局、タータもその滑り台の遊びをやらずにはいられなかった。ねえ、むずむずするよ、くすぐったいよと言いながらも、ネズミたちが飽《あ》きるまでタミーはおとなしく滑り台になってやった。

真っ暗になるまで三匹で遊んだ。みんな疲れてへとへとになった。不意にタミーは耳をぴくりとさせ、

「あっ、ご主人の車の音だ」と言った。「ぼく、帰らなくちゃ。じゃあ、またね」

「うん、また……」でも、きみとはもうお別れなんだ。きっともうこれきり会えないよ。しかしそれが言葉にならないうちにタミーはもう川を渡りきっていて、対岸から、

「ねえ、ぼくって、女の子なのさ」と叫んだ。それからバウッと吠え、土手を駆け上がってあっという間に姿を消した。タミーには家があり、ご飯をくれる「ご主人」がいるのだ。

タータとチッチが巣穴に戻ると、お父さんは横になって目をつむっていた。眠っているのかと思ったが、ふたりがお父さんの両脇《りょうわき》にぴったりくっついて丸くなると、前足を両側に回してふたりの体をそっと抱きかかえた。

「ねえ、どっちへ行くの？　川を上流へ遡るの、それとも下流へくだるの？」とタータは小声で訊いた。お父さんはすぐに、

「上流へ」と答えた。

第一部　「帝国」との戦い

空き地
N
W
E
S
0
1km
2km
大きな街へ
石見街道
ターター家の
巣穴
タミーの家

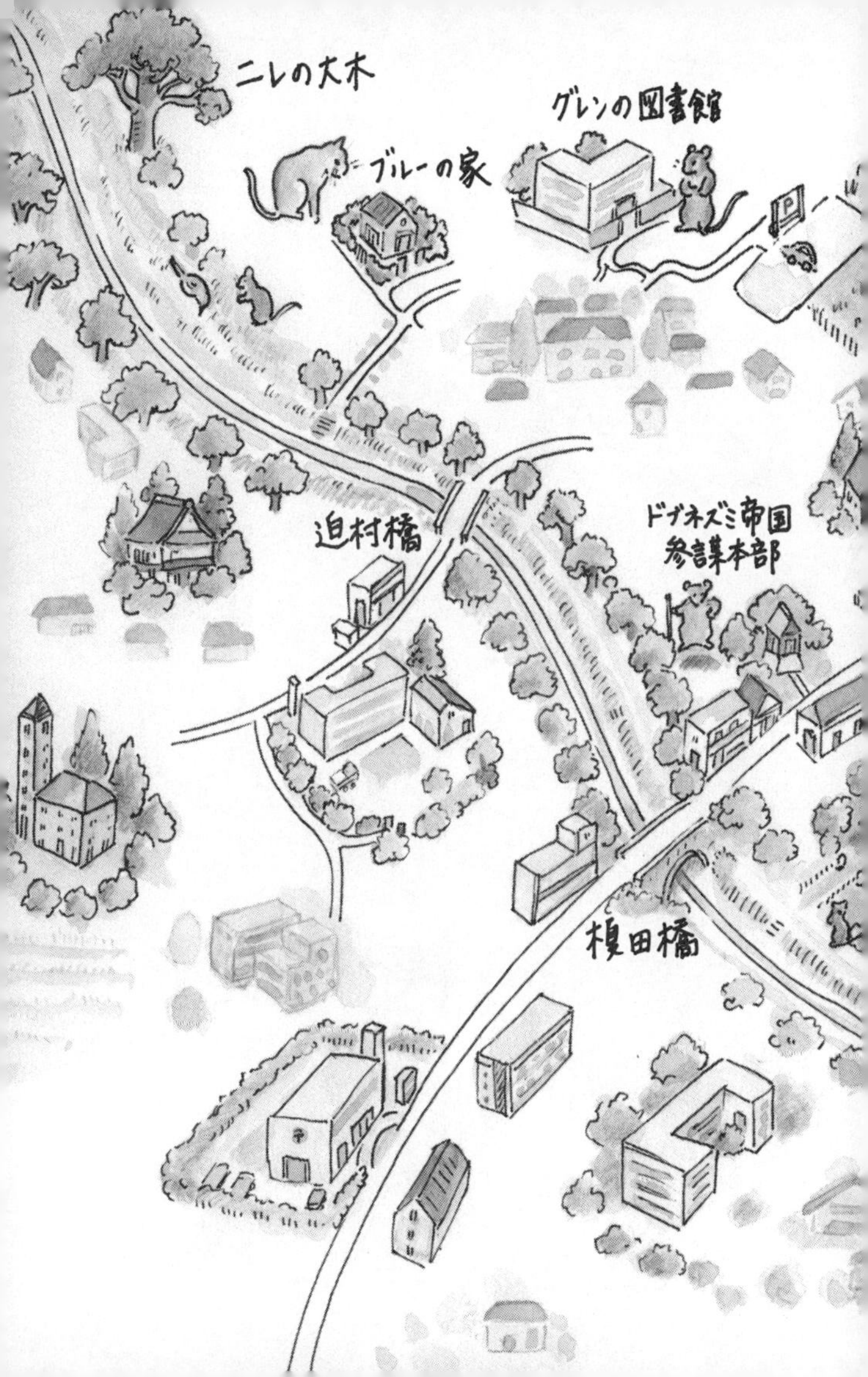
ニレの大木
グレンの図書館
ブルーの家
迫村橋
ドブネズミ帝国
参謀本部
榎田橋

1

鼻先に冷たい手が置かれて目が覚めた。タータが目を開くと、お父さんがいつもの平静な顔で見下ろしていて、

「さあ、行くよ」とだけ言った。

支度も何も、ありはしない。ただここを出て、そしてもう戻ってこないのだ。

「チッチは？」

「もう外に出て、はしゃいでるよ。いつまでたっても赤ん坊で、困ったもんだ」

タータは鼻をこすりながら起き上がった。さようならと心のなかでつぶやき、自分が生まれて育った家を最後にぐるりと見回した。それからお父さんの後について、川原へ続く出口のトンネルをくぐった。涼しい夜気がタータのひげをなぶる。いつものせせらぎが耳

に優しい。

「わーい、りょこうだ、りょこうだ」とチッチが叫んであたりを跳《は》ね回った。

「静かにしなさい。猫がいるよ。フクロウは耳がいいよ。さあ、行こう。ついておいで」

お父さんが暗闇《くらやみ》のなかを小走りに走り出し、兄弟が後に続いた。流れを遡《さかのぼ》るのだ。

しばらくは川岸を走った。やがてお父さんは斜めに方向を転じ、川から離れて土手を少し登り、その斜面を川に沿って走ることにしたようだった。その理由はタータにはすぐわかった。川原の草は一掃され、ブルドーザーの整地で赤土がむき出しになっていて、身を隠すところがどこにもない。ネズミというものは、広々と開かれた空間に身を置くことを嫌う。そんなところで何かに襲われたらそれきりなので、そういう平坦《へいたん》な場所で体をさらしているときには、近くで何か大きな音がしただけで、頭のなかが真っ白になり、金縛りにあったように体が硬直してしまうこともある。一方、土手の斜面は、樹木がずいぶん伐採《ばっさい》されてはいても下草はまだ旺盛《おうせい》に茂《しげ》っていて、草蔭《くさかげ》から草蔭へと伝って進んでゆくことができた。

ただし、そのぶん走ることが難しくなった。うっかりするとすぐ石にぶつかったり、草木の根に足をとられたりする。しかも、地面の傾斜に合わせて体を斜めにしながら走るので、バラ

ンスが崩れやすいうえに、体の片側の足――右前足と右後足にだけ筋肉に妙な負担がかかる。チッチが遅れがちになり、それに合わせてみなの速度が鈍《にぶ》ってきた。チッチがつんのめって転がり、キイキイという泣き声を上げた。その晩チッチが転ぶのはそれが二度目で、最初のときにはすぐ起きて元気に走りだしたのに、今度は倒れたまま起き上がらなくなってしまった。お父さんは駆け寄って、

「どうした。足をくじいたのか」と言った。

「うん……痛いや……」チッチはのろのろと体を起こした。

「どれ、見せてごらん」お父さんがチッチの右後足の足首を握ると、チッチは顔をしかめて呻《うめ》き声を立てた。

「ちょっと急ぎすぎたか。ごめんごめん」お父さんはあたりを見回し、今いる場所から土手の斜面を少し上がったあたりに生えている大きな木を指さして、「あの根っこのところで少し休もう」と言った。

それでも、チッチは足を引きずりながらそこまでひとりで登っていけたので、どうやらそんなにひどく痛めたわけでもないようだと思い、タータは少しほっとした。三匹は根っこのきわに蹲《うずくま》り、体を寄せ合った。ずっと走りつづけて荒くなった息づかいが、しばらくすると少しずつおさまってきた。ほてった体もだんだん冷えてきた。タータはそこに落ちていた枝に歯を立ててみた。ネズミというものは気持ちを落ち着けるために固いものをか

じることがある。そのうちに、

「このあたりはまだ手つかずなんだな」というお父さんの低いつぶやきが耳に入って、タータは頭を上げた。見ると、なるほど夢中で走りつづけていて気づかなかったが、川の上流のそのあたりには工事や伐採の形跡はなかった。こんなところまで遡ってきたことはほとんどないので、馴染《なじ》みのない場所だったが、それでも、ここの川原や対岸の土手の眺めは、今はもうなくなってしまったタータの家のあたりの風景とさほど違わないと言ってよかった。

「じゃあ、ここに住むの？　ここに新しいおうちを作るの？」と勢いこんでタータが訊《き》くと、

「いや。このあたりだってこれから工事が始まるんだろう。あの若夫婦は、榎田橋《えのきだ》までと言っていただろう？　榎田橋はまだまだ先だよ」

「そうか……」

「さあ、そろそろ行こうか。チッチ、どうだ、歩けるか」お父さんはそう言ってかがみこんだが、チッチは目をつむって体を丸めたまま身じろぎ一つしない。

「チッチ……」お父さんの顔色が少し変わり、もっとかがみこんでチッチに触れようとした……そのとたん、チッチはぴょんと跳ね起きて、

「わーい、心配した？　心配した？」と言いながらいきなり走り出した。

その後起こったことは、タータ一家にとって、幸運と不運がからみ合う出来事と言うべきものだった。

今さら言っても詮《せん》ないことだが、お父さんは旅の出発をあと一日、せめて半日でも、遅らせればよかったのだ。実は、ずっと下流の方に棲《す》みついていた年寄りのイタチが、工事で巣穴を潰《つぶ》されて、やはり上流に向かっていたのである。もしタータたちの出発が何時間か遅ければ、このイタチは、タータたちがまだ巣穴のなかにいる間にその前を通り過ぎ、そのままどんどん先へ行ってしまったかもしれない。ところがイタチは、三匹が出発して一時間ほどたった頃《ころ》、タータたちの巣穴のところにさしかかったのである。

まだ新しいネズミのにおいがするぞ、とイタチは思った。おう、あいつらか……。実を言えば、このイタチはこの巣穴には近寄らないようにしていたのだった。以前、二匹の仔《こ》ネズミをこの巣穴の入口まで追いかけてきて、トンネルに飛びこんだ二匹をさらに追おうと鼻を突っこんだことがある。穴はイタチの体が入るには小さすぎたが、何とか頭をもぐりこませようともがいているうちに、不意に鼻の先をしたたか嚙《か》まれた。あまりの痛みに、イタチは大きな叫び声を上げて跳《と》びすさった。

「あっちへ行け！」穴の奥からおとなのネズミの声がした。「次は、こんなもんじゃ済まないぞ。もっとひどい目に遭《あ》わせてやる」

「……この……ネズミふぜいが……」とせいぜい凄《すご》みを利かせた声で言い返したが、鼻に受けた嚙み傷は、小さいけれどもかなりの深手で、血がぽたぽたしたたりつづけ、耐えがたい痛みに言葉もうまく出てこない。それでもともかく、「このままで済むと思うなよ。覚えてろ！」という捨てゼリフを残して引き上げた。

　鼻の傷はその後何週間も痛みつづけた。自分の鼻を嚙んだネズミのことを考えると目がくらむほどの憤怒《ふんぬ》が込み上げてきたが、その一方、海千山千の老イタチだけあって、さわらぬ神に祟《たた》りなしと考えるだけの知恵もあった。あの穴に立てこもっているかぎり、ネズミたちに手の出しようがないことは明らかだった。以後、川のこのあたりまでは餌《えさ》探しに来ないように気をつけていたのである。

　あいつらか……とイタチは思い、そのまま通り過ぎたが、走りつづける道すがら、ネズミのにおいがずっと消えないことに気づくのに、そう長くはかからなかった。これは一匹だけじゃないぞ、二匹……三匹か。そうか！　あいつらも川上に向かっているんだ。きっとあの穴はもう捨てて、俺《おれ》と同じように移住の旅に出たんだ。イタチはニヤリと笑い、走りの速度を少し上げた。

「さあ、そろそろ行こうか」とお父さんが腰を上げたのは、イタチがようやく三匹に追いついた、まさにその瞬間だった

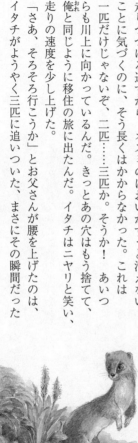

のである。

　タータたちが風上にいて、イタチの接近をにおいで嗅《か》ぎつけられなかったのも、タータたちにとっては不運だった。また、熟練した猟師であるイタチが、足音を聞きつけられるようなへまをするはずもなかった。茂みにひそんだイタチは、草の葉の間から、三匹のネズミが木の根元に無防備に座ったり寝ころんだりしているのを見て、内心、歓声を上げた。ここ数日、ろくな物を食っていないが、ようやくご馳走《ちそう》にありつける。一匹は確実、うまくすれば二匹、いや三匹ともいけるかもしれんぞ。今、立ち上がったあの大きいやつ、あいつがきっと、いつだか俺様の鼻を噛んだやつに違いない。獲物を見つけた喜びを押しのけるように、あの日の屈辱感と憤怒が込み上げて、一瞬、イタチの視界が血の色で赤く染まった。

　その怒りが冷静な判断をさまたげ、イタチのジャンプのタイミングをほんの髪の毛ひとすじ狂わせたことが、タータたちに幸いした。だが、それにもまして幸運だったのは、たまたまこのときチッチがおふざけで、いかにも具合が悪そうにぐったりしてみせ、次いで、誰《だれ》ひとり予想していない瞬間にいきなり走り出したことである。

「こいつ……」お父さんは腹を立てつつ、しかしチッチが元気なのに安堵《あんど》もしつつ、ともかくげんこつを振り上げ、後を追おうとした。と、その瞬間、ダダダッという足音とともに大きな動物が飛びかかってきた。お父さんは大きな叫び声を上げた。

イタチは、狙《ねら》い澄《す》ましてジャンプしたまさにその瞬間、仔ネズミの一匹が、それもとりわけぐったりしているように見えた白い方が、いきなり跳び起きてあさっての方角に走りだしたのを見て混乱した。何だ、何だ、気配を察知されたか、まさか……。まずいちばん大きいのに跳びかかって、ひと噛みで息の根を止め、それから小さい方にかかって……というのがイタチの心積もりだった。ところが、突然走りだした一匹の方に注意が逸《そ》れ、どうしようという迷いが生じ、結局、おとなネズミに跳びかかるのにも失敗し、中途はんぱなところに着地することになってしまった。

逃げるものがあれば反射的にそれを追うのがハンターの本能だ。みすみすあいつを逃がしてなるものかと思い、イタチはチッチの方に向きを変え、そちらに向かってもう一度大きなジャンプをしようと、後足の筋肉を緊張させた。

2

川岸に向かって斜面を下っていったチッチめがけ、イタチが力のかぎりに跳躍した、まさにその瞬間、

「なんだ、あの間抜けイタチか。お鼻の怪我《けが》は治ったのかい」という声が背後から聞こえた。着地して振り返ると、土手のかなり上の方で、あのおとなネズミが、両手でそれぞれ顔の片側ずつの自分のひげをまとめてつかみ、くるくる回していた。これはネズミ族の合

図としては最大の侮辱の表現である。人間で言えば、アッカンベーをさらにもっと下品にしたようなものか。その侮蔑《ぶべつ》の身振りもさりながら、あのネズミが自分より高いところにいて、しかも妙に落ち着き払ってこちらを見下ろしていること自体が、イタチをカッとさせた。あの野郎、さっきの俺様のジャンプがほんのちょっぴり逸れなければ、ただの一撃でコロリと行っちまうところだったくせに。

むろんお父さんは、落ち着いているどころではなかった。ただチッチから注意を逸らそうという一心からの、とっさの思いつきにすぎない。体勢を立て直し、決然と体の向きを変え、自分めがけて一目散に駆け上がってくるイタチのすさまじい形相《ぎょうそう》を見るや、お父さんはすっかり震え上がり、足がすくんで、一瞬その場に棒立ちになってしまった。そのとき、

「お父さん、こっち、こっち」というタータの声が上の方からかすかに聞こえてきた。それでハッと我に返り、声の聞こえた方角めざして一目散に土手を登っていった。

土手のうえの遊歩道に出たとたん、いきなり目がくらんだ。斜め前に水銀灯が立っていて、白々とした光を広げている。

「こっち……」というタータの声がまた聞こえ、とにかくやみくもにそっちに向かって走ったが、途中でだんだん目が明るさに慣れて、はっきり見えるようになるにつれ、自分の前にあるのが人間のためのベンチで、そこに実際に人間が腰を下ろしているのに気づいて

ぞっとした。

ベンチには人間がふたり、男と女が腰掛けている。ふだんならまったく考えられない行動だが、その人間たちに向かって、お父さんは斜め前方からいっさんに走り寄ろうとしているのである。背後にはイタチ、正面には人間。イタチの方がまだましかも、という思いがちらりと閃《ひらめ》いたが、目をらんらんと輝かせ、鼻にしわを寄せ、白く光る牙《きば》を口のわきから突き出させたイタチのあの恐ろしい形相がすぐにまた脳裡《のうり》によみがえる。

そのとき、人間のひとり、女の方が履《は》いているスニーカーのすぐそばに、タータが蹲っているのが目に入った。

ええい、もう、なるようになれとお父さんは思った。そこで、足取りも変えず、迂回《うかい》もせずに、タータのところまで真《ま》っ直《す》ぐに走った。

結果的にはそれでよかったのである。ベンチの男女は、真夜中に家をこっそり抜け出して会っていた高校生の恋人同士だった。自分たちのことを話すのに夢中で、足元をちょろちょろしているネズミのことなど、まったく眼中になかったのだ。ベンチの下のタータのかたわらまでやって来たお父さんが、振り返って土手の草むらに目をこらすと、闇のなかにイタチの目が赤くちらりと輝き、すぐ消えたような気がした……が、どうだかはっきりとはわからない。

イタチというものは、人家近くに出没することもないではないが、基本的には野の生き

物だ。人間との関《かか》わりはネズミほど深くはなく、従って人間を恐れる度合いがネズミより
ずっと強い。この人間の女の子のスニーカーのわきにとどまっているかぎり、イタチは絶
対に近寄ってこれまい。
「いい思いつきだったな」少し息が静まってから、お父さんはタータに言った。タータは
褒《ほ》められて嬉《うれ》しかったが、一方で気が気ではなかった。
「でも、チッチは……」
「今は仕方がない。どこかにうまく隠れているといいんだが……」
「探しに行こうか」
「そこらにまだ、きっとあいつがいるよ。もう少し待とう。もう少し待てば……イタチは
猫ほど辛抱強くないからね。一度取り逃がした獲物は案外あっさりあきらめるものだ」
「でも、あれ、あのイタチでしょう？　いつだかお父さんが……」
「そうみたいだね」こんなときだったが、お父さんの口の端にかすかな笑みが浮かんだ。
「あのくらい手ひどく痛めつければ、もう寄りつくまいとあのときは思った。それは正し
かったようだがね。しかし、当然のことだけれど、ぼくをずいぶん恨んでいるようだな。
こうなってみると、あのお仕置きが裏目に出たか」
「今ごろ、チッチを追いかけているかな。いや、もう捕まえちゃったかも……」
「まあ、待とう。今はぼくらは何もできないよ。ともかく、チッチだってあれで案外、馬《ば》

鹿《か》じゃないからね」どうだか、とタータは思った。タータの目から見れば、弟はまるっきり赤ん坊同然だった。「ほら、踏まれないように気をつけろよ。それさえ注意していれば、ここはさしあたり安全だ」とお父さんが言った。

チッチのことが気になってたまらなかったが、二匹はそのまま人間のスニーカーのわきにじっとしていた。人間たちはガッコウとかブカツとか、ツキアウとかケイタイとか、そんなことを話していたが、タータには意味のわからない言葉が多く、理解しようと努力するのをやめてしまうと、やがて彼らの会話は川のせせらぎのような音の流れになっていった。それにぼんやりと耳を預けているうちに、何時間も走りつづけた疲れがどっと出たのか、いつの間にかタータはうとうととまどろんでしまったようだった。

「危ない！」というお父さんの鋭い声で目覚めると、人間の男の方の両足のスニーカーがタータめがけてぐうっと近づいてくるところで、それを避けようと、タータはあわてて目の前の物によじ登った。その「物」というのは……女の片足のスニーカーそのものだった！　お父さんが降りろ、降りろ、と激しい身振りをしているが、タータの乗ったそのスニーカーはすぐに地面からぐうっと持ち上がり、不安定にぶーら、ぶーらと揺れはじめた。タータは思わず靴紐《くつひも》にすがりついた。

実は、ベンチのうえでは高校生の男女の唇が合わさっていたのだが、ネズミたちにはそんなことは知るよしもない。

男の方のスニーカーも、何やら不安定な動きをしていて、ときどきタータの体を掠《かす》めそうになる。二度、三度とタータは辛《かろ》うじて身をかわした。と、突然、どこかから白いものが現われてそのスニーカーにぴょんと飛び乗った。そして、タータを真似《まね》ようというのか、靴紐にぶら下がり、

「わーい」と叫んだのだ。

「チッチ！」

「お兄ちゃん、面白いね、面白いね、わーい、ぶらんこだーい！」

「おまえ、この馬鹿もん……ほら、早く、降りて、降りて……」

だが、タータ自身もなかなか飛び降りるきっかけをつかめない。人間たちが自分の足にちらりとでも目をやったら、いったいどんな騒ぎが持ち上がることだろう。タータもチッチもそれぞれ靴紐にぶら下がり、それぞれぶらんぶらんと揺れて、ときどき空中で二匹の体が掠めたりする。こんなときでなかったら、けっこうタータだってこれを面白い遊びと感じたかもしれない。

そのうちに、ネズミの重さで靴紐の結び目がずるずるとほどけはじめた。いかに軽いとはいえ、仔ネズミが自分の靴の紐にぶら下がって揺れていたら、ふつうは何かを感じてすぐ自分の足を見

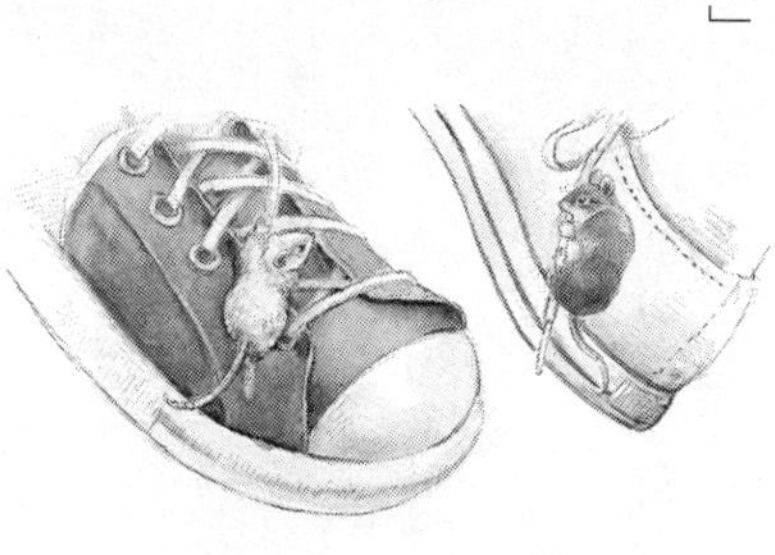

るだろうが、幸い高校生の男の子と女の子は緊張しながらの初めてのキスに夢中で、何も気づかない。

それから一時間ほどたって、道路わきの溝《みぞ》のなかでのこと。

「それでね、そこにね、じーっと、じーっとしてたんだよ。もう、嫌になるくらい、うんざりするくらいに。で、もういいかなと思って、坂を登って、道まで出て、ちょっとずつ、ちょっとずつ戻ってきた。そしたら、お兄ちゃんがぶらんこに乗ってただろ、ぶらーん、ぶらーんって……」

「ぶらんこじゃないぞ。こっちは必死で……」とタータが憤然《ふんぜん》と言いかけると、

「まあいいさ」とお父さんが穏やかにさえぎった。「とにかく、みんな無事だった。大事なのはそのことだけだ。ふたりとも本当によくやった。駄目だったのはお父さんだ。最初の日からあんなふうに飛ばしすぎたことからして、まったくもってよくなかった。これからはペースを落として、ゆっくり行こう。あのイタチがまだこの近所をうろちょろしてるかもしれないし、警戒しながら少しずつ進もう」

三匹は、土手からほど近い住宅街の一角の、道路わきの溝のなかにいた。高校生のカップルはしばらくすると立ち上がり、それぞれ片足ずつの靴紐がほどけているのを不審がりもせず結び直してから帰途についた。三匹はイタチを警戒して、人間たちの足元近くを即っ

かず離《はな》れずで走りつづけ、男女が別れた後は女の子の方に寄り添うことにした。そうして人家の密集したあたりまで来ると、手ごろな溝を見つけて飛びこんだのだ。

チッチの話はこうだった。とにかく川下方向に一目散に走り、浅い水溜《みずた》まりをいくつか渡った。やがて土手を駆け上がると、枯れ葉や枯れ草が重なって山になっているところを見つけた。そこで、そこにもぐりこんでじっとしていることにした。あの後イタチはチッチを追ったのかもしれないが、風が川下に向かって吹いていたので、においを嗅ぎつけることができなかったのだろう。また、地面に付いたチッチのにおいの痕跡《こんせき》も、水溜まりを突っ切ることでイタチの鼻をうまく捲《ま》くことができたのだろう。

あわよくば三匹とも……と考えた強欲さのせいで、結局、イタチの狩りは完全な失敗に終わった。一匹だけ確実に仕留めればいいというつもりで飛びかかってくれば、タータたちのうち少なくとも誰かひとりは間違いなく殺され、あえなく餌食《えじき》になっていたはずなのだ。いくつもの幸運が重なって、奇蹟《きせき》的に三匹とも生き延びることができたのである。

三匹はその溝を根城にして、二日間過ごした。一日に数回、何の前触れもなくきたない水が流れてくることを除けば、そこは案外そう悪くもない棲みかだった。

3

人家に近いというのは食べ物が手に入りやすいということだ。生ゴミの袋にかぶせてあるカラス避《よ》けのネットも、端の隙間《すきま》から侵入できるネズミに対しては効果がない。けれども、ネズミ自体が、そのカラスの好餌《こうじ》でもある。むろん猫もいれば、かたわらをひっきりなしに通る人の足音、車の騒音もある。

二日目の深夜になって、お父さんが、

「さあ、行くよ」と言ったとき、タータは少しほっとした。三匹は川に向かった。街灯から離れた真っ暗な地点を選んで遊歩道を横切り、せせらぎが急に近くなったときは、嬉しくてほとんど涙が出そうになった。曇り空には星も月も出ていないけれど、川の水は周囲のかすかな光を反射して、ほの白く輝いていた。その白い帯がタータの右にも左にも、どこまでもずっと伸びていた。川はいいなあ。川のそばにいるのは、やっぱりいいなあ。

土手のやぶのなかに少し分け入ってから、お父さんはまた川上に方向をとった。しかし今度は、鼻と耳に神経を集中しながら、ゆっくり進んでゆくことにした。しばらくしてお父さんが、

「……いないようだ」とつぶやくのがタータの耳に入った。

「イタチ？」

「うん。とにかくこの近くにはいないと思う。そんな気がする」凶暴な捕食者から逃げつづけて生きている小動物は、ある程度成長すると、自分の身の安全に関して独特な勘がはたらくようになる。その勘はたいていの場合、間違っていない。「きっと、もうぼくらの

ことはあきらめて、先へ行ったんだろう」

「そうだね。ああ、よかった」とタータは無邪気に喜んだ。しかしお父さんには、実は口で言うほど確信があるわけでもなかった。

休み休みしながらゆっくり進んだので、あまり距離ははかどらなかった。朝日がのぼってあたりが明るくなりはじめたころ、人間の背丈ほどもあるオオアレチノギクの群落にぶつかった。お父さんはその奥にずんずん入っていって、ごろりと横たわった。そのくつろいだ様子にタータたちも気持ちがなごんで、チッチなど四本の足を前後に真っ直ぐ伸ばし、顎《あご》まで地面にぺったりつけて腹ばいになり、「あーあ」と大きく一つ、ため息《いき》をついた。ここにいると、森の奥深くにこもっているような安息感があった。それに、たとえ何かが、誰かが近づいてきても、オオアレチノギクが揺れ、葉の擦《す》れ合う音が伝わってくるからすぐわかるはずだ。

「今日は夕方までここにいよう。暗くなってから食べ物を探しに行こう」とお父さんが言った。

昼間は土のくぼみや草の蔭にひそんで時間を潰《つぶ》し、夜を待つ。人間が寝静まったころを見計らって、住宅街に餌探しに行き、腹ごしらえをしてから川に戻って、旅を続ける。そんなふうにして数日が過ぎた。

夜明け近くまで人家の周辺をあさって、何の収穫もない日があった。三匹は仕方なく川原に戻り、その日はまったく距離をかせげないまま、空きっ腹をかかえて同じ場所にとどまっていなければならなかった。しかし、日が暮れてすぐ、空腹に耐えかねて土手のうえまで出てみると、ハンバーガーの食べ残しがまるまる半分と、かなりの量のフライドポテトが無造作に捨てられているのにいきなり出くわして、三匹は歓声を上げた。

お父さんが先頭に立ち、次にチッチ、そしてチッチがはぐれないようにタータが最後尾について見張り役になる。そんなふうに縦一列に並んで三匹は旅を続けた。幸い、上天気が続いた。季節は確実に移ろっていた。昼間、草の葉で陽射《ひざ》しをよけながら休んでいると き、寝ころんで空を見上げると、あの見慣れた入道雲ではなく、きれいなうろこ状の鰯《いわし》雲《ぐも》がいちめん広がっているのにタータとチッチは目を見張った。乾いた草のにおいが空気に混じるようになった。

ある晩、先頭のお父さんが急に立ち止まったので、ぼんやりしていたチッチがお父さんのお尻にどんとぶつかって転んでしまった。チッチを助け起こしてやりながら、

「あれだな」とお父さんは言った。

「何?」

「榎田橋だよ、あれが」

前方にコンクリートの橋が見えていた。そのうえの道路は、真夜中なのにけっこう車の行き来があって、ヘッドライトが交錯し、エンジン音の唸《うな》りがここまでかすかに響いてく

る。

「あそこまで工事をするという話だった。ここに作る道路は、榎田橋で川を横切っているあの自動車道路に合流することになるんだろう。だから、ぼくらはとにかく、あの橋の向こう側まで行けばいいんだ」

「そこに新しいおうちを作るの？」とチッチが訊《き》いた。

「そうだよ。チッチも穴掘りを手伝うんだよ」

「手伝う、手伝うよ。ぼく、上手《うま》いんだよ、穴を掘るの」

「もうそろそろ明るくなる。このまま進んであそこまで行き着くのは、ちょっときびしいかな。今日はこのあたりまでにして、明日の晩、橋を越えよう」

翌日、あたりが闇にとざされるとすぐ三匹は出発した。橋に近づくにつれて車の音が大きくなってきた。目的地を目の前にしてタータは少しうきうきしていた。案外、簡単だったじゃないか。ちょっと危ないこともあったけれど、大事には至らなかったし。その思いは他《ほか》のふたりも同じらしく、三匹の歩みは自然とだんだん速くなっていた。

もちろん、あのイタチ野郎の問題はまだ残っている。あいつはきっと、もうとっくに橋を越えているだろう。橋の向こう側でまたあいつと戦わなければならないかもしれない。しかし、ひとたび巣穴を作ってしまえばこっちのものだ。お父さんがまた手ひどく嚙みついて、懲《こ》らしめてやるさ。

ようやく橋の下まで来て、三匹は立ち止まった。アーチ型のトンネルの暗闇に目をこらすと、向こうの方に、半円形に切り取られたほのかな明るみが見えている。あそこまで行けばいいのだ。そして、新しい生活が、安気《あんき》な川べりの生活がまた始まるのだ。お父さんが歩き出し、タータたちもそれに続いた。そのとき、

「止《と》まれ！」という野太い声がした。大きなネズミが一匹、トンネルの奥からのっそりと寄ってきて、暗がりからは出てこずに、立ち止まって腕組みした。真っ黒な輪郭がぼんやり見えているだけで、顔の表情も読み取れない。しかしその体の輪郭は大きい。とても大きい。

「ここは通行禁止だ」とそのネズミが言った。

「どういうことですか」とお父さんが丁寧に言った。

「言った通りだ。通行できない。戻れ」

「そんな……。ぼくたちはただ、この橋の向こう側に出たいだけなんですから」

「ならん。向こう側はわれわれの領土だ。他のネズミは立ち入れない」

「他のって……同じネズミ同士じゃないですか。ぼくたちも一緒に暮らさせてくださいよ」

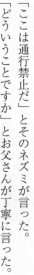

「同じネズミ同士、だと」そのネズミはあざけるように鼻先で笑って、「馬鹿を言え。おまえらチビ助どもと、われわれが、同じネズミ同士だと。こいつはお笑いぐさだ！」

いつの間にかそのネズミの背後に、やはり同じように体がでかいネズミが数匹、近寄ってきていた。真っ黒な輪郭がうかがえるだけのその連中の間に、馬鹿にしたような忍び笑いが広がった。「だって、同じネズミ同士じゃないですか」と誰かがお父さんの口真似をして、嘲笑《ちょうしょう》はいっそう大きくなった。お父さんは唇を嚙みしめた。

「戻れ。帰れ。通行禁止！」いきなり恫喝《どうかつ》するように声を高めて、先頭のネズミが吠《ほ》えた。

お父さんはキッとなった。

「川のこっち側ではもう生活できない」と静かに、しかしきっぱりと言った。「川に、ふたがされてしまうから。あんたらだって、知っているんだろう？」

「そう、そんな噂《うわさ》を聞いたな」と大ネズミは言った。「しかし、そんなことはわれわれの知ったことじゃないなあ」

「ぼくたちは川を遡って、新しい家を作るつもりだ。通させてもらうよ。さあおいで、タータ、チッチ」とお父さんは平静な口調で言い、大ネズミたちを迂回してトンネルの奥に入っていこうとした。タータとチッチも恐る恐る、その後に続く。くすくす笑いがいつまでもおさまらず、大ネズミたちの集団がかたちづくる巨大な影のかたまりがふるふると震えているが、それ以上のことは何もしない。いたずらっぽい目配せを交わし合っているようにも見える。あんなことを言ったけれど、あれはこけおどしで、あるいは冗談で、結局は何もせずに、ぼくらをそのまま通してくれるんだろうか。

そういう考えがタータの頭をよぎった、その瞬間、お父さんがどんと突き飛ばされて後ろに転がった。タータとチッチが跳びすさると、大ネズミたちは距離を詰めるようにずい、と前に出てきた。それでようやく彼らの姿が明るみの下に出て、全身が見えるようになった。

ぜんぶで四匹いる。背丈も横幅も、お父さんの一倍半くらいある。黒い長い剛毛がびっしり生えている。声が野太くて、荒い。

「さあ、行け。川にふたをされるなら、それもよし。おまえらは、ふたの下の真っ暗な下水道で、楽しくせせこましく暮らせばよかろう」

口を半開きにしてぼうっと立ちすくんでいるチッチに、不意に大ネズミの一匹が近寄って、頭突きを食らわせた。チッチは跳ね飛んで、頭から地面に落ち、キュウとひと声洩《も》らしてそのまま動かなくなった。お父さんが跳ね起き、チッチに頭突きしたやつに体当たりした。そいつは少しよろめいただけで、薄ら笑いを浮かべたままお父さんを見下ろしている。お父さんは前足をかけて何とかそいつを地面に転がそうとした。動かない。揉《も》み合ううちに、不意にお父さんが大きな声を上げて転がった。背後から忍び寄ったもう一匹が、お父さんの後足の付け根をがぶりと噛んだのだ。

タータは実は、そいつがお父さんに近づくところを見ていた。だが、先ほどからの成り行きで、恐怖のあまり頭がしびれたようになり、身じろぎ一つできなくなっていた。お父さん、危ない、と心のなかで何度も叫んでいたのに、それはどうしても声になってのどから出てこなかった。

4

その場からどうやって逃げ出したのか、後になって考えてもタータはよく思い出せなかった。気がつくと、橋からやや離れた土手の斜面の、群生するヒメムカシヨモギの茂みの奥深くに、三匹は重なり合うようにへたりこんでいた。いちばん息が荒いのはお父さんで、目をつむって傷口を押さえ、低くうめいていた。チッチも目をつむったままで、まだなかば失神しているようだった。

「お父さん、ごめん。ぼく、あいつがお父さんに噛みつこうとしているところを見ていたのに……」

返事がない。タータはお父さんに近寄り、傷口を舐《な》めてあげようとした。けれども、肉が大きく裂けたところから、どくん、どくんと血が溢れ出しているのを見て思わずたじろいだ。

「いいよ、大丈夫だ……」とお父さんがか細い声で言った。

「大丈夫になってしまったね……」

「大丈夫。さあ、少し、お眠り。たいへんな、夜に、なってしまったね……」お父さんのお父さんの声はとぎれとぎれで、何だか息ごと肺からしぼり出すような喋《しゃべ》りかただ。

タータは静かに泣き出した。お父さんはタータが泣くままに任せておいた。それからタータは、どうやら泣き疲れていつの間にか寝入ってしまったようだった。次に気づいたときは、夜明けの薄明があたりに広がりだしていた。はっとして飛び起きると、横になっていたお父さんが頭だけ持ち上げてタータの方を見た。その澄んだ灰色の瞳《ひとみ》にはいつもと変わりない平静な確信の色がみなぎっていて、それを見るなりタータの心と体は、たちまち元気を取り戻しはじめた。

「お父さん、ぼく……」

「うん、わかってる。怖かったろう。しかし、ここにいるかぎりは大丈夫だ。あいつら、ここまで追いかけてきてぼくらを何とかしようという気はないらしいから」

「何だろう、あいつら」

「あれはドブネズミの軍隊だろう。残酷で、心のすさんだごろつきの集団だ。弱い者をいたぶって、その悲鳴を聞きながら大笑いしているような連中だ」お父さんはけわしい声でひと息に言った。

タータたちは、ドブネズミよりも体がひと回り小さいクマネズミの一家だった。クマネズミとドブネズミはあまり相性がよくない。というか、むしろ非常に仲が悪い。タータたちのもとの家の近所には、ドブネズミはほとんど棲んでいなかったので、タータはそうしたネズミの種同士の争いにはまったく無知だった。

「ねえ、お父さん、痛い？」

「もう血は止まった。大丈夫。見た目ほどひどい傷じゃないんだ。後足の付け根をやられたが、うまい具合に逸れて、筋肉の腱《けん》はやられていないようだ。そこをまともにやられたら、もう一生歩けなくなってしまう危険もあったがね」

「チッチは？」

「一度目を覚まして、また眠ったよ。たぶん、軽い脳震盪《のうしんとう》を起こしただけだと思う。半日も寝ていればすぐ治るさ」そこで、記憶が徐々によみがえってきた。お父さんはひどい傷を負ったのに、チッチの首根っこをくわえて、もう赤ん坊とも言えないその重い体をずるずる引きずりながら、あの場から逃げてきたのだ。その間、ドブネズミたちは、あざけりながら、お父さんを蹴《け》ったり殴ったりしつづけた。ある距離まで離れるとそれも止《や》んで、やつらはトンネルの方へ戻っていったのだが。

「お父さん……」

意外なことに、お父さんは朗らかな笑い声を立てた。

「またしてもお父さんのミス。駄目だなあ、ぼくは。あまりにも軽率すぎた。父親失格だ！」そして、自分の横っ面《つら》をぴしゃりとはたいてみせた。この世の終わりのように感じていたタータの気持ちが、それでいっぺんに明るくなってきた。

「ねえ、どうしよう、これから」

「そう……よく考えてみよう。なあに、方策はいろいろあるさ。あいつら、領地とか領土とか言っていただろう。あの橋の向こう側はたぶんあいつらの一族がたくさん棲みついて、縄張りにしているんだろう。しかし、やつらの勢力圏が上流に向かってずっとどこまでも続いているはずはない。つまりその一帯だけ迂回して、さらに上流に進み、やつらの縄張りの向こう側に出ればいい。注意しながら土手の上の遊歩道を走って、川原からあいつらの姿が消えたところで川べりに下りる。それでいいんじゃないか」

そうか。何だ、とても簡単なことじゃないか。やっぱりお父さんは頼りになるなあ。

「しかし、ともかく、お父さんはしばらくは動けないよ。何日かかるか……この傷がもう少しふさがるまではね。すまないが、その間、食べ物の調達はおまえが引き受けておくれ」

「もちろんさ！」とタータは勢いこんで頷いた。

もうずいぶん明るくなってきていた。と、そのとき、お父さんの耳がぴくりと動いた。

タータもすぐにそれを聞きつけた。

誰かが子守唄《こもりうた》を歌っている。もの哀《がな》しい、すすり泣きのような旋律の子守唄がとぎれとぎれに聞こえてくる。

お父さんが体を起こして、

「行ってみよう。チッチはここで眠らせておこう。おまえだけ、ついておいで」とタータに言った。

ヒメムカシヨモギの群落の反対側の端に近づくと、声はだんだんはっきり聞こえるようになってきた。

「……可愛《かわい》いネズさん、よいネズさん、あなたはわたしのよいネズさん……」

お父さんは痛そうに足を引きずりながら、それでもできるだけ足音を殺し、そっと近づいて、茎の間から顔を出してみた。石に背をもたせかけ、小さな赤ちゃんをかかえて座りこんでいる痩《や》せこけた牝《めす》ネズミの姿が目に入った。牝ネズミは赤ちゃんの顔をじっとのぞきこんだまま、ゆっくりと話しかけるように、言い聞かせるようにネズミの子守唄を口ずさんでいる。

「ああ、あなたはこないだの……」とお父さんが言った。それは、タータたちの巣穴に一晩泊まり、夜明けを待ちかねるように出立していったあの若夫婦の奥さんの方だった。あの一家なら、このあたりにはタータたちよりずっと早く到着したはずだった。お父さんは近寄って、

「どうしました。ご主人はどこですか」と言った。牝ネズミはその声が耳に入らないかの

ように、顔も上げず、掠れ声で歌いつづけている。体中、汚れきっていた。泥汚れに混じって、どうやらどす黒く固まった血のりもあちこちにこびりついているようだ。いや、よく見ると、横腹や後足に、じくじくと血がにじみ出しているまだ新しい傷口さえ、いくつも認められた。

「あいつらにやられたんですか。橋の下に陣取っている、あのドブネズミどもに」

「あなたはわたしのよいネズさん……」

「奥さん……」お父さんは牝ネズミの頭にそっと手を置き、ずっと静かな、優しい声になって、ゆっくりと言った。「ご主人はどうしました」

歌声が止んだ。体をこわばらせたまましばらく沈黙していた牝ネズミは、不意に赤ちゃんのお腹《なか》に顔をうずめて嗚咽《おえつ》しはじめた。

「……奥さん」

「……通してくださいって、頼んだんです、何度も、何度も」牝ネズミは、泣きじゃくりながら、その合間に、引きつるような声で、とぎれとぎれに喋っていた。

「奥さん、まあ、落ち着いて……」とお父さんは言ったが、ひとたび堰《せき》を切ったように話しはじめると、牝ネズミの言葉はもう止まらなかった。

「何度も行って、あんなに、一生懸命に、お願いしたのに。もう何日も、何も食べていないんだって、言ったのに。あたしたちはいいけれど、あたしのお乳が出なくなって以来、この子たちが、お腹を空かせて、昼も夜もチーチー泣くんです。それを聞いていると、あたしも主人も、一睡《いっすい》もできないんです。そう言って、ふたりで土下座までして、通してくださいって、頼んだのに……」

「ご主人はどこです。それから、もう一匹の方の赤ちゃんは？」とお父さんが言った。

「『ふん、そうかい』って言うんです。そして笑うんです。とっても嬉しそうに。『この橋の向こう側は天国だぜ。まったく俺たちは世界一幸せなネズミだなあ。俺たちの帝国には、人間どもの捨ててく食べ物が山のようにある。ドングリなんかもわさわさ転がってる。美味《うま》いぞお』って……」

「奥さん、ご主人は……」

「主人は死にました！」牝ネズミはいきなり金切り声で叫んだ。「あたしの目の前で……もう、彼には耐えられなかったんです……あの恐ろしい、大きなやつに組みついていって……あいつら、それを待っていたんでしょう……堪忍袋の緒が切れるのを……それを楽しみに、待ちかまえていたんでしょう……あとは、あっという間でした……あの連中が寄ってたかって……彼は、体中ずたずたにされて……」

牝ネズミは不意に黙った。しばらく黙ったままでいた。お父さんも牝ネズミの頭に手を置いたままじっとしていた。それから牝ネズミは赤ちゃんを抱え直し、その顔をのぞきこみながら、またか細い声で歌いはじめた。

「……可愛いネズさん、よいネズさん、あなたはわたしのよいネズさん……」

タータはとても見ていられなかった。何てひどいやつらだろう。しかし次の瞬間、お父さんだって同じ目に遭ったかもしれないのだ、お父さんが殺されずに済んだのは、ただあいつらの気まぐれでそうなっただけのことにすぎないのだと思い当たり、背筋がぞおっとそそけ立った。

「あなたはわたしのよいネズさん……」

牝ネズミは歌いつづけていた。お父さんは赤ちゃんの方にかがみこんだ。牝ネズミは、赤ちゃんを守るようにイヤイヤをして体をそむけたが、お父さんはかまわず赤ちゃんに顔を寄せた。まだ産毛と言ってもいいような細かな柔らかい毛に覆《おお》われた、その鼻面に触り、体に触り、そのまましばらくじっとしていた。それからのろのろと体を起こし、「死んでる」とつぶやいた。

5

この若夫婦が、お父さんの言ったようなやりかた——川原を迂回して、ある距離だけ上流方向に進み、ドブネズミの縄張りが終わったあたりでまた川原に戻る——をとらなかった、いやとれなかった理由が、可哀《かわい》そうな牝ネズミのうわごとのような話を辛抱強く聞いているうちに、だんだんわかってきた。

ドブネズミたちは、榎田橋の下のトンネルのみならず、川から直角に離れる方向に、左岸側にも右岸側にも、恐ろしいほどの大きさの結界を張っており、その要衝《ようしょう》は、あのトンネルにいたような猛者《もさ》たちに守られていて、とうてい突破できないというのである。

若夫婦の一家は、自動車道路に沿って南下し、そこから直角に西に折れて川の方へ回りこんでいこうとした。ところが、行けども行けどもドブネズミの衛兵が現われて、決して西方向に曲がらせてくれないのだ。そこで、思い余ってまた榎田橋まで引っ返し、そこの番人に何とか懇願して通らせてもらおうとした。そんなに食べ物の豊富な楽園のようなところなら、どこかほんの小さな片隅に住まわせてもらえないものかと卑屈に言ってみた。若夫婦のご主人は、屈辱感をこらえて、ドブネズミたちの召使《めしつかい》のよう

な仕事をしてもいいとまで言ってみた。が、大声で笑い飛ばされただけだった。そして、戦いになった……。

牝ネズミはときどきふつうの喋りかたになるが、またすぐ体がわなわなと震え出し、脈絡のないうわごとのようなことを言いはじめる。しまいに、話がその最後の戦いのあたりまで来ると、目がぎらぎらと異様な光をおび、お父さんやタータに向かって、歯をむいて唸り出すようになった。おまえたち、あたしから、この子まで奪うつもりなの。ちょっとでも手出しをしたら、おまえを嚙んでやる、嚙み殺してやる、そうしてあたしも死ぬ……などと、歯ぎしりするような声を吐き出すようになった。

「帰るよ」とお父さんはタータに言った。

「お父さん……」

「こんな状態じゃあ、今は何もしてあげられない。少し様子を見よう」

ふたりとも暗い思いにとざされて、もとの場所まで戻ってきた。チッチが目を覚ましていたが、まだぼんやりした視線をうつろにさ迷わせている。

「どうだい、チッチ」とお父さんが優しく言った。

「うん……頭が痛い」

「横になって、じっとしておいで」そしてタータの方を向き、「とにかく、何日かは動けない。その間にじっくり考えてみよう」と言った。

食料集めの役目を果たせるのは自分だけなので、タータは必死になった。その日の夕方からさっそく出かけて住宅街を駆けめぐり、食べ物の小さな切れ端が見つかると、そのつど川原に戻ってチッチとお父さんに与えた。

タータの幸運は、川の土手からほど遠からぬところに小公園を見つけたことである。公園には必ずベンチがある。すると、ベンチに座って飲み食いする人間がおり、その人間が——ネズミにとって有難《ありがた》いことに——相当だらしない性格だったりすると、残り屑《くず》をポイと捨てて帰ってゆく。タータは、肉がかなりたくさん食べ残されたフライド・チキンの骨だの、サンドイッチの切れ端だの、齧《かじ》りかけのリンゴだのをそこで見つけ、川原との間を行ったり来たりして運んだ。公園に戻るとまた新しい食べかすが落ちていて、タータを喜ばせた。明るい場所に体をさらすときは用心のうえにも用心を重ねることを体得したせいもあってか、幸い猫にも犬にも襲われることはなかった。

数日間が経過した。あの牝ネズミのところにも何度か食べ物を運んでやったが、まったく手をつけようとしなかった。タータの姿など眼中になく、どんな言葉をかけても耳に入った気配もなくて、ただときどき発作的に、赤ちゃんネズミの死体をいとおしそうに揺りながら、掠れ声で子守唄をくちずさむ。ある晩そのもの哀しい歌声がぷっつり聞こえなくなって、翌朝行ってみると赤ちゃんともども姿を消していた。その牝ネズミに、タータはそれきりもう二度と会うことはなかった。

「もうだいたい、歩ける」と、とうとうお父さんが言った。「ゆっくりなら走れるとも思う。足慣らしを兼ねて、今夜はおまえと一緒に行くよ」すっかり元気になっていたチッチも来ると言うので、その晩は元通り三匹で出かけた。タータは嬉しかった。公園では中身のかなり残ったポテトチップスの袋を見つけることもできた。

「おまえの言ってた通りだね。これはいい公園だ」とお父さんが言った。「食料の調達に不自由はなさそうだし、この細い道は人も車もあまり通らないようだ。おまえはここで、猫にも犬にも遭ったことはないんだろう？」

タータは頷いた。お父さんはしばらく何か考えていたが、やがて、

「どうかな……」とためらいがちに言い出した。「たとえば、あの植え込みの隅にでも穴を掘ってみることはできるよ。ひっそりした良い住まいになるだろう。なあ、どうだい、タータ、ここに住もうか？　ネズミの棲みかとしてはここはなかなか上等だと思う。川も近いし……」

しかし、タータはきっぱりと首を横に振った。

「ぼくらは川のネズミなんだ。それが当たり前のことでしょう？」タータの目に涙がにじんできた。「こんな狭苦しい、ほこりっぽいところに住むのは嫌だ。何よりもまず、川のせせらぎが聞こえないじゃないか。朝日が水の流れのうえを滑《すべ》って、きらきらするところが見られないじゃない

か。嫌だ嫌だ、こんなところに……」

「もうわかったから、涙をお拭《ふ》き」とお父さんが静かに言った。「わかった、わかった。おまえの言うことが正しい。ちょっと弱気になったお父さんを許しておくれ。さあ、お腹に詰めこめるだけ詰めこんだかい？　満腹になったかい？　それじゃあ、ポテトチップスを一枚ずつくわえて帰ることにしよう。チッチは一枚の半分でいい。何かに追われるようなことになったら、すぐ捨てて、全速力で走るんだよ」

遊歩道を横切って土手を越え、ヒメムカシヨモギの茂みまで帰ってきた。川の水のにおいを嗅ぐと、やはり何だか安心する。少し休んでから、

「さてと」とお父さんが言った。「川に住む。よおし、それがこの旅の最終目的だ。何が何でもそれを実現しよう。そう心に決めよう。これからまだまだ大変なことがあるだろうけど、ふたりとも頑張るんだよ」

タータとチッチはこくりと頷いた。

「あのごろつきネズミどもには、まともに戦ったらとうてい敵《かな》わない。それに、たとえあそこをうまくすり抜けて橋の向こう側に出たとしても、どうやらそのあたり一帯は、『帝国』などと称して、あいつらが自分たちの国にしてしまっているらしい。ぼくらはその国の、さらに向こう側まで行かなくちゃいけない。それをするには、たった一つしか方法がない。回り道だ」

「回り道……でも、あのおじさんとおばさんは、それをしようとして、できなくて……」

「できなくて、また戻ってきたんだと、そう言っていたね。でも、それしか途《みち》はないと思う。結界を張っているという話だが、それも無限に延びているわけでもあるまい。ドブネズミに遭わなくなるところまで、ずっと、ずっと川から遠ざかりつづける。それから回って、大回りして、また川まで戻ってくるんだ。そのあたりはもう、たぶん、やつらの『帝国』の外側だろう」

想像するだに大変なことだった。しかし、お父さんがそれしかないと言うのなら、それしかないのだ。

「今日いちにち、ゆっくり休もう。そして、今晩遅く、出発する」

6

川は北西から南東へ流れている。榎田橋でその川を渡る石見《いわみ》街道は、北東から南西に下る片側一車線の道路で、車は昼夜、かなり繁《しげ》く行き来している。歩道はなく、ガードレールがあるだけだ。そう遠くないところに私鉄の駅があるので歩行者も自転車の往来も多い。自転車はガードレールの内側を通ったり外側を通ったりして、いずれにしても危険なことおびただしいが、電車が終わった深夜になれば、さすがに人通りはほとんどなくなる。

とはいえ、何かの理由で夜遅くまで起きていて、ふとコンビニまで散歩しようなどと思い立ち、そのガードレールの内側を歩いているといった通行人もいないわけではない。そんな人が、もし仮りに、ごくごく注意深く地面に目をこらしてみようなどという気を起こしたならば、道路のきわをちょろちょろと動いている三匹の小さな動物に目が留《と》まったかもしれない。

二匹は濃い灰色で、一匹はほとんど白に近い薄い色。大きい方の灰色が先頭に立ち、小さな白がそれに続き、中ぐらいの大きさのもう一匹の灰色が最後に来るという縦一列になった三匹は、ちょろちょろと走っては立ち止まり、先頭のリーダーがあたりを見回し、空気のにおいを嗅ぎ、大丈夫と判断したらまた走り出すということを繰り返している。植え込みの樹木だのポリバケツだの、姿を隠せそうなところがあれば必ずその蔭に回りこんで、しばらく様子をうかがう。それから大きい灰色がさっと走りだし、小さい二匹が後を追う。列の真ん中にいる白いのがいちばん目につくが、幸いここまで彼らに気づく人間はいなかった。

川から直角に遠ざかる。では、どちらの方角に？

「あの夫婦は道路を南下したと言っていたね。それで駄目だったんだと。じゃあ、ぼくらは反対側を試してみたらどうだろう。北上することにしてみたら」それがお父さんの提案だった。そこで、タータたちは北へ向かっていた。

ドブネズミの衛兵に関しては、あの奥さんネズミの言った通りだった。左に曲がる横丁に行き遭うたび、恐る恐るあたりをうかがってみるのだが、凶悪な面がまえの一匹がまず飛び出してきて「止まれ！」と呼ばわる。そこで押し問答になると、さらに数匹がどこからともなく加勢に現われる。たとえダッシュしてそいつらのわきをすり抜け、その防衛線を突破したところで（そんなことはできそうにないが）、その後どうなるかはまったく楽観できまい。どうやら榎田橋より北西のその地域一帯は、たんに川原のみならず、その両側に広がる住宅街まで含めてドブネズミたちの一大コロニーをなしているようなのだ。だからもうお父さんは闘おうとはせず、彼らの姿を認めるとすぐに退いて、道を先に急いだ。

朝日が射《さ》しそめる頃、道祖神でも祀《まつ》ってあるらしい小さなお社《やしろ》に行き当たった。裏に回ってみると、礎石の一つがずれて隙間が出来ているのが見つかった。三匹が入るとやや窮屈《きゅうくつ》だが、隠れ家として利用できないほどではない。その日はまる一日、そこで身を寄せ合い、じっとして過ごした。お供えを狙《ねら》っているのか、カラスたちがすぐ近くまで寄ってきてはまた飛びたつということを繰り返していたが、ひっそり息を殺しているタータたちには気づかなかった。そのカラスたちの騒ぎや、間近から伝わってくる車の往来の震動に気圧《けお》されて、さすがのチッチもずっとおとなしくしていた。

夜になってまた出発した。その晩も、曲がり角ごとに凶悪なドブネズミに歯をむき出されるという繰り返しだった。コンビニの前に転がっていたカップ麺《めん》の食べ残しで飢えをしのぎ、三匹は石見街道をさらに北上しつづけた。三匹の神経を何よりも参らせたのは、車の騒音だった。チッチが目に見えて弱ってきた。タータも足に力が入らなくなってきた。

　小ぢんまりしたアパートの植え込みに走りこんでひと息つき、

「さあ、行くよ」と言ってお父さんがまた走り出そうとしたとき、

「お父さん、もう疲れたよ」とチッチが言った。

「そうか……朝も近いし、今日はここまでにしようか」体からふっと緊張が抜けたお父さんが、チッチの頭に手を置いた。

「ねえ、どこまで行ったらいいんだろう。もうずいぶん川から離れたね」とタータが言った。

「もう少し。もう少しだと思う」

「早く川に戻りたいよ……」というタータの言葉の語尾は、すぐかたわらを通過する大きなトラックのエンジン音と地響きでかき消された。

「こっちに行ってみよう」お父さんはアパートの横手に回っていった。トタン屋根のついた自転車の駐輪場がある。お父さんはいちばん奥まで行き、防水カバーを掛けた一台をしばらくの間ためつすがめつしていたが、

「これだ。ついておいで」と言うや、そのカバーの下にもぐりこんだ。

「これ、朝になったら誰かが使うよ、きっと」とタータが言うと、

「地面の砂ぼこりの跡を見てごらん」というお父さんの声がカバーの内側から聞こえた。

「この自転車はここ何週間か、この場所からまったく動いていない。カバーにもいちめんに、均等にほこりが積もっていて、誰も触った跡がないだろ。さあ、早く入っておいで」

カバーの内側にもぐりこんだお父さんは、そのうち棄《す》てられた自転車の、前車輪の輻《や》（中心軸から輪の方に向かって放射状に出ている棒）から泥除《よ》けに登り、さらに買い物かごをよじ登って、そのなかに転がりこんだ。そして、

「さあ、早く」と地面にいる兄弟に声を掛けた。まずチッチが登っていった。買い物かごの金属格子に手足を掛けてよじ登る途中、一瞬、片方の後足が滑って転落しかけ、お父さんもタータもはっとしたが、チッチは辛うじて持ちこたえた。うまくてっぺんまで登りきって、そこから買い物かごのなかにこてんと転がり落ちた。タータも後に続き、三匹はその隠れ家に無事に身を落ち着けた。

お父さんの推測は当たった。朝になると通勤の人々が次々に自転車で出かけていったが、三匹が隠れた自転車には誰も触れないままだった。通勤時刻のそのざわざわした騒ぎを、

三匹は防水カバー越しに聞いていた。やがてその一刻が過ぎるとアパートに静けさが戻ってきた。防水カバーに包まれたその暗がりは案外心地良く、三匹はぐっすりと眠りこけた。午後の終わりから夕方にかけては子どもたちが走り回ったり、歓声を上げながら自転車の出し入れをしたりする音が間近から聞こえ、ときどき目が覚めたが、疲れきっている三匹はすぐにまた眠りに落ちた。やがて三々五々仕事から帰ってきた人々の自転車で、また駐輪場は埋まりはじめた。

タータが目を覚ますと、あたりはまた静まりかえっていた。もちろん石見街道の車の往来は絶えることがないが、それもこのくらいの距離からなら、川のせせらぎのように聞こえないでもない。体にかなり活力が戻ってきたように感じる。カサコソという音が下方から聞こえたので、金属格子の隙間から顔を出して見下ろしてみると、お父さんがカバーと地面の隙間から外をうかがっているところだった。タータに気づいて、

「起きたかい。チッチを起こして、降りておいで」と言った。

また旅が始まるのだ。三匹はアパートの横手を回ってまた道路に出た。夜が更けて、もう人通りはほとんどない。また先へ進むのだ。先へ進めば進むほど、川から遠ざかってゆく。ぼくらはいったいどうなるんだろう。ぼくらはいったい何をしているんだろう。つのる不安を抑えこむように、でも、行くんだ、とにかく先へ行くんだと自分に言い聞かせる。

最初の曲がり角まで来た。三匹はそこにしばらくの間、恐る恐るたたずんでいた。が、

いくら待っても、ドブネズミは一匹も現われなかった。

お父さんはあちこち動き回り、わざわざ道路の真ん中までゆっくりと出ていって、あからさまに体をさらすようなことまでしてみた。駆け寄ってきて誰何《すいか》する凶悪なドブネズミの姿はない。

「よし」とお父さんは言った。「あいつらの結界の外に出たぞ」

タータもチッチもほっとした。ここから左に折れ、またどれほど走らなければならないのかわからないけれど、とにかくずっと行き、そこからさらにもう一度左へ曲がり、南下していけば、いずれはあの懐かしい川に帰り着ける。

三匹は勇んで走り出した。細い静かな道だった。石見街道を行き交う車の騒音が遠ざかってゆくのが、何とも言えず嬉しかった。

何本かのやはり細い道を渡ってどんどん進んで行った。しかしその間もお父さんは警戒を怠らなかった。このあたり一帯がまだドブネズミの縄張りのすぐきわのところであるのは間違いないし、たぶんぼくらのことはもうあいつら皆に情報が回っているはずだ、とお父さんは言った。歩哨《ほしょう》のネズミに見つかったら、今度は威嚇《いかく》されるだけでは済まないかもしれない。もっと手ひどい目に遭わされるかもしれない。向こうに見つかるよりも先に、こっちの方からあいつらの姿を見つけなくては。

それに猫がいる、ともお父さんは言った。飼い猫も野良猫も、このあたりの住宅街には、昨日までの自動車通りよりもはるかにたくさんうろついているはずだ。

そこでタータたちは耳を澄まし、たえず空気のにおいを嗅ぎながら、注意深く進んでいった。明け方近く、ウッドデッキをしつらえた庭のある家を見つけたので、そのデッキの下の奥の方に入りこみ、少し穴を掘ってそこを仮りのねぐらにすることにした。猫の通り道になっていない静かな庭で、住人は老夫婦だけらしく、人の出入りがほとんどない。勝手口には蓋《ふた》のずれたポリバケツがあり、そのなかに多少の野菜屑も見つかって一応腹もくちくなり、穏やかな一日を過ごすことができた。

チッチはどこかで見つけたセミの死骸《しがい》をくわえて引きずってきて、そんなもの食べちゃいけないとお父さんに叱《しか》られた。

「毒があるかもしれないからね。向こうへ捨てておいで。他の動物が嗅ぎつけて近寄ってくるかもしれないし。……さあ、ふたりとも、もうこの穴のなかにじっとしているんだ。できるだけ眠って、体力をたくわえておかなくちゃ。今夜もいっぱい走るからね」

7

翌晩も三匹は走りつづけた。やがて道は突き当たりになって、どっちに曲がるか決めなければならなかった。念のためにさらに北へ行こうとお父さんが言った。大事をとるに越したことはない。

だがその道はくねくねと曲がりくねって、細い路地になり、やがて二股《ふたまた》に分かれるところに出た。左、とお父さんは言った。しかしほどなくその路地も突き当たりになって、前方には草ぼうぼうの大きな空き地が広がっていた。お父さんはしばらく迷っていた。ここを突っ切るか、それとも二股に分かれたところまで戻って、人間の道路を辿《たど》りつづけるか。

お父さんは空き地を突っ切る方を選んだ。お父さんが草の隙間を縫って走ってゆく。その後にチッチ、しんがりはタータだ。茂った草で、ある程度は身を隠せるとはいえ、何の目印もないこんなだだっ広い空間を横切ってゆくのが、タータには不安でならなかった。

空き地の端には、低いブロック塀の上に鉄条網が張りめぐらしてあった。その隙間をくぐり抜けると、向こう側は車が二十台ほども並ぶパーキングになっている。さらにその向こうには道路が延びていて、お父さんは車の下をすばやく走り抜け、道路に沿って進みはじめた。

「お父さん、方角はわかる?」とタータは息を切らしながら声をかけた。「ぼくはもう、どっちへ進んでいるのか、よく……」

「大丈夫。川の方角は何となくわかる。今ぼくらはまた北へ上っているはずだ。次を左に行けば……」そのとき、お父さんが不意に立ち止まって体をこわばらせた。気がつかずに走りつづけてお父さんにどんとぶつかったチッチの首根っこを押さえ、静かに、という身振りをする。お父さんが視線を投げている方へタータも目をやると、前方の塀の上に三毛と黒白と、二匹の猫が蹲っているのが見えた。

「じっとして……まだ気がついていない……こっちを見ていない……さあ、少しずつ後ずさってゆくよ……走っちゃ駄目だ……ゆっくり、ゆっくり……」

やがて、さあ走れというお父さんの合図で、三匹はさっきのパーキングまで戻り着き、手近な車の下に駆けこんで安堵の息をついた。しばらく待ってからお父さんが偵察に出かけ、戻ってきて、

「行ってしまったようだ。よし、行こう」と言った。

三匹は走りつづけた。朝の光であたりがほんのりと明るみはじめた頃、しめやかに雨が降りはじめた。

次の晩になっても雨は止まなかった。止むのを待つか、それとも出発するか。

その日、三匹がねぐらにしていたのはやはり民家の軒下だったが、そこは人間や猫の気配が濃厚で、あまり長くはとどまっていたくなかった。雨水が泥水になって流れこんで、足元がたえずぐずぐずに崩れつづけ、静かに休んでいられるような場所でもない。とにかくもっと良いねぐらが見つかるところまで行こうと言い交わし、三匹は出発した。

くねくねと蛇行する道が続いてゆく。道路工事をしているところにぶつかって、曲がるつもりだった角を曲がれないこともあった。突き当たりに門扉《もんぴ》を固く閉ざした家が立ちふさがって、引っ返さなければならないこともあった。それでも、もし雨が降り出さなけれ

ばお父さんの方向感覚が狂うようなことは決してなかったに違いない。丸一日降りつづいた雨のせいで街のにおいがすっかり変わり、ここまでなかば無意識に保ちつづけてきた前後左右の感覚が、だんだん不確実になってきたのである。

「今度の角を左、たぶん左でいいはず……」とお父さんは自分に言い聞かせるようにつぶやいた。

「ほんとに？　大丈夫？」と思わずタータは言っていた。

「大丈夫……だと思う」お父さんの返事がいくらかあやふやになっている。

少しずつ雨がひどくなってきた。三匹ともぐっしょり濡《ぬ》れそぼち、体の芯《しん》まで冷えてきた。それでも三匹は進みつづけた。昼間じっとして休息をとるためのねぐらになりそうな場所を、どうしても見つけなければならないのだ。中途半端な場所で雨宿りをしても、そのまま朝になってしまったらいったい何が起きるか知れたものではない。雨は勢いを増す一方で、何だか四方いちめん、水のカーテンに囲まれているような具合になってきた。視界が利かないので、ねぐら探しはいよいよ難しくなる一方だ。

とうとう朝になってしまった。車が水しぶきを上げて走りはじめ、通行人もちらほら目につくようになってきた。事態は切迫しつつあった。

もうほとんど、どしゃ降りだった。ときどき突風が吹きつけて、ネズミたちの小さな体は吹き飛ばされそうになる。三匹は今、長いコンクリート壁に沿って走っていた。その切れ目に通用門のような扉があり、お父さんはそれと地面との間の細い隙間にもぐりこんだ。チッチとタータも後に続く。すぐ目の前にそびえている大きな灰色の建物の庇《ひさし》の下に、段ボール箱が転がっているのが目に入った。お父さんは駆け寄ってその上に飛び乗った。ガムテープでぴっちりと梱包《こんぽう》されている。お父さんは躊躇《ちゅうちょ》することなく、その角をかじりはじめた。ほんの数分で小さな穴が開いた。そして、その穴を広げるのにさらに数分。

「さあ、入れ！」お父さんの叫び声に、弾《はじ》かれたようにチッチとタータが段ボールに飛び乗り、穴からなかへもぐりこんだ。お父さんもその小さな穴に何とかかんとか体を押しこんで、どさりと底に落下した。

折り重なるように倒れた三匹は、恐る恐る体を起こした。そこはかび臭い紙のにおいが立ちこめた暗闇だった。見上げると、お父さんがかじって開けた頭上の小さな穴から、ほのかな光が射しこんでいる。

「新聞だな。これは古新聞の束だ」とお父さんが言った。シンブンというのが何なのかタータにはわからなかったが、とにかく字を印刷した古紙の束がその段ボール箱には詰まっ

ていて、その横に出来た狭い隙間に三匹はいるのだった。と、周囲に急に人間たちの足音が行き交いはじめた。間一髪のタイミングだった。人間たちの会話の断片が耳に入る。

「……台風が来てるんだって」

「まだまだ、これからが本番らしい……」

「凄《すご》い風……あたしの傘、おちょこになっちゃった……」

そこにいればとにかく雨風はしのげた。三匹はお互いの体を舐め合って、できるだけ水気をとり、そのままじっとして一日を過ごした。

午後になって、ばしゃばしゃという激しい水音に、風がびゅうびゅう唸る音が混ざりはじめた。人間たちの足音も、段ボールのすぐ間近を行ったり来たりしつづけている。もう丸二日ほども何も食べておらず、お腹が空いてたまらなかったが、さすがのお父さんにもどうしようもない。

もっとまずいことが起こった。風が強くなるにつれて、一応は庇の蔭に入っていた段ボールに雨が直接吹きつけるようになり、段ボールが水を吸ってぐちゃぐちゃになりはじめたのだ。底にも水が溜まりだした。みんな濡れて、体がすっかり凍えきっていた。

「もう夜かな」とタータがぽつりと言った。頭上の穴から光が消え、あたりが真っ暗になってもう何時間もたっていた。

「お腹が空いた」とチッチが小さな声で言った。

「もう少し。もう少しだけ我慢するんだ」お父さんは、両側から体をぴったり寄せてくる二匹の息子に手をかけて、柔らかな毛皮を優しく撫《な》でた。そうしながら、不意に川の話をしはじめた。長い冬が終わり、ようやく暖かな陽光が射して、ずっと眠りこんでいた草の芽や木の芽がいっせいに芽吹きはじめる、あの春の最初の朝の喜び。まるで笑いさざめいているような川のせせらぎ。……低い静かな声なのに、それは激しい雨風を打ち消すようにふたりの耳に届き、それを子守唄のように聞きながら、ふたりはいつの間にか眠りこんでいた。

どのくらい時間がたったのだろう。凍えるような冷たさを感じてタータは目が覚めた。体が半分水に浸《つ》かっていた。ガムテープが剝《は》がれかけ、そこから雨が吹きこんでいた。雨風の勢いはまったくおさまっていない。お父さんは新聞の束に足をかけて外に頭を出していた。タータが声をかけると飛び降りてきて、

「とにかく、もうここにはいられない」と静かに言った。

「どこか良い場所があるかな」

「わからない。視界がまったく利かないから。でも、とにかくここはもう駄目だ」

「まだ夜なの？」

「いや、もう明るくなりはじめている。人間たちの往来がまたもうすぐ始まるよ。本当に困ったね。でもまあ、仕方ない。さあ、おいで」

もう穴のところまでよじ登るまでもなく、ちょっと体をもたせかけると、濡れそぼった段ボールは呆気《あっけ》なくびりりと裂けた。そこから三匹は外に出た。と、吹きつける突風にいきなりチッチとタータは体をさらわれそうになった。お父さんにしがみついて辛うじて耐える。三匹は頭を低くして庇の奥の、建物のきわににじり寄った。そこにも激しい雨と風は容赦《ようしゃ》なく吹きつけてくる。

お父さんは茫然《ぼうぜん》と天を仰《あお》いでいた。もう駄目だとタータは思った。ここはきっと建物の扉だろう。もういつ何時、ここが開いて人間が出てきて、蹴っ飛ばされるかもしれない、踏み潰されるかもしれない。逃げるったって、このどしゃ降りのなか、いったいどこへ行ったらいい。第一、お腹が空きすぎてもう一歩も歩けないや。チッチなんか、もう丸くなって目をつむってるじゃないか。もうぼくら、このまま死ぬのかな。

永遠と思われるほどの時間が流れたような気がしたが、たぶん三匹がそんなふうにしていたのは二、三分のことだろう。やがてタータは、雨風の音にかき消されながら、誰かがどこかから「おい」と繰り返し呼びかけているのに気づいた。あれはいったいどこから聞こえるのだろう。今タータたちのいる石段を一段降りたところのコンクリの地面に排水孔《はいすいこう》があり、そこには雨水が渦《うず》を巻いて吸いこまれているのだが、その渦のなかで何かがちらちらと動いている。

途方に暮れたように空を見上げているお父さんの背中を叩《たた》いて、タータは排水孔のなかのその変なものを指さした。タータたち三匹が注視するうちに、水しぶきのなかで目が光り、やがてそれがじりっと動き、耳が現われ、鼻が現われ、ひげが現われ……ネズミの顔になった。そして、

「おい、ついて来な」と言った。

8

　ぐずぐずしている暇はなかった。お父さんは一瞬もためらわなかった。タータたちをせきたてて、その排水孔に走り寄った。雨水がどんどん流れこんでいるその穴のなかをのぞきこむ。何も見えない。「ついて来な」と言ったネズミの姿も見えない。どうする？　どうするもこうするもない。もう、行くしかない。チッチは尻込みしたが、タータがぐいっと押してほとんど突き落とすようにして飛びこませた。タータとお父さんが後に続く。渦を巻いて流れ落ちてゆく水のなかにもぐって、ああ溺《おぼ》れると思い、一瞬、パニックに襲われそうになったが、次の瞬間、誰かがタータの手をつかんでぐいっと引いてくれた。川での水遊びに慣れているから、水それ自体はそう怖いわけではない。

　思いきって深くまでもぐると小さな横穴があるのがわかった。そのふちに手をかけて、しゃにむに体を押しこんだ。そこもびしょびしょだが水は大して溜まっておらず、すでにチッチがぺったり座りこんでぜいぜいと息をついている。お父さんもすぐに現われた。穴

の奥の暗がりから、

「ついて来な。さあ、急いで」という声がした。

「どこへ……」とお父さんが言いかけると、おっかぶせるように、

「ここにも水が流れてきそうな時刻なんだ。それに足を取られると今の排水孔まで押し戻されて、下水に流される。そうなりゃ、一巻の終わりだぞ」

そこで、三匹はタータを先頭に、その正体不明のネズミの後について、ゆるやかに上向いているその横穴を這《は》い進んでいった。二股に分かれるところが何箇所かあり、そのつど先導役のネズミが「こっちだ」と簡潔に指示し、三匹はそれに従った。真っ暗ななかをずいぶん歩いて、いい加減疲れはじめた頃、「さあ、ここだ。上がるぞ」という声がして、タータの眼前から先導役のネズミの気配が急にかき消えた。

頭上に垂直の穴がぽっかり口を開けていて、見上げると、ところどころの小さな出っ張りに器用に足を掛けながら、身軽によじ登ってゆくネズミのお尻が見えた。タータもよいしょと体を引き上げ、手足をつっかい棒に、頑張って登ってゆく。途中で一度、後足が滑ってひやりとした。「気をつけろ!」というお父さんの鋭い声が下から飛んだが、そっちを見下ろす余裕もない。

どんどん明るくなってきて、目をぱちぱちしばたたきながら手探りで登ってゆくうち、不意に出口のふちに手がかかった。出たところは白いホウロウ引きの洗面台だった。乾き

きってあちこちにひびが入り、ほこりも積もっている。目の前に、見知らぬネズミが座っている。明るい灰色の毛で、お父さんよりひと回り大きく、痩せて、耳がとても大きい。タータとそのネズミは、しばらくの間、黙ってただ見つめ合っていた。そこへ、首にチッチをしがみつかせたお父さんが這い上がってきた。

「きみは、あいつらって、何だよ」と痩せたネズミが言った。

「あいつらの仲間だろう」とお父さんが言った。

タータにはお父さんの言ったことの意味がすぐにわかった。この痩せた大柄なネズミはドブネズミなのだ。そして、お父さんがそう言ったまま、言葉を継がずに黙りこんでしまったことの理由も、何となくわかった。あんたはあいつらの仲間だ、われわれとは種類の違うネズミだ、ということはつまり、あんたはわれわれの敵だ……そんなことをお父さんは口にしたくないのだ。「同じネズミ同士じゃないか」とお父さんは言って、あざけられ、暴力をふるわれたのだけれど、だからと言って、自分もあの連中と同様に、おまえとおれとは違う、おまえはおれの敵だなどという言葉を口にするようになったら、それは自分の恥だと思っているのだ。

「さあ、こっちだ。ここは水も止められて、今じゃ物置みたいになってる部屋だけど、誰かが急に入ってくる危険もないわけじゃない」

痩せたネズミは棚を伝って床に降り、壁のところまで行くと、その羽目板の割れ目にするりと体を滑りこませた。お父さんはタータに向かってちょっと肩をすくめてみせてから、さあ、お行きという身振りをした。まずタータが、次いでちょっと危なっかしい足取りでチッチが、床に降り立った。お父さんが続く。

羽目板の割れ目から頭を突っこんでみると、どうやらそこは配管用にしつらえられた空洞のようで、いろんなビニール線だの金属管だのが上下に延びている。そのかたわらに、ネズミならば通れそうな狭い隙間がたしかにある。タータは少しためらったが、「こっちだ……」という声が下の方から響いてきたので、思いきってその暗がりにもぐりこみ、線の留め具や管の出っ張りに手足を掛けながら、少しずつ少しずつ、下へ下へとくだっていった。

「おい、気をつけてくれよ。ぼくのうえに落ちてくるなよ」という声が下方からかすかに伝わってきた。先導役がもうずいぶん先に行ってしまったようなので、タータはあせって少し速度を上げた。すると上からは、「ゆっくり行けばいい。ゆっくり、タータ」というお父さんの声が落ちてくる。

ずいぶん長いこと降下を続けたような気がした。いつまで続くんだろうとじりじりしはじめた頃になって、ようやく床らしいものが見えてきた。それで気が弛《ゆる》んだのか、タータはつい手がかりを失い、最後の一メートルほどはずるずると滑り落ちてしまった。が、どこにも怪我をせずにすぐ起き上がった。目の前にはまた割れ目があり、そこからほのかな光が射している。

　出たところは、天井の低い大きめの部屋だった。その天井に接して曇りガラスの嵌《は》まった横長の小さな窓がひとつだけあり、そこから入ってくる薄い光が室内をぼんやり照らしだしている。段ボール箱だの折り畳み椅子《いす》だの、ごたごたした物があたりに無造作に積み上げられているが、何よりいちばん目につくのは部屋の中央をどっしりと占める古ぼけたグランドピアノだった。

　痩せたネズミは床にごろんと寝ころんで、両方の前足で顔をくりくり拭《ふ》きながら、

「ここなら安心だ。人間は年に何回かしか入っちゃこない部屋だから」と言った。

「ここは……」

「半地下の物置だよ。変な部屋だ。このピアノなんか、あのドアからいったいどうやって運び入れたのかねえ。一度入れたらもう出すのも面倒で、忘れたふりをしてるのかね、人間どもは」

　そこでお父さんが改まった口調になって、

「いや、本当に」と言った。「本当にどうも有難う。あ

のままあそこにいたら、どんなことになってたか」

灰色ネズミは、ふふん、と笑って、

「とにかくあの段ボールから出たのは良かった。あれは廃棄《はいき》処分になるやつだったんだ。あと一時間もしたらトラックに積まれて、ゴミ処理場送りになるところだったぜ」

「どっちにしろあれはもう水浸《みずびた》しで、あれ以上はいられなかった……しかし、本当に助かりました。きみはここに住んでるのかい？」

「そうだよ」

「ひとりで？」

「ああ」

その返事を聞いてお父さんは少し安心した。口車に乗せられ、まんまとおびき寄せられてみれば、凶悪なドブネズミの一団が待ち構えている——排水孔にもぐりこんで以来、この物置とやらに着くまでの長い道程の途中、そんな不吉な空想がお父さんの頭を何度かちらりとよぎらないでもなかったからだ。

「この図書館はネズミが生きてくには、けっこうきびしい環境でね……」

「図書館？」

「そう。この市立図書館は、いわゆる害獣《がいじゅう》、害虫を目のかたきにして、必死に駆除《くじょ》を繰り返してるからね。他の連中はみんな殺されるか、見切りをつけて出て行くかしてしまっ結局、残ったのはぼくひとり。でも、ぼくはここが気に入ってるし、たったひとりで暮らすのも苦にならない」

　そして、丸いピアノチェアーにぴょんと飛び乗って、

「ぼくの名前はグレン」と言った。「朝方、台風がだいぶひどくなってきたんで、ちょっと表の様子を見ようと思ってね、あの排水孔から顔を出してみた。そうしたらきみらの姿が目に入った。まあそういうわけだ」

　その瞬間にも、横なぐりに吹きつけてくる風雨が、激しい音を立てて窓ガラスを叩いていた。その音に四匹はしばらくじっと耳を傾けていた。

「ひどいことになったなあ。でも、そろそろ静まってくる頃合いだろう。きみたちはここら辺のネズミじゃないね」

「旅の途中なんだ。話せば長い物語で……」お父さんが話し出そうとしていると、そのお腹にチッチが顔をうずめて、よく聞こえない声で何かを言っていた。「え、チッチ、何だい？　はっきり言ってごらん」

　するとチッチは顔を離して、もじもじしながら、

「……お腹空いた」と小さな声で言った。

「やあ、気がつかなくてごめん。こっちへおいで」とグレンが言い、三匹を部屋の隅の戸棚のところまで連れていった。いちばん下の引き出しがわずかに開いている。グレンは少

し得意そうに、

「ここがぼくの食料庫なんだ」と言った。

実際、大した食料庫だった！　そこには、木の実やお菓子やチーズがどっさり溜めてあった。タータたちは遠慮なくご馳走になることにして、がつがつと夢中で食べた。雨の入ってこない暖かな場所で、好きなだけごはんを食べられるというのは、何て嬉しいことなんだろうとタータは思った。

お腹がいっぱいになると、お父さんはグレンに、どうして巣穴を捨てて旅に出ることになったかといういきさつを、かいつまんで物語った。話が榎田橋のたもとでのドブネズミ部隊との対決のところまで来ると、グレンの顔が真っ赤になった。死んだ赤ちゃんを抱いて子守唄を歌いつづけているあの可哀そうな牝ネズミの話になると、今度は一転して血の気が失せ、蒼白《そうはく》になった。が、ひとことも口を挟まずにお父さんの話を終わりまで聞いた。

それから、

「あいつら……」とぽつりと言った。お父さんは黙っていた。

「あいつら、まだそんなことやってるのか」

「きみは、あいつらのことはよく知ってるんだろう」とお父さんは遠慮がちに言ってみた。

グレンはかすかに頷いたが、お父さんが「あの連中は……」とさらに言いかけると、グレンはその言葉をさえぎって、

「きみたちは少し休みたいだろう。ぼくはもう一度見回りに行ってくる。こんな日は、他にも困っている者がいるかもしれないからね」と言った。

9

その日いちにち、グレンは何度か巡回に出かけては、ひと息つきに戻ってくるということを繰り返した。タータたちは久しぶりに何の気苦労もなく、手足を伸ばしてゆったりと休息をとることができた。天窓からの光が衰えてあたりが暗闇にとざされる頃、嵐《あらし》の勢いはもうすっかり弱まって、しとしとと降るふつうの雨になっていた。さらに数時間たって真夜中になると、グレンは、

「ここがどんな場所か、見せてあげるよ。ついてきたまえ」と言った。

グレンに先導されて、タータたちはまたあの配管用の空洞を伝ってしばらく登り、別の隙間から出た。そこは階段の踊り場だった。非常灯だけがぼんやり灯《とも》っている。

「ここは一階と二階の間なんだ。この時間になるともうこの広い図書館に人間はひとりもいなくなる。堂々と走り回っても大丈夫だよ」

「図書館って、何ですか」とタータは訊いてみた。

「本というものは知ってるかい」とグレンは言った。

「本……ときどき公園のベンチで、それを開いて、じいっと見つめている人間がいたな。

ねえお父さん、教えてくれたよね、本っていうのは、言葉をしるしに置き換えたものでしょう。その染みをつけた紙を束にしたものでしょう」

お父さんは頷いた。グレンは、

「そうだ。ここは、その本をたくさん集めてある倉庫なんだ。見せてあげよう」と言って、階段を駆け上がっていった。

二階のその部屋に入ったとたん、タータは茫然としてしまった。チッチも目を丸くしている。お父さんも度肝《どぎも》を抜かれたようだ。間を置いて灯る非常灯の弱い光が、何十列にもわたってそびえ立つ本のビルディングを浮かび上がらせている。一つ一つのビルディングに何層もの階が出来ていて、縦になった本がそこにぎっしり詰まっている。しんと静まりかえった薄暗がりのなかに、何千、何万もの本がただひっそりとたたずんでいるのだ。タータは通路を走っていって立ち止まり、また走り出し、また立ち止まってあたりを見回しながら、

「凄いや……」と思わず嘆声を発した。

「なあ、凄いだろ」グレンは少し得意そうに言った。

「これ、みんな違う本なんですか」

「一冊一冊、みんな違う」

「じゃあ、もの凄くたくさんの言葉がここにはあるんだ」タータは目が回るような気がし

た。

「人間はここに、それを読みに来るんだよ」

「読む？　読むってどういうこと？」

「本のなかのしるしを、もう一度言葉に戻すことさ」とグレンは言った。「言葉をしるしに置き換えるのを『書く』、それをまた言葉に戻すのを『読む』というんだよ」

「ふーん。じゃあ、いったいどんな言葉が『書いて』あるんですか、このたくさんの本のなかに」

「さあ、それはわからない。ぼくらには本は読めないし、書けないから」とグレンは少し淋しそうに言った。

三階建ての図書館のあちこちを、タータたちはグレンの案内で走り回った。人っ子ひとりいない深夜の図書館には、冷たい沈黙が広がっていた。何かの音が聞こえたような気がしてふと立ち止まると、それはただ、他のネズミたちがリノリウムの床を蹴るひた、ひた、ひたという音でしかないのだった。グレンはこの広大な、奇妙な空間を独り占めして生きているのだ。

こんなたくさんの言葉を人間たちはなぜ大事にとっておこうとするんだろうとタータは考えた。この膨大《ぼうだい》な本のなかにはどんなことが「書いて」あるんだろう。食べ物の見つけかただろうか。道路の作りかただろうか。木の切りかただろうか。川のこと、猫のこと、カラスのこと、ぼくたちネズミのことなんかも「書いて」あるんだろうか。でもそんなことは、ほんのちょっとした言葉だけで済んでしまうだろう。こんな何千冊、何万冊もの本の、どの一冊のなかにもぎっしり言葉が詰まっていると考えると、タータはめまいがするようだった。

「軽食コーナーで食べ残しがけっこう出るんだ。それから下水道を伝ってあっちこっちに行けるしね。食べ物にはまったく不自由しないな」とグレンは言った。タータたちはまた半地下の物置に戻ってきていた。

「淋しくないかい、こんな広いところにひとりで暮らしていて」とお父さんがグレンに訊いた。

「ぜんぜん。ぼくはひとりが好きだから」

「どうやら、ぼくらが邪魔しているね、きみの静かな生活を」

「いやいや、まったくいいんだ」とグレンは急いで言った。「そりゃあね、ときには話し相手が欲しくなるしね。きみたちのことは大歓迎さ。しかしぼくはまあだいたいのところ、ひとりでいても退屈しない性格なんだ。他の連中は、この建物にはもう誰も住めないものと思いこんでいるから、寄りつきもしないしね。たぶん、ぼくのことはもう誰も覚えちゃいないだろう。けっこうなことだ！　こっちだって、あいつらにはもう会いたくもないし！」

グレンの最後の言葉が少々憤然とした口調になったので、お父さんはもう少し踏みこんで尋ねてみる気になった。

「きみは彼らの……仲間だったわけだろ」

「仲間、か。そう、その通り、仲間だった、たしかに」とグレンは言った。「本当に恥ずかしいと思ってるよ。きみらにひどいことをしたんだな、あいつらは。それからきみらの友だちの若い夫婦にも」

「きみみたいなネズミもいるんだね、やつらのなかにも」

「もちろん、いる。いや、いたと言うべきか。たぶん、もうみんな追放されるか、殺されてしまっただろう。ぼくには同志がいた。あのボスさえ倒せば……」

「ボス……？」

「凄い牙のある、真っ黒の、でかいやつだ。そいつがみんなを組織して、あのとんでもない『帝国』を作り上げたんだ。それ以来、ドブネズミ以外の小動物はこのあたり一帯からことごとく追い払われてしまった。ドブネズミの群れのなかでも、自分では餌を取ってこられなくなった年寄りだの病気に罹《かか》った者だのは、遠慮会釈もなく境界の外に追いやられるようになった。そうなると、ごく普通の温厚なネズミだったはずの連中まで、何だかまるで性格が変わってしまって、血なまぐさい目つきになってきてね、孵《かえ》ったばかりの水鳥の雛《ひな》を面白半分に殺したり……ああ、そりゃあ、ひどいもんだった。ぼくは同志を集めて、ボスネズミとその側近を倒そうとしたんだ。そうすればあの恐怖政治は一挙に潰れる、ぼくはそう読んでいた。ところが……」

「うまく行かなかったんだね」

「ぎりぎりになって寝返って、密告したやつがいた。ボスに取り入って、幹部に取り立ててもらおうとでもしたのかね。決行の前夜にアジトを急襲されて……『虐殺《ぎゃくさつ》』というのはああいうことを言うんだろう。ぼくらは油断していたからね。血みどろの戦い……いや、戦う余裕もなかった……圧倒的な数の差もあったし、ただ一方的にやられるばかりで……」グレンは目をつむって、まるで冷たい突風が吹きつけてきたように、ブルッと体を震わせた。

「そうか」

「とにかくぼくは辛うじて逃げおおせた。嚙み傷だらけの体で、やつらの監視の目をくらましながら、走って走って走りつづけ、餓死《がし》寸前でたまたまこの図書館に行き当たったんだ。他の同志のなかにも、逃げ延びられたやつがいたんだろうか。もう、いくら考えても詮ないことなんだが」

「このあたりも、やつらのテリトリーなんじゃないのかい？」とお父さんが訊いた。

「ぎりぎりの境い目かな。ぼくがここに転がりこんだときには、軍隊みたいになってしまったドブネズミの共同体に嫌気がさして、ここに逃れてきて、棲みついていた連中が何匹もいたんだよ。でも、前にも言ったとおり、ここで生き延びるのもけっこうきびしくてね。

結局、ぼくひとりだけになってしまった」

「でもきみは……」とお父さんが言いかけると、

「もう、やめよう」とグレンは話を断ち切るようにきっぱり言った。「もう疲れた。ぼくは寝るよ。きみたち、お腹が空いたらあの食料庫で勝手に食べてくれ」

グレンはぷいっと背を向けて、グランドピアノのうえに飛び乗り、ふたの隙間からなかにもぐりこんでしまった。グレンはそこをねぐらにしていて、ときどき彼がなかで身動きすると、ピアノの弦がかすかな音色を立てることがあった。

もう雨は上がっていたけれど、タータたちはその次の日も、その次の日も、グレンの図書館にとどまることになってしまった。吹きっさらしの街路をずっとさまよってきた身にしてみれば、雨風がしのげて食べ物も豊富なここは、天国のようなものだった。グレンは依怙《いこ》地《じ》で偏屈なところもあったが、基本的にはとても親切なネズミだった。タータは、真夜中を過ぎて静まりかえった書庫や閲覧《えつらん》室を走り回るのが、面白くてたまらなかった。どこまでも続く書物の塔の列のなかに詰まっているという、膨大な言葉の星雲の途方もない渦巻きのようなものを想像してみると、目がくらむような気がした。

どうしたらこれが「読める」んだろうか。タータは書棚に飛び乗って、目についた本のはしをちょっと齧《かじ》ってみたりもしたが、紙の屑はただまずいだけだった。それに、それを見咎《みとが》めたグレンにこっぴどく叱られてしまった。ネズミの齧った跡などが見つかると、業者が入って大がかりな駆除作業が始まりかねないというのだ。以前に行なわれたそうした駆除で、仲間のネズミが何匹も死んだのだという。

そんなふうに叱られたりしても、タータはグレンが好きだった。グレンと気が合うのは、お父さんよりチッチより、タータだった。タータとグレンはよく夜中に階上の図書館に散歩に出かけ、本のこと、言葉のことを話しながら書棚の間を歩き回った。

「人間たちは、なぜ『書く』とか『読む』とかするんだろう」とタータが独りごとのように言う。

「さあ」ひげをひねりながらグレンが答える。

「そして、図書館なんていう、こんな巨大なものまで、どうして人間たちは作ったのかな」とタータがさらにつぶやく。

「さあ」グレンはしばらく黙って、やがて「怖いから、じゃないのかな」とぽつりとつぶやいた。

「怖いって……何が怖いの？」

「死ぬのが、怖いんじゃないのかな」

「僕だって、死ぬのは怖いよ」

「うん……さあ、もうひと回りしよう。職員室の流しを見にいってみよう。何か食べられそうなものが落ちてるかもしれないから」

10

さらに何日もタータたちはそこにとどまりつづけた。ある晩、三匹はグレンに先導されて下水管のなかを伝い、図書館の裏庭に出た。久しぶりで外の空気に触れるのが楽しくて、タータとチッチは追いかけっこをしてたっぷりと遊んだ。美味《おい》しそうなドングリがたくさん落ちている。皆はそれを一つずつくわえて地下室との間を往復し、食料庫のたくわえはさらに豊かになった。

ある晩、タータとグレンが書庫内をぶらついているとき、窓から射してくる月光を浴びながら、不意にグレンが立ち止まり、何かを口ずさみはじめた。その日はたまたま満月だった。

「何？」とタータが訊いても、何も耳に入らないかのように、グレンは窓ガラス越しに見える皓々《こうこう》と輝く満月にじっと瞳をこらしながら、何かをぶつぶつとつぶやきつづけている。邪魔をしてはいけないような気持ちになって、タータがかたわらでじっとしていると、やがてグレンは、低いけれどもとてもよく透《とお》る声で、ひと息にこう言った——

「光の粒がぼくのうえに降ってくる
　光の川がぼくを押し流してゆく

踏みとどまろうとしても
川床の砂はさらさらくずれるばかり
ぼくは溺れて　光のなかに溶け
きらめく無数の粒になって
あの満月のなかへ還《かえ》ってゆく」

そして口をつぐみ、目をつむってしばらくじっとしていた。タータは息が詰まるような思いでグレンの顔を見つめ、それから窓の外の満月を見つめ、またグレンの顔に目を戻した。いったい何だろう、この「言葉」は。やがて、グレンは夢から覚めたように目を見開き、照れくさそうにタータの方を見て、
「さあ、もう帰ろう。きっとお父さんたちが心配しているよ」と言った。

何日か過ぎた。ある晩、グレンがふと思いついたように、「なあ、きみたちもここで暮らせばいいじゃないか」と言い出した。「ここはネズミが暮らすには良い場所だよ。猫もカラスも入ってこないしね。ただ、定期的に行なわれる害獣駆除でやられないようにさえ気をつけていればいいんだ。そして、そのための方法はぼくがよく知っている」

お父さんとタータは顔を見合わせた。

「そう……タータはどう思う?」お父さんに訊かれて、タータは言葉に詰まってしまった。

「うーん……」川辺の巣穴を出立して以来起きた辛《つら》いこと、苦しいことの記憶が、タータの頭のなかをぐるぐると駆けめぐった。これからまた外界に出て行って、あんなことをさらに嫌というほど経験するのかと思うと、グレンの申し出はいかにも魅力的に映った。

「わからないや、ぼくには。チッチはどうだい?」

「ぼくはここが好きだよ、美味しいものがたくさんあるし、あったかいし」とチッチは言った。

「そうさな……どうしたもんか」とお父さんは言った。「とにかく、どうも有難う。ちょっと考えてみないと。何しろぼくらは、川を遡ろうということで、ずっと旅をしてきたんでね。急には頭が切り替わらない」

「川辺で暮らす楽しさはぼくもよく知っている」とグレンは言った。「ただ、このあたりの川原はあいつらがのさばっているからね。はたして、きみらの新しい安全な棲みかが見つかるかどうか。そもそも川自体、ここからはかなり遠いしね。危険な旅になるよ。その危険を冒すだけの価値があるかどうか」

「そう……たしかに」とお父さんは難しい顔で言った。

グレンがピアノのなかに寝に行った後、三匹は小声でしばらく話し合った。が、結論は出なかった。

「グレンはとても良いやつだし、ぼくらはここで平和に暮らせると思う」とお父さんは言った。「どうだ。それでいいかい、タータ」

タータは思わず頷きそうになったが、最後の最後で、どうしても引っかかるものがあった。

「うん……そうだね。ぼくにはわからないや」

グレンというネズミは何か不思議な深いものをたたえていて、一緒にいると、今まで味わったことのないような緊張と安らぎとを同時に感じる。タータはグレンと別れたくなかった。たぶんグレンの方もそんなふうに感じているのだ。でも、川を遡ろうという一念でここまで続けてきた旅を、こんなふうにあっさり中絶してしまっていいんだろうか。

翌晩、タータとグレンはまた階上の書庫にいた。満月は少し欠けていたが、その晩も明るい月夜だった。

「グレンさんも、死ぬのが怖い？」とタータは何となく言ってみた。

「もちろんさ」

「グレンさんと初めて会ったとき……あの水浸しの段ボール箱から出て、石段のうえで……あのときはもう本当に、死んじゃうと思った」

「怖かったかい」

「怖いというのもあったけど、何だか、腹が立つっていうか……こんなところで、こんなわけのわからない街中の建物の蔭で、ただ無意味に死んでゆくのかって思ったら……」

「じゃあ、どこでなら死んでもいいと思うのかい、きみは」

「どうかな……」そのとき、突然タータの頭のなかに広がったのは、夕暮れの川の光景だった。大きな夕日が地平線に沈みかけていて、その間も川水は優しいせせらぎとともに流れつづけている。さざ波のうえには何かを語りかけてくるように、招くように、夕映えのきらめきが踊っている。あたりがだんだん暗くなって……そんな光景を追いながら物思いにふけっていたのかもしれない。不意にグレンの声が聞こえてきて、タータははっとした。

「生きるとは　戻ってゆくこと
生誕のみなもとへ還《かえ》ってゆくこと
安らかな川の流れにあえて逆らい
泥にまみれ　血を流し
敵と戦い　戦いの後に熟睡《じゅくすい》し
また起き上がって　どこまでも
どこまでも　ぼくは歩きつづける
川の光を求めて

川の光を求めて」

タータはいつの間にか、肩を震わせて泣きじゃくっていた。グレンがその肩を抱きすくめ、タータの頭を優しく撫でていた。

「わかった、わかった。泣くんじゃない」

「グレンさん……」

「うんうん。きみはいい子だな」

しばらくそうしていて、タータの泣き声がヒック、ヒックというしゃくり上げになったのを見はからい、グレンはすっくと立ち上がった。そして、

「さあ、おいで。地下室へ戻ろう。川辺へ帰ってゆくための、いちばん良い行きかたを教えてあげる」と言った。

地下室に戻るとグレンはすぐ、

「いいかね、ここから川へ行く道は二つある」と話しはじめた。夜の散歩から帰ってきたグレンとタータの顔を見て、お父さんはたちまち何かを察したようで、何も言わず即座にグレンの話に注意深く耳を傾ける態勢になった。

「一つは、きみたちが辿ってきた道程をそのまま続けて、人間の道路を行くことだ。しかし、これは難しいし危険だと思う。道は曲がりくねっていて、ぼくにもよくわからないし、

しかもここはまだドブネズミ帝国の縄張りのきわだから、あいつらの番兵に出くわす恐れもある」タータたちは頷いた。
「そこで、もう一つの道だ。ここの地下から、川まで真っ直ぐに延びている下水道がある。それを行けばいい。わかりやすいし、直線距離だから、地上を行くよりはるかに近い」
「何だ、ものすごく簡単じゃないか」とお父さんが拍子抜けしたように言った。グレンはにっこり笑って、
「そうだね。ただ、その話は実は、以前ここにいた仲間のひとりから聞いただけで、ぼく自身が実際にそのトンネルを抜けたことがあるわけじゃない。もうぼくは川には近寄りたくもなかったからね。ただ、そいつは信用できる立派なネズミだったから、十中八九、確実な話だと思う。試してみる価値は十分あ

る」

「試してみよう」とお父さんは言った。「ただ、その下水道にもやつらがうろちょろしてるんじゃないのかい」

「それだ。そいつの話では、下水道の向こう側の出口は川の上流寄りで、そのあたりはもうドブネズミの縄張りの外だというんだ。だから、その下水道にはやつらは入ってこないんだと」

「本当かな」

「何とも言えない。そいつが知ってた頃はそうだったとしても、今はまた状況が変わっているかもしれないし。しかしね、もしドブネズミたちがその下水道に出没しているとしたら、この図書館にだって遅かれ早かれ、一匹や二匹、姿を見せたっていいはずだろう。今のところそういうことはまったくないからね」

少しの間、重苦しい沈黙のなかで、四匹はそれぞれの考えに沈んでいた。

「試してみよう」ともう一度お父さんが言った。「もしそれが本当なら、下水道から川に出た時点で、もうぼくらは、ぼくらの旅の最終目的地に着いたことになる」

「もっと早くこの話をしなかったのを許してくれたまえ。ぼくはきみたちが行ってしまうのが、何だか淋しくてね」グレンはかすかな照れ笑いのようなものを浮かべていた。

「いいさ」お父さんも笑顔になっていた。「ぼくらだって、もういっそのこと、ここに棲みつこうかという気持ちに半分くらいなってたわけだし」

「もちろん、きみらに出発の決心が固まったら、すぐに言おうと思っていた。それに、もう一度言うが、今の状況がどうなっているかは、ぼくには何とも言えない。もし狭い穴のなかで凶悪な兵隊ネズミに出くわしたら……どこにも逃げ場はないしね……」

　また沈黙が下りた。その重苦しさを吹き飛ばすように、

「そのときはそのときさ」とお父さんが陽気な声を上げた。「何とかなる。これまでも何とかなってきたんだし」

　それでタータたちはすっかり元気になった。あと一日ゆっくり休んで、翌日の晩に出発ということに話が決まった。

　川へ！　できるだけ体を休めておくように言われたのに、タータは興奮のあまり深くは眠れなかった。川べりに咲く花々の芳香をうっとりと嗅いでいる夢だの、下水道で前にも後ろにも黒々とした怪物たちが立ちはだかって、進退きわまってしまった夢だのが交錯して、何度も目覚めては、まだ図書館の地下にいる自分に気づいて不思議な気持ちになった。

　夜になった。グレンに先導されて三匹はまたあのほこりだらけの部屋に出て、そこの乾ききった洗面台の排水孔のなかにもぐりこんだ。

「落ちないように……ゆっくり、ゆっくり」

　タータに続いて、チッチを首にしがみつかせたお父さんが無事にいちばん下まで着いた

のを確認すると、「こっちだ」と言ってグレンは横穴をどんどん進みはじめた。二股の分かれ道がいくつかあり、下り勾配《こうばい》がどんどん急になっていって、ほどなく直径七十センチほどの太いトンネルにすぽんと出た。底に分厚い汚泥が溜まったうえを、濁った水が流れていて、ひどい腐敗臭が立ちこめている。

「さあ、ここだ。これを下っていけばいい、はずだ」グレンはお父さんとチッチの肩に手を置いた。それからタータをぎゅっと抱きしめた。「もう会えないだろうな。淋しくなるなあ」

「グレンさん……」

「なあ、タータ、『書く』ことも『読む』こともできないのは、われわれネズミ族の幸福なんじゃないのかな。ぼくはそう思うんだ」

11

グレンとの別れをしんみり惜しむ間もなく、三匹はすぐさま走り出した。途中で食料の補給もできないし、とにかく一気に踏破《とうは》してしまわなければならないトンネルだったからである。

今度は、タータが先頭を行く。チッチが続き、しんがりはお父さんだ。浅い水の流れのわきに、水に足を取られずにネズミが走ってゆく程度の余地はある。しかし、下水管の床面は側面にかけて湾曲《わんきょく》しているし、何やらわからぬもので足元がぬるぬるしているので、三匹とも何度も足を滑らせて汚水のなかに転がって、皆たちまち泥だらけになった。

「あせるな、あせるな」と、後ろからお父さんがタータに声をかけた。「このペースじゃあ、転んでばかりで、そのうち参ってしまう。ゆっくり、着実に行こう」

だんだん気持ちも落ち着いてきて、足を滑らさずに進んでいける速度もわかってきた。前も後ろも漆黒《しっこく》の闇だ。背後には、ハッハッというチッチの息づかいと、水を跳ね散らかす足音が聞こえる。ひたすら走る、走る。もうどのくらいたったろう。

「ちょっと休もう」というお父さんの声が届いた。ほっとしてその場に座りこんだが、動きを止めたとたん、走っているかぎりまだしも我慢できていた悪臭がむうっと鼻をついて、窒息しそうな気分になる。空気は重く淀《よど》んで、そよとも動かない。それでも休憩は必要だった。

「何だか、凄いところだね」とチッチが言った。

「早く抜けよう。抜けたところはもう川だからね。頑張るんだ」とお父さん。

「こんなきたない水があの川に流れこんでいるのか……」少し幻滅したような声になってタータが言った。

「うん。でもね……」とお父さんが言った。「川は、きたないものも何もかも呑《の》みこんで、それをぜんぶきれいにして、しまいにはあの澄んだ流れにしてしまう。それが川の力ってもんさ」

三匹はしばらく休み、息づかいが普通に戻るのを待った。それから、「さあ、行こう」というお父さんの合図とともにまた走り出す。

ときどき何か得体の知れぬものに躓《つまず》いた。一度は、毛皮のなれの果てのようなものにたしかに触れ、それが何かの動物の死骸であることは明らかだった。タータはぞおっとして飛びのき、またしても汚水のなかに転がりこんでしまった。三匹はそれを恐る恐る迂回《うかい》して、心がふさがるような気分でまた走りはじめた。何かがいきなり前から来たと思ったら、どうやらゴキブリとおぼしきものがタータの体を掠め、猛烈な速さで後ろへ走り抜けていったこともある。チッチの悲鳴……。

何度か休憩をとっているうちに、タータには時間の観念がまったくなくなってしまった。外ではもう夜は明けたんだろうか。ひょっとしたらもうお昼くらいになっているんじゃないのか。それとも逆に、まだほんの二、三時間しかたっていないのだろうか。

そろそろまた小休止の頃合いだろうと思うのに、なかなかお父さんから声がかからない。タータはだんだん疲れてきた。さらにしばらく走って、「ねえ、お父さん……」と振り向こうとした瞬間、ぎくりとした。すぐ後ろについて来ているはずのチッチの息づかいも、足音も聞こえない。

立ち止まる。何も聞こえない。まったくの無音状態。

つまり水流の音もないのだ。タータはあわてて足元を探ってみた。ぬるぬるしているのは相変わらずだが、そこにあの臭《くさ》い水はもう流れていなかった。そして、あとの二匹の気配もない。

いったい何が起きたんだ。

「おーい、チッチ！　おーい、お父さん！」と、タータは背後に向かって声を張り上げた。だが、その叫びは、響きやこだまが尾を引くということのないまま、恐ろしいほどの静寂のなかにたちまち吸い取られてしまう。速く走りすぎて、チッチたちを引き離してしまったんだろうとタータは思った。少し待っていれば、チッチが息を切らしながら追いついてくるだろう。

そこで、タータは待った。闇《やみ》と沈黙が、濃密な物質のようにタータの目と耳にのしかかってくる。しばらく待ったが、あたりには何の変化もない。チッチが転んだとか、何かの事故があったのだろうか。ぼくが不注意で馬鹿《ばか》だった、とタータは思った。何かにせき立てられるように、走りながら自分勝手にどんどんスピードを上げていってしまったのに違いない。

よし、戻ろうとタータは思い、立ち上がった。さて……そのときタータは、自分がどっちから来たのか、さっきまでどっちに向かって走っていたのか、不意にわからなくなってしまったことに気づき、今度こそ本当に背筋がぞおっと冷たくなった。足元に水の流れがないので、どっちがどっちかもう判断のしようがないのだ。

たぶん、こっちだろう……タータはゆっくりと走り出した。とたんに、もう一つのことに気がついた。このトンネルは、ぼくらがずっと走ってきたもとのトンネルよりも明らかに狭い。直径がもとのトンネルの半分くらいしかないのだ。そうか……真っ暗ななかを走るうち、きっとどこかで枝道に分かれるポイントがあって、ぼくだけそっちに迷いこんでしまった。チッチとお父さんはそれに気づかず、本道をそのまま行ってしまった。きっとそういうことなのに違いない。一直線のトンネル、とグレンは言っていたのだが。

迷子になった！　その思いが頭に浮かんだとたん、タータはパニック状態に襲われ、お尻《しり》に火がついたように全力疾走しはじめた。

タータは走りに走った。狭くて、息ができない。このねっとりした闇に、臭くて重苦しい空気に、押《お》し潰《つぶ》されそうだ。と、突然、泥に足を取られ、体がのめって前に放《ほう》り出された。

腰をひどく打ち、痛くてしばらく起き上がれない。それでも起きて走り出そうとして、またへなへなとへたりこんでしまう。心細さで泣き出しそうだった。今まではどんなに辛いことがあっても、頼もしいお父さんがいた。絶えずひょうきんなことを言ったりやったりして笑わせてくれるチッチがいた。ところが今、急にひとりぼっちになってしまったのだ。

いや、泣いてる場合かと思い、自分を叱りつけるようにしてタータは唇を噛みしめた。どうにかしてふたりのところに戻るのだ。きっと戻る。戻れるはずだ。

今、どのくらい走ってきただろう。もとのトンネルにはまだ合流していない。でも、戻ろうと決心したあの時点で方向を間違えて、実は今、引き返すのではなく、さらに先に進んでしまっているということもありうる。じゃあ、どうする？　とにかくこのまま前進しよう。そして、ある程度進んで駄目なようだったら、引き返してみればいい。よし、計画は出来た。

タータは立ち上がり、腰の痛みをこらえながらゆっくりと走りだした。ときどき立ち止まって、「お父さーん！　チッチーい！」と叫んでは耳を澄ましてみる。何も聞こえない。

ずいぶん走ったような気がした。こんなに走って、それでまだあの水の流れに戻れないなら、もうこれは駄目だという思いがだんだん強まっていった。間違った方向に走っているのだ。タータは立ち止まり、気をつけて慎重に体の向きを正反対にした。そうだ、きっとこっちの方向に違いない。また走り出す。まず、自分がはぐれてしまったことに初めて気づいた、あの地点まで戻らなくちゃいけない。あそこに何か目印を残しておけば良かったな。とにかくそれを越えて、

その先に進んでいけばいい。案外早く戻れるかもしれないぞ。

自分の息づかいと足音しか聞こえない闇のなかをタータは進んだ。ところが、かなり走ってから、その足音がどうも変わってきているのにタータはふと気づいた。なぜだろう。立ち止まって、その理由はすぐわかった。ぬるぬるした泥に覆われていたはずの地面が、いつの間にかすっかり乾いているのだ。ぱらぱらと細かく崩れてゆく土の層になっているのだ。こんなところを通った記憶はないぞ。ここは一度も来たことのない場所だ。いったいどうしちゃったんだ。ここはいったいどこなんだ！

タータは動転して、やみくもに駆け出した。

お父さんとチッチは声を合わせてタータの名前をさんざん叫びつづけたが、答えはなかった。お父さんはチッチにじっとしているように言いおいて、ひとりでタータを探しにいった。大声で呼びかけながらずいぶん先の方まで行ってみたけれど、タータの気配はまったくない。チッチのところまで戻ってきて、

「どうやら、はぐれてしまったみたいだ」と静かに言った。

「お兄ちゃん、どうしたんだろう」

「そう……」お父さんはじっくりと考えてみた。「ひとりでどんどん先へ行って、こんなに離れてしまっても気づかないほどタータは馬鹿じゃない。たぶん、この手前のどこかに、

道が分かれているところがあったんだろう。知らないうちに、タータとぼくらは別々の道に入ってしまったんだ」

「どうしよう」チッチはもう半分泣きべそをかいていた。

お父さんは考えつづけていた。体力的にも精神的にも、チッチはもう参りかけている。この真っ暗闇のなかを後戻りして、壁伝いに手探りしながら、下水管の分岐点を探すなんてことに付き合わせるのは、この子には耐えられまい。では、チッチをここに待たせてひとりで戻ってみるか。しかし、それだと三匹すべてが別れ別れになってしまう。チッチをひとりぼっちでここに残して、この子の身に何が起こるか知れたものではない。

「待とう」とお父さんはとうとう言った。「ここでタータを待とう。今ごろはもうタータも何が起きたか気づいて、ぼくらのところに戻ろうとして頑張っているはずだ。あの子を信頼して、ここで待ってみよう」そしてお父さんはどっかと腰を下ろした。

「お兄ちゃん、心配してるだろうねえ」チッチはお父さんに体をもたせかけ、そうしながら、ぼくにはこのお父さんがいるのに、お兄ちゃんは今どこかの真っ暗闇のなかでひとりぼっちなのだと思った。

「タータは大丈夫だよ。あの子はここのところで急におとなになったから」とお父さんは言ったが、そのきっぱりした口調ほどの自信が、実はあるわけではなかった。

12

その頃、タータは頭のなかが真っ白になって、無我夢中で走っていた。何度も転び、起き上がってはまたやみくもに全力疾走し、そうこうしているうちにもう体中が擦り傷だらけになっていた。足元にはもう一滴の水もない。では、これは今まで通ったことのない道、間違った道なのだ。正しい道に戻らなければ。それはこっちでいいのか。

どうやら、とんでもない迷路に迷いこんでしまったようだった。急角度の曲がり角がある。怪しげな横穴がある。土くれで塞《ふさ》がっている場所がある。通り抜けられないので仕方なく、来た道を戻っていくと、気づかぬうちに妙な脇道《わきみち》に逸れているのか、またしても袋小路のどん詰まりに行き着いて、頭を抱えたりもする。

背後から急にどっと水が流れてきたこともあった。あわててよけながらも、これだ、これだ、この流れに沿ってくだっていけばいいのだと、小躍りするような思いで走りつづけてゆくうちに、どこに吸いこまれたのか、いつの間にかその水流はかき消えてしまっている。

もう何時間も何時間も走ったような気がする。だんだんタータの足取りはもつれがちになり、歩みは遅くなり、しまいに精も根も尽きはてて、地面にばったりと倒れこんだ。荒い呼吸がいつまでもおさまらない。足元はもう積もった土の層もなくなって、つるつるした鉄管の表面がむき出しになっている。どんどん、どんどん、お父さんたちから遠ざかってゆく一方のような気がする。タータの顔はもう涙でぐしょぐしょになっていた。顔のどこかを擦りむいたのか、その涙は血の味がした。

タータは絶望的な気分になって、その場にへたりこんでいた。しばらくして、はっとした。前方にほのかな明かりが射している。気のせいだろうか。涙に曇った目を前足の先でぬぐって、瞳をこらしてみた。かすかな、だがたしかな光が空気のなかにほんのり漂っている。ここまで、暗闇がのしかかってきて、目が体のなかにめりこんでくるようだったが、その瞳からすうっと重さが取れて、どんどん楽になってゆくような気がする。

タータは気力を奮い起こして立ち上がり、のろのろと歩いていった。その場所から斜め上に延びてゆく細い横穴があり、ほのかな光はそこから射しているのだった。暗闇にとざされた迷路のなかをぐるぐる回りつづけるのには、もううんざりだ。お父さんとチッチのところに戻るという、ただそれしか頭になかった執念がふっとかき消え、とにかく明るいところへ出たいという矢も楯《たて》もたまらない気持ちになった。タータはなかば酔っぱらったようになって、その穴を這い上がっていった。

数メートル先で行き止まりになったが、鉄管はそこで上方に垂直に曲がっている。真上を見上げると、一メートルほど上に格子があり、それを透過して柔らかな光が落ちてきていた。ああ、懐かしい日の光！　タータは最後の力を振り絞るようにして、その垂直孔をよじ登っていった。

コンクリで固めたやや広い水溜めに出て、その上に二十センチ四方程度の格子が嵌まっている。結局出られないのかと、一瞬落胆したが、その鉄格子はぼろぼろに赤錆《あかさ》びていて、隅の方にネズミなら辛うじてくぐり抜けられる程度の穴が開いているのにすぐに気づいた。ぎざぎざになった格子の破片に引っかかれ、擦り傷がさらにいくつか増えたが、とにかくタータは外の大気のなかに転がり出た。そのまま仰向《あおむ》けになって、何度も大きく息を吸い、息を吐いた。草や木の匂《にお》いがこんなにもかぐわしいものだったとは！　夕暮れだった。リリリ、リリリリと秋の虫が静かに鳴いている。はぐれてしまったお父さんと弟のことはもちろん気にかかるが、しかしこの甘い空気の匂いは、頬《ほお》をなぶりひげを震わせるこのやさしいそよ風の感触は、とりあえず穏やかな幸福感でタータの全身を満たしてくれた。タータはしばらくの間、そこに仰向けになったままじっとしていた。

ようやく目を見開いた。とたんに、ギョッとした。すぐかたわらに一匹の猫が座って、真上からタータを見下ろしているのだ。

あまりに間近に猫の顔が迫っているので、タータは金縛りに遭ったようになってしまった。ちょっとでも体を動かしたとたんに猫が襲いかかってくるような気がして、身じろぎ一つできない。猫の方も飛びかかるタイミングを見計らっているのか、固まったようにじっと動かない。目と目を見つめ合って、何秒か、何十秒か過ぎ、そのうちにタータはふと、何てきれいな色なんだろうと思った。猫の瞳の色である。

　エメラルド・グリーンと言うのか、深く妖《あや》しい色、見つめていると吸いこまれてゆくような気持ちになる、そんな色だった。耳が大きく、手足がすらりと長いその猫は、毛の色も本当に美しかった。青ともつかない沈んだグレーで、たそがれの光に照り映えて、銀色に輝いているようにも見える。タータの体は恐怖で硬直し、心臓の動悸《どうき》はどっきん、どっきんと頭のなかにまでドラムのように響いている。でもその一方で、きれいな色の目をしているなあ、きれいな動物がいるなあと、うっとり考えてもいたのだ。疲労の極に達して、何か夢見心地のようになっていたのかもしれない。

　そのうちに、猫が不意に頭を上げたので、タータも催眠術が解けたようにビクッとした。だがタータが身動きする前に、猫は、ぶざまに仰向けになっている泥だらけのネズミを横目で馬鹿にしたように見て、

「まあ、きたない子だこと」とつぶやき、ぷいっと後ろを向いて、すたすたと去っていった。

　タータはもぞもぞと起き上がった。そこはうち棄てられて荒れた気配のある広い庭で、芝生の端に庭木への水遣《や》り用の水道栓があり、タータはその水を受ける排水孔から這い上がってきたのだった。その水道もずいぶん長いこと使われた気配がなく、蛇口に錆が浮いている。

数メートル先で猫は立ち止まり、片腕を上げて腋《わき》の下を丁寧に舐めていた。タータの方をちらりとも見ようとしないが、タータには、猫がタータにひどく興味を持ち、こちらの一挙手一投足に神経を研《と》ぎ澄ましていることが、なぜかよくわかった。

「きみは……」とタータは言いかけてちょっと迷った。猫と話をするということ自体、途方もなく奇妙なことと思われた。あなたは……と言うべきなのかな。いや、猫に敬語を使う必要なんかあるもんか。って言うか、ぼくはいったい何やってるんだ。さっさと逃げ出せばいいじゃないか。いろいろな考えがいちどきに頭のなかをぐるぐる回ったが、ええい、なるようになれと思い、

「きみは……ぼくを捕まえようとしないのかい」と言ってみた。片耳をぴくりとさせたので聞こえているはずだが、猫は相変わらず知らん顔をして自分の腋の下を舐めつづけている。

「きみはきれいな目をしているねえ」とタータは言った。お世辞を言うつもりはなかった。さっき見つめ合っていたとき強烈に感じたことが、そのまま言葉になって出てしまったのだ。

「あら、そうかしら」とようやく猫は言って腕を下ろし、ゆっくりとタータの方を見やった。

「うん、ほんとに……。でも、ネズミを捕ろうとしない猫って、初めて会ったな」

「だって、あんたは泥まみれで血だらけできたなくて。嫌あねえ」

「ネズミは猫の大好物だろ」

「あたしは魚しか食べないのよ」と猫はきっぱり言った。「魚にはドコサヘキサエン酸が含まれてるから」

「ドコサ、ヘキ……」

「ドコサヘキサエン酸。頭が良くなるのよ。ネズミなんてもの、いかにも体に悪そうじゃないの。第一、とてもまずそうだし」猫はタータをまじまじと見ながら言った。タータは腹を立てたらいいのか、ほっとしたらいいのか、少々迷いながら、

「ねえ、ぼくはタータっていうんだ」と言ってみた。すると猫は、

「あたしの名前はブルー。ロシアンブルーのブルー」と言って、小さなあくびを一つした。そして、「あんた、お腹が空いてるの？」と言った。

13

返事も待たずに歩き出したそのブルーという猫の後を、タータはふらふらと吸い寄せら

れるように追っていた。あれれ、猫の後をネズミが追いかけている……これはいったいどうしたことだ、とちらりと思い、でもタータはそれより何より、ずいぶん長いことほったらかしになっているらしいぼうぼうに生い茂った芝生のうえを、土の感触を踏みしめながらちょこちょこと走ってゆくのが、心地良くてたまらなかった。

ブルーは古い木造の家の横に回って、引き戸の細い隙間からするりとなかに入った。タータも後に続く。三和土《たたき》から一段上がったところは台所で、冷蔵庫の横の床のうえに置いてあるお皿から、美味《おい》しそうな匂いが漂ってくる。

「マグロのフレークよ。お食べ」とブルーは言った。「このメーカーの缶詰はあたしの味覚に合わないのよねえ。何か安い感じなのよねえ。でも、お婆《ばあ》ちゃんがこればっかり買ってくるから」

タータはおずおずと皿に近寄って、いいの？　というふうにブルーの方を見た。ブルーは少し離れたところでもう横を向き、片方の前足の先を口のところまで持っていき肉球の間を丁寧に舐めている。タータは皿のなかに上半身を突っこんで、そのマグロを有難《ありがた》くご馳走《ちそう》になることにした。食べて食べて、もうこれ以上詰めこめないというくらいお腹に詰めこんで、頭がぼうっとしてきた頃、ブルーが突然、小さくニャニャッと鳴いた。

「あ、お婆ちゃんが来る。急いで、隠れて、隠れて」

そう言えば、何かスリッパを引きずるような音が近づいてくる。えっ、「隠れて」って言っても……どこに隠れたらいいんだろう。タータはあわててあちこち見回した。えーと、えーと、隠れる場所……。タータがおたおたしていると、ブルーはチッと舌打ちして、

「もう、しょうがないわねえ。ちょっとそこに、じっとしてなさい」

ブルーはタタッと近寄ってきて、いきなりタータのうえに覆いかぶさった。それとほとんど同時に、

「まあ、ブーちゃん、ちゃんと食べてるのね、えらい、えらい」という人間の声がした。スリッパの足音がさらに近づいてくる。すぐ間近まで来て、

「ちゃんと食べて、もっと太らなくちゃ。ブーちゃん、いい子、いい子」という声が頭の真上で聞こえ、タータの背中にぴったりくっついているブルーのお腹がゆっさゆっさと揺れた。どうやら飼い主の人間がブルーの背をぽんぽんと叩いたようだった。それから足音がゆっくりと遠ざかっていった。

ブルーのお腹の下にすっぽり嵌まっているタータが、恐る恐る頭を出してみると、家のなかなのにストールを首に巻いた、小柄な人間のお婆さんが台所から出てゆく、その後ろ姿がちらりと見えた。タータがのそのそと這い出すとブルーも頭を上げて、

「ああ、食べてるふりだけのつもりだったのに、本当にちょっと食べちゃった。嫌あねえ、安いマグロは、油のにおいが……」とつぶやいた。タータは後足で立ち、顔を精いっぱいブルーの顔に近づけて、

「どうも有難う、おばちゃん……」と言いかけたが、そのとたん、ブルーのぽいんという平手打ちを食らって、すっ転んでしまった。

「あたしをおばちゃんなんて呼ぶんじゃない」とブルーは怖い声で言った。

「はい」

「あんた、なんで自分でちゃんと隠れられないの。ネズミがこの辺をうろちょろしてたら、猫としてのあたしの面目が丸潰れじゃないの」

「ごめん……なさい」

「もう。困った子ねえ。あたしに迷惑かけないでよね」

「はい」タータはお辞儀をして、「どうも有難う」ともう一度言い、ちょっとためらってから「……ございました」と付け加えた。それから、三和土に向かって歩き出したが、下水管の迷路をさ迷っているうちにくじいた右の後足がずきんと痛んで、思わず座りこんでしまった。

「どうしたの」

「うーん、足が……。でも、行かなくちゃ」

「どこへ行くのよ」

「チッチとお父さんのところへ」

「チッチって誰？」

「弟です。ふたりともきっとものすごく心配してるだろうから、急がなくちゃ」

「どこにいるの?」

そう訊かれてタータははたと考えこんでしまった。とにかく下水道だ。地下だ。しかし、地下のどこだ。

「うーん……よくわからないや」

「わからなくちゃ行けないじゃないの」

そうだ。わからなくちゃ行けない。でも行かなくちゃ。あの真っ暗な迷路に戻って、また絶望的な右往左往を始めるのかと思うと、タータはすっかり気持ちが沈んでしまった。が、とにかく立ち上がって背筋を伸ばす。何とかふたりを見つけなくちゃ。そのときブルーが、ちょっと優しい声になって、

「あんた、なんでお父さんたちとはぐれたのよ」

タータは深いため息をつき、そのとたん足から力が抜けて、その場にへたりこんでしまった。

「あのね……」図書館から川に向かって延びているはずの下水道のこと、三匹でそれをひと晩で一気に走り抜けようとしたこと、ところが途中で自分だけはぐれてしまったこと……タータは一生懸命に説明した。しかし、ひと通りタータの話を聞き終えると、

「そりゃあ、無理よ」とブルーは言下に断言したのである。「下水管にもぐっていって、

その場所まで正確に帰り着くなんて、無理に決まってる。無理、無理。奇蹟でも起こらないかぎり」

「無理でも何でも、どうしても行かなくちゃ」とタータは弱々しく言った。

「道に迷って、暗闇のなかで野たれ死にするだけよ。それでもいいんなら、別に止めないけど」ブルーは大きなあくびをして、ごろんと横になり、あの無表情な緑色の瞳でタータをじっと見つめた。長いしっぽの先がリズミカルに揺れている。

「だって、だって……」タータはとうとう、込み上げてくる涙を抑えきれなくなってしまった。ブルーは黙ってそれを見ていたが、やがて、

「でも、そもそも、あんたたち、いったいなんで下水管のなかなんかを走ってたのよ」と言った。

そこでタータは、ヒック、ヒックとしゃくり上げながら、つっかえつっかえ、川岸のブルドーザーから始まる長い話を物語った。時間の順序があっちこっちする、ごちゃごちゃした話しかただったが、ブルーはひとことも口を挟まず注意深く耳を傾けていた。喋り終わる頃にはタータの涙も止まり、少しは気持ちも落ち着いてきた。台所のリノリウムの床のうえにしばらくの間、沈黙が広がった。それからブルーが、一度立ち上がってから座り直し、首を下げ、タータの目をじっとのぞきこんで、

「いい、よく聞くの」と言った。「あんたたち、別れ別れになってもうずいぶん時間がた

ってるんでしょ。お父さんたちはたぶん、最初のうちはあんたが戻ってくるのを待ってたかもしれない。でも、そのまま下水管のなかでじっとしてたら、もうお腹が空いて死にそうになってるはず。きっとお父さんたちも地上に出て、食べ物を探そうとしてるんじゃないかな。それとも、そう、たぶん、真っ直ぐ川へ向かっている」

「ぼくを置き去りにして?」と聞き返しながら、タータの目にまたじわりと新しい涙がにじんだ。

「馬鹿ねえ。川があんたたちの目的地なんでしょ。そこで落ち合えばいいじゃないの。お父さんもきっとそう考えてると思う。あんたはあんたで、ひとりで川に辿り着けるはずだって、そこでまた一緒になれるって、そう信じてると思う」

「そうかな……」タータの心に小さな希望の火が灯った。

「そうですとも」とブルーはきっぱり言い、美しい緑色の瞳をゆっくりと二、三回まばたきした。希望の火がだんだん大きな、確実な炎になり、それがタータの心と体を徐々に温めていった。

「川で、一緒になれる……」

「そう。第一、あんた、足を痛めてるんでしょ。それに見たところ、あっちこっち傷だらけじゃないの。あたしにとっちゃ本当に迷惑なんだけど、この家に居させてあげるから、一日か二日ここでゆっくり休んでおいき。あわてる必要はないよ」

猫のブルーにそう言われると、急に気持ちが楽になってきた。そうだ、川がぼくらの旅の終着点なんだから、とにかくそこに着けばいい。チッチとお父さんは、きっと明るくて暖かくて平和な川岸で、ぼくを待っていてくれるに違いない。そう心が決まると、タータは眠くて眠くてたまらなくなってきた。

結局タータは、まるまる二日、その台所の、冷蔵庫と壁の隙間に身をひそめ、うつらうつらして過ごした。ときどきブルーがそっと呼んで、餌を分けてくれた。その大きな家には身寄りのなくなったお婆さんがたったひとり、ブルーと一緒に暮らしているのだという。

「あのお婆ちゃんはもうずいぶん目が悪くなってるから、あんたがおおっぴらに歩いていても、本当は目に入らないかもしれないけど、まあ用心に越したことはないからね」

ブルーはいつも神経質に自分の体を舐めて身づくろいしている猫だった。あるときタータがブルーの皿から例の「安いマグロ」の餌を食べていると、不意に何かざらざらした温かいものが背中をべろんとこすったので、びっくりして飛び上がった。振り返るとそれはブルーの舌だった。

「いいから、いいから」とブルーは言った。「ちょっとの間、じっとしてて。あんたの体、血だの泥だのがあちこちにこびりついてて、どうにもこうにも、見てて気持ちが悪いのよ」

「いいよ。いいからさ、ねえ、やめて」そう言って逃れようとしたが、ブルーがすばやくタータのしっぽを片足で押さえたので、タータはころんと転がってしまった。そうやって動けないようにしたうえで、ブルーはタータの体中を舐めて舐めて舐めつづけ、すっかりきれいにしてしまった。

「痛いよ。おばちゃんの舌のざらざらが痛いんだよ。毛が抜けちゃうよ」

「おばちゃんって、また言ったね」

「言ったよ。悪い？」

「あ、この生意気ネズミの小僧が……。ほら、動かない。動くと食べちゃうよ」

「食べたら。ネズミの毒に当たって死んじゃうぞ、おばちゃん」

「こいつ、ほんと、口の減らない嫌な子だよ」しっぽを押さえていた前足を離して、ブルーはタータの頭をぽいんとぶち、「さ、またあの隙間に隠れて、もう少しお眠り」と言った。

14

下水管の漆黒の闇のなかで、お父さんはチッチを抱きかかえ、考えつづけていた。

時間がかかりすぎる。これだけたってもタータが戻ってこないというのは、いったいどういうわけだろう。足を滑らせるなり、何かの事故が起きて怪我をして、身動きできなくなっているのか。その考えにお父さんはぞっとして、小さな身震いをした。もし枝道があってタータがそっちに入っていってしまったのであれば、そういう分岐点がたった一つとはかぎるまい。分かれ道から分かれ道へと迷いこみ、どんどん遠くへ離れていってしまったのか。

どうしよう。チッチはもう参りかけている。空腹はともかく、何よりものどの渇《かわ》きが辛いが、ここに流れている汚水を飲むわけにもいくまい。先に行くか。タータはタータで何とか独力で川まで到達してくれることを祈りつつ、こちらはこちらで川をめざすか。だが、どこかの暗闇で負傷して倒れ、ひとりぼっちであえいでいるタータの姿が頭に浮かぶと、チッチだけを連れて先に行く決心は、お父さんにはどうしてもつかなかった。

いつの間にか足首から先が冷たく凍え、じんじんと痺《しび》れていることに、ふと気づいた。足が水に浸《つ》かっている。水量が増えているのだ。しばらく待ってみた。すると、わずかだが先ほどよりさらに水位が上がっている。まずい。

「チッチ、行くぞ」

「だって、お兄ちゃんは?」

「水が増えてる。このままだと、ここはもう通れなくなる」

「だって、お兄ちゃんがまだ来ないから……」

「タータはきっとひとりで何とか切り抜けて、追いついてくるよ。いや、もう先に川に着いて、ぼくらを待ってるかもしれない」

「嫌だい。お兄ちゃんを待って、一緒に行くんだよお」チッチは泣き声になった。

「馬鹿！」とお父さんは怒鳴った。「このままだと溺れるぞ。さあ、走れ！」

その剣幕《けんまく》に気圧《けお》され、チッチは走り出した。最初は嫌々ながらのようにのろのろ走っていたが、そのうち、足先が流れにとっぷり浸かっていることに気づくと、泡を食って大あわての疾駆になった。

「待て待て。そんなに飛ばすとすぐ参っちまうぞ。あわてず、でも急いで……」

しかし、水位はじりじりと上昇しつづけていた。流れもさっきより明らかに速くなっている。二匹は水をばしゃばしゃ跳ね散らかしながら、もうなりふりかまわず必死に走っていた。

水位の上がりかたが、どんどん速くなっている。チッチは足をすくわれて流されてしまうのが怖くて、もうあまり速くは走れなくなっていた。水が流れる音が下水管に反響し、ごうごうという不安な響きを轟《とどろ》かせるようになっていた。

チッチは走りながら首をねじって後ろを向き、

「お父さん、ぼく、もう、息が切れて、もう、これ以上……」と切れ切れに言ったが、その掠れ声は水音にかき消されてお父さんの耳に届かなかった。お父さんにはもっと心配なことがあった。だんだん高まりつづける水音とはまたちょっと違う、低い不気味な轟きのようなものを、お父さんの耳は聞きつけていた。はるか後方に聞こえるあの轟音《ごうおん》……そしてそれは、だんだんこちらに近づいてくる。われわれに迫ってくる。

「チッチ、急げ！」とお父さんは大声で叫んだ。チッチは弾《はじ》かれたように全力疾走した。

しかし、それも長くは続かず、どんどんスピードが落ちてくる。

と、前方に光が見えた。急げ！　急げ！　背後からは不気味な轟きが急速に迫ってきている。

前方を眺めやると、下水管がいきなり広くなり、おとなの人間が何人か立って作業できるような空間に通じていた。両側にプラットフォームのようなものがあり、壁にはごく弱い電灯が灯って、あたりをぼんやりと照らし出している。

「あそこだ、あれに登れ！」とお父さんが叫ぶ。そのプラットフォームのことだとチッチにはすぐにわかった。チッチは最後の十数メートルを何とか走り抜き、プラットフォームへ続く石段のところまでようやくよろよろと辿り着いたが、しかしそこでとうとうへたりこんでしまった。

「登れ、登れ！」お父さんが耳の近くで叫ぶ。もう駄目だよ、というチッチの声は掠れたあえぎにしかならない。

「チッチ、首につかまれ！」とお父さんが言った。チッチはお父さんの首にしがみついた。お父さんが小さな出っ張りを探りながら、何とかかんとか手足を掛けて石段をよじ登る。お父さんの息もほとんど上がっていた。チッチの体が重い。一段登った……次の段も……

登った。もう一段……後足の爪先《つまさき》が滑って、途中で転がり落ちた。そのままずるずる滑って段の縁から濁流《だくりゅう》のなかへ墜落しそうになったが、寸前で辛うじて踏みとどまる。

「大丈夫か、チッチ？」

「……うん」背中のチッチが小声で答える。

もう一度挑戦する。よいしょ、よいしょ。段のてっぺんに前足をかけて、少しずつ少しずつ、体を引き上げる。もう少し……よし、登れた。しかし、もうこれ以上は……。

力尽きて腹這いになったお父さんがうっすらと目を開けてみると、そこはもうプラットフォームのうえだった。お父さんは何とか最後の段を登りきったのだ。

間一髪だった。後方から迫っていた津波のような濁流の高まりが、そのときゴオッという荒々しい轟きとともに二匹のわきのすぐ近くを通過していった。激しい水しぶきが降りかかる。もし下水管のなかにいたままだったら、この濁流に呑みこまれ、溺れてしまったことは間違いない。

チッチはまだ目をぎゅっとつむって、お父さんの首っ玉に力のかぎりにしがみついたままだ。さあ降りて、と言おうとしたが、息が切れて声にならない。

「チッチ……放せ……苦しいから」というお父さんのかすかな声がようやくチッチの耳に届き、チッチはお父さんの体からごろんと転がり落ちた。ふたりともぜいぜいと息をつくばかりで、しばらくは体を起こすこともできなかった。

「やったね」……「まあ何とか、とにかく」……「ほんとに危機一髪だった」……「怖かったなあ」……そんなことをとりとめなく言い交わしているうちに、ようやく息づかいが普通に戻り、あたりを見回すゆとりも生まれてきた。

薄ぼんやりした電灯の光に浮かび上がっているのは、壁に垂直に取り付けられた鉄のハシゴと、そのちょうど真上にある丸いハッチだった。どうやらこの天井のハッチを開けて人間が出入りできるようになっているらしい。この広場のような場所で一瞬広くなった水の流れは、出口ではまた狭くなり、ここまで通ってきたのと同じような下水管のなかに吸いこまれている。他には側道も横穴もない。プラットフォームのうえには、下水に混じって押し流されてきたゴミが打ち上げられたのか、コーラ缶、プラスチックの弁当容器、ぐちゃぐちゃになった週刊誌などとともに、何やら悪臭を放つドロドロしたものが山をなしている。

先ほどの凶暴な高波は一過性のものだったけれど、それが過ぎた後も、水位はお父さんが期待したほどは低くならず、下水管の上下の内径の半分ほどのところまで来ている。流れのわきを歩く余地などもうとうていない。また、流れもけっこう速くて、水に落ちたらたちまち渦に巻きこまれ溺死《できし》するのは必定だ。

「ねえ、ここで待ってれば、また水が少なくなるよね」とチッチが言った。お父さんは下水の出口を見つめて考えていた。時間帯によって、日によって、下水の量が増減しているのだろうか。それならチッチの言う通り、時間がたてばそのうちまた水位は下がってくるだろう。でも、はたしてそうか。

ここまで、下水の流れに沿ってくだってきた、とお父さんは考えてみた。ということは、標高がどんどん低くなっているということだ。川に向かって土地が低くなるにつれ、いろいろなところから出る下水が流れに合流し、だんだん水量が多くなってくる。そういうことなんじゃないのか。だとすると、この水位は時間がたてば低くなるといったものではない。

お父さんとチッチは待ちつづけた。実際、ずいぶん時間がたったが、水位はさらにいっそう上がりもしないかわりに、下がりもしない。一方、ぴったり鎖《とざ》された天井のハッチから出られないことは明らかだった。要するに、ふたりは閉じこめられてしまったのである。

タータはどうしたろう。あの大量の水がどっと流れてきたとき、あの子はどこにいたんだろう。お父さんはそのことはできるだけ頭にのぼらせないようにした。タータはタータで、何とかひとりで切り抜けていることを祈るしかない。当面の問題はともかく、チッチを連れてこの場所からどう脱出するかということだ。お父さんはどこかに割れ目か穴か隙間でもないかと調べて回ったが、何も見つからなかった。

15

水がどっと流れ出しているあの下水管を抜けて、やはり何とか脱出するしかないのだろうか。お父さんは川辺で暮らしてきたネズミだから、泳ぎの心得も多少はないわけではない。しかしそれは、静かな水面に頭を出して、手足をばちゃばちゃさせてゆっくり進むという程度のことだ。チッチはもちろんほとんど泳げない。チッチを背負ってあの濁流に身を投じるなどというのは、自殺行為以外の何ものでもない。

お父さんはゴミの山に登って、食べられそうなものはないかと探して回ったが、鼻が曲がるような悪臭が耐えがたく、早々に降りてきた。ふたりとものどが渇いてお腹が空いて、もうふらふらになっていた。こんなところで飢え死にするのか、とお父さんは弱々しく考え、しかしそのとたんに何だか猛烈に腹が立ってきた。透き通った水の流れに陽光がきらきら輝く、あの美しい川辺をめざしてここまで来たんじゃないか。こんなところで野たれ死にしてたまるもんか。

前進だ。勇気を奮い起こして前へ進む。では、思いきって泳ぎ出してみようか。でも、せめて、何かつかまるものはないだろうか。

そのとき、ゴミの山のなかに半分埋もれかけているあるものが、お父さんの目に留《と》まった。

「チッチ、ちょっと手を貸してくれ。これを掘り出すから」チッチに手伝ってもらい、しばらくするとふたりの前に、泥によごれたカップ麺の容器が置かれていた。

てっきり怖がるだろう、嫌がるだろうと思ったのに、お父さんの計画を聞くや、意外にもチッチは歓声を上げた。

「お舟だ、お舟だあ！」とはしゃぎ回って、なかに入ってみてはまた飛び出したりしている。

カップ麺の容器は薄い発泡スチロールで出来ていて、軽くてもろい。たしかに水には浮くだろうが、流れに翻弄《ほんろう》され、簡単にひっくり返ってしまうに違いない。二匹のネズミがなかに入れば、その重みで少しは安定するだろうか。およそ馬鹿々々しい、非現実的なアイデアのようにも思われる。タータがいれば、とお父さんは切実に思った。この頃だんだんしっかりした意見を言うようになったタータならどう判断するか、訊いてみたい。しかし、タータはタータで、たぶんどこかで孤独な苦闘を続けているのだ。そのタータのためにも、こっちはこっちで何とかチッチを連れて、無事に川まで辿り着かなければ。

さらに待ってみる。一時間か、数時間か……もう時間の感覚もなくなっていた。手足に力が入らない。ひどく眠かった。ちょっぴりはしゃいだチッチも元気が続かず、今は体を丸めて眠りこんでいた。ふだんは白と言ってもいい毛皮がドブ泥にまみれ、全身真っ黒になっている。震えがおさまらないのは、体中ぐしょぐしょに濡れて寒いからだろう。お父さんも寒かった。せめて顔だけでもと思い、チッチの頬や額をぺろぺろ舐めて、泥水を拭《ぬぐ》いとってやったが、よほど疲れているのかチッチは目を覚まさない。そのうちにお父さんもつい、うとうとと眠りこんでしまった。

どのくらい仮眠をとったのだろう。目が覚めても状況はまったく変わっていなかった。水位は相変わらず高い。しかし、少しは元気になったような気もする。よし、と思った。チッチを起こし、カップのへりを口にくわえ、慎重に石段のところまで引きずってゆく。下水の流れに落としてしまったら元も子もなくなってしまう。慎重のうえにも慎重を期して、一段下の石段にカップを下ろした。そこから五センチほど下に水面が来ている。お父さんは「カップの舟」を、石段のへりにできるだけ近寄せて置いた。

チッチは言われる前にさっさと乗りこんだ。どんなに大変なことかようやくわかったようで、今はチッチも怖《お》じ気《け》づいて震えている。が、そんな気持ちを表に出さないよう、一生懸命平気な顔をしているのが痛々しかった。続いて、お父さんもなかに入る。

「さあ、行くよ」と言うと、チッチは何も言わず、こくりと一つ、小さく頷いた。

ふたりで乗りこんだうえで、お父さんはカップのふちをしっかりくわえ、両前足でつかんで、少し揺さぶった。動かない。もう一度。

少し動いた。渾身《こんしん》の力をこめてもう一度。大きく揺れてひっくり返りそうになった。しかも、へりを嚙みしめる歯に力を入れすぎて、発泡スチロールの縁を嚙みちぎってしまった。危うく体勢を立て直す。

もう一度だ。別の箇所をくわえ直し、慎重に揺さぶり、場所をずらしてゆく。石段のへりのぎりぎりのところまで来て……落ちた！

カップは大きく傾いて、ぼちゃんと流れに落ちた。ざぶっと水が入る。ここでひっくり返ってしまったら一巻の終わりだ。「チッチ、じっとしてろ！」と叫び、一瞬のうちに角度を見きわめて、カップが安定を取り戻すように重心を移動する。ところがちょうどその瞬間、大きな波がざぶりと来た。それをまともに食らって、今度は反対側に大きく傾く。またひどく水をかぶった。

そうしているうちにもカップはくるくる回りながら石段を離れ、流れに乗りはじめた。たっぷん、たっぷんと左右に振り子のように揺れ、しかもくるくる回りつづけているので、何が何だかわからないが、とにかく動き出してはいる。

だがそれも束《つか》の間、ゴツンという衝撃があって止まってしまった。見ると、反対側のプラットフォームの石段のきわにぶつかって、そこに引っかかっている。何とか流れの中央に出なければならない。お父さんは、バランスを崩さないようにそろそろと移動し、そおっと前足を伸ばし、石段をドンとついた。カップが傾き、身を乗り出していたお父さんは危うく外に転がり落ちかけたが、何とか後ろに体を引いて、カップの底にうまく尻餅をついた。

動き出した。しかし今度は、出口の下水管のなかにうまく入っていかず、そのわきの壁の隅に流れ着いて、そこでまた止まってしまった。

「チッチ、釣り合いをとるために、そっちの端にできるだけ体重をかけていてくれ。いいかい……」お父さんはまたそろそろと前足を伸ばし、壁を横にたぐって何とかカップを移動させようとしたが、その場で回転するだけで、流れの中央には出ていかない。どうしたらいい。

お父さんは少々やけになり、カップのなかで右に左に体を揺らしてみた。カップが大きく揺れて、また水が入りそうになってひやりとしたが、とにかくそれでカップが少し動いた。もっと揺らす。さらに動き、流れに乗り、チッチとお父さんを乗せたカップは、ようやく下水管の暗闇のなかに吸いこまれていった。

……チッチの頭のうえをひらりひらりと白い蝶《ちょう》が舞っている。それを追いかけてゆくと、黄色い花が群がって咲いているところに出た。ジャンプ、ジャンプ、もう一つジャンプ、そして最後のジャンプで前につんのめって、ごろんとひっくり返る。花の芳香に包まれて、見上げると、頭上を蝶が通り過ぎていった。お日さまの陽射しが熱くて、気持ちいいなあ。「チッチ、チッチ……」お父さんがどこかで呼んでいる。もうご飯の時間かな……。

「チッチ、大丈夫か」お父さんがチッチのひげをつかんで揺さぶっていた。「眠っちゃ駄目だ。何が起きるかわからない。あたりに注意して、いつでも飛び出せるように……」

一瞬、うつらうつらと眠りこんでしまったらしい。はっと気がついてみれば、相変わらず発泡スチロールのカップに乗って、下水の急流を下っているのだった。あたりを見回して目をこらしても、分厚い物質のような闇が立ちはだかり、すぐわきにいるはずのお父さんの顔さえまるで見えない。

揺れるし、回るし、気持ちが悪い。こみあげてくる吐き気を一生懸命に押し戻す。どうやら流れはいよいよ速くなってきているようだ。それでも、もうかなりの距離を進んでいるはず……。

突然強い衝撃があって、体が一瞬浮いたかと思うと、次の瞬間チッチは水のなかにいた。臭い水をがぶりと飲んでしまったが、口のなかにあるぶんを吐き出し、ともかく何とか頭だけは水面のうえに突き出して、

「お父さーん」と叫んだ。少し間があって、思いがけずずいぶん離れたところから、

「チッチ……」というお父さんの遠い声が返ってきた。「何かにぶつかって……カップがひっくり返った……こっちに来られるかい?……」

その間もどんどん押し流されてゆく。お父さんはチッチよりも流れの先のほうにいるらしい。チッチはやみくもに手足をばたばたさせて前へ行こうとしてみたが、そのとたん頭

が沈んで、またがぶがぶっと水を飲んでしまった。

「駄目だ……駄目だよ……流れが速すぎて……ああ、沈んじゃう……」

「頑張れ……チッチ……」という声はさっきよりもっと遠ざかっていた。「もう……出口が……近いはず……」それきり声が途絶えた。

流れはさらにいっそう急になり、後ろから押し寄せてくる波のうねりのなかにチッチの頭は何度も呑みこまれた。息をつくひまがない。息ができない。ほとんど気を失ったチッチの体を、下水の急流がどんどん押し流していった。

16

その家のお婆さんは、夜は早々と寝てしまう。すると猫のブルーは少し緊張した顔つきになり、家のなかや庭をゆっくりと巡回し、調べて回る。タータもその後をちょこちょこついて回る。太った赤トラ猫が生け垣から入ってこようとしているのをブルーはめざとく見つけ、すばやく走っていって「ウワーウ」というもの凄い声を発した。二匹はしばらく威嚇し合っていたが、結局、体の大きさではずっと劣るブルーの剣幕に気圧されて、赤トラ猫は退散していった。

「凄い迫力だね、おばちゃん」ブルーが戻ってくるとタータは言った。

「おばちゃんって言うんじゃない！……あの図々《ずうずう》しい赤トラ、この庭を通り道にしてて、ちょっと目を離すとすぐこそこそ入ってきて」

「通らせてやったら、どう?」

「そんな。駄目よ。ここはあたしんちだから」

以前、住宅街で、塀の上に三毛と黒白の二匹の猫が、仲良さそうに蹲っていたことをタータは思い出した。

「おばちゃんには友だちはいないの?」

「いないよ、そんなもの」

「きょうだいは、家族は?」

「うるさいねえ。あたしの食事の給仕を担当してくれてる、人間のお婆ちゃんがひとり。それで十分」

「淋しいだろ」チッチとお父さんのことを考えながらタータは言った。

「別に。さ、帰るよ」でもブルーは動かず、芝生に座ったまま空を見上げていた。よく晴れた晩で、たくさんの星が見えていた。しばらくして、

「お婆ちゃんが死んだら、あたしも生きていたくないな」とぽつりと言った。

「お婆ちゃん、死んじゃうの」

「この頃、急速に弱ってきてる。頭もぼんやりしてきて、あたしの食事を忘れたり、かと思うと一日に三回も四回も缶詰を開けては、すぐ捨てたり。もう長くはないかなあ」

「一緒に死ぬって、お婆ちゃんのことがほんとに好きなんだね」

「そういうことじゃないの！」とブルーは叱りつけるように言って、タータの目をじっと見た。暗がりのなかにブルーの二つの瞳だけがほのかに浮かび上がり、それが放つ妖しい緑の微光のなかに吸いこまれていきそうになる。「お婆ちゃんが死んだら、あたしは誰か別の人間に世話してもらうしかないでしょう。嫌じゃないの、新しい人に給仕されるなんて」


いよいよタータの出発のときが来た。タータはブルーに、川に出るまでの道順を尋ねた。

「川岸ね。うんうん、何度か遊びに行ったことがあるわ」とブルーは言った。「そう遠くはないよ。いいこと……うちの前の道を真っ直ぐ行くと右に黄色い家があるから、そこの犬小屋の横からブロック塀に登りなさい。その塀のうえを伝ってずっと行くと、三軒目の家の屋根に張り出しているところがあるから、それに飛び移るの。滑り落ちないように気をつけて、その屋根をぐるっと回ると、横手にアパートの裏庭が見下ろせるはず。そこに降りて、フェンス伝いに行くと一箇所だけ桟《さん》が外れている場所があるから、そこをすり抜ける。そうすると細い路地が伸びていて、ああ、そうそう、あのあたり、いつも意地きたない黒猫がうろうろしてるから気をつけてね。路地から通りに出て、右に曲がるとすぐ左側にイチイの生け垣がある大きな家があるわ。その庭を真っ直ぐ横切って、突き当りに生えてるアラカシの枝を足がかりにして、またブロック塀に登って……」

呆気《あっけ》にとられて聞いていたタータは、そこでようやく、

「待って、待って」とブルーの話をさえぎった。「そんな、塀に登ったり屋根に登ったりなんてこと、ぼくにはできないよ。道路の端っこを走っていくしかないよ」

「そんなの、つまらないじゃないの」

「つまらなくても何でも、それしかできないよ。道路で行く道順を教えてよ」

「しょうがないわねえ。えーと……真っ直ぐ行って、最初の角を右に曲がる」

「それから?」

「そこを真っ直ぐ」

「それから?」

「それで終わり。真っ直ぐ行くと川だよ」

「ええっ、何だ、もの凄い簡単じゃん」

「面白くないだろ」

「面白くなんか、なくていいよ。ああ、良かった」

二匹は台所の暗がりで話していた。人間のお婆さんはもう寝てしまっていた。二日目の晩、タータは気持ちがはやり、暗くなるとすぐ出発しようとして、人通りが少なくなるまで待てとブルーに制止された。夜が更けるのをタータはじりじりしながら待った。そして

今、川への行きかたを教えてもらって、いよいよ出発の時が訪れた。

二匹は庭に出た。先に立って生け垣のところまで来たブルーは、そこで立ち止まり、

「じゃあ、道路をこっちに真っ直ぐ行って、最初の十字路を右。わかったね」と言った。

「うん、わかった」

「あたしが出てくと、人間が寄ってきて撫でようとするからね。一緒にいるとあんたも見つかっちゃう危険がある。さ、ひとりでお行き」

「おばちゃん、本当に有難う」とタータは言った。ブルーは緑色の瞳をぱちぱちさせると、頭を下げてタータの背中をひと舐めした。ざらざらした舌でこすられて、タータはころんと転がった。起き上がり、ブルーの大きな瞳に向かって、

「ほんとに、いろいろ有難う」ともう一度言った。お辞儀を一つして、よしと心のなかでつぶやき、生け垣の隙間から道に出た。そこは静かな住宅街の道路だった。

前後を見る。通行人が遠くにちらほらしているが、今なら大丈夫だ。タータはブルーに教わった方向へ走りはじめた。体が軽い。二日前にはしびれたようになっていた右の後足も、もうほとんど元通りになっている。だんだんスピードを上げながら、タータはいっさんに走った。川へ！　そしてチッチとお父さんのところへ！

ずっと走るうちに、十字路が近づいてきた。すると頭上でいきなりニャーオウという声が聞こえて、タータは飛び上がった。猫だ！　隠れなくちゃ！　それとも全力で走って逃

げるか……どうしよう、隠れ場所……おたおたしていると、

「あんたねえ……」と言いながら、ブルーがすたっと優美に飛び降りてきた。「相変わらず鈍いねえ」

「あ、おばちゃん……」

「見てたら、ぜんぜん注意を払うってことをしないじゃないの」

「うーん。これまではお父さんが先頭に立ってくれてたから……」

「後ろや上や、あちこちに気を配りながら走るの。ときどきは止まって耳を澄ますの。いい、危険がいっぱいなんだから」

「うん」

「さ、ここで見ててあげるから、行きな。今なら大丈夫。道路を向こう側に渡って、あの角を右に曲がるのよ」

タータは緊張して頷き、ブルーの指示に従った。角を曲がっていっさんに走り、かなり行ってから振り返ると、道路のきわに座り、背中を舐めて毛づくろいをしているブルーの姿が遠くに見えた。タータが振り返ったのに気づいたのか、顔を上げ、一つ頷いてみせたように見えた。それから、不意に優雅なジャンプで、道路わきのブロック塀のうえにぴょんと飛び乗り、反対側の茂みのなかに飛び降りて姿を消した。

ブルーに教わったとおり、あたりに気を配りながら、タータは走りつづけた。人通りは

ほとんどなく、猫の気配だけに気をつけていればよかった。そう遠くはない、とブルーのおばちゃんは言ったけど、どうなんだろう。第一、おばちゃんとぼくでは体の大きさがぜんぜん違う。猫には「そう遠くなく」でも、ネズミにとってはどうなんだ。休み休みしながら、もう何時間走ったろう。

しかし、とうとう前方に、小高い土手が見えてきた。あれだ！　タータはスピードを上げた。最後の十字路はもう左右の安全を確かめもせず、夢中になって走り抜けた。ネズミのにおいを嗅ぎつけたのか、どこかの家の門扉の向こう側で犬がワンワン吠えはじめた。そんなことにかまっている余裕もない。走る、走る。しかし、ようやく土手下の道路まで辿り着いたときにはへとへとになっていたし、警戒心がよみがえってきてもいて、前後左右を見回しながらゆっくりと渡った。こちらに向かって走ってくる自動車のヘッドライトが見えるが、まだ遠いから大丈夫。

土手を登る。懐かしい土の感触。水のにおい。登りきったとき、ちょうど夜が明けそめて、東の空が明るくなってくるところだった。

眼下に川の流れがあった。涙がこみ上げてくる。とうとう戻ってきたぞ。そのあたりの川の景色は、タータが生まれて以来ずっと慣れ親しんできた風景によく似ていた。樹木が伐採されてもいない。川原がブルドーザーで整地されてもいない。岸辺近くの草むらの蔭には、首を自分の羽毛にうずめて眠っている水鳥の姿もちらほら見える。あちこちで小さな渦を巻きながら流れている水のうえに朝日が当たって、きらきら光りはじめている。ぼくは、懐かしい川に帰ってきたんだ。

しかし、油断しちゃいけないぞという気持ちがすぐによみがえってきた。ドブネズミの連中はいないだろうか。少なくとも、土手のうえの遊歩道には見当たらない。大型犬のリードを引きながら自転車を走らせてくる人間の姿が見えたので、タータはあわてて草むらのなかに飛びこんだ。そして、物音に、においに、神経を研ぎ澄ましながら、川に向かってゆっくり土手をくだっていった。

川原までくだりきったところで左を見ると、コンクリートの橋が見えた。あれは榎田橋……のはずはないな。もうぼくは、榎田橋よりもずいぶん上流に来ているはずだから。次いで、右を見ると、川の両岸にわたってこんもりした緑が広がり、大きな森のようになっているのに、タータは少々びっくりした。

17

いきなりドブネズミ軍団が現われてタータを小突き回すようなことは、幸いにして起こらなかった。ぼくはやつらのテリトリーの外に出たんだとタータは思った。ぼくは目的地に着いた。では、お父さんたちは？　あの下水管を真っ直ぐ進んで、ぼくより先にここに到着しているんだろうか。

付近をしばらくうろうろしてみたけれど、お父さんたちの姿はない。とりあえずタータは、草むらと大きな石の間の隙間を隠れ家にして、そこで休むことにした。疲れきっていたのですぐ眠りに落ちたが、人間の足音と話し声でほどなく目が覚めた。息をひそめていると、その男女の二人連れはすぐ通り過ぎていった。しかし、その後も人間たちはひっきりなしにタータのかたわらを通過する。以前のタータのうちのあたりと比べて、どうやらこの辺の川原は人の往来がずっと頻繁《ひんぱん》らしい。

暗くなってから本格的な探索に取りかかった。お父さんとチッチの名前を呼びながら、川原をくまなく歩いて回った。答えはない。人間の往来が多いことで有難いのは、彼らが食べ物を落としていってくれることだ。川原の草むらや土手上の遊歩道のベンチのわきで、半欠けのビスケットだの、海苔《のり》巻きが一つ残った折り詰めだのが見つかって、当面、食料の心配はしなくていいようだった。しかし、お父さんとチッチの気配はない。

ブルーのおばちゃんはあんなことを言ったけど、お父さんたちはまだあの真っ暗な下水管のなかにいて、必死にぼくを探しているんじゃないだろうかというぞっとするような考えが浮かぶ。まさか、と自分に言い聞かせようとするが、抑えようとしても抑えきれない黒々とした不安が、心のなかにもやもやと渦巻きつづける。

朝方、隠れ家に決めた草むらにすごすごと戻ってくる途中で、水ぎわの石の間に、何か生き物のようなものが弱々しく動いているのを見つけて、あわてて駆け寄った。だが、チッチではなかった。小さな鳥、というか、鳥の赤ちゃんだった。体の半分ほどが水に浸かった状態で横たわり、目を閉じ、まだ羽毛が完全には生えそろっていない翼を、のろのろと上げ下げしている。

可哀そうだとは思ったが、どうしようもない。タータは背を向けて、草むらに向かった。背後でチチチチ……という声がした。まだ生きているようだけど、もうすぐ死ぬなと思った。隠れ家に帰り着いて、さあ少し眠ろうと目をつむったとき、瞼《まぶた》のうらに、自分がよれよれになって排水孔から這い上がってきたとき、「あんた、お腹が空いてるの？」と言ってくれたブルーの姿が浮かび上がってきた。

あの妙ちきりんな猫のおばちゃんがいなかったら、あの静かな家で休ませてくれなかったら、餌を分けてくれなかったら、ぼくは死んでたかもしれない。命を救ってもらったことのお礼は、ブルーに言うだけでは足りないんじゃないのか、とタータは思った。別の誰かの命を救うことで、借りを返す。そうやって貸しと借りが順ぐりに回って、この世は動いてゆく。そうなんじゃないかな。

ちょっと大きな波が来て顔にかぶったら、あの子はもうそれきり沈んでしまうだろう。タータは起き上がって、大急ぎで水辺に戻った。赤ちゃんはもう動かなくなっていた。たぶんスズメの雛《ひな》だろう、大きさはタータの三分の二くらい。ぼくに持ち上げられるだろうか。タータはスズメの赤ちゃんの首すじのあたりをそっとくわえて引っ張ってみた。動く、動く。赤ちゃんは薄目を開けて、ぎょっとしたような表情を浮かべ、チチチチ……と鳴き、翼を一瞬ばたつかせたが、それで力尽きて、またぐったりとした。

ともかく水のかからないところまで、何とか運び上げよう。水から出ると赤ちゃんの体はさらに軽くなったが、引きずってゆくと川原の尖《とが》った石で傷つけてしまうのではないかという心配が湧《わ》く。そおっと、そおっと……。草むらに入ると地面の滑りが良くなって、運ぶのが少し楽になった。もっと明るくなって人間たちの往来がはじまる前に、どこかに隠してやらなくちゃ。

結局、ずいぶん時間がかかったが、タータが隠れ家と決めた場所の近くまで何とかかんとか運んできて、そこにスズメの赤ちゃんをそっと横たえると、タータもそのかたわらにごろんと寝ころがって、荒い息づかいがおさまるのを待った。タータ自身も体がまだ本当に良くなってはいない。こんな荒仕事をすると、痛めた後足がまた疼《うず》きはじめる。

赤ちゃんは幸いどこも傷ついていないようだが、相変わらずぐったりと目をつむったままだ。どういう拍子にか、まだ飛べも歩けもしないうちに、水に落ちてしまったんだろう。もっと上流で落ちて、そこから流されてきたのかもしれない。もう駄目かもしれないな。

でも、まだ息はあるみたいだ。もっとお日さまが昇って、気温が上がれば、少しは体も乾いてくるだろう。それから、どうする。餌をやる？　でも、スズメの雛が何を食べるかなんて、ぼくは知らないよ！

その日は一日中、寝たり起きたりしながらタータは心を痛めつづけた。赤ちゃんはときどき薄目を開けて、弱々しくチチ……と鳴いたが、それもだんだん間遠になってくるようだった。

夕方近く、空から何かがいきなりばさばさと舞い降りてきて、タータを仰天《ぎょうてん》させた。何が何だかわからないうちに、タータのうえに何かがのしかかってきて、それが、「この、薄ぎたない小ネズミ！」と叫んだのだ。

「何だ、何だよ」何か尖ったものがツンツンと突っついてくるのから身を守るために、タータは体を丸めて、あたりを転げ回った。

「うちの子に何をした！　うちの子を殺したな！」大きなスズメがタータに覆いかぶさり、くちばしで激しく攻撃していた。

「待って。違う、違う！　ぼくはその子を助けたんだ。それに、その子はまだ生きてるよ」

「ええ、生きてるわ」と、少し遅れて舞い降りてきたひと回り小柄なスズメが、赤ちゃんスズメに顔を寄せながら言った。

「温めてあげて」とタータはその母親スズメに向かって叫んだ。「川岸で水に浸かっていたのをここまで引き上げたんだ。水は乾いたけど、体がまだ冷たい。それにきっとお腹が空いてるよ」

タータをくちばしで突っついていた父親スズメが、それを聞くや、さっと舞い上がった。赤ちゃんにやる餌を探しにいったのだろう。母親スズメは翼を広げて赤ちゃんを包みこみ、

「よかった、見つかって……」と掠れ声で言った。

「でも、朝よりずっと弱ってきてるみたいなんだ。ぼくはどうしていいかわからなくて……」

母親スズメはタータをじっと見つめた。

「あんた……変なネズミねえ。スズメの子を助けようとするネズミなんて、聞いたことがない」

タータは黙っていた。そのとき、チチチ……という鳴き声が母親スズメの翼の下から聞こえた。心なしか、声に力が戻ってきているようだ。

「きっとお母さんに会えて嬉しいんだ」とタータは言った。

「見つかって本当によかった……」母親スズメは深いため息をついた。「今朝早く、人間の悪ガキの一団が、棒でつついてあたしたちの巣を落としちゃったの。ここよりもう少し上流の、カシの樹にあたしたちが作っていた巣……」

「ひどいね……」

「あたしと夫は辛うじて逃げ出したけれど、子どもたちのことはどうしようもなかった。四羽ともようやく羽が生えそろって……もう少しで……飛べるようになるところ……だったのに……」半分ひとりごとのように話を続けながら、母親スズメの声には嗚咽が混じり、言葉もとぎれとぎれになっていた。「悪ガキたちが行ってしまって、ようやく戻ってきてみると、一羽は地面で死んでいたの……。残りの三羽は悪ガキどもが持っていってしまったんだと、最初は思った……」

スズメは頭を振って涙を払い、話を続けた。

「そのとき、夫が言い出したの。四羽のうちいちばん元気で、もうちょっとで飛べそうになっていた子が、巣が落ちるはずみに、川の方に向かって跳び出したのを、ちらりと見たような気がするって」

「それがこの子？」タータが訊くと、母親スズメは頷いた。

「夫も確信があったわけじゃなかったの。あたしたち自身が必死で逃げ出そうとしていた、その一瞬のことだから。でも、とにかく探してみようということになって、今日は一日中ずっと飛び回っていた。てっきり水に落ちて流されたんだろうと、ずっと川下の方まで行って……。せめて死体でもみつかればあきらめがつくと思って、川のうえをずっと探していたの。まさか、こんな近いところの、草むらのなかにいたとは……」

「ぼくが岸からここまで引き上げたせいで、かえって君たちに見つからなくなってしまったんだね」タータはいきなり暗い気持ちになってしまった。

「いいえ！　そんなことはないわ。体が水に浸かったままでいたら、きっとあっという間に死んでしまったでしょう」

「でも、いずれにしても、どうかな、もう手遅れかも……」

　そのとき、父親スズメが大きなミミズをくわえて戻ってきた。バサバサと羽音を立てながら勢いこんで降り立つと、仔《こ》スズメの前に、その獲物をぽんと放り出した。

「さあさあ、取ってきたぞ！　さ、さ、これを……」勢いよくのたくっている太ったミミズが突然目の前に出現したので、タータはうへえと思い、少々たじたじとなった。

「馬鹿ねえ、あんたは」母親スズメはぴしゃりと言った。「この子は川の水をいっぱい飲んで、まだ半分気を失ってるっていうのに、そんな大きなもの、いきなり食べられるわけないでしょうが」

「あ、そうか。うん、そうだ、そうだな……」興奮しきっていた父親スズメは、いっぺんにシュンとなってしまった。

「今は弱りきっているから、何も呑みこめないと思うけど、とにかくそのぬるぬるしたものを小さく嚙みちぎって、あたしに渡しなさい。それからあんたは、まず、この親切で勇敢なネズミさんに謝るの。このネズミさんがいなかったら、この子はとっくのとうに死んでたんだから。それなのに、もう、さっきのあんたの態度ときたら……」

18

父親スズメはきまり悪そうにタータに向かい、咳払《せきばら》いを一つして、

「いやほんとに、失礼なことを口走ってしまって……それから、ずいぶんひどく突っついてしまって……申し訳のないことを……どこかお怪我なさらんかったかな……なさらんかったのだといいんだが……まことに、いやはや、何ともはや……」

「お礼も言うの！」と母親スズメが叱りつけるように言った。

「いや、まことに有難う存じました。人間どものせいでひどい目に遭ったが、おかげさまで、とにかくこの子だけは助かるかもしれん」

「助かるといいですね」とタータは言った。

「とにかく、ここで看病させてもらいます。ここはあなたのおうちなんでしょうな。失礼しまして……」

「どうぞ、どうぞ」とタータは言った。「おうちなんてもんじゃないです。ただこの草むらを仮りのねぐらにしているだけですから」スズメの両親が一生懸命に仔スズメの世話をして、温めたり、嚙《か》み砕《くだ》いた餌を口移しに食べさせようとしたりしている光景を眺めながら、正直、タータはうらやましくてならなかった。そうだ、ぼくも、自分の家族を早く見

つけなければ。

あたりがだんだん暗くなってきた。スズメの両親は羽毛をふくらませ、両側から仔スズメの体に寄り添っていた。お父さんがそわそわしながら、どうかな、どうかなとひっきりなしにつぶやいて、うるさいわね、ちょっと、じっとしててちょうだい、とお母さんに叱られている。さらに時間がたって闇が深くなった頃、さて、とタータは心を決めて、

「ぼくはちょっと出かけてきます」とスズメたちに言った。「どうですか、具合は?」

「心臓の鼓動がしっかりしてきたような気がするわ」と母親スズメが言った。「さっき、ミミズの切れ端もちょっと食べたし。今晩、ひと晩もてば、たぶん大丈夫……」

タータは、今夜は川の下流の方を探してみるつもりだった。下流に向かうのを今まで避けていたのは、そちらに進んで不用意にドブネズミたちの縄張りに踏みこんでしまうのが怖かったからだ。しかし、もうそんなことを言ってはいられない。

「下流の方に橋がありますね」

「ああ、迫村《さこむら》橋……」

「迫村橋っていうのか。それから、上流の方は木がたくさん生えていて、森みたいになってるでしょう」

「あの辺一帯は、木原公園っていう大きな公園なのよ」と母親スズメは教えてくれた。

ただ、ドブネズミの縄張りについては、スズメの夫婦は何も知らなかった。だって、今

までネズミなんかと（あら、ごめんなさいね）話をしたこともないし、と母親スズメは言うのだ。

　そこで、ともかくタータは出発した。草むらのなかや木の根っこの虚《うろ》を一つ一つ確かめながら、お父さんとチッチの名前を呼びつづける。しかしその声も、迫村橋に近づくにつれてだんだん小声になっていった。以前、川下の方から榎田橋に近づいてその下をくぐろうとしたとき起こったことは、タータの記憶にしっかりと刻みこまれている。

　とうとう迫村橋のたもとのところまで来た。榎田橋よりずっと幅の狭い、きゃしゃな橋だ。恐る恐る近づいて、橋の下の空間をのぞきこむ。橋のうえには街灯が灯り、その光が川原まで落ちてあたりはまぶしいほどだが、橋脚の真下はちょうどその影に入って、真っ暗に

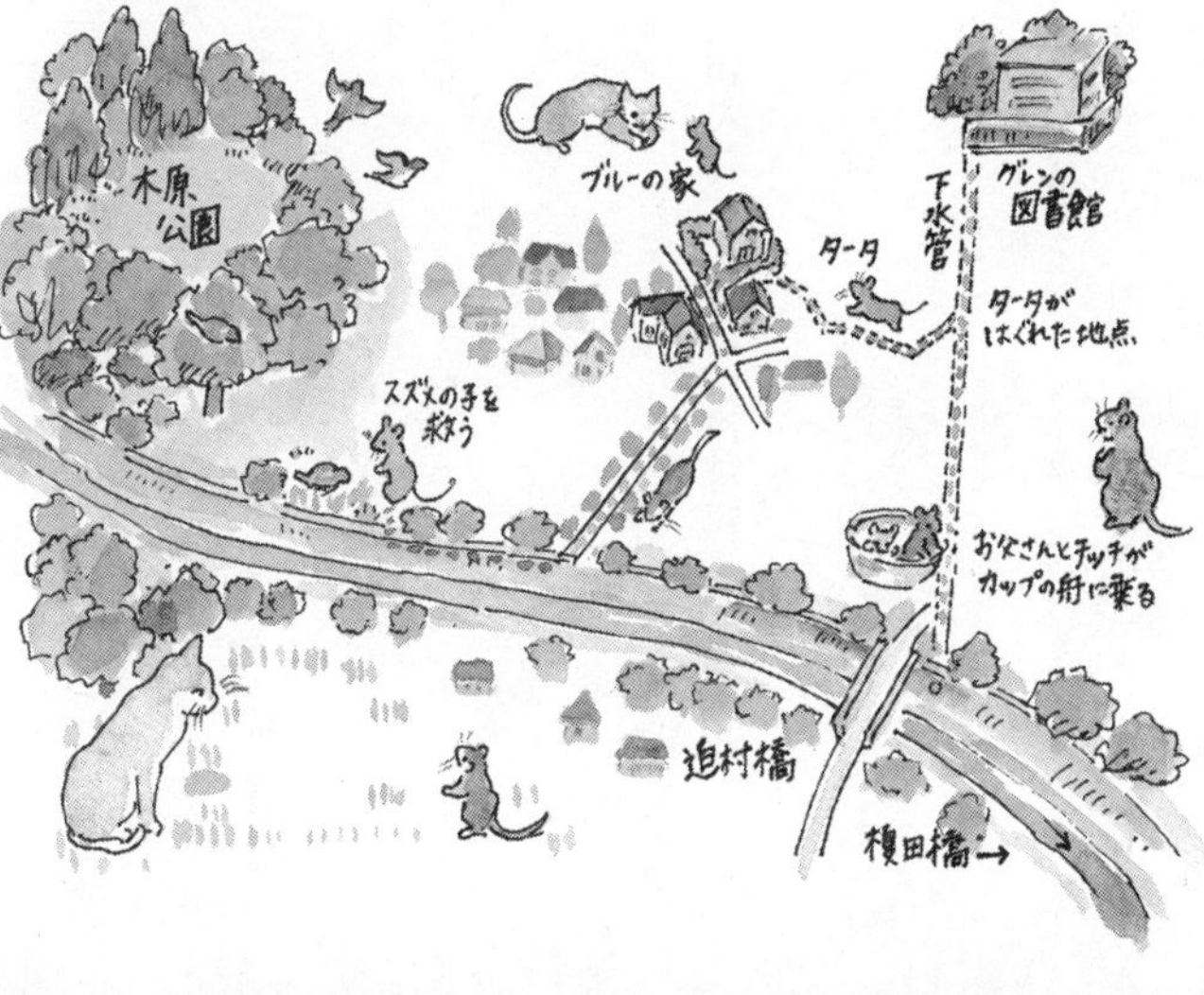

静まりかえっている。

なかば予期していた通り、タータがその暗がりのなかへ一歩足を踏み入れるか入れないかという瞬間、体の大きな動物が何頭か、どどどっと近寄ってくる気配がして、「止まれ！」という野太い声が響いた。タータはすぐ立ち止まった。というより、全身が震え上がって足がすくみ、もう一歩も踏み出せない。

「何だ、このチビ助は。行け、行け。おまえの来るところじゃない」と、筋骨隆々《りゅうりゅう》とした真っ黒のドブネズミが、あざけるように言った。

「あのう……」

「何だ」

卑屈になるまい、敬語は使うまいとタータは思った。お父さんならそうするだろう。

「ぼくは家族を探してる。橋の向こう側を探したいんだ」冷静に、冷静にと思っても、つい声が震えてしまうのはどうしようもない。

「ほう。チビ助のご家族ねえ。いないよ、そんなものは。この橋からこっちは、われわれ高貴なネズミ族の領土だからな」

「どこかこのあたりで、ぼくを待っているはずなんだ」

「そうかい。おまえ、ちょいと可愛がってほしいのかなあ？」ドブネズミは足を一歩踏み出し、つられてタータは後ずさったが、必死の勇気をふるってそこで踏みとどまった。不意に激しい怒りがこみ上げてきた。頭がかっと熱くなり、「川はみんなのものだ」という言葉が、思わず知らず口から飛び出していた。

「何だと、こいつ」番兵ネズミが血相を変え、ずいっと寄ってきた。その後に続いて、大きなやつがさらに数匹、暗がりからのっそりと現われた。

タータは唇を嚙みしめるような気持ちで、また後ずさった。しまった、なんでまた、ぼくはあんなふうに、意味なく挑発するようなことを口走ってしまったんだろう。こいつらに囲まれ、逃げ道を断たれて、袋叩きに遭うかも、いやひょっとしたら、殺されるかもしれないぞ。

しかし、そのとき、タータの頭のなかに、不意に一つの声が響きわたった。その声は、「……敵と戦い　戦いの後に熟睡し　また起き上がって　どこまでも……」と、低い、しかし確信に満ちた声で語っていた。それはあの孤独な図書館ネズミ、グレンの凜《りん》とした声だった。「……どこまでも　ぼくは歩きつづける……」。つい先ほどまで恐怖で足がすくみ、及び腰になっていたタータは、大きく一つ深呼吸すると、突然背筋を伸ばし、ドブネズミたちに正面から、堂々と向かい合った。急に背丈が伸びたようなタータのその落ち着きぶりに、ドブネズミたちの方がかえってたじろいだ。

タータは、先頭の番兵ネズミとしっかり目を合わせて、

「川の光を求めて……」とつぶやいた。

「何？　何だと？」

「川の光を求めて！」ひと声大きく叫ぶや、タータはくるりと身をひるがえし、一目散に逃げ出した。全力で走って、あっという間に土手の暗闇のなかに紛れこんでしまう。

ドブネズミたちは、虚《きょ》を衝《つ》かれたというか、毒気を抜かれたようになって、一瞬、反応が遅れた。むきになって追いかけようとする者もいたが、先頭のネズミがまあまあとたしなめた。一隊の間には、生意気な小僧っ子にするりと逃げられてしまったことの悔しさ、きまりの悪さを、うやむやに誤魔化《ごまか》そうとするような気分が広まっていた。何だあいつ……イカレてるよ……みんなのもの、だと、笑わせやがる……俺たちのもの、に決まってるじゃないか……。彼らは肩をすくめ、顔を見合わせて苦笑いしながら、橋の下へ引き上げていった。

だが、そのなかに一匹、顔をこわばらせて俯《うつむ》き、じっと何かを考えているネズミがいた。

タータは、できるだけ暗いところを伝いながらずっと小走りに走って、やっともとの草むらに帰り着いた。心臓がばくばくして、今にも破裂しそうだった。体の震えもおさまらない。

「あら、お帰りなさい」と母親スズメが言った。「あのね、この子、さっき、少しの間だけど目を覚まして、ミミズを食べたの。あなたに助けてもらった話もしていた……あら、どうしたの？」

「うん……ちょっと怖い目に遭って……でも、大丈夫。まさか、ここまでは追いかけてはこないはずだから……」

さてさて、これからどうしよう。しかし、先ほどのドブネズミ軍団との対峙《たいじ》の緊張は、ずいぶんタータの神経を参らせていて、もう今晩はこれ以上何もやれそうになかった。とにかく明るくなってから考えようとタータは思い、草の蔭に入って体を丸くした。

深夜遅く、しかし夜明けにはまだずいぶん間がある頃、カサコソと草の葉をかき分ける音がした。何だろう。誰だろう。すぐそこに、つい目と鼻の先に、何かの生き物がいる。チッチだろうか、お父さんだろうか。

「誰？」とタータはそっと言った。スズメの夫婦もとっくに目を覚まして不安そうにしているが、仔スズメから離れようとしない。

「怖がらないで」とそれは言った。お父さんの声ではない。

「誰？」ともう一度タータは言った。返事がないまま、カソコソという音はさらに近づいて、やがてそれは姿を現わした。真っ黒な、大きなネズミ——ドブネズミだった。では、ここまで追いかけてきたのか！　飛び上がって逃げ出そうとしたタータを引き留めたのは、そのネズミの、

「川の光を求めて——さっき、きみはそう言ったね」という静かな声だった。「あれはグレンの言葉だろう？」

い。


「……そう、そうだよ。グレンさんを知ってるの？」

「よく知ってる。きみはグレンに会ったのかい？　グレンはまだ生きてるのか？」ドブネズミはタータのすぐそばまで来て、どっかと腰を下ろした。グレンの知り合いなら怖くない。

「会ったよ。図書館の地下に住んでるよ」

「図書館？　図書館って、何だ？」

「図書館には本がたくさんあって……そんなことより、おじさんは誰さ？」

「ぼくは生き残りさ」という声にはかすかな自嘲《じちょう》の響きがあった。「ぼくはグレンの同志だった。以前、ぼくらには計画があってね。ボスと側近たちを一挙に倒して、新しい国を作ろうという壮大な夢が……」

「その話、聞いたよ。決行の日の前の晩に、逆に襲われて、革命は失敗したんでしょう」

「そうか、グレンが話したんだね。ぼくは辛うじて殺されなかった。が、生き延びさせてもらったかわりに、ボスに忠誠を誓わされ、今ではあのきたならしい連中の使いっ走りさ」このネズミの話しかたと声の調子はどこかグレンに似ていた。それは何かを決定的にあきらめた者の話しかただった。

「なあ、家族を探しているって、きみは言ったね。あの、体の白い、チッチとかっていう小さい子がきみの家族なのかい？」

「そうだ！　チッチはぼくの弟だ！　チッチを知ってるの？　お父さんも一緒のはずなんだ」

「あの親子か……」グレンのような明るい灰色ではなく、毛色はふつうのドブネズミと同じ黒に近い濃い色だが、痩せた求道者《ぐどうしゃ》のような風貌《ふうぼう》がどこかグレンに似ているそのネズミは、少しの間目をつむって何かを考えていた。それから目を開き、タータをじっと見つめて、「チッチとお父さんに会わせてあげよう」と静かに言った。

19

夢のなかでチッチは、ねばねばした冷たいものが体中にまとわりついてくるのを振り払い、必死に手足を動かして、うえへ、うえへと浮上しようとしていた。息が苦しい、息ができない。何とかうえへ、空気のあるところへ……それから少しずつ、少しずつ、意識が戻ってきた。

まず感じたのは、まぶしさだった。つむったまぶた越しに、途方もなく明るくて暖かいものが目の奥へ、頭のなかへ、体ぜんたいに染みとおってくる。チッチはしばらくじっとしていた。明るくて、あったかくて、気持ちいい……でも、これは夢の続きなんだろうか。

薄目を開けてみた。強烈な光がぱっと広がり、両目が射し貫かれるように感じて、すぐまたつむる。恐る恐る、またゆっくりと開けてみる。瞳がだんだん光に慣れてくる。草のにおいがむっと鼻をつく。正午を少し回ったくらいだろうか、まだお日さまが高い。頬をなぶって吹きすぎてゆく涼しい川風……川辺に帰ってきたんだ！

　チッチは飛び起きようとした。が、体に力が入らない。のろのろと上半身を起こし、半座りになってあたりを見回す。水べりのきわの、泥のなかにチッチの下半身は浸かってて、体中がぐしょ濡れだった。チッチはぶるっと一つ、大きな身震いをした。凍えるように寒い。でも、体の底から溢れるような喜びが湧き上がってきた。すぐ目の前を川がゆっくりと流れている。帰ってきたんだ。でも、お父さんは？　それからお兄ちゃんは？　あ、数メートルほど先のあの石の蔭からのぞいている、灰色の毛皮みたいなのは……。

　チッチはゆっくりと立って、そちらに歩き出そうとしたが、そのとたん胃から込み上げてくるものがあって、きたない水をゲエッと吐いた。おさまらない吐き気をなだめすかすようにしながら、のろのろと体を引きずってゆく。毛皮のぼろきれのように丸まっているのがやっぱりお父さんだとわかったとたんに、それでも必死の駆け足になった。

「お父さーん！」すがりついて耳元で叫び、体を揺する。反応がない。まさか、と思い、背筋がぞおっと凍りついた。が、よくよく見直すと、お腹がかすかに、でも規則正しく、上下している。大丈夫、死んではいない。チッチはお父さんの体を一生懸命にさすった。ぺろぺろと顔を舐めた。大声で呼びかけた。しばらくそれを続けているうちに、ようやくお父さんが薄目を開けた。

「チッチ……」

チッチは大声を上げて泣き出した。よかったよ、よかったよ、お父さんが、気がついた。

そのとき、ふたりのうえに、黒い影が落ちた。お父さんが目を上げた。その視線のゆくえを辿って、チッチも振り返った。いつの間に忍び寄ってきたのか、三匹の大きなドブネズミがふたりを囲んでいた。

「こいつら、いったい、何だ？」と、いちばん大きい真ん中のやつが横柄に言った。

「どこからやって来たんですかね」と横の一匹がおもねるように言った。「まったく、見張りは何してるんですかね。とにかく、見張りの目を盗んで迫村橋をくぐってきたんでしょうな」

「しかし、ほら、でかい方はどうやら溺れかけたみたいで」と残りの一匹が言った。「川上から流されてきたのかも。死んでるのかな」

そう言うなり、そいつはずいと寄ってきて、チッチの横腹を無造作に蹴った。頭も体もまだふらふらしていたチッチは、あっさりと横に転がってしまった。そいつは、ぼろきれのように丸まったままのお父さんの頭のうえにかがみこみ、ひげをつかんでぐいっと引っ張った。お父さんの頭がひげごと持ち上がってしまう。薄目を開けているから意識はあるのだろうが、そんな乱暴を受けてもお父さんはぐったりしたままだ。

「何だ、生きてるのか。ちょいと水に沈めて、ひと思いに楽にしてやりますかね、隊長？」

「待て待て」隊長と呼ばれた真ん中の大きいのが言った。

「どこから来たのか、確かめんと。見張りの責任を追及しなくちゃならん。川の流れに乗ってきたっていうのも、変な話だろう。なんでネズミが川を泳いだりする？　それとも土手を越えてきたのか……」

　その間、チッチは十メートルほど先の上流寄りに小さな堰《せき》のようなものがあり、丸い排水管からドッドッドッと水が流れ出しているのに目を留《と》めていた。そうだ、きっとぼくらはあそこから出てきたんだ。半死半生になって、それでも、ようやく、ようやく、川に戻ってきた。ところがどうだ、せっかくあんなに苦労して大回りしてきたのに、ここはどうやらまだ「帝国」の、こいつらの縄張りの内側らしい。激しい落胆にうちひしがれて、チッチは目をつむった。あんな大変な回り道をしたのに、結局すべてが無駄だった……。そのとき、今度は自分のひげが不意にぐっと引っ張られ、あまりの痛さにチッチはキイッと悲鳴を上げた。

「おい、チビ公。どこから来たんだって、隊長がお尋ねなんだ。返事しないか、この」

目を開けると、鼻にしわを寄せ、歯をむき出した真っ黒なドブネズミの顔が間近に迫っていた。唾液《だえき》でぬらぬらした牙がぎらりと光った。

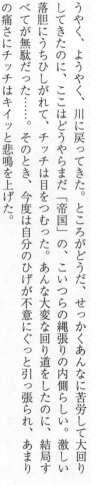

なぜか、恐怖はなかった。激しい失望がチッチの心のなかいっぱいに広がっていたので、恐怖が入りこむ余地がなかったのかもしれない。

おい、おい、おい、とせき立てるように繰り返しながら、ドブネズミがチッチのひげを揺さぶっていた。もう駄目なんだ。あんなに頑張ったのになあ……台風のなかを必死で走った……真っ暗な地下道でも……カップの舟に乗ってぐるぐる回りながら……いろいろな光景がいちどきによみがえってきて、チッチの頭のなかで渦を巻いた。

「おい、どこから来た、どこからだ？」どこからどこからって、うるさいなあ、痛いなあ。揺さぶられながら、少し首をひねって川上の方へ目をやると、自分たちがそこから出てきたに違いない排水管の出口が見える。あそこだよ、水に乗って流されてあそこから出てきたんだよ。チッチはほとんど前足を上げてそちらを指さしてしまいそうになったが、その瞬間ふと、かたわらにぐったりと横たわったままのお父さんの方を見た。お父さんは頭を少し持ち上げ、薄目を開けてチッチの目をじっと見つめながら、弱々しく、でもはっきりと、首を振っていた。

言っちゃいけないってことか。でも、こいつがぐいぐいするから、もう、これじゃあ、ぼくのひげ、抜けちゃうよ。どうしたらいい。

「……やめてよ。痛いよ」とチッチは小声で言った。

「そりゃあそうだ。痛くしてるんだからなあ」とドブネズミはせせら笑った。「黙ってると、もっともっと痛くなるぜえ。さあ、言え」

「うるさいなあ」

「何だと、こいつ」いきり立ったドブネズミは、ひげを放してまたチッチの横腹を蹴りつけた。

「せっかく、せっかく……」チッチの内心の思いが、涙と一緒につい声に出た。

「せっかく、何だよ、このチビ助」

「せっかく、あんなに頑張って……大丈夫のはずだったのに……グレンさんはそう言った……」

そのとたん、三匹のドブネズミの間に鋭い緊張が走った。一瞬の沈黙の後、隊長ネズミがずんずん近寄ってきて、

「小僧、おまえ、今、『グレンさん』と言ったな」と声を荒げながら、ぐったりと目をつむっているチッチのひげをまたつかんだ。「おまえ、グレンに会ったのか？　グレンは生きているのか？　どこだ、グレンはどこにいる？」

しかし、どんなに揺さぶられてももうチッチは返事をしなかった。いや、できなかったのだ。チッチは気を失っていた。

……ドブネズミの衛兵たちがチッチを尋問している間中、実は、お父さんはずっとはらはらしていた。

排水管を抜けて川岸に出たところは、もうやつらのテリトリーの外のはずだ、とグレンは言った。だがそれは間違っていた。いや、きっとグレンの情報は古いものだったのだろう。かつては下水道の出口はたしかにドブネズミのテリトリーの外だったのだろうが、その後「帝国」は勢力を広げて、このあたりまで制圧してしまったのだろう。

だが、こいつらの言動を見るかぎり、自分とチッチが下水道から出現したなどということは、どうやら考えてもいないらしい。こんなふうに泥だらけになって川岸に打ち上げられていれば、つい目と鼻の先に見えるあの排水管から流されてきたのだろうと推論してもよさそうなものなのに、そんな可能性は想像さえしていないようだ。たぶんあの排水管からはしょっちゅうかなりの水量がどんどん流れ出しており、それをこっち側から遡ってゆくなどとうてい不可能で、だからあれが通路になりうるなどとは考えも及ばないのだ。チッチとお父さんがあそこを通り抜けてやって来たなどという想定は、最初から頭に浮かびもしないのだ。

それなら、そう思わせておかなければならない、とお父さんは考えた。あの下水道はグレンの住む図書館まで真っ直ぐに通じている。グレンは戦いに敗れ、手傷を負って逃走し、落ち延びて、あの図書館にようやく安住の地を見《み》

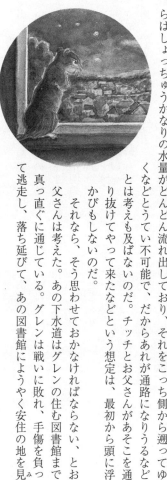

出《いだ》した。この「帝国」の支配者たちは、敗軍の将であるグレンのことをまだきっと忘れていないに違いない。見せしめのためにも、かつての反乱軍のリーダーを仕留めてしまいたいと思っているに違いない。下水道の秘密は守り抜かなければならない。グレンは死んだと、あるいは少なくとも生死不明のままゆくえ知れずになったと、思いこませておかなければ。だが、そうしたことがチッチにわかっているかどうか。

お父さんはチッチと目を合わせて、ドブネズミたちに気づかれないように注意しながら、かすかに首を振ってみせた。体がほとんど動かない。カップの舟が転覆《てんぷく》した後、チッチを抱きかかえ、チッチの頭をできるだけ水面の上に出すように必死に努めながら流されてきた、その過程で、お父さんは体力を使い果たしていた。壁だの漂流物だのいろいろなものにぶつかって、体中打ち身だらけになってもいる。首を弱々しく動かす以上のことは、どのみちできないのだ。

チッチは何かをわかったようだった。だが、蹴りつけられて、堰を切ったような涙声になったとき、ついグレンの名前を口走ってしまった。案の定、ドブネズミたちは色めきたった。チッチが責め立てられて、ひどい目に遭うかもしれない。立ち上がって、戦わなければ……だが、そのとき、お父さんの意識がまたふたたびすうっと薄れていった。

20

今度は、先に気がついたのはお父さんの方だった。間近にチッチの息づかいが聞こえるが、どうやら普通の安らかな寝息のようなので、ひとまず安堵《あんど》した。まず手足を伸ばし、それから起き上がってゆっくりと後足で立ち上がってみると、頭がすぐに天井につかえた。ほこりっぽい穴倉のようなところらしい。

奥の方がぼんやりと明るんでいる。そちらの方へにじり寄ってみると、小さな穴が開いていて、ほのかな光がそこから射していた。そこから首を出そうとすると、気配を察したのか、たちまち目の前になまぐさい息を吐く獣《けもの》の影が立ちはだかり、

「下がれ！」と一喝《いっかつ》した。お父さんは素直に後ずさりした。まだこいつらと戦って勝てるような体調ではない。そのとき、

「お父さん……」という声が背後から聞こえた。

「目が覚めたかい、チッチ」

「ここは、どこ？」

「たぶんドブネズミどもの巣穴だろう。気を失っている間に、運びこまれたんだろう」

「なぜ？　ぼくらをどうしようっていうの？」

お父さんはじっくりと考えてみた。チッチがグレンの名前を口走ったのはかえって良い

ことだったのかもしれない。とにかく、なぶり殺しにされるといったひどい目には遭わずに済んだのだから。グレンの居場所を訊き出そうというつもりで、こんなところに押しこめたんだろうが、これは逃げ出すチャンス、生き延びるチャンスが生まれたということだ。それにしてもグレンの名前には凄い効果があった。やつらはまだ彼のことをひどく恐れているのだ。

「グレンのことを知りたいんだろう」

「グレンさんのこと……」

「いいかい、チッチ。グレンに会ったってことは、絶対に言っちゃいけないよ」

チッチが頷く気配があった。

「尋問されるだろうが、とぼけているんだ。脱出の機会がそのうちきっと訪れるから」

「お兄ちゃんはどうしたかな……」ふたりはしばらく黙りこんだ。「お兄ちゃんも捕まっちゃったのかな」

そうかもしれない、とお父さんは思った。もっと悪いことも考えられたが、その可能性は頭のなかから追い出そうとした。タータのことは今あれこれ案じても無駄だ。とにかく今はまず、チッチとふたりでここから逃げ出す手段を思いつかなければ。お父さんはまたさっきの小さな穴のところまで行って、

「おい、ぼくらは腹が減って死にそうなんだ。何か食い物をくれ」と衛兵に言った。

それから、どのくらい時間がたったのかわからない。その間《かん》、お父さんはけっこう意気《いき》軒昂《けんこう》としていて、その元気はチッチにも伝わって気持ちを明るくさせた。

またしても暗闇だ。しかし、いきなり大きな津波が押し寄せてきたりもする水路のきわを、追い立てられるように走りつづけることに比べれば、外界から保護された穴倉にひっそり閉じこもっている今の方が、どれほどいいかわからない。ある意味で、ここはとても落ち着ける場所だった。もちろん、敵意を持った乱暴者たちに囲まれてはいる。だがやつらには知りたいことがあり、それを言わせるまではこっちを生かしておこうとするだろう。こっちにはグレンの名前という切り札がある。

実際、食べ物を要求したら、しばらくしてやつらは、野菜屑だのビスケットのかけらだのを投げ与えてよこした。それを食べてじっとしているうちに、お父さんとチッチの体にはだんだんと生命力がよみがえってきた。ほんの一瞬だけれど、まぶしい陽《ひ》の光を浴びることができたのもよかった。とにかく川辺に帰り着いたのだ。ここはもう見知らぬ土地ではない。ずっと住みつづけてきたあたりよりずっと川上ではあるけれど、あの懐かしい川が、優しくかき抱いて子守唄を口ずさんでくれる母のようなあの川が、この穴倉のすぐ近くを流れているはずだ。

明るみが射してくる小さな穴のところには何度か行ってみたが、その前には交替しながら四六時中衛兵が張りついているようだ。お父さんとチッチをこの穴倉に放りこんだ後、その小さな穴だけを残し、入り口を塞《ふさ》いでしまったのだろう。

そのほのかな明るみも消えて漆黒の闇に鎖《とざ》されたので、外は夜になったことがわかった。さらに長い時間がたった。どうも妙だ。なぜこんなに長いこと放っておかれているのだろう。いささかじりじりしてきたお父さんが、とうとう痺《しび》れを切らして、小さな穴のところに行き、

「おい、いったいいつまでぼくらを閉じこめておくつもりなんだ……」と言いかけた、まさにその瞬間、その穴の周りの土がどさどさと崩れて、穴が広がった。お父さんは後ずさり、チッチを背にして身構えた。

静寂があった。それから、

「出てこい」という低い、唸るような声が外から聞こえた。どうしよう。お父さんがためらっていると、もう一度、

「出てこい」とその声は言い、「力ずくで引きずり出されたくなければ、だ」と付け加えた。

「待て待て。こっちから出ていくさ」と、お父さんは爽《さわ》やかな声で言った。

お父さんたちが引っ立てられていったのは、広間のようなところだった。

そこに、そいつはいた。

小山のように巨大なやつだった。そいつの背後に大ネズミたちが控えているが、図抜け

てでかいその化け物ネズミに比べれば、みな小物に見える。ちょっとしたおとなのウサギくらいはある。毛色はほぼ真っ黒に近い。半眼にしたままの両目には、凶悪な、狂気じみた黄色い光が宿っている。声がまた、ものすさまじい。そんなに大きな声ではないのに、のどの奥からの唸りと歯ぎしりのような不気味な響きがいつも混じって、それを聞くと背筋がそそけ立つ。牙も太く、長く、鋭い。

「グレンに会ったのか、おまえたち？」とそいつがその声で言った。

「あんたがここのボスかい」とお父さんは朗らかな声で言った。まるで、川べりで出会った友だちに、やあ、今日はいい天気だね、と挨拶《あいさつ》するような口調で。

「訊かれたことに返事だけすればいい。もう一度訊くぞ。グレンに会ったのか？」

「グレン？　ああ、そういうネズミのことを噂に聞いたことはあるな。あんたたちの仲間のひとりだろう」

「仲間ではない。弱虫の卑怯《ひきょう》者だ。うぬぼれと支配欲に駆られて、とんでもない反乱計画を立てた。それが露見すると、自分の同志を見捨てて、ひとりだけ逃げ延びた。そういうきたないやつだ。今はどこやらみじめなところに、こそこそ隠れて暮らしているんだろうが」

お父さんの背後でチッチが身じろぎした。挑発に乗ってはいけない。後ろに回した前足でチッチの体をぎゅっと押さえた。黙っていろ、という合図が伝わっただろうか。チッチは声は出さなかったが、ボスネズミはどうやら、身じろぎの気配を目敏《めざと》く見てとったらしい。

「ほう、そこのおチビさんが、何か言いたがってるようだ。さあ、こっちに出てきてごらん」

「チッチに手出しをするな！」お父さんが鋭く言った。

「おお、チッチちゃんかい」ボスネズミの低い唸り声に乗ると、「チッチちゃん」という呼びかけは悪趣味な冗談としか聞こえなかった。「ほうら、お父さんの後ろから出ておいで。チッチちゃんはもう子どもじゃないだろ。一人前のネズミだろ」ボスが前にずいと一歩踏み出した。

「チッチに構うな！」

ボスが小さな合図をすると、背後にいた数匹がすばやく飛び出してきて、お父さんの手を振り払い、チッチをボスの前に引きずり出した。

「グレンは、とっくのとうに死んでいなければならぬのだ！」いきなり雷鳴のように轟く声になって、そうボスは呼ばわった。お父さんはびくっとして思わず飛び上がりそうになったし、チッチなどはヒッと声にならない叫びを洩らし、腰が抜けたようになってしまった。

足元のチッチに向かってかがみこんだボスネズミは、しかし次の瞬間、一転して口調を

変え、薄気味の悪い猫撫で声になって、

「さあさあ、チッチちゃん」と囁《ささや》いた。「グレンさんにどこで会ったのか、おじさんに教えてくれるかな」

　チッチはぶるぶる震えているばかりで返事をしない。声を出そうとしても出ないのだろうとお父さんは思った。

「このあたりは安全なはずだとグレンが言った、と。そうだったね？」

「……」

「ところが、ちっとも『安全』なんかじゃなかった。こんなことになっちゃって。なあ、チッチちゃん、可哀そうだったねえ。いい加減なことを教えたグレンが悪い。あいつはたちの悪い嘘《うそ》つきだからな。なあ、チッチちゃん……」ボスネズミは体をかがめてチッチの顔に顔を寄せた。腐った肉のにおいのような口臭が、チッチの顔にモワッと吐きかかった。「あの嘘つきを、おじさんが懲らしめてあげよう。グレンはどこにいる？」

　チッチは顔をそむけた。

「どこだ！　言え！」ボスネズミはいきなり吠えた。お父さんもドブネズミ族の側近たちもびくっとして飛び上がりかけたが、

そのときお父さんは、さっきまでがたがた、がくがくしていたチッチの体の震えがいつの間にかおさまっているのに気づいた。怖さのあまり、気を失いかけているんじゃないだろうか。

「あのね、おじさん……」とチッチは小声で言った。

「何？　何だ？」

「おじさんねえ……口が臭いんだよ。顔をこっちへ向けないで」

チッチ、よくやった！　とお父さんは快哉《かいさい》を叫びかけたが、それも束の間、ボスがチッチのしっぽをいきなり片手でつかみ、ぐいっと宙に持ち上げたのを見て真っ青になってしまった。チッチの体は宙吊《ちゅうづ》りになり、ぶらんぶらんと揺れている。痛いや、痛いやとキーキー叫びながら、チッチは両手両足をじたばたさせている。

「ちょっと、ちょっと待ってくれ」自分の体を押さえている衛兵たちの手を振り払おうとしてもがきながら、お父さんは言った。「ぼくが説明するから、まあ落ち着いてくれ。とにかくその子を下ろしてやってくれ」

ボスがお父さんの方をちらりと見た。チッチのしっぽは放さない。

「その子は、おとなの会話から聞きかじったことをいい加減に喋り散らしているだけだ。いいかい、ぼくらはグレンなんていうネズミには、会ったこともないよ」

21

「さっきも言ったが、噂が耳に入っただけだ。ネズミ同士の噂話っていうのがどういうものか、あんたも知ってるだろ？　あることないこと喋り散らして暇を潰す。そう、何やら、あんたらの内輪もめの話を聞いたような気もするが……」

　ボスネズミの前足の先で、しっぽで吊り下げられたチッチが、ぶらんぶらんと揺れている。ボスネズミの鼻にはしわが寄って、グルルル……という唸り声がのどの奥から洩れている。お父さんは自分がだんだん早口になり、声が上ずってきているのに気づいて、落ち着け、落ち着けと自分に言い聞かせた。深呼吸を一つする。口の中がからからだった。

「近所に住んでたゴラン爺《じい》さんから聞いたんだったか。なあ、チッチ……？」

「そうだ、そうだよ、ゴレンのお爺ちゃんがそう言ったんだよ、ゴレンさんが……」チッチは手足をばたばたさせながらそう叫んだ。

「うん、ゴランさんがグランの話を……いやグリンの話を、いや、ほら何だっけ、あんたらの仲間の……」お父さんは当惑したような顔になって、「とにかく、ゴランが言ったんだった、グランだかグレンとかいうドブネズミが何やらとんでもないことを仕出かした、と。『ゴレンさんが言ってた』とか何とか、チッチはそんなことを言ったんだろう。何しろあの爺さん、すっかりもうろくして、いい加減なことばかり言いふらしてるから……」

「もうろくしているのは、きさま自身だろう」とボスは冷たく言った。「さもなければ、いや、そっちの可能性の方がずっと高いが、間抜けを装い、馬鹿々々しい与太話《よた》を喋りちらしてこっちを煙に巻こうという算段か」

ボスは空《あ》いている方の手で部下のひとりを指さし、「おい、おまえ」と言った。ハッ、と頭を低くしてそいつが歩み出る。

「おまえ、おれがこうやってこの小ネズミを吊るしてるから、何発かぶっ叩いてみろ」

そいつは薄ら笑いを浮かべながら、勇み立ってチッチに近づいた。

「いいか、一、二発でいっちまったら面白くないから手加減するんだ。最初はしっぽがちぎれない程度に、軽く行け。まずあばらを何本か折ってやって、それからだんだん強く……」お父さんに聞かせようとして喋っているのだった。

「おい、待て、待ってくれ」

「こいつは暴れるだろうが、ヒット・アンド・アウェイで遊んでやれ。いいボクシングの練習になるぞ……」

「やめてくれ、チッチを放してくれ……」

「言う気になったかな」ボスは勝ち誇ったようにお父さんの方を向いた。

そのまま何も起こらなければ、結局、洗いざらい喋らされることになっていただろう。このボスネズミは、お父さんが甘い期待を抱いていたような、その場しのぎのたわごとで誤魔化《ごまか》して時間をかせげるようなやわな相手ではなかった。

　ボスがニヤリと笑ってお父さんの方を向き、お父さんが観念して話しはじめようとした、ちょうどその瞬間、一匹のドブネズミが、衛兵や側近の間をかき分けて、ボスに近づいてきた。

「ちょっと緊急のお話が……」

　ボスは突き出した片手にチッチのしっぽを吊り下げたまま、横を向き、そのネズミと慌《あわ》しく囁き交わした。お父さんはその言葉のきれはしを捉《とら》えようと、一生懸命に耳を澄ました。あの凶悪なイタチがまた現われまして……われわれ側の被害は、今回は二匹……はあ……しかし、やつの棲みからしきところを発見し……いえ……この際、一気に攻勢に……ぜひともお出ましいただいて……。

　伝令ネズミが喋り終わると、ボスは下を向いてしばらく考えていた。それから、チッチのしっぽを持った手を大きく横に振り、反動をつけてチッチをポンと放り投げた。チッチは土壁にぶつかって跳ね返り、地面に転がったが、すぐ起き上がってお父さんに駆け寄り、その背後に隠れた。

「大丈夫か、チッチ」

「うん、平気だい」

　ボスはお父さんの方を向いて、

「急用が出来た。残念だが、今はこれ以上おまえらと遊んでいる暇がない。おまえらにはどうも、きわめて怪しいところがあるな。明日、じっくり話を聞かせてもらおうか」

「話なんか、何もないよ」

ボスは大げさなため息をついてみせた。

「やれやれ、また最初からやり直しか。まあいい。しかし、そんなチビ助を後生大事に連れ歩いて、おまえも馬鹿だな。おれたちの社会では、子どもが生まれたらすぐ親から引き離し、集団生活をさせて規律を叩きこむ。びしびし鍛えて優秀な兵士にする。『お父さーん』だの何だの、こいつの甘ったれぶりには、へどが出るわ」

「チッチはぼくの大事な息子だ。放っておいてもらおう」

「親とか息子とか甘いことを言ってるようでは、ちゃんとした組織は成り立たんのだ」

「あんたと教育論を戦わす気はないね」

「こいつ……」ボスの目が険しくなり、お父さんに詰め寄りかけたが、思い直してくるりと後ろを向いた。「おい、こいつらをまた穴倉に入れておけ。もう水も食べ物もやらんでいいぞ」

二匹はまた、狭い穴倉に戻された。そこに閉じこめられたまま、長い時間がのろのろと過ぎていった。見張り用の小窓から、外界からの照り映えだろう、またほのかな明るみが射してきた。それがずっと続き、そしてまた、だんだん暗くなってくる。

お父さんは考えていた。あいつらはイタチ狩りで大騒ぎしているわけか。いつだかぼくらを襲ったあの老イタチかもしれない。ドブネズミどもがうろちょろしているこのあたりは、イタチにしてみれば絶好の餌場だろう。しかし、ドブネズミの組織立った兵隊たちが大勢で攻撃にかかったら、さすがのイタチも太刀打《たち》ちできるかどうか。そもそもあのボスネズミなら、たったひとりでイタチと対決してもいい勝負だろう。

チッチはぐっすり眠りこんでいた。お父さんは神経がささくれ立って眠れなかった。もう、いつ呼び出しが来てもおかしくない頃合いだ。今度こそきっと、洗いざらい喋らされる。結局、グレンを裏切ることになるのか。だが、その後は……グレンの居場所を喋ったら、それでぼくらを解放してくれるだろうか。いや、とうていそうは思えない。さらに長い時間が経過した。

ザッ、ザッ、ザッというような音が聞こえてくるのにふと気づいた。どうやらかなり前から聞こえていたような気もする。少しずつ大きくなってくる、というか、近づいてきている。広間に通じる見張り用の小窓があるのとは反対側の、穴倉のいちばん奥から、それは響いてくる。

何だろう。お父さんは壁に耳を当ててみた。ザッ、ザッ、ザッ。いよいよ大きくなってくる。そして、それが不意に止《や》んだ。お父さんが息を詰めていると、しばらく間があって、いきなりザクッと小さな穴が開いて、土くれがこぼれ落ちた。

ようにしてくださいと言うなり、それからしばらく沈黙が続いたのだろうか。

「シッ、静かに」という囁き声がした。「静かにしてください。衛兵に気づかれないように」

「……誰だい、きみは？」

「味方です。そう……友だちかな」その囁きに含み笑いが混ざった。「友だちっていうのは、ここでは久しく使われなくなってしまった言葉なんですがね。しかし、友だちです。あなたはグレンの友だちでしょう。それなら、ぼくの友だちです」

「グレンの……」

「そう。それから、あなたに会いたがっているネズミさんもここにいますよ」とその囁き声が言うなり、一生懸命に声を殺そうとしながらも、昂《たかぶ》りが抑えきれない小さな悲鳴のように、

「お父さん！」と叫ぶ声が聞こえた。

タータの声だった。

その声を聞きつけて跳ね起きてきたチッチに、声を出させないようにするのが一苦労だった。しかし、チッチもようやく状況を理解して静かになった。

「いいですか、最後のここがいちばん難しい。ここで気づかれたらそれで一巻の終わりです。しかも、急がなくちゃならない。そろそろボスは帰途についているはずです。結局、

イタチの征伐《せいばつ》は失敗で、かえってこっち側がさらに何匹かやられただけに終わったらしい。ボスが帰ってきたら、またすぐ尋問が始まるでしょう」

「わかった」とお父さんが言った。

「もし見張りがのぞくようなことでもあれば、何とか誤魔化してください」

「やってみよう」

穴がだんだん大きくなってきた。音を立てないようにしながらの慎重な作業だ。

そのとき、いきなり、

「おい、何をやってる?」という声が見張り窓から聞こえた。

「体操だよ、体操」と言いながらお父さんはぴょんぴょん跳ねてみせた。「こんな狭いところに閉じこめられて、じっとしてたら気持ちがくさくさしてたまらないんだ。わからないかなあ」

「ふん。何やら、土を掘るような音が聞こえたがなあ。言っとくが、無駄なこった。その壁はどこもかしこもがちがちに固めてあるからな。おまえに歯が立つような代物じゃない。じっとしてるんだ。もうすぐおまえらは、気持ちがくさくさするどころじゃないような、楽しい、楽しい目に遭えるぞ」そして、立ち去る気配がした。

「よし、いいぞ」とお父さんは背後に首を向けて囁いた。

ほどなく穴は、おとなのネズミが辛うじてくぐり抜けられるくらいの大きさになった。

「ちょっと待って」とさっきの声が言った。「ぼくとタータくんは後ずさりして場所を空けますから。そうしたら入ってきてください。ぼくらはあちら側に出て、そこで待ってます」

まずチッチを入らせた。それからお父さんが続く。新しい土のにおいがなまなましい、掘ったばかりの穴だった。一メートルほど行くと、やや広い空間に抜けた。そこはほこり臭くて、掘り返したばかりの新鮮な土のにおいはしない。

お父さんとチッチとタータはそこでしっかりと抱き合った。ようやく、また会えた。これでもう、何が起こっても怖くない。兄弟は何も言えず、ただ泣きじゃくっていた。

「ちょっと……」と先ほど「友だちです」と言った声の持ち主が、遠慮がちに声をかけた。「邪魔をして悪いが、ぐずぐずしてはいられません」

22

ドラムと名乗ったそのネズミ以外に、そこにはさらに二匹のドブネズミがいた。

「ガンツは穴掘りの名人なんです。しかし、今日ほど凄い仕事をやってのけたのは、さすがのきみも、生まれて初めてだったんじゃないか」

「いやあ、固かったねえ、ここの土は」と、そのガンツという肩幅のがっしりと広い、大柄なネズミが陽気なガラガラ声で言った。「参った、参った。もう、腕がしびれてほとんど上がらねえ」

「とにかく時間が勝負でした。ガンツはよくやってくれました。それから、こちらはサラです」チッチを優しく抱きしめていたほっそりした牝ネズミが、ドラムに紹介され、お父さんたちに向き直って、優美な物腰で頭を下げた。「サラはグレンの……大事な存在だったのです」

「グレンのことをタータさんが教えてくれました」とサラが言った。「グレンの消息がわかって、本当によかった。わたしたち三匹はここを脱出して、グレンに合流します。でもその前に、あなたたちを逃がさなくては」

気がついてみると、ガンツだけではなく、ドラムもサラも、そしてタータも、全身が土まみれだった。ガンツの両前足にはずいぶん血が滲《にじ》んでいて、見るからに痛そうだ。

「本当にどうも有難う……こんな抜け穴をよくもまあ、一晩で……」

ドラムは、ふふっと笑った。

「穴掘りガンツもよくやったが、ガンツがかき出した土を処分するのも大変だったんです。外に出すわけにもいきませんからね。そんなことをしていたらすぐ見咎《みとが》められてしまうから。タータくんもよく働いてくれました」

「ここは……？」

「ここは大昔に放棄された古い巣穴です。あなたたちの閉じこめられていた参謀《さんぼう》本部の穴

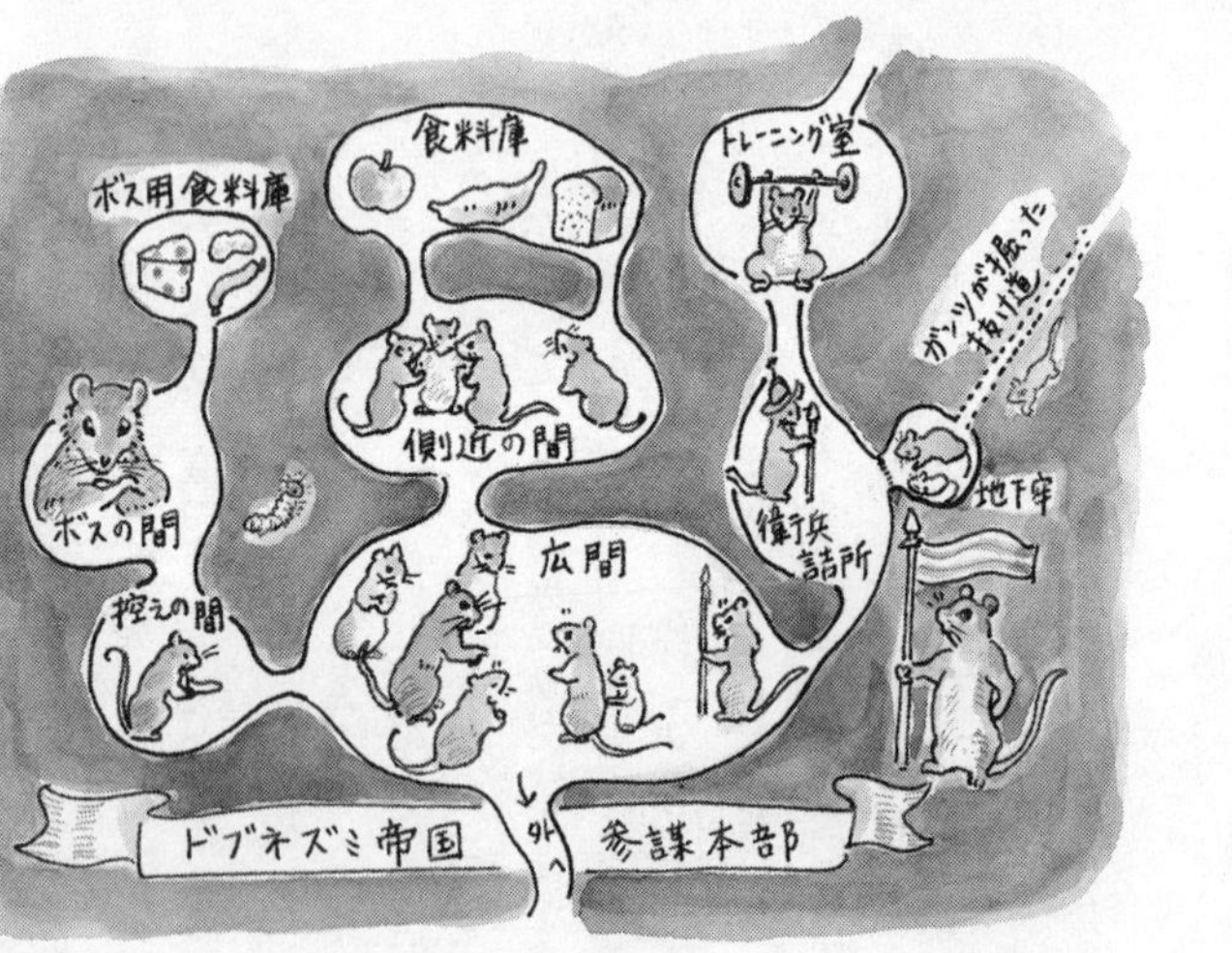

倉は、ちょうどここの奥の部屋の裏手に当たるはずだとサラが言い出したんです。そこで、ここから掘りはじめて穴を伸ばしていったんですが、ぼくは方角が正しいかどうか心配で、心配で。しかし、どんぴしゃりでしたねえ」

「だからよ」とガンツが言った。「おれ様に任せとけって言ったのよ。長年の勘ってやつを馬鹿にしちゃいけねえ」

「脱帽だ。しかし、つい心配でごちゃごちゃ言いはしたが、心の底ではきみを信じてたんだぜ。さて、行こう」とドラムが口早に言った。「もうすぐ夜が明ける。そうすると人間たちが活動を始めるし、それに、あなたたちがいなくなったことが、いつ発見されるかわからない」

　一行は、六匹だ。クマネズミ三匹に、ドブネズミ三匹。ドブネズミたちとタータは泥まみれだが、もう汚れを落とす時間もない。加えて、いつものことながら白いチッチは夜目にも相当目立つ。さて、どうやって脱出するのか。

「とにかく迫村橋の向こう側に出ればいいのです」とドラムは言った。「ぼくらの一族はテリトリー意識が強いから、その境界の外側までは追ってこないはず。ただ、今回はグレンの問題がからんでるから、ちょっと心配ではありますがね……グレンを探せ、見つけたら殺せというお触れは今でも毎日のように出されつづけています。虚勢を張って、強がったり平気なふりをしたりしているけれど、ボスは内心ではグレンをひどく恐れているんです。指導者として自分にないものをグレンが持っているということを、やつは自分でもよくわかっているから」

「おまえさんはいつも、心配しすぎるんだよ」とガンツは言った。「なるようになれ、さ。こんなところで、あんな愚連《ぐれん》隊みたいな連中と一緒に暮らすのは、いずれにせよおれはもう真っ平ごめんだからよ。グレンの大将にもう一度会うためになら、おれは命を賭《か》けるぜ。どこまでも、どこまでも、歩きつづけるんだ——川の光を求めて！　川の光を求めて！」

「シッ、声が大きい」

ドラムに続いて、ちょうどガンツが巣穴から外に出たところだった。他の四匹はもう穴の外で待っている。

「ね、おわかりのように、『川の光』はぼくら反乱軍の合言葉だったんです。タータくんが迫村橋の下でそれを叫んだときは、本当に驚いたな……さ、こっちへ……」早口の小声でそう説明しながら、ドラムは土手をずんずん登っていった。ガンツが続く。その後にタータ一家の三匹、そしてしんがりをつとめるのはサラだ。

「土手に出るのかい？」とお父さんは訊いた。

「そう、土手上の道を行こうと思います」

「目立つだろう」

「目立ちますね。でも、ある意味で、それが狙いです」

「狙い？」

「今にわかります。サラとぼくとで立てた作戦なんです」

夜が明けようとしていた。お父さんはふと振り返って、川の流れを見渡した。東の空から暁の最初の光が射してきて、水面にうっすらした銀色のヴェールをかけようとしていた。ひと吹き風がさあっと来て、そのヴェールに細かなひだが寄る。さざ波がきらきら輝く。ああ、川に、故郷に帰ってきたのだとお父さんはしみじみと思い、涙が出そうになった。

それからすぐ前に向き直り、タータとチッチに気を配りつつ、ドラムとガンツの後を追って、土手の斜面をいっさんに駆け上がっていった。

「堂々と行きましょう」土手のうえに出るとドラムが言った。「たしかにここは目立つ。でも、この遊歩道はずっと街灯が灯っているとか、深夜でもたまには人通りもあるとかで、ネズミがおおっぴらに警備するのもかえってやりにくい場所なんです。うまくいけば、橋まで誰にも行き会わずに歩き着けるかも……ただし、もう人間が自転車で犬の散歩なんか始める時刻だな……こうやって六匹も固まっていると、犬は必ずにおいを嗅《か》ぎつける……」

「ええい、おまえはほんと、心配性だよな」とガンツが言った。「いらいらさせられる。何か起きたら、起きたとき考えようじゃねえか」

「うん、まあ、そうだね」ドラムの声に含み笑いが混じった。ふふっというドラムの余裕ある含み笑いが、折りにふれ、みんなの気持ちのこわばりをほぐしてくれる。お父さんはこのもの静かなネズミがとても好きになりはじめていた。「親愛なるガンツくん、きみみたいな楽天家が仲間のなかにいてくれるから、実に有難い……おや、何もないというわけには、やはりいかなかったか……」

土手を登ってきたドブネズミが一匹、草むらから道に這い出そうとしているところだった。六匹ものネズミが一列縦隊になって自分めがけて粛々と進んでくるのを見て、目を丸くしている。

「タータくんたちは黙って俯いていてください。うちひしがれた捕虜《ほりょ》という役回りです。万が一、戦いになったら、手出しはせず、われわれに任せてください……」ドラムは早口に言い終えた。

「と、と、止まれ……おう、何だ、何だよこれは。ドラムにガンツじゃねえか」

「隊長の命令で、こいつらを橋の向こうまで追放しに行くところだ」とドラム。

「えっ……そんなこと、おれ、聞いてねえぞ」

「だから、おれたちが今、教えてやってるんじゃねえか、馬鹿もん！」とガンツ。

「おまえら、何だ、泥まみれじゃねえか。それにガンツ、おまえの前足、血だらけだぞ」

「イタチ騒動だよ、聞いてないのか」

「ああ、それは知ってる、知ってるが……」

「おい、ここの見張りをしっかり頼むぞ。こいつらの仲間のクマネズミどもが、大挙して襲ってくるという噂があるんだ」ドラムはわざと声をひそめ、秘密を明かすように言った。

「えっ、そりゃあ大変だ」

「いいか、ぼくらは橋まで行ったら、こっちに応援をよこすから、おまえは草むらに隠れて、この地点はしっかり守っていてくれ、いいな？」

「お、おう、わかった……そうか、クマネズミの野郎ども……」衛兵ネズミは口のなかでもごもごつぶやきながら、草むらのなかへ戻っていった。

「一応、うまくいきましたが……」しばらく進んで話し声が聞こえる心配がなくなってから、ドラムが言った。「あいつはとくに頭がトロいんで、簡単だったのです。大変なのはこれからです」今度はガンツは、ドラムの心配性を嗤《わら》わなかった。彼自身も本当に不安になってきたのだろう。

「万が一のときのために、落ち合う場所を決めておきましょう。タータくん、きみがスズメの一家と一緒にいたあの場所……」

「はい」

「スズメ？」とチッチが言った。

「後で話すよ、チッチ。うん、ドラムさん、それで？」

「あそこから、川上方向へさらに、そう、十メートルほども行ったあたりの土手のきわに、太いニレの木が生えている」

「ええ、大木がありますね。気づいていました。その根っこの虚《うろ》のなかをのぞいたりしたから。チッチたちがいるんじゃないかと思って」

「そう、その虚は誰でもすぐ気づくんだが、根っこの裏側に回って落ち葉をどけると、小さな穴がある。入り口は小さいが、なか

に入るとけっこう広い。要するにさっきぼくらがいたところみたいな、もう長いことうち棄てられている古い巣穴なんだがね。これを知っている者はまずいない。もしぼくらがばらばらになるようなことでもあれば、そこで落ち合うことにしよう。いいね？」

他の五匹は頷いた。

「よし、あそこが迫村橋だ。ぼくはもう黙ることにするよ。あそこから誰か、こっちを見ているかもしれないからね。きみらと親しそうに喋っているところを目撃されるとまずい」

その後はもう、六匹は喋らなかった。迫村橋が近づいてきた。自動車が一台、辛うじて通れるというほどの狭い橋だ。人間も車も、あたりにはまったく見当たらない。

まず、二匹、現われた。さっきの衛兵ネズミ同様、奇怪な縦列行進が近づいてくるのを見て、目を丸くしている。

「何だ、おまえら……ドラム、ガンツ、それにサラさんも……こいつらはいったい何なんだ」

「ずっと監禁していた捕虜なんだが、取り調べが終わって用済みになったんで、追放ということに決まった」

「えっ……いや、聞いてないぞ、そんな話は」

「何だ、また伝令がさぼったのか！」ドラムがいきなり声を張り上げた。「近頃の規律の弛《ゆる》み具合は、いったいどうなってるんだ！」

23

いつもはもの静かに喋るドラムがいきなり猛《たけ》り狂うような剣幕になったので、衛兵たちは思わずたじたじとなって、

「いや、まあ、今夜はイタチだの何だので、ずっとゴタゴタしてたからな。何かの行き違いだろうが……」となだめるような口調になった。

「まあいい。とにかくぼくらはこいつらを、橋から確実に離れたところまで連行して、そこで放免するよう命令されてる。ちょっと通してもらうぞ」ドラムはあくまで横柄に言った。

「待て待て……申し訳ないが、ちょっと待っててくれ。念のために隊長を呼ぶから」

「そんな必要はないだろ」と、ガンツが言った。「いい加減にしてくれよ。今夜はひでえ晩だった。おれらはこいつらを放り出して、早く帰って寝たいんだ」

「うん、わかったわかった。しかしまあ、ほんの少しだけ待っててくれ……。おい、おまえ行って、隊長を呼んで来い」一匹が頷いて、急いで土手を駆け下りていった。隊長というのはたぶん、橋脚の下の川原にいるのだろう。

ドラムとガンツは、まずいなというふうに目と目を見交わした。どうする？　やるか？

それともう少し粘って、何とか隊長を言いくるめようと試みてみるか? そんなふうにふたりがためらっている間に、三匹の「捕虜」をためつすがめつしていた衛兵が、タータの顔をのぞきこんで、あれれ、とつぶやいた。

「あれえ、こいつ、昨日、橋の下にのこのこやって来た小僧っこじゃねえか。『家族を探してる』とか何とかって、偉そうに抜かしてた……おまえもあの場にいただろ、ドラム。こいつ、いつの間に、何でこんなとこにいるんだよ」

「ここまでだな。やるか」とドラムが俯いたまま低い声で言った。

「おう」とガンツが応じ、次の瞬間、タータの顔を不審そうに見つめている衛兵を思いっきり突き飛ばした。不意を衝かれた衛兵は土手の急坂を転がり落ちていった。

「よし、突破だ。道を横切るぞ……」

その瞬間、まさにその道の向こう側から、血相を変えた何匹ものドブネズミが、わらわらと駆け寄ってきたのである。

「こいつらだ! 今連絡が来た脱走者っていうのは……」と先頭のネズミが叫んでいる。

もう駄目だ。六匹の全員がそう思った。タータの一家は戦力にならない。ドラムたち三匹も、不眠不休で行なった徹夜の穴掘りで疲労の極に達している。元気いっぱいの、殺気立ったドブネズミの軍隊に勝てるわけがない。

だが、ちょうどそのとき、左手の方から橋を渡って、ドドドッと地面を蹴立てるような足音とともに、何かが近づいてきた。いったい何だ？　味方も敵も、そこにいるネズミたち全員が、ぎょっとして目を剝《む》いた。

　橋を渡って走り寄ってきたのは、大きなシェパード犬だった。何しろ、十何匹ものネズミの群れが路上にいる気配を嗅ぎつけてしまったものだから、もうたまらない。自転車に乗ってリードを握っていた飼い主の必死の制止もものかは、全速力で突進してきたのである。飼い主は引っ張られて自転車が倒れそうになったので、すでにリードを放してしまっている。

　とんでもない混乱がいちどきに生じた。逃げまどうネズミ、立ちすくむネズミ……。シェパードはドドドッと走ってくるや、恐怖にすくんで動けなくなっていた一匹を、いきなりがぶりとくわえ上げた。それが衛兵ネズミの一匹で、こちら側の六匹のうちの誰かでなかったのは、まったくの偶然にすぎない。その瞬間、呪縛《じゅばく》が解けてドラムの頭が働き出し、とっさに、チャンスだ、と思った。

「今だ、逃げろ、行け！」とドラムは叫んだ。お父さんとタータとチッチはいっさんに走った。道路を渡り、迫村橋よりさらに上流へ川に沿って伸びる遊歩道の続きに走りこむ。タータたちの前方を駆けてゆくドブネズミが何匹かいる。そいつらはほどなく道から逸れ、土手の草むらに駆けこんでいった。お父さんもそうしたくなったが、こらえて、遊歩道の真ん中を走りつづけた。こんなときは、とにもかくにも身を隠したい、一目散に暗がりに逃げこみたい、と矢も楯もたまらなくなるのがネズミの本能というものだ。

だからこそ、その逆を行くのだ。あえて目立つところにとどまる。やつらを振り切るにはそうするほかない、とわかっていた。チッチがいるから速くは走れない。お父さん自身も、川岸でいきなり気を失ってしまった、あの疲労困憊《こんぱい》からまだ完全に回復したわけではない。「帝国」の軍団に本気で追いかけられたら、とうてい逃げ切れない。この混乱に乗じて、何とか姿をくらますほかないのだ。

もうどれほど走っただろう。チッチは？　ちらりと後ろを見た。ついてくる。その後ろには、チッチを守るようにタータが寄り添っている。チッチが参りかけているのがよくわかる。お父さんはさらにその後ろに視線を走らせた。うっすら明るくなりかけはじめた朝の遊歩道の平和な光景。ドブネズミたちの姿は見えない。衛兵たちもいないが、ドラムやガンツやサラの姿も見当たらない。彼らはどうしたろう。バウ、バウという興奮したシェパードの吠え声がかなりの遠方から伝わってくる。

首を後ろにねじって、チッチ、タータ、とあえぎ声を絞り出すようにして呼びかけた。それから方向を急に変え、速度を落とさずに土手の草むらに走りこんだ。チッチとタータもすかさず後に続く。

土手を駆け下りてからはタータが先に立って案内した。ドラムと約束した隠れ家に辿り着かないかぎり、安心できない。今度はお父さんがしんがりについて、あたりに神経を尖

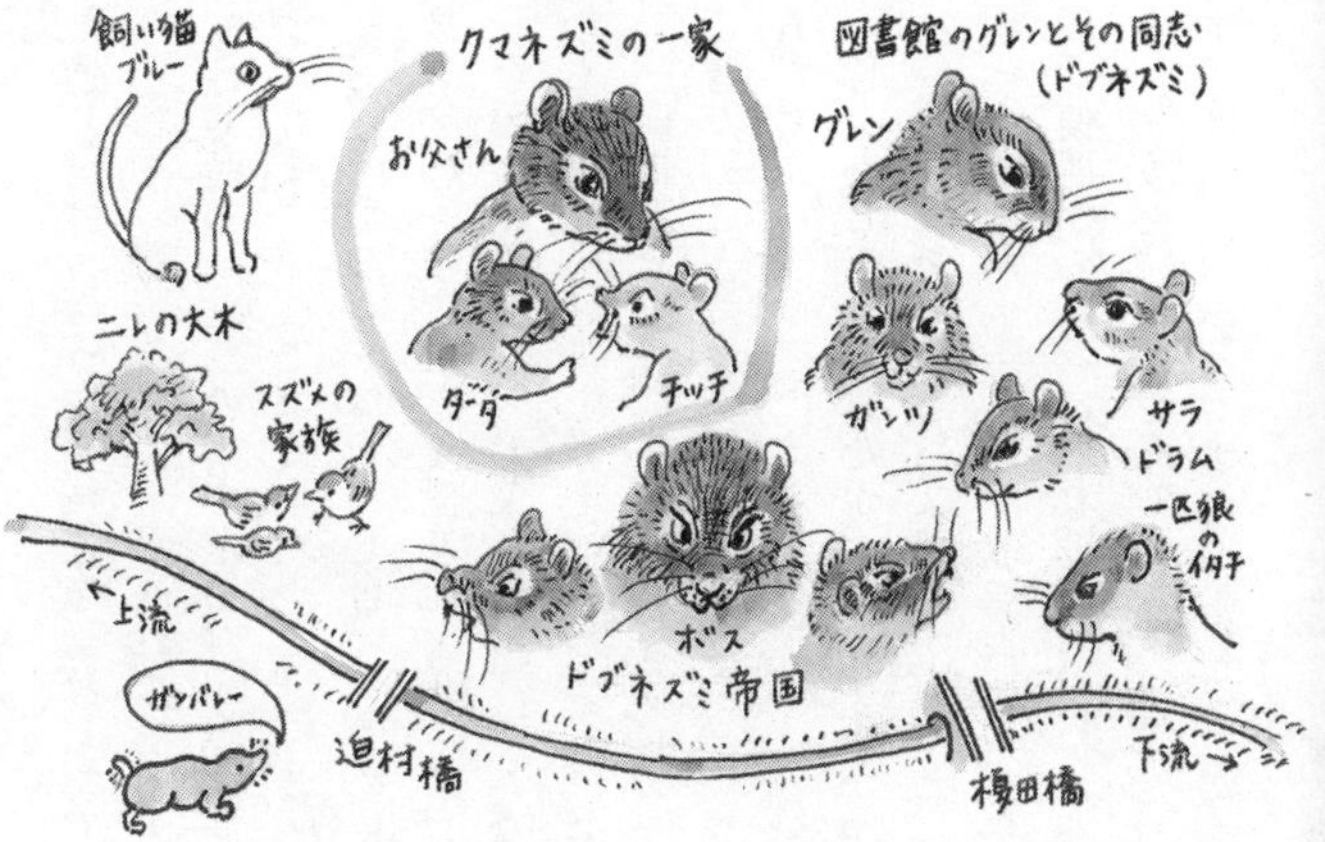

らせながら、チッチが落伍《らくご》しないように気を配る役割を引き受けた。どうやら近くにドブネズミの気配はないようだ。もうあたりは完全に明るくなっていた。

　仮りのねぐらにしていたあの草むらを駆け抜けたが、スズメの一家の姿はなかった。あの赤ちゃんスズメは生き延びられたのだろうか。

　ニレの大木。あれだ。タータはドラムに教えられた通り、根っこの後ろへ回りこみ、積み重なった落ち葉をせっせとほじくり返した。あった！　たしかに小さな横穴が開いている。

「待て、タータ。まずぼくが入ってみるから」

とお父さんが言い、穴のなかにもぐりこんでいった。しばらくして、「大丈夫だ。おいで。まずチッチから……」というくぐもった声がなかから響いてきた。

　なかに入ってみると、なるほどドラムの言った通り、けっこう広く枝道を延ばした立派な巣穴だった。うち棄てられてからずいぶんたつらしく、あちこちに土が崩れた箇所もあるし、虫の死骸が散らばっていたり、吹きこんできて溜まった草の葉の堆積《たいせき》が、息の詰まるような腐臭を放っていたりもする。だが、何よりもまず、ここは安全だった。いま大事なのはそれだけだ。

三匹は暗がりで体を寄せ合い、改めて再会を喜び合った。ターダは猫のブルーのこと、スズメの一家のことを話した。チッチはカップに乗って下水の流れを下った体験を、興奮しながら物語った。お父さんは、そんなふたりの声の交錯に耳を傾けているだけで心の底から幸せだった。しかし、ドラムたちはいったいどうしたのか。

一時間ほどして、入り口のうえにカモフラージュにのせておいた枯れ葉が払いのけられる音が聞こえた。三匹は緊張したが、巣穴にもぐりこんできたのはまずサラ、続いてドラムだった。

「皆さんご無事でしたか。ああ、よかった。ガンツは？」

「いや、まだだ」とお父さんが言うと、

「そうですか……」と、ドラムの声が曇った。「ぼくとサラは川原に下りたんですが、結局、何匹かの衛兵に取り囲まれ、にっちもさっちも行かなくなってしまって……。そのとき、横からガンツが飛びこんできて、サラを守っておまえは逃げろ、と叫んでくれたんです。ぼくも踏みとどまって戦うべきだったか……」すると、後悔のにじむドラムの言葉を

きっぱりとさえぎるように、

「ガンツなら大丈夫よ。絶対に大丈夫」とサラが断言した。

サラの言った通りだった。夕方近くになってから、ガンツは筋骨隆々としたその勇姿を悠然と現わした。全身びしょ濡れのうえに、腹にも背中にもひどい手傷を負っているのに、意気軒昂で、

「いやあ、一度でいいからあいつらに思いっきり噛みついてやりたいと、長いことうずうずしていたからなあ。少なくとも三匹くらいには相当の深手を負わせてやった。この先何か月か、まともには歩けまいて。いやいや、こんな爽快《そうかい》な気分は生まれて初めてだぜ」などとうそぶいて、愉快そうに笑っている。

「きみひとり、やつらの包囲の真っ只中《ただなか》に残して、本当に悪かった」とドラムが言うと、

「何の。ちょいちょいと遊んでやった後、一目散に逃げ出して、ざんぶと川に飛びこんだ……」

「川に！」みんな目を丸くした。

「おれの後を追って二、三匹、飛びこんだようだが、馬鹿なやつらだねえ。結局、流れを乗り切れず、溺れちまったに違いない。おれは川を横断して向こう岸に渡り、茂みに隠れた。後はただ、そのままずっとほとぼりが冷めるのを待っていただけさ。捜索隊が来るかと思ったが、静かなもんだった。拍子抜けしたよ。いやあ、まったくもって、のどかな一

日だった。気持ちのいい秋晴れでね。いい季節になったなあ。おれは午後いっぱい昼寝をしてた。ここんところの寝不足を十分に取り戻させてもらったよ。で、あいつらの気配がまったくないことを確かめたうえで、さっきまた川を泳ぎ渡って、こっちの岸に戻ってきたところだ」

「うーん、改めて言うのも何だが、ガンツ、きみはつくづく豪胆なやつだなあ。いやはや、凄いネズミだよ」と、皆の気持ちを代表してドラムが言った。「しかし、その傷はひどいね。もう出血は止まりかけてるようだが、とにかく何日かは動かない方がいい」

「なに、こんなかすり傷……」

そう言ってまた高らかに笑うガンツを、ぽかんと口を開けたチッチがすっかり感心しきって見上げている。そんなチッチを見つめながら、タータは本当に嬉しかった。とうとう一家三匹そろって無事に、迫村橋を越えることができた。「ドブネズミ帝国」の外に脱出できたのである。

「いや、あなたたちには本当に世話になりました。どうも有難う」と、改まった声になってお父さんが言った。「心からお礼を言います。ドラムさん、ガンツさん、サラさん、みんな自分の命を危険にさらして、ぼくたち一家を救ってくれた」

「お礼には及びません」とサラが言った。「何しろあたしたちの我慢も、ここのところで限界に来ていましたからね。これはいつかは起きることだったんで、あなたがたはそのきっかけを作ってくれたにすぎません。彼らの『帝国』とやらも、実のところ、そう長くはもたないと思います。でも、ともかく、チッチちゃんが無事で本当によかったわあ！」

第二部　駅越え

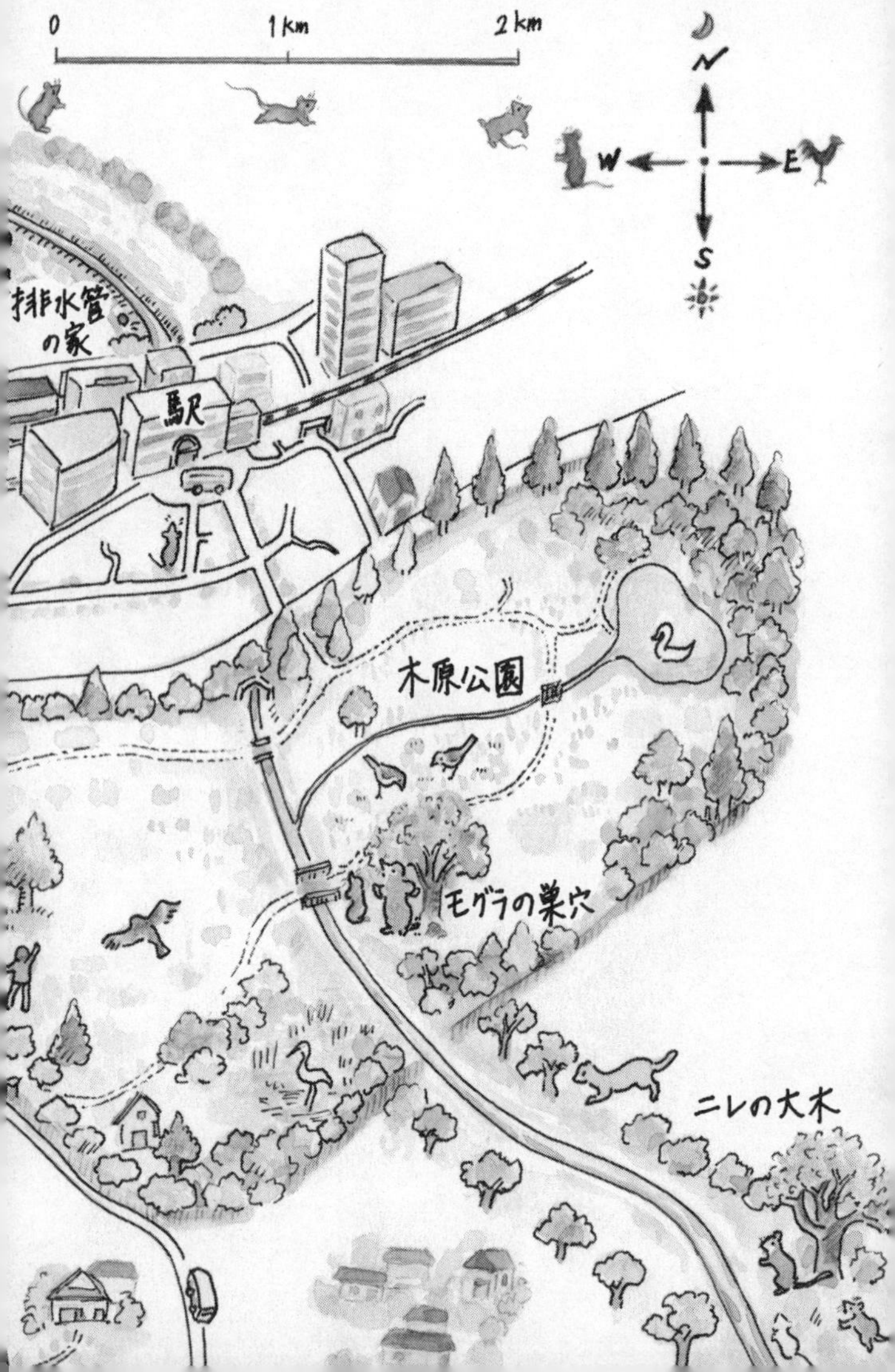

0
1km
2km
N
W
E
S
排水管の家
駅
木原公園
モグラの巣穴
ニレの大木

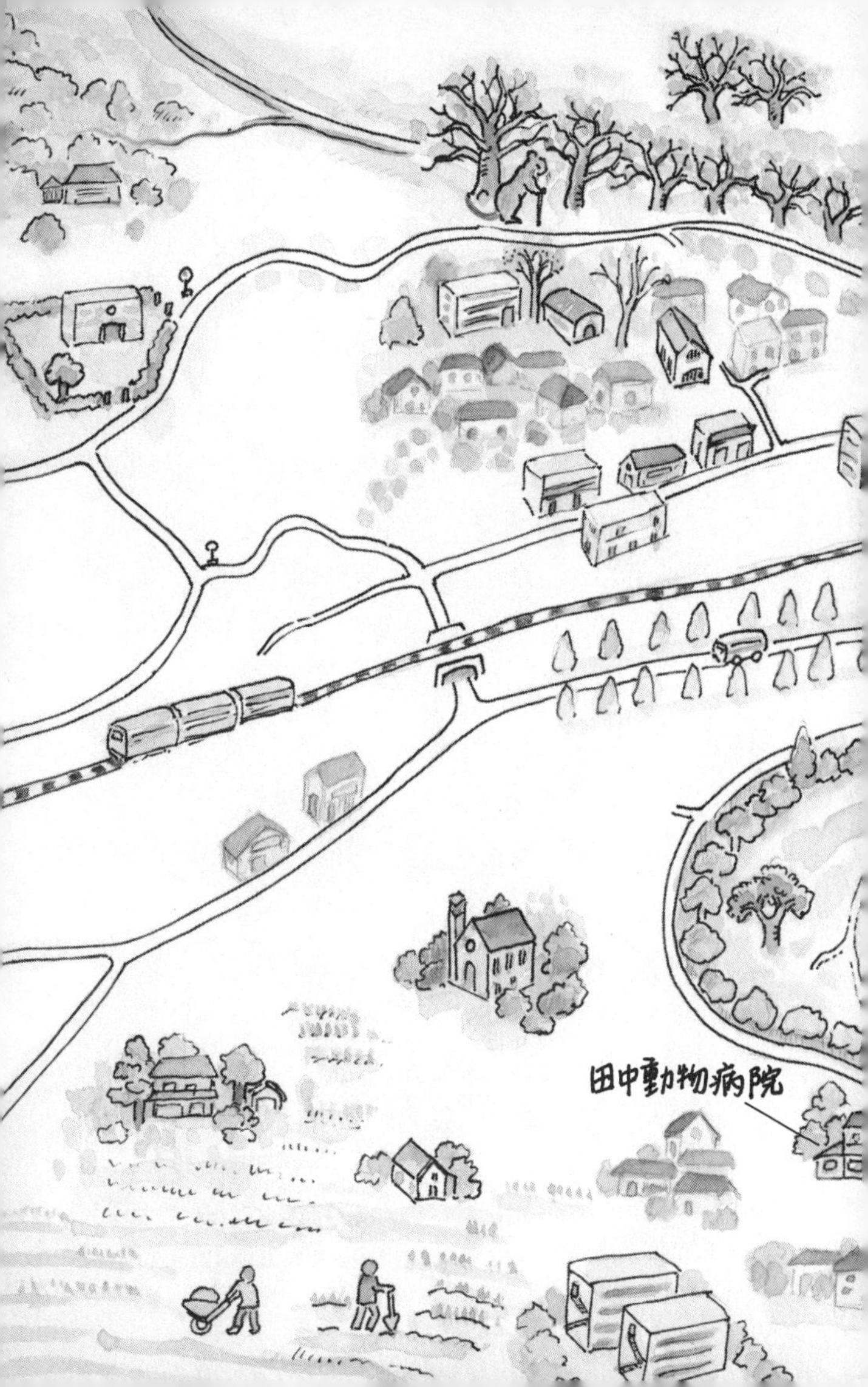
田中動物病院

1

ガンツの言ったように、秋晴れの美しい日々がそれから何日か続いた。高い空の透きとおった青さが目に染《し》みるようで、ときどきそこにきれいなうろこ雲が広がる。日が暮れるのが早くなり、朝夕には冷たい木枯らしが吹くこともあったが、昼間の陽射《ひざ》しはまだ暖かく、木々を、草を、川の水を優しいぬくもりで包みこんでいる。

もう紅葉が始まっていた。赤に黄に、木々が鮮やかに色づき、風が渡るとさやさやと鳴るその葉むらの隙間《すきま》から、時おりピーヨ、ピーヨという甲高いヒヨドリの声が落ちてくる。

タータとチッチは川べりの平たい石のうえに並んで腹這《ば》いになり、水の流れを見つめていた。

「ねえ、お兄ちゃん、川は眠らないのかな」

「眠るって……流れが止まるってこと？」

「ぼくらが眠っている間は、川も眠っているのかと思って」

「川は眠らないよ。いつもいつも流れつづけているんだ」

「疲れないのかな」

「川は疲れないよ。川は流れつづけているのが楽しいんだ。嬉《うれ》しいんだ。ほら……」タータは、水面に突き出した大きな石に当たって流れが白く砕けているあたりを指さした。

「ほら、あんなふうに川が笑ってるじゃないか」

「ほんとだ。笑ってるね」

「どんどん流れるのが、止まらないで走りつづけるのが、川は嬉しくてたまらないんだ、きっと」

「ぼくらもいっぱい走ったね」

「うん、いっぱい走った」本当に大変だったな、いろんなことがあったなと思いながら、タータはごろんと寝返りをうって仰向《あおむ》けになった。広い空にはきらきらする光の粒子がいちめんに行き渡っているようだ。まぶしくて目を開けていられない。

「なあ、チッチ、こうやってうえを向いて目をつむってごらん」すぐわきでチッチも寝返りをうつ気配がする。「瞼《まぶた》のうらが赤くなるだろ」

「うん、赤くなる。あったかいね」

「うん、あったかい」

二匹はしばらくそうしてじっとしていた。

と、不意に、バサバサッという羽ばたきがつい間近に聞こえて、タータは跳ね起きた。

何だ、何だ？　目をぱちぱちとしばたたいたが、しばらくはまぶしさに目がくらんで何も見えない。

「ねえねえ、あんたたち、こんなところで馬鹿《ばか》みたいに、のんびり寝ころんで、丸っきり不用心じゃないの」という声がして、ようやくタータには、それがいつだかのあのスズメのお母さんだということがわかった。

「赤ちゃんは元気？」とタータが訊《き》くと、

「もうすっかり元気になったわ」と母親スズメは答えた。「少しならもう、飛べるようにもなったし。あなたのおかげよ」

「そうか、よかったね。ほんとによかった」

「あなたも弟さんに会えたのね」

「うん、お父さんにもね」

「じゃあ、みんなでここに住むんだ」

「さあ、どうかな」

このあたりはまだドブネズミのテリトリーに近すぎるから、

もう少し上流に移動した方がいい、というのがお父さんの意見だった。今のところやつらの姿はまったく見かけない。しかし、いつなんどき、偵察隊のような連中がこの辺まで足を延ばしてくるかもしれない。それに長期的に考えれば、「帝国」の領土がますます拡大しつづけて、やがてはこの辺までそれに呑《の》みこまれないともかぎらない。定住用の棲《す》みかを作るなら、せめてもう数百メートルくらいは川を遡《さかのぼ》った方がいい、とお父さんは言うのである。しかし、タータとチッチは正直なところ、もう旅も冒険もうんざりだった。

「ひょっとしたらもう少し川上の方に移るかもしれない。どっちにしても、もうちょっと休んでからだけど」

「この先は公園よ。広々していて凄《すご》く気持ちがいいの」

「そのもっと先は？」

「公園を抜けるともう街になるわ。駅のある賑《にぎ》やかな繁華街」

「そうか。じゃあ、その広い公園のあたりに住むのがいいかもしれないな」

「冬が来ないうちに早く落ち着いて、暖かい住まいを作らなくちゃ駄目よ」

「そうだね」

「それから、さっきみたいに、こんな人目につくところでぼうっと昼寝なんかしてちゃ駄目よ」

「寝てないよ。ただ仰向けになって目をつむってただけさ……」

「ねえ、冬って何？」とチッチが言った。そう言えば、これからチッチは、生まれて初めて冬というものを体験することになるのだ。

「寒いの。寒くなるの」と母親スズメが言った。「あたしたちも餌《えさ》がなくなるし。もう大変……。そうだ、その餌を早く見つけて、持って帰らないと。あの子がお腹《なか》を空《す》かせてるから。じゃあ、またね。気をつけるのよ」そう口早に言い終えると、タータたちがさよならと言うのも待たず、母親スズメはさっと飛び立っていった。

スズメのお母さんに脅かされたので、二匹は少し気持ちを引きしめたが、それでも川原で鬼ごっこをしたり、草むらで隠れんぼをしたりして、午後いっぱいのんびり遊んでしまった。ときどき人間が通るが、そのときは物蔭《かげ》に隠れて、通り過ぎるまでじっと息を殺していればいい。いい加減遊び疲れてふと気づくと日がずいぶん傾き、空気が冷たくなりはじめていた。

二匹が巣穴に戻ると、お父さんとドラムが真剣な顔を突き合わせ、何か相談をしている最中だった。かたわらではガンツがうたた寝をしている。

「ああ、タータくん。きみの話をもう一度じっくり聞きたかったんだ」とドラムが言った。「グレンの住んでいる例の図書館とやらへの、行きかたなんだが……」

タータは猫のブルーの家までの道順なら説明できたが、そこから先は何もわからない。

「ううむ」とドラムは唸《うな》った。「とにかく、きみらが抜けてきた下水道はもう使えない。

道に迷ったり、大水が出たり、危険このうえもないことがわかったからね。街なかの道路を行くしかないが、そこにもむろん様々な危険が……」

「ええい、ドラム、おまえ、ほんと、暗いやつだなあ」ガンツが飛び起きて、ガラガラ声を張り上げた。「おまえの話を聞いてると気が滅入《めい》ってきていけねえや。大丈夫だって。何とかなるって」

「そんなこと言うけど、今度衛兵ネズミに見つかってみろ。こないだのことがあるからな、あいつら、猛《たけ》り狂って襲いかかってくるぞ」

「また痛い目に遭《あ》わせてやるって。もうこりごりっていうくらいの目に……」ガンツがこぶしを振り上げる。

「それはいいとしても、あたしたちの向かっている方角から、グレンの棲みかを察知される危険があるわ」とサラが言った。「グレンの居場所は絶対に知られてはなりません」

「うーん……」と、それでガンツも腕も組んだ。

「ちらりとでも姿を見られちゃいけないということだね」とドラムが言った。「用心に用心を重ねて、少しずつ行こう。とにかく、だいたいの方角はわかった。あとは出たとこ勝負で……まあ、何とかなるだろう」ドラムの声に含み笑いが混じって、「ガンツの口癖がうつったな」

「そうとも、何とかなるんだ。いや、何とかするんだ」ガンツが大声で笑って、ドラムの背中をどんと叩《たた》いた。「おれ様がついてるんだからよ」

　夜遅くなって、三匹のクマネズミと三匹のドブネズミはひとりひとりしっかりと抱き合い、別れの挨拶《あいさつ》を交わした。

　別れぎわにドラムが言った言葉は、後々までお父さんの心に深く刻みこまれた。一家を救ってくれたお礼を改めて述べたお父さんに向かって、

「だって、感謝しているのはぼくらの方なんですよ」とドラムは言ったのだ。「あなたがたは、グレンがまだ生きているという朗報をもたらしてくれた。ぼくらに希望をもたらしてくれたんです。『希望』とか『友だち』とか、もう意味がわからなくなっていた言葉に、新しい生命を吹きこんでくれたんです」

「川の光を求めて……」とタータがつぶやいた。

「そう！」とドラムが朗らかに笑って、「川の光を求めて、前へ前へ進んでいこうという勇気をよみがえらせてくれたんです。わたしたちはグレンを失って以来、まるで生きながら死んだようになっていましたからね。さあ、また戦いが始まりました。そんなに遠くもない将来、川にはまた『光』が戻ってきます」少し黙って、それから自分自身に言い聞かせるように、「きっとそうなりますよ。いや、そうしてみせます」ときっぱり言った。

　三匹のドブネズミが出発して、タータたち一家はまた三匹水入らずの状態に戻った。三匹ともとても幸せな気持ちで体をぴったり寄せ合い、これからの計画をあれこれ話し合っ

た。ともかく家族がまた一緒になれた。懐かしい川辺にも帰り着いた。荒れほうだいだが、一応は立派なねぐらもここにある。ここで冬を迎えようという誘惑も強かったが、お父さんはどうしても不安を払拭《ふっしょく》することができなかった。

「やはり、もう少し先まで行こう」とお父さんが最後に言った。「ここはあいつらの縄張りに近すぎる。びくびくしながら暮らさなければならないなんて、タータもチッチも嫌だろう？」

びくびくどころか、実はタータとチッチは今日も川べりの石のうえにのんびり寝ころんだり、川原を走り回ったりしていたのだが、そう言うと叱《しか》られそうなのでそのことは黙っていた。

「しかも、急いだ方がいい。もうずいぶん寒くなってきたからね。あと一日だけゆっくり体を休めよう。そして、明日の晩に出発する」

そう話が決まって、三匹は互いの毛皮のなかに顔をうずめ、一個の大きな球のようになって眠りこんだ。

明け方近く、何かのはずみでタータがふと目を覚ますと、チッチがこんこんと小さく咳《せ》きこんでいる。

「どうした？　風邪でも引いたのかい？」

「うーん……何だかのどがイガイガする……」

チッチは眠そうにそうつぶやいて、タータが見ているうちにもう寝息を立てていた。ほどなくタータもまた眠りこんだが、眠りに落ちる直前、自分ののども何だか変な具合で、無意識のうちに何度も何度もつばを呑みこんでいるのにふと気づいた。

2

翌日、三匹は、暗くなるとすぐ出発した。また川べりに沿って上流へ向かう旅が始まった。お父さんが先頭に立ち、チッチが続き、しんがりはタータという元の順序に戻った三匹は、落ち着いた着実な足取りで走り出した。

いちばん最初に元の巣穴から旅立った頃《ころ》の、不安と興奮で浮き足立つようなはしゃいだ感じはもはやなかった。また、川から離れて石見《いわみ》街道を北上していった頃の、お先真っ暗といった絶望的な悲壮感ももはやない。いろいろな体験を重ねてゆくうちに、タータはずいぶんおとなになっていたし、チッチももう幼稚な駄々《だだ》をこねたりわがままを言ったりするようなことはなくなっていた。さらに、タータひとりがはぐれてしまっていた間中、三匹みなを苦しめつづけた深い喪失感と、再会できたときに味わった天にものぼるような喜びを経て、家族の間の絆《きずな》がさらにいっそう強くなっていた。三匹が一緒ならどんな苦境も切り抜けられるという確信が、今やひとりひとりの心のなかにしっかりと根づいていた。

それに、旅の終着点まで、あとほんの少しなのだ。あと一晩か二晩か走って、それで居心地良さそうなねぐらを見つけよう、とお父さんは言っていた。当面は仮りの棲みかでいい。長い冬の間に少しずつ穴を広げ、食料を蓄《たくわ》え、住まいのかたちをゆっくりと作っていけばいいのだ。三匹は言葉少なに、淡々と走りつづけた。

やがて、空気のにおいと感触が少し変わった。スズメのお母さんが教えてくれた、あの木原公園という広い緑地帯に入ったのに違いない。やや風が強くなり、多くの木々の間を渡ってきたその風が、むせかえるような腐葉土のにおいを運んできた。チッチが大きく咳きこんだので、お父さんは立ち止まり、「少し休もう」と言った。

「もうすぐ明るくなるね」とタータが言った。

「ああ。今晩のところはもう十分だろう。公園に入ったから、この先は人間たちの往来がだんだん多くなってくると思うんだ。朝早くから川原に出てくる連中もいるだろう。それが犬と一緒だったりするから始末が悪い。このあたりのどこか目につかない場所に身をひそめて、日中はじっとしていよう」

「密生した草の茂みか何かがあればいいんだね。お父さんはそこでチッチと一緒にいてやって。ぼくはちょっと、隠れ場所になりそうなところを探してくる」

そう言い残してタータは前方へ歩き出した。そのタータに、興奮のあまりつい荒くなりかける息づかいを努めて抑えつつ、ゆっくり忍び寄ってゆく一匹の動物の影があった。

戦いに継ぐ戦いの日々は、老イタチにとってそう不愉快なものではなかった。何しろ餌には事欠かなかったということもある。あのいまいましい三匹のネズミの一家にうまうまと逃げられてしまった晩はずいぶん腐ったが、気を取り直して川上へ走りつづけ、橋を一つ越してみると、そこはネズミがうようよしている一帯で、以後は毎日のようにご馳走《ちそう》にありつけたのである。

もっとも、獲物をとりほうだいだったのは最初の頃だけで、そのうちネズミのやつらも慎重になり、何匹かの隊伍《たいご》を組んだうえでなければ出歩かないようになった。グループの誰《だれ》かが交替で絶えず周囲をうかがっているので、こっそり近くまで忍び寄るのが難しくなった。一気に襲いかかっても、大きなドブネズミ数匹からよく訓練された連係プレーで反撃されると、こちらの方が手傷を負い、ほうほうの体で逃げ帰ったりするようなこともあった。

そのうちに、連中のなかにどんな知恵者《ちえしゃ》がいるのか、囮《おとり》のネズミを徘徊《はいかい》させ、それでイタチを引っ掛けて、罠《わな》に誘いこもうとするようなことまで始めたのには驚いた。よく太った鈍そうなネズミが無防備にのんびりと出歩いているので、しめしめ、間抜けなやつがいるわいと思い、ジャンプして飛びつくと、そいつは案外すばやくさっと逃げる。追いかけてゆくうちに、いつの間にか棘《とげ》だらけのイラクサの密生したやぶに嵌《は》まりこんでしまう。そこを何とか抜けようともがいていると、十匹を超えるネズミどもが四方八方から襲いかかってきて、こちらを追いつめ、急所を的確に狙《ねら》って嚙《か》みついてくる。ドブネズミたちは巧妙な戦闘計画を立てて、逆にイタチを仕留めにかかったのである。

そのイラクサの罠のときは、もう少しで組み伏せられそうになったが、必死に応戦して危うく脱出できた。それからはイタチの方も慎重になり、よくよく注意して狩りをするようになった。しかしそれ以来、イタチにとって、ある意味で狩りの興奮と快楽がいっそう増したともいえる。イタチの方にも生傷が絶えなかったが、もともと好戦的で、狩りの残酷な興奮がたまらないという性《たち》だったから、血なまぐさい戦闘の毎日はそれなりに楽しくもあったのだ。が、敵もさるもの、イタチの習性をよくよく研究したうえでのドブネズミたちの反撃がだんだんきびしくなってきた。イタチが棲みかにしていた木の虚《うろ》を突き止めて、不意をついて大群で攻撃してきたりするようになったのだ。イタチも若い頃ほどは体が動かなくなっていたから、大柄で強健で凶暴なドブネズミたちが数を頼んでいっせいに襲ってくると、たじたじとならないわけにはいかない。

日ごと夜ごとの戦いにいい加減疲れてきたイタチは、ここらあたりが潮時かという気分になった。そこで、またしてもドブネズミ軍の大攻勢を受け、それを辛《かろ》うじて切り抜けた晩の翌朝、もうこのあたり一帯には見切りをつけ、新たな餌場を求めてもう少し川上に移動しようと決心したのである。

その旅が始まって早々、願ってもない獲物に出くわした。橋を渡ってしばらく行ったところでネズミのにおいを嗅《か》ぎつけ、足音を忍ばせながら近寄っていってみると、なんと、いつだかずっと下流の土手でまんまと逃げられてしまったあの三匹のネズミの家族が、前方を走ってゆくではないか。手ひどく愚弄《ぐろう》されたあの晩の屈辱をイタチは決して忘れておらず、思い出すと今でも頭にかっと血がのぼるほどだった。その恨みを晴らすときがついにめぐってきたのだ。あの晩は欲が出て、せめて二匹、あわよくば三匹ぜんぶという具合につい目移りして、結局一匹も捕まえられずに終わってしまったのだが、ああいう失態はもう二度と繰り返すまい。ともかく一匹だけを確実に仕留めてやる。そして、今後しつこく付きまとい、二匹目、三匹目までぜんぶ確実に殺してやる。

一気に飛びかかって獲物をがぶりとひと嚙みし、それがキュウと呻《うめ》く間もなく息絶える瞬間に味わう恍惚《こうこつ》感を思うと血が騒ぎ、イタチの全身にむずむずするような期待の震えが走った。慎重のうえにも慎重を期して三匹の後をつけてゆく。風下にいるから、こちらのにおいはあいつらには届いていまい。

イタチはだんだん距離を詰めていき、風向きの変化に応じて少しずつ横に回りこんでいった。やがて、小休止という気配で三匹は足を止めた。よし、チャンス！　そのうち、一匹だけが離れて歩き出した。ふん、手ごろな獲物だわい。今日はあいつを夜食にいただくことにしよう。

じりっ、じりっと近づいて、ぴたっと静止する。今だ。タータの背中めがけて、イタチは大きくジャンプし、首すじに牙《きば》を突き立てようとした……が、まだ空中にあるイタチの体に向かって、横から電撃のように体当たりするものがあった。何が何だかわからないうちに地面に転がっていたイタチの体は、次の瞬間、ふたたび宙に浮いていた。背すじの肉にガッキと食い入った牙が、イタチを軽々と持ち上げたのである。

猫のブルーだった。くわえたイタチの体を右に左にぶるんぶるんと振り回し、ぽんと宙に放《ほう》る。地面に落ち、傷の痛みというより心理的ショックでなかば気を失ってしまったイタチにタタッと駆け寄ると、今度は前足でがっしと押さえつける。

「あっ、ブルーのおばちゃん！」とタータが叫んだ。イタチの体のうえにかがみこんだブルーは、タータの方を見ないまま、

「おばちゃんって言うんじゃない！」と低く唸るように言った。

「わーい」と叫びながらタータは駆け寄って、ブルーの背中にどんとぶつかるようにして顔をうずめた。

「あ、こら、ちょっと、そんなにすると……」タータが飛びついてきたはずみにブルーの前足が少し浮き、やっとショック状態から抜け出し気を取り直してもがきはじめたイタチを押さえきれなくなってしまった。ブルーの足を撥《は》ねのけてぴょんと起き上がったイタチは、よろけながらも必死のダッシュで木立《こだ》ちの蔭に走りこんでいこうとしたが、そこにブルーはもう一度飛びついて、イタチをあっさり転がした。

「この柔らかそうなお腹のあたり、ちょっと嚙んでみようかしら」というブルーのつぶや

きに続いて、キュウというイタチの呻きが聞こえた。「それから、このくさい、くさいお尻《しり》も……」またキュウという呻き。それからブルーは、フギャーウというような怖い、怖い声になって、「いいかい、この子らに手出ししたらあたしが承知しないよ」と叫んだ。「この先ずっと見張ってるからね。今度こんなことがあったら、のど笛を食いちぎってやる！」血の凍るような声でそう言い終わるや、力を弛《ゆる》めたらしい。イタチはブルーの下からのろのろと這《は》い出して、よろよろした足取りで土手を駆け上がっていった。

「ブルーのおばちゃんだ！」と叫びながらタータがまた飛びついてくる。

「あんたたち、ほんとに不注意だねえ。あいつ、ずっと後をつけてたんだよ。しかし、そのさらに後から追いかけてたあたしに気づかないってのは、あいつも相当間抜けだけど」

「あれはいつだかのイタチだ。執念深いやつだなあ。まだぼくらを狙《ねら》ってたのか」

「しかし、ずいぶん痛めつけてやったからね。きっともう、あんまり付きまとってこないよ」

「そうだといいけどなあ。ねえ、また助けてもらっちゃったね」

「今夜は、たまたまこっちに遠出してきて、偶然イタチのにおいを嗅ぎつけたの。ちょいとからかってやろうと思ったら、その先にいるのが何とあんたたちじゃないの。本当に驚いたわ」

そこへお父さんとチッチがこわごわ近寄ってきた。ブルーはあの不思議な緑色の瞳《ひとみ》で、ふたりの顔をひとりずつ順番に長いことじっと見つめ、それからタータに視線を戻し、「じゃあ、会えたんだね」と言った。

3

そのとき、チッチがおずおずと、

「あのう……」と、目の前にいるものが信じられないといった震え声で言った。「お兄ちゃん、まさかこれ、猫だよね……」

「猫のブルー。話したろ。とってもいい猫なんだよ。ぼくをかくまって、ご飯もくれたんだ」

ブルーは優雅な足取りでチッチにひたひたと近づいてきて、その真上で立ち止まり、ぐうっと頭を下げて間近からチッチの目をのぞきこんだ。

「これはこれは……小さくて、ころころしていて、本当に、本当に……」そこで言葉を途切らせ、ぺろりと舌なめずりをした。イタチの血だろう、ブルーの左右の牙が赤く染まっているのがチッチの目に鮮烈に焼き付く。そこでブルーは、「美味《うま》そうなネズミだねえ……」と続けた。チッチはヒッ、と言って硬直し、次の瞬間腰が抜けてその場にへなへなと座りこんでしまった。

タータがブルーにまたどんと体当たりしてきて、

「おばちゃん、冗談はやめてよ」と言った。「この子はまだ小さいんだから、本気にするよ」

「あたしのことを『これ』なんて言うからだ」ブルーはフフンと鼻先で笑うと、川の対岸の上空に視線を投げた。「そろそろ明るくなるね。もう行かなくちゃ。帰り道はずいぶん時間がかかるからね」と独りごとのように言った。

それでもブルーは、それから悠々と自分の背中やお腹を舐《な》め、ゆっくり時間をかけて毛づくろいをした。チッチがこわごわ近寄ってきてブルーのしっぽにちょっと触ったが、ブルーがそれをひと振りすると、あわててお父さんの背後に回ってこそこそと隠れた。そして、「ねえねえ、お父さん、ぼく、猫に触っちゃったよ」とひそめた声で自慢そうに言っているのが聞こえる。

ブルーはタータの頭をひと舐めして、「よかったね」と言った。

「うん」

「おばちゃんも……あ、あたしも……」つい言い間違えたブルーはこほこほと咳《せき》をして誤《ご》魔《ま》化《か》して、「あたしも、一度くらい子どもを産めばよかったかねえ」とそっと言った。すると、タータが即座に、

「子どもがいると、それはそれでけっこう大変だよ」と分別くさそうな顔で答えたので、それを聞きつけたお父さんは思わず吹き出してしまった。ブルーは、

「馬鹿な子」とつぶやいてタータの頭をもうひと舐めした。「さあ、飼い主のお婆《ばあ》ちゃんが心配するからもう帰ろう」ブルーは立ち上がってお父さんに向かい、「いい子たちね」と言った。お父さんは黙って頷《うなず》いた。それからブルーは、タータの顔をまた長いことじっと見つめ、前触れなしにいきなり身を翻《ひるがえ》して、土手を駆け上がっていった。

昼間はずっと草むらで眠りこけて過ごした三匹は、暗くなるとまた先を急いだ。イタチの接近を警戒しながらの、しかし平穏無事な一夜の旅程が、つつがなく踏破《とうは》された。お父さんは走る速さを徐々に、徐々に弛めていって、ときどき立ち止まってはあたりを眺め、鼻孔《びこう》をひくひくうごめかせて空気のにおいを嗅ぎ、また走り出すということを繰り返した。だが、夜明けの光が射《さ》しそめる頃、走りは歩みになり、その歩みの速度もどんどん遅くなっていき、そして、ついにぴたりと立ち止まって、今度こそもう動こうとしない、そんなときがとうとう訪れたのだ。お父さんは四方を見回しながら、
「さあ、ここだ」とそっとつぶやいた。柔らかな小声で発されたその言葉がどれほど決定的なひとことであるかは、タータにもチッチにもすぐにわかった。張りつめた響きのまったくない、静かな静かな声だった。もとの巣穴から出発して以来、お父さんがこんなやわらいだ声を出すのは、ひょっとしたら初めてかもしれない。

そこは広い川原で、草も樹木も密生し、いざというときに逃げこんだり隠れたりする暗

がりには事欠かない。少し先には人間の歩行者用の細い木橋が川を跨《また》いで架かっているので、必要があれば対岸に渡ることもできた。その橋のたもとには飲み物の自販機があるのが見えた。
「あの自販機のわきにゴミ棄《す》て場があるのが見えるかい？　ああいう場所の回りにはいつでも何やかんや散らばっているものだからね。きっと食べ物には不自由しないだろう。ここは公園の真っ只中《ただなか》で、人間たちの住宅には遠い。前の棲みかみたいに、近所の民家の生ゴミをあさりにいくことは簡単にはできなくなるけれど、そのかわりにああいう場所があれば心強い。それに、このあたりは木の実もいっぱい落ちているようだ」
「でも、どこに住むの？　何だか寒いよ」とタータがコンコンと咳をしながら言った。実際、朝夕の冷えこみがきびしくなっていた。昼日中でさえ、草むらの奥にいれば風を避けることはできるものの、三匹一緒にぎゅっと固まって鞠《まり》のようになっていないかぎり、寒さでおちおち眠ることもできないような気候になっていた。

「うん。とりあえず、まずはぼくら三匹がなかに入って暖を取れる程度の小さな穴を掘ろう。どこにするかな……」お父さんは、土手を少し登ったところに生えている、そのあたりでいちばん太いケヤキの木の根もとに近づき、そこに立って、ぐるり四方を見渡した。「よし、ここだ。春先に川の水位が多少高くなっても、この辺なら大丈夫……」

お父さんの言葉が尻切れとんぼになったのは、突然足元の地面がもこもこっと動き、何か小さな茶色いものがぴょこんと出てきたからだ。

お父さんはあわてて飛びのいたが、その飛びのいた場所の土がまた、もこもこっと動いて、同じようなものがまたぴょこんと顔を出す。あっちにぴょこん、こっちにぴょこん。呆気《あっけ》にとられているうちに、気がつくと、尖《とが》った鼻をぴくぴくさせている五匹の小さな動物に取り囲まれていた。

その五匹が、チュクチュク、ガヤガヤ、いっせいに喋《しゃべ》っている。「ねえ、何だこれ」「ネズミだ」「ネズミって何だ」「押すなよ、痛いよ」「おれ、押してないぞ」「ネズミはおれらの親戚《しんせき》だあな」「おれらより耳がおっきいな」「牙がすげえな」「しっぽが長えな」「おっ、ちっこいのも一緒だぞ」「ちっこいって、おれらよりずっとおっきいじゃん」「こいつら、

「危険かな」「きっと危険だぞ」「おれ、腹減った」「おい、押すなって」「押してないって」「押すなって」「おい、腹減った」「おれ、危険だぞ」「きっと危険かな」……。

お父さんはコホンと咳払いを一つして、「えーと、きみらは……」と言いかけた。そのとたん、五匹はぴたっとお喋りをやめ、お父さんの顔をじっと注視した。「きみらはたぶん……モグラの子どもたちなのかな」

そのとたん、五匹はまるで号令でも掛けられたように、見事に声を揃《そろ》え、「かあちゃーん！」と叫んだ。すると、またしてもお父さんの足元で土がもこもこっと動いて、鋭い鉤《かぎ》爪《づめ》を持った二本の前足がぬっと出た。そして、もこっ、もこっと土が盛り上がると、お父さんより少し大きいくらいのおとなのモグラが這い出してきた。モグラは目をぱちぱちさせながらまずお父さんを見つめ、次に少し離れたところで茫然《ぼうぜん》としているタータとチッチを見つめ、「まあ」と言った。それから、タータとチッチのそばにたっ、たっ、たっと走り寄り、二匹の体にいきなり前足を掛けて自分の胸元にぎゅっと引き寄せた。

何しろその前足の鉤爪がもの凄いので、タータたちはぎくっとしたし、お父さんも思わず大きな声を上げたが、そのときにはもうモグラのお母さんの叫び声が他を圧して響き渡っていた。

「まあ。まあまあまあ。なんて可愛《かわい》いネズさんたち。まあ。灰色の子と白い子と。目がくりくりしてて。まあまあ。おひげがぴんぴんしてて。あんたたち、何てお名前？」

「ぼくはタータで、こっちが弟のチッチです」と、鉤爪の手でぎゅっと抱き締められるのに当惑しながらも、タータは丁寧に答えた。

「タータにチッチ。あんまり可愛くない名前ねえ。あたしの子どもはモラ、モリ、モル、モレ、モロ……」お母さんが名前を呼ぶたびに、ちっちゃなモグラの子たちは一匹ずつちょこんと頭を下げた。「あんたたちにも、もっと可愛い名前をつけてあげましょうね。えーと、そうね……モラリーノに……モリスカヤはどうかな。うん、なかなかいいわ。ね、そうしましょう」モグラのお母さんはタータを指さして「あんたはモラリーノ」と言い、チッチを指さして「あんたはモリスカヤ」と言った。

そこへ、お父さんが断固とした態度でずいずいっと近寄ってきて、

「いやいや、この子らはタータとチッチです。そういう名前なんですから」と言った。

4

モグラのお母さんは、お父さんの方に向き直って、

「あんた、モラリーノとモリスカヤのお父さん？　まあ、ちょいと男前じゃないの。で、お母さんは？　お母さんはどこ？　あんたの奥さんは？」と畳みかけながら、今度は彼女の方からお父さんにずいっと顔を寄せてきた。

「家内はもう死にました」たじたじとなって、少し後ろへのけぞりながらお父さんが答え

ると、

「じゃあ、あんた、今、独身？」モグラのお母さんの声が急にぐっと熱を帯びた。

「まあ、そうです」

「あら、あたしもなの」顔をぽっと赤らめ、はにかみながら、「まあ。運命の出会い……」と、今までの勢いこんだ口調とは一転した小声でつぶやき、妙齢《みょうれい》の娘のような色っぽいしなを作って俯《うつむ》く。

「いや、その、運命とか、言われても……」そのとたんモグラの子どもたちがいっせいにお父さんに飛びついて、「とうちゃん！　とうちゃん！」と叫びはじめた……。

てんやわんやが多少おさまり、話を聞いて事情を一通り理解すると、このモグラのお母さんは、相変わらずひとりよがりではあっても、第一印象よりはずっと聡明《そうめい》な実際家であることを示した。

「いいわ。あたしに任せときなさい。あんたとモラリーノとモリスカヤは（タータとチッチ、とお父さんが弱々しく口を挟んだが、かあちゃんモグラの耳にはまったく届いていない）この川辺に引っ越してきた、と。でも、まだちゃんとした住まいがない」

「そういうことです」

「なら、話は簡単。あたしたちの巣穴を使ってちょうだい」

「いや、それは……」

「いいの、いいの、広いんだから。せっかく掘り抜いたのに使ってない部屋がいくつもあるし。そこにひとまず落ち着いて、あとはあんたたちの気に入るように、部屋を広げるなり何なり、好きにすればいいじゃないの」

ケヤキの根もとに隠された入り口からモグラの巣穴に招き入れられると、そこは本当に立派な家で、小動物がぬくぬくと冬を過ごすための理想的な住まいだった。

「ね、いいでしょう」

「うーん。しかし、ご迷惑ではないかと……」

「いいんだってば」

「ぼくらがあつかましくのこのこ入りこんでは……」

「モラリーノとモリスカヤは（ タータとチッチ、とお父さんがあきらめきったような口調で一応つぶやいたが、まったく注意を払ってもらえない）、あたしの子どもがふたり増えたようなもんだし。それに……あんたと……」かあちゃんモグラは、もの凄く色っぽい流し目でお父さんをちらりと見た。

「それに、何です？」

「それに、ふふふ……あたしたち、一緒に住むなんて、何だかロマンチックでぞくぞくするじゃない。長い冬の間にだんだん打ち解けて……恋の芽生え……ふふっ！」モグラのお母さんはきゃっと叫んで身をくねらせる。

「ええ！　はい、えーと、それでは」とお父さんはごほごほ咳払いしながらモグラの言葉を遮《さえぎ》って大きな声を出した。「それではご好意に甘えることにしようかな。いや、実を言えば、これから新しい穴を掘るのはずいぶん大変だなと思っていたところです。もう冬も近いし」

実際、タータたち一家にとっては、願ってもないことだった。川べりの快適な棲みかがあっさり手に入ったのだ。自分たち用の出入り口は別に開けたので、共同生活とはいえそう気ぶっせいでもない。モグラのお母さんが、ことあるごとにタータたちをぎゅうっと抱き締めて、「さあさあ、可愛いネズさんたちはお腹が空いているのかな？　美味《おい》しいダンゴ虫やミミズや、それともよく太った蝶《ちょう》のさなぎなんかを探してきてあげようかな？　まだぴくぴく動いている生きのいいやつを？」などと押しつけがましく言うのには、少々へきえきしなくもなかった。でも、このお母さんは心の温かな、おおらかで優しい動物で、タータたちはすぐに大好きになった。

チッチはモラ、モリ、モル、モレ、モロのモグラ五兄弟とたちまち仲良しになり、今までの末っ子の甘えん坊ぶりとはうって変わって、ガキ大将の才能を発揮しはじめた。五匹を横一列に並ばせ、その前を行ったり来たりして「閲兵《えっぺい》」しながら、「近頃の規律の弛み具合は、いったいどうなってるんだ、あーん？」だの「いいか、グレンは、とっくのとうに死んでいなければならぬのだ！」だのと大音声で呼ばわるという、「ボスネズミごっこ」

を始めたのである。仔《こ》モグラたちは何が何だかわからないまま、チッチに叱咤《しった》激励《げきれい》されるのをけっこう喜んでいる。おいおい、グレンさんを殺しちゃ駄目だよとたしなめると、そうかあとチッチは頭をかき、以後は「ボスネズミは死んでいなければならぬのだ！」になったけれど。

閲兵式が終わると、今度は、自分が先頭に立って、オイッチニ、オイッチニと号令をかけながら、五兄弟を一列縦隊で行進させて練り歩く。ときどきチッチが前触れなしにいきなりぴょんと跳ねる。真っ直ぐ跳ねたり、右に跳んだり、左に跳んだり。と、後に続く五匹もすかさず同じようにぴょんと跳ねなければならない。跳ねるのが遅れたり、方向を間違えたりした子はリーダーのチッチからこっぴどく叱られる。

それにも飽きると、チッチはモグラっ子たちに相撲をとらせるようになった。一対一で取っ組み合いをして、横倒しになったら負け。チッチが発案したのは、負けた子からどんどん抜けてゆく勝ち抜きトーナメントの形式で、最後の決勝戦で勝って優勝すると大きなドングリの実をもらえる。でも、もちろんその相撲大会でいつも優勝するのが、モグラっ子たちの誰よりも図体《ずうたい》の大きなチッチ自身であることは言うまでもない。「優勝、チッチ

くーん」とチッチは大きな声で叫んで、自分で自分にご褒美のドングリを贈呈する。それと同時にモグラっ子たちに合図して、パチパチパチパチと拍手させるのだった。

実際、お父さんとタータが少々驚いたことに、五匹のちっちゃな子たちを子分のように従えるようになるや、チッチは次から次へといろんなゲームを発案し、自分で音頭をとってみんなをうまく遊ばせ、楽しませるようになった。チッチの隠れた才能が花開いたのである。そのなかにはたとえば、ドングリを使うサッカーのような遊びもあった。モグラっ子五匹にチッチが加わって六匹、それが三匹ずつ二チームに分かれ、一個のドングリを奪い合う。後足だけを使ってドングリを蹴《け》り合い、先に相手の陣地に蹴りこんだ方の勝ち。これも、まともにやればチッチのいるチームが勝つに決まっているので、ときどきチッチはわざと転んだふりをして、相手方に勝たせてやったりするのだった。

それから、マツカサの転がし競走というのもあった。二個のマツカサを使って、それぞれのチームが自分たちのマツカサをころころ押してゆく。三匹が交替でマツカサを転がしていって、どっちのマツカサが先にゴールに着くかというリレー競走だ。チッチのいるチームはハンディキャップをつけて、大きめのマツカサを使うことにした。ところがそのマツカサがあまりに大きすぎて、重すぎて、チッチ以外の二匹にはうんしょ、うんしょと踏んばってもぜんぜん前へ進まず、それでどうも、この遊びはうまく行かなかったのだが。

五兄弟のうち、末っ子のモロは体が弱く、運動神経も少々鈍い方だった。相撲ではいつもたちまち転がされてしまうし、ドングリのサッカーでも、えっちらおっちら一生懸命走るのに、いつまでたってもボールに触れられない。そこでチッチはわざとモロにボールを回し、思いきり蹴らせてやって、たとえそのボールがあさっての方角にすっ飛んでいってしまっても、「おお、いいね！　凄いシュートだね！」と褒《ほ》めてやる。

ガキ大将としていばっていたけれど、チッチなりに気を遣ってモグラっ子たちみなが楽しく遊べるように配慮してやったので、ほどなくチッチはちっちゃな五匹から、お兄ちゃん、お兄ちゃんと慕われるようになった。モグラのお母さんが大喜びで、「チッチちゃんはあたしの長男だ！」と、ことあるごとに自慢そうに言うのも無理はないような状況になった。ちなみに、お父さんが大汗をかいて説得した結果、モラリーノだのモリスカヤだのといった名前を彼女はようやくあきらめてくれたのだった（「そうね、まあ、タータとチッチでもいいのかな、それもまあ、うーん、それなりに、けっこう可愛い名前かもしれないわね。もちろんモラリーノとモリスカヤの方がずっといいと思うけどな、ま、しょうがないわねえ……」）。タータ一家はほっとして大きな安堵《あんど》のため息をついたものである。

その間、お父さんとタータは、そんなチッチを横目で見て苦笑しながら、冬ごもり用の食料の備蓄《びちく》にせっせと励んでいた。木の実をはじめ、公園に遊びに来た人間たちが落としてゆくビスケットやチョコレートのかけらを気長に拾い集めてゆくと、けっこうな収穫になった。

スズメの夫婦も子どもを連れて遊びにやってきた。タータが川辺で救ったあの赤ちゃんは、長距離を一気に飛行するのはまだ無理だけれど、公園の木々の間なら休み休みしつつ飛び回れるようになっていた。夫婦はタータたちが新しい生活を始められたことをとても喜んでくれた。すべてはうまく行っているように見えたのである。

5

不安の芽は、実はかなり前からあった。タータとチッチの咳である。新住居に住みはじめて、それが日に日にひどくなってきた。咳だけではない。鼻水が出る、涙が出る、頭痛がする、しまいには微熱が続き、起き上がるのも億劫《おっくう》になるといった有様になってきた。

「チッチとぼくのこの風邪は、どうしていつまでも治らないんだろう」とタータが言った。お父さんは難しい顔で黙っていた。実はお父さんも、ここ数日来、気持ちの悪いのどの痛みを感じつづけていた。タータやチッチほどひどい咳が出るわけではないが、嫌な感じの気だるさがいつも体中を侵していて、晴れ晴れとすることがない。

「ひょっとしたら、風邪じゃないのかもしれない」とお父さんは言った。

「じゃあ、何なの」

「この土地のせいかもしれない」

「土地って……この場所に何か悪いことがあるのかな。ずっと住んできたのと同じ川の、川べりじゃないの」

「川は同じだけど、今までぼくらが暮らしていたのはここよりかなり下流の地域だからな。このあたり一帯のことはまだよくわからない。なあ、タータ、気づいていたかい、このあたりにはネズミが一匹もいないだろ？」

「ああ、そう言えば……」

モグラはいる、水鳥はいる、それからアナグマの姿を一度ちらりと目撃したこともあった。が、そう言えばネズミを見かけたことはない。ドブネズミの軍隊とのいざこざであんなに苦労してきたタータ一家にしてみれば、どんなネズミとでもばったり出くわしたら、それだけでいきなりひどく緊張したはずで、そういうことが起こらないのはある意味では有難《ありがた》いことではあった。しかし、ドブネズミであれクマネズミであれ、とにかくこの川べりでネズミの影一つ見かけないというのは、改めて考えてみればまことに奇妙な話ではある。ネズミにとって棲み辛《づら》いような、何か特別の要因がこの土地にあるのだろうか。

ある日、モグラの子たちがチッチを呼びにきた。また表で一緒に遊ぼうというのである。チッチが巣穴に閉じこもりがちになっているのを心配していたお父さんからも、遊んでおいで、外の空気を吸っておいでと言われたチッチは、うんと頷き、あまり気が進まなそうな風情で、背中を丸めたまま、のろのろと出ていった。お父さんは自分がそう言ってチッチを外に出したことを、その後ずいぶん長いこと悔やむようになる。

何かの予感に駆られたのか、タータも何となく後に続いて穴から出た。

穴から這い出たチッチは、草むらと草むらの間をちょろちょろと走り出した。少し遅れてタータもその後に続いた。事件が起きたのは次の瞬間である。

バサバサッというもの凄い羽音がして、もうもうと土ぼこりが舞い上がった。吹きつけてきた突風でタータの体は横倒しになりかけたが、四本の足の爪を地面に食いこませて何とかこらえた。突風が一瞬で過ぎ去った後、目をしばたたいてみると、すぐ前に見えていたチッチの後ろ姿がまるで手品のようにかき消えている。

同時に、頭上で、「あーっ」というチッチのかすかな声がして、しかしそれもたちまち遠ざかってゆく。

見上げると、逆光なのでまぶしくてはっきりとは見分けられないものの、大きな鳥の影が急上昇し、ぐるりと半円を描いてから川の対岸の森の向こうへ飛び去ってゆくのが見えた。視線をまた地上に戻し、チッチの姿を求めて四方を必死に見回した。あたりを駆け回ってチッチを探す。翼の羽ばたきで跳ね飛ばされて、どこかの茂みに転がりこんでしまったのではないか。今にも草の間からぴょこんと頭を出して、「お兄ちゃん、今の、凄かったね。何だったん

だろう」などとあの無邪気な口調で言ってくれるのではないか。……しかし、チッチの姿はなかった。

外で何かが起きた気配を感じたのか、お父さんが飛び出してきた。茫然として地面にへたりこんでいるタータに、

「どうした？　チッチは？」と急《せ》きこんだ口調で問いただした。タータはお父さんの顔をぼんやり見返すだけで、しばらくは口がきけなかった。

「チッチは？　チッチはどこだ？」お父さんは血走った目で周囲を見回した。やや離れたところにモグラ五兄弟が全員で固まって、押しくらまんじゅうでもするように体を寄せ合ってぶるぶる震えている。お父さんはひと跳びでそこに近寄り、同じ問いを大声で叫んだ。兄弟のうち二匹か三匹かが、おずおずと空を指さした。

「え、何だ？　何があった？」

「鳥だ」とモグラの子の誰かが小声で言った。それから何匹かの声が後に続く。「怖かった」「すげえ鳥だった」「いきなり来た」「でかかったなあ」「翼が広がって一瞬お日さまが隠れたぞ」「おい、押すな」「押してないって」「チッチは持ってかれた……」

「え、チッチは……」とお父さん。

「チッチは可哀《かわい》そうに、持ってかれちゃったよ」

お父さんは必死の目つきでタータの方を振り向いた。タータは座りこんだまま、えんえ

ん泣きじゃくっていた。

タータはいきなり舞い上がった土ぼこりと、遠ざかってゆく鳥の影しか見ていない。一方、モグラの子たちは少し離れた場所にいたので、ノスリが接近してくるところ、急降下してくるところ、さらにはその爪がチッチの体をつかむ恐ろしい瞬間まではっきり目撃していた者もいた。ただ、そんなモグラっ子たちも何しろ心底仰天していたし、また恐怖にすくんですぐ目をつむってしまったりで、断片的な映像がいくつか目に焼きついただけだ。

しかし、起こったことを始めから終わりまでぜんぶ見届けていた者がいた。ちょうどタータ一家のところに遊びに来ようとしていた、あのスズメの夫婦である。

そのときスズメの夫婦は、モグラの巣穴のすぐうえにそびえるケヤキの大木の、樹冠《じゅかん》近くの枝にとまっていた。そんな近くまで来ていたのに、巣穴の入り口まで行かずにそこでしばらく気配をうかがっていたのは、ほかならぬその当のノスリを警戒していたからだった。その猛禽《もうきん》は土手上の遊歩道に沿う電線のうえにとまって、こちらの方に嫌な感じの視線を投げていた。ノスリの主食はネズミやカエルや昆虫のような地上の小動物だが、時としてスズメのような小鳥を襲うこともある。

翼を広げたノスリが電線から飛び立ち、こちらへ向かって滑空《かっくう》を始めたときはぎくっとしたが、その目標が穴から這い出てきたばかりの白いネズミだということがわかったときには、もう警告を発する暇もなかった。チッチの白さはあたりの地面や草の色から浮き上がっていて、今日のような天気のよい日には非常に目立つ。ノスリは急降下してその太く鋭い爪でチッチをガッシとつかむや、さっと急上昇していった。

スズメのお父さんがただちに飛び立った。お母さんも続く。翼を広げれば端から端まで一メートルを超えるノスリと戦って、チッチを奪還できるなどと思ったわけではむろんない。万に一つでも、何か隙ができれば、偶然のチャンスが生じれば、と思っただけだった。いや、そんなことを意識的に考えたわけでもない。何度も遊びに来ているうちに、自分の家族の一員のような気がしはじめていたチッチに降りかかったとんでもない災難を前にして、ただ反射的に体が動いてしまっただけだった。

ノスリは対岸の森の向こうへ飛んでゆく。気のせいか、遠目に、その足に捕らえられたチッチが必死にもがいているようにも見える。まだ生きているのだろうか。スズメの夫婦も懸命に羽ばたいて全速力で後を追ったが、ノスリの飛翔《ひしょう》は強力で、差がどんどん開いてゆく。

涙というものがこんなに体から出るのかと思うほど、タータは泣きに泣いた。かけがえのないものを……という喪失の悲哀に加えて、みすみす自分が付いていながらという自責の念もあった。襲われた瞬間のチッチの気持ちを想像して、どんなにか怖かったろう、痛かったろうと思うと、たまらない気持ちになった。

「もちろん、おまえに何かできたはずはないよ」とお父さんが言った。「どうしようもないことだった。あきらめるしかない」

大声を上げて泣きたい気持ちはタータに劣らないほど、いやひょっとするとそれ以上だったけれど、自分まで泣き崩れるわけにはいかないとお父さんは自分に言い聞かせていた。少なくとも今はまだ、駄目だ。タータの前ではあくまで毅然《きぜん》としていなくては。

「だって、だって……チッチは子どもなんだから、ぼくが警戒していてやるべきだったんだ。スズメのお母さんにも言われてた、ぼくとチッチは丸っきり不用心だって、馬鹿みたいだって。ほんとにそうだった、馬鹿だった……」

「馬鹿なのはぼくの方さ」とお父さんが言った。「遊んでこいと言って、あっさり外へ出してしまったんだから。あんなに気分が悪そうで、外敵からすばやく逃げるなんてことができるはずのない状態だったチッチをね。お父さんが馬鹿だった。すべてお父さんの責任だ」

「だって、ぼくはあんなにすぐそばにいたんだ。それなのに……」

「そばにいたおまえまで襲われなかったのは、本当に幸運だったたよ。よかった。とにかくそれだけは本当によかった」

「よくなんか、あるものか！　ぼくの方が鳥に捕まればよかったんだ！」それでふたりとも黙りこんでしまう。

さすがのモグラのお母さんも、言葉がなかった。タータとお父さんをひとりずつ黙ってぎゅうっと、長いこと抱き締め、その後は自分の子どもたちを連れて、巣穴の別の部屋にひっそりと引きこもってしまった。

タータは何時間かわんわん泣いていたが、その後は感情がいっさいなくなってしまったように、丸くなったまま身じろぎ一つしなくなってしまった。日が暮れて、さらに夜もずいぶん更けた頃、表で、ばさばさという羽音とともにチチチ、チチチとネズミ一家を呼ぶ声がした。お父さんが用心深く穴からそっと首だけ出してみると、そこにはスズメの夫婦が興奮した面持ちで待ち構えていた。

「やあ……」と弱々しい声でお父さんが言いかけると、母親スズメがおっかぶせるように、

「チッチちゃんは生きてるわ」と言った。

6

スズメのお母さんの話。

「追いつけるとはとうてい思えなかったけれど、とにかくあたしたちは後を追って飛び立ったの。実際、あっと言う間に距離が開いて、すぐに絶望的な気持ちになりかけたわ。ところが、チッチちゃんを捕まえたノスリが森の上空まで来たところで、そのノスリめがけて、もう一羽の別のノスリが襲いかかってきたの」

「ひょっとしたらあれはトビだったかもしれないぞ」とスズメのお父さんが口を挟んだ。

「そうかもね。あたしたちも夢中だったからよくわからなかった。とにかくチッチちゃんを横取りしようとして、もう一羽が……これはあたしたちが後になって考えたことなんだけど、きっと最初のノスリにはそういう攻撃を誘うような、何か弱みがあったんじゃないかしら。というのは、両足の爪でつかまれていたけれど、チッチちゃんは明らかにまだ生きていた。あまり怪我《けが》もしておらず、凄い勢いでもがいているように見えた。ああいう大きな鳥が地上の小動物を襲うときにはふつう、飛びつくやいなや両足の爪でぐっと締めて、その瞬間に窒息死させてしまうはずなのに」

「それをしなかったのは」とスズメのお父さんが話を継いだ。「あるいはできなかったのは、そのノスリが足に怪我していて力が入らなかったとか、まだ若くて狩りに慣れていなかったとか、何かの理由があったんでしょう。それを見てとった別の猛禽が、これなら横取りできるぞと考えたのに違いない。真横から飛んできて、すれ違いざま、ひと蹴り食らわせた。狙いは当たって、チッチちゃんはぽろりと落ちた。そこを空中でキャッチできればその猛禽にとっては大成功だったわけですが、回りこんで降下してきたそのノスリだかトビだかの爪をすり抜けて、チッチちゃんは落下していった……」

タータとお父さんは息を呑んで聞き入っていた。

「二羽の猛禽が絡まり合うようにして、空中でチッチちゃんを捕まえようとしたの」と母親スズメが話を続ける。「でも、その二羽が牽制《けんせい》し合い、邪魔し合うことになって、結局どちらにも捕まらないまま、チッチちゃんは森の木々の葉むらを突き抜けて、地面まで墜落した。でも、そのままだったら、きっとその二羽のどちらかが地面まで追ってきて、結局その餌食《えじき》になっていたと思う。運がよかったのは、そこにちょうど下校途中の小学生の男の子の二人連れが通りかかったこと。その子たちもきっとびっくりしたでしょう。何の気なしにお喋りしながら歩いていたら、上からネズミが一匹、ぽとりと落ちてきたんだから」

「ぼくらが急降下してその場に到着したときには」と父親スズメが言った。「しゃがみこんだ少年のひとりが、チッチちゃんの体を片手でそうっと拾い上げて、もう片方のてのひらにやっぱりそうっとのせているところでした」

「チッチはまだ、生きて……？」とお父さんがもどかしそうに口を挟んだ。

「ぐったりしてました。まったく身動きしていませんでした。しかしまあ、終わりまで聞いてください」大きくあえいだお父さんをなだめるように、広げた片翼でお父さんの背中をぱたぱた叩きながら、父親スズメが言葉を継いだ。「ふたりの少年は向かい合ってしゃがみこみ、ひとりが自分のてのひらにのせたチッチちゃんのうえに、かがめた頭をふたりで寄せて、じっと見つめながら、真剣な表情でしばらく何やら相談していました。ぼくらはチッチちゃんが何かひどいことをされるんじゃないかとはらはらしながら、近くの樹上から見守っていました。あの年頃の男の子ってものは、平気でそういうことをするもんです」

「あたしたちの巣を棒で突っついて滅茶苦茶《めちゃくちゃ》にした悪ガキどもの話を、タータちゃんから聞いたでしょう」とスズメのお母さんが話を続ける。「人間の男の子って、そういうもんですよ。それで、本当に心配だったんだけど、とうとう二人が立ち上がるとすぐ、あの悪ガキ連中とはまったく違うとても良い子たちだということがわかったの。男の子のひとりがランドセルからセルロイドの筆箱を出すと、その中身をぜんぶランドセルの別のポケットに移したんです。いったい何を始める気かと思って見ているうちに、その子は、空っぽにした筆箱のなかにハンカチを敷いて、そのうえにチッチちゃんの体をそうっと寝かせた。それからふたを閉め、筆箱を揺らさないように両手で胸の前に捧《ささ》げ持ちながら、ゆっくり歩き出したの。もうひとりの子も心配そうな顔で並んで歩いていった」

「ぼくらは、枝から枝へと伝いながら、少し距離を置いて、二人の後をつけていきました」と父親スズメが続けた。「林間の空き地に出たところで空を見上げると、獲物を取り逃がしたあの二羽の猛禽が、まだ未練がましく、さっきチッチちゃんが墜落した場所のちょうど上空に当たる高いところで、ゆっくり弧《こ》を描いているのが見えました。ざまあ見ろです。でも、ぼくらはまだ気が気じゃなかった。二人の男

の子がチッチちゃんをどうするつもりなのか、見当がつかなくてね。どこかに埋めようとしてるのかしら、なんて家内は言うし……」

　それを聞いてタータがぎょっとした顔になった。

「でも、幸いなことに、チッチちゃんの遺骸《いがい》をどこかに埋めにいこうという話ではなかったのです。木原公園を南西の出口から出て、住宅街に入ってすぐのところに、動物病院があります。動物病院ってものをご存知ですか？　知らない？　人間は自分が飼っている動物が病気になったり怪我したりすると、動物病院へ連れていきます。そこにはお医者さんってものがいて、薬をくれたり包帯を巻いてくれたりします。体の悪くなったところを治してくれるのがお医者さんです。人間を治す医者もいれば、動物専門の医者もいて、これを獣医《じゅうい》と言うんですが、まあそんなことはどうでもよろしい。二人の小学生はチッチちゃんをそこに連れていったんです。ぼくらは距離を置いて、後をずっとつけていったのですが、二人がその病院のなかに入っていったことを確かめたときは、本当に嬉しくなりました」

「というのも」と母親スズメが話を続けた。「その〈田中動物病院〉っていうのは、あたしたちの馴染《なじ》みの餌場の一つで、よくお世話になりに行くところなの。小さな庭に鳥の餌台と水飲み場がしつらえてあって、穀粒《こくつぶ》や新鮮な果物をいつもたっぷり用意しておいてくれる。院長先生と奥様と通いの看護婦さんがひとりと、その三人だけでやってる小さな病院だけど、きっとみんな動物に優しい人間たちなのに違いないわ。あそこに連れてってもらえたなら、きっともうチッチちゃんは大丈夫だと直感的に思いました」

「そうは思いましたが」とスズメのお父さん。「チッチちゃんの生死はまだ確かめていない。何しろあんな高いところから落ちたんですからね。それに、その前にはとにかくノスリの爪にぎゅっとつかまれていたわけだし。小学生たちは十五分もたたないうちに出てきて、嬉しそうな顔で帰っていきました。チッチちゃんの入っていた筆箱をぶんぶん振りながら駆けてゆくから、一瞬ぎょっとしましたが、チッチちゃんは病院のなかに引き取られたのだとすぐに気づいて……」

「それから、今の今まで、あたしたちはずっと病院のなかを見張っていたんです」とスズメのお母さん。「交替で、ときどきあっちこっちの窓に近寄ってガラス越しに家のなかをうかがっていたんだけど、どうもよくわからなかったの。あんまりはやっていない病院だから、今日もひっそりしていて、お客は二人くらいしか来なかった。先生は居間で退屈そうに新聞を読んでいて、奥さんは庭で花壇の手入れをしたりしていたわ。ところがついさっき、ようやくチッチちゃんの姿が見えたの」

お父さんとタータはスズメのお母さんを食い入るように見つめながら、握りしめたこぶしに思わずぎゅっと力が入った。

「診療室のわきに、倉庫みたいなことに使われている小さな部屋があってね。そのなかも窓の外から何度かのぞいてたんだけど、何も見つからなかったの。ところがついさっきのぞきこんでみたら、隅の台のうえに、今までなかった動物用ケージが置かれていて、そのなかにチッチちゃんが入れられてたの。そして……ねえ、何だと思う？」この長い話を始めて以来、母親スズメの顔に初めて心から満足そうな笑みが浮かんだ。「チッチちゃんはリンゴのかけらを両手に持って、かじっていたわ。とてもだるそうに、ゆっくり、ゆっくりとだけど、たしかにリンゴを食べていた」

タータとお父さんは「ばんざーい！」と叫んで抱き合った。スズメの夫婦にも抱きついていって、思わず押し倒してしまいそうになった。

「待って、待って……。それでね、あたしたちは窓の向こう側から一生懸命に羽をばたつかせてみたり、鳴き声を上げたりしてみたんだけど、気づいてくれなかった。きっとよっぽど疲れてたんだと思う。でも、とにかくチッチちゃんの無事な姿を確かめられたので、とりあえずそれを伝えようと、大急ぎでここに引っ返してきた、とまあ、こういうわけなのよ」

「本当に有難う！」とお父さんは叫んだ。

「でも、これからどうしたらいいのか、チッチちゃんとあんたたちがどうやったら再会できるか、それはあたしたちには……」

「うん……それはこれから考える。何か方法があるだろう」お父さんは興奮しきっていた。

「とにかく、チッチが生きていたということがわかっただけで、ぼくらはほんとに嬉しいよ。嬉しくて嬉しくて、天にも昇りそうだ。ね、わかるかい、ぼくらはついさっきまで、あの子が獰猛《どうもう》な鳥にさらわれて、頭からばりばり食われてしまったと思いこんでいたんだぜ。ああ、何て辛い半日だったろう。今ではぼくらは知っている、その動物病院とやらででも、どこででもいい、とにかくこの世の片隅に、今現に、あの小さな子が生きて、呼吸して、リンゴのかけらなんぞをしゃりしゃり食べているんだと！　きみたちがやって来てそう教えてくれたんだ。ああ、何てすばらしいことを……」

「ええ、ええ」と母親スズメは少々いらいらした様子で、お父さんの酔っぱらったような饒舌《じょうぜつ》をさえぎった。「そうなの。それはほんとにすばらしいことなんだけど、さあ、もうあたしたちは行かなくちゃ。午後からずっと子どもを巣に待たせたままだから。きっと死にそうにお腹を空かせているはずなの」

「ああ、そうか！」お父さんは、スズメの夫婦が、こんな夜更けまで公園の向こう側の動物病院を監視しつづけるという大変な仕事を、どれほどの犠牲を払ってやってくれたかということに、ようやく気づいた。「悪かったなあ、チッチのために、ぼくらのためにきみたちは……」

「いいのよ」と母親スズメはさらりと言った。「そもそも、そのお腹を空かせてるあたしたちの馬鹿娘っていうのは、タータちゃんがいなければ死んでいたはずの子なんだし。こんなことくらい、何でもないの。さあ、もう行かなくちゃ。あんた、行くわよ。明日の朝早く、またとにかく来てみるわ。今後のことをじっくり相談しましょう。じゃあね」

夫婦はちょっと頭を下げるや、さっと飛び立っていった。

タータとお父さんの興奮はおさまらない。穴のなかに戻るや、モグラのお母さんを叩き起こして、スズメの夫婦の話を聞かせてやった。寝入りばなを起こされて最初は少々機嫌が悪かったモグラも、途中からだんだん目を輝かせはじめ、最後まで来ると大歓声を上げた。

「まあ！　あたしの可愛い長男坊が、元気だったんだ！　どうぶつびょういんとやらで、リンゴを食べながらあたしを待ってるんだ！　何てすてきなこと！　さあ、みんな、起きて起きて。点呼するよ、モラ、モリ、モル、モレ、モロ……」モグラっ子たちは、ひとりずつ眠そうにふぁーいと返事をしながら、ぞろぞろ起き上がってきた。

「いやいや、モグラの奥さん」とお父さんは少々あわてて、「お子さんたちまで起こさなくても……。大変な一日で、みんな疲れてるし……」

「何言ってんの！　じゃあ、行くわよ」

「え、行くって……？」

「突撃よ。決まってるじゃない。みんなで隊列を組んで、どうぶつびょういんに殴りこみをかけるのよ。チッチちゃんを奪還するのよ！」

「いや、殴りこみって言っても……」

「ネズミ奪還作戦だ！　血で血を洗うのよ！　死なばもろともよ！」

すると、チッチの号令で毎日のように繰り返していた「軍隊ごっこ」の記憶がよみがえったのか、まだ半分寝ぼけているモグラの五兄弟がいきなり一列縦隊になり、オイッチニ、オイッチニと叫びながら、狭い巣穴の中を練り歩いたり、ぴょんぴょん飛び跳ねたりしはじめた。いやはや、大変な騒ぎ！　モグラのお母さんをようやくなだめ、とにかくチッチは今は無事らしいから、今晩は休んで、明日ゆっくり計画を練ろうと説得するのに、お父さんは大汗をかかなければならなかった。そのかたわらで、タータは一生懸命に声を殺しながら、幸せそうに腹の皮をよじらせていた。

7

夜更けになって、床に就《つ》く前に、田中先生は診療室の隣りの小部屋をのぞいてみた。小さなケージのなかで白ネズミは体を丸め、ぐっすり眠りこんでいた。近づいてケージの桟《さん》にぐっと顔を寄せると白ネズミはようやく目を覚まし、ぴょこんと跳ね起きて、敷き藁《わら》の

なかにもぐりこんでしまった。餌入れに入れてやったリンゴのスライスには、白ネズミがかじった痕跡《こんせき》が残っている。田中先生はほっとして、これなら大丈夫と確信した。

奇妙な話だった。今日の午後、病院にやってきた少年たちが差し出す筆箱を開けてみると、泥と血にまみれた小さな白ネズミが丸まって、息絶えだえになって震えている。木のうえからポトッと落ちてきたんだよ、とその二人の小学生は口々に言うのだが、負傷したネズミが木の梢《こずえ》で何をしていたのか見当もつかない。脱脂綿で体の汚れをよく落とし、じっくり調べてみると、脇腹《わきばら》に二箇所、鋭いもので引き裂かれたような深い切り傷、ないし刺し傷があり、そこからはまだ血が流れている。背中からお腹にかけてさらに数箇所、軽いすり傷があるが、こちらは大した問題ではない。

だが、脇腹の二箇所の傷の方はかなり深刻だった。田中先生はそれぞれひと針ずつ縫って、とりあえず傷口をふさいだ。問題は、傷が内臓まで届いているかどうかだ。

「入院させて様子を見るから、今日はきみらは帰りなさい」と少年たちに言うと、少年のひとりがちょっともじもじしながら、

「あのう……いくらですか」と言った。

「診察料？　うーん、十万円……かな」

「えっ……」少年は目を丸くした。

「十万円貰《もら》うんだがね、ふつう、ネズミの怪我の治療費は……」田中先生は冗談好きなの

だが、冗談を言うときにも謹厳な顔をまったく崩さないので、慣れない人はどう応じたらいいのか当惑してしまう。「今日のところは人助け、いやネズミ助けということで、無料にしておこう」

「よかったあ。ここまで来る途中、ぼくらの小遣いで足りるかなと心配で」

「それより、きみら、この子に触っただろ。帰る前にそこの洗面台で手をよく洗っていけよ」

「はい。ねえ、先生、このネズミ、助かりますか」

「さあ、まだ何とも言えないな」

「助かるといいなあ」

「これはまだ子どものネズミだからね。まだ体もしっかり出来ていないし、大して体力もないところに、こんなひどい傷を負っちゃったからなあ……。しかし、今晩ひと晩持ちこたえたら、たぶん大丈夫だと思うよ」

もし元気になったら、ぼくらのどっちかがきっと飼ってやりますからと言い置いて、二人の小学生は帰っていった。

レントゲンを撮ってみると、骨にはどうやら異状はない。問題は二箇所の傷の深さと、ここまで来る途中での失血の量だ。田中先生はいきなり点滴などをして怖がらせるよりは、少し様子を見ようと判断し、脱脂綿に水を含ませて少し吸わせてから、小さなケージに入れて休ませることにした。夕食のときには白ネズミのケージにもリンゴのかけらをやり、小部屋の台のうえに移した。

そして、就寝前に見てみると、どうやらリンゴを少し食べていることがわかって、これならきっと助かるぞとひとまず安堵したのである。

木原公園のきわにある〈田中動物病院〉は、どちらかと言えばあまりはやっていない動物病院だった。ある意味でそれは、院長の田中先生があまりに名医すぎたからかもしれない。

たとえば、元気のなくなった犬や猫をおろおろしながら連れてきた人に、「ただの軽い風邪です。暖かな場所でゆっくり休ませれば二、三日で治りますよ」とだけぶっきらぼうに言い、注射もしないし薬も出さず、ほんのしるしばかりの診察料しか受け取らずに帰してしまう。飼い主の方はつい心配になって、別の獣医のところに行き、血液検査をしてもらったり抗生物質を山ほど出してもらったりしてようやく安心することになる。

かと思えば、どこと言って深刻な症状の出ていない犬を一目見るなり、即刻入院の必要があると宣告する。そして、徹底的な検査をしたうえで初期の癌《がん》を発見し、鮮やかな手さばきで手術してしまう。飼い主の方は何となく釈然とせず、本当にそんな重大なことだったのか、この人はいい加減な手術をする金儲《もう》け主義のやぶ医者なんじゃないかと、先生を疑心暗鬼の目で見ることになる。

また、野良猫に噛まれた傷が化膿《かのう》した猫を連れてきた人に、「どうしてこんなひどくなるまで放っておいたんだ。動物は痛みも苦しみも訴えられなくて、じっと我慢しているんだよ」とぴしっと叱りつけたりもする。あそこの先生は無愛想で、木で鼻をくったような物言いをするからもうこりごりと、足を遠ざけてしまう飼い主も多かった。

しかし、肝心かなめなのは、田中先生はいつでも正しいことしか言わないということだった。四十年配の田中先生は痩《や》せて、長身で、いくぶん猫背、物静かで、無表情を崩さないままときどきぼそっと冗談を言って周囲の人を当惑させる。しかしほんのときたまだけれど、本当に嬉しいことがあると、まるで少年のような笑顔を見せた。

田中先生は、動物のお医者さんが真に必要とする最高の資質を備えている稀《まれ》な獣医のひとりだった。その資質とは、最新の医学知識でもなく、人当たりのよい営業トークでもない。動物と一瞬のうちに気持ちを通わせる感応能力と、弱いもの、病んだものに対する深い憐憫《れんびん》の心である。先生は治療の際、注射針を刺すような、何か痛いことをするときには、その前に患者の動物に必ず小さな声で「ごめんね」と言った。そんなとき、ごめんねと思う獣医と思わない獣医がいる。その気持ちの有り無しは必ず動物に伝わるものだ。そして、病気や怪我を癒《い》やすいちばん大きな力は、実は抗生物質でも手先の器用さでもなく、動物の心と体に温かく染みこんでゆくその優しみと憐《あわ》れみなのである。

翌朝見てみると、白ネズミは相変わらずぐったりしているが、目の色には生気があった。

「大丈夫みたいね」と、いつの間にかそばに来ていた先生の奥さんが言った。

「そうだね。どうやら内臓までは傷つかなかったようだ。たぶんこの子は助かるよ」と先生は答えた。

「でも、どうしてこんなひどい怪我をしたのかしら。それに、木のうえから落ちてきたなんて、いったい……」

「何か大きな鳥の爪につかまれたのかもしれない。そして、この子をさらって巣に戻る途中のその鳥が、何かのはずみに空中で、この子をうっかり落とした、とか……」

「まあ」

「わからないけどね。もしそんなことがあったとしたら、奇蹟《きせき》的な生還と言うほかないなあ。さあ、診察の準備をしようか」

そんなふうにして〈田中動物病院〉のいつもの朝が始まった。夫婦には子どもはおらず、奥さんは家事の合間に動物の世話をしたり病院の経理をやったりする。あとは通いの看護婦さんがひとりいるが、お客がだんだん減ってきているので、もう辞めてもらわなければいけないかなと先生は考えはじめていた。

さらにその翌日も、白ネズミはまだぐったりしたままだったが、奥さんの差し入れたチーズやリンゴのかけらに少しずつ口をつけてはいる。その次の日になると、ケージの中をゆっくり歩き回るようになり、先生と奥さんはそのさまを見てとても喜んだ。さらにその次の日の朝、新聞を取りに出た奥さんが、そのついでにいつものように玄関前を掃こうとしてドアを開けると、地面のうえに不思議なものを発見した。

玄関前のタイルのうえに、それも家のなかからドアを開けるとちょうど目の前に来る位置に、二匹の灰色ネズミがぺったりと伸びている。まるで漢数字の「二」のような具合に、大小二匹がきちんと平行になって手足を前後に投げ出し、ぐんなり寝ころんでいるのだ。普通の女性ならきゃっと叫んで逃げ腰になるところだが、田中夫人は何しろ獣医の奥さんだから、ネズミだろうがヘビだろうがやたらなことでは動じない。ただ、こんな目立つところまで出て来て死んでいるというのは、ネズミの習性として何とも妙なことだとは思った。しかもこんなふうに、二匹一緒に、それも意識的に並んで横たわったような格好で。

誰かのいたずらかしら、嫌がらせかしらとちらりと思い、奥さんはちょっと気味が悪くなった。が、ともかくしゃがみこんで、人さし指の先で大きい方の横腹をちょっと突っついてみた。と、いきなり身じろぎをして、くすぐったそうに体をよじらせたので思わず飛び上がりそうになった。まあ、生きてるんじゃないの。しかしそのネズミ、ぐるんと寝返りをうって仰向けになった後は、またぴたっと静止してしまう。小さい方にも触ってみる。

こっちも動いた。上半身を起こして、こふ、こふ、こふと小さな咳のようなものをしたかと思うと、またこてんと横倒しになった。そして、またじっと動かなくなる。

大きい方を、そおっと右手で掬《すく》い上げてみた。次に左手で、小さい方。二匹ともぐんなりしたままだが、かすかな震えが伝わってくる。大きい方が、一瞬、薄目を開けてこっちの顔をちらりと見たような気がした。

「ねえ、あなた！」と、奥さんは先生を呼んだ。玄関先に出てきた田中先生は、奥さんが両のてのひらに一匹ずつネズミをのせて、困ったような、心配そうな、ちょっと面白がっているような顔で立ちつくしているのを見て、驚いてしまった。

「どうしたんだ、それ」

「拾ったの」

「どこで」

「ここで。このドアの真ん前で」

「ネズミの死骸《しがい》か」

「ううん、生きてるの」

「ええっ……見せてごらん」

奥さんは両手を差し出した。田中先生が指で触れてみると、やはり二匹とも身じろぎする。小さい方はこふこふと咳きこんでいる。

「弱っているみたいだね。とにかく診療室へ持ってきてごらん。このところ妙にネズミに縁があるね。いったいどういうわけなのか……」

8

二匹を診療台にのせて、聴診器を当ててみる。ちょっと心拍が早いけれど、異状はない。どこといって傷もないようだ。

「弱っているだけなのかな。餌を見つけられなくて、死にかけてるんだろうか」

「まあ、可哀そう……」と先生の肩越しにのぞきこみながら奥さんが言った。

「公園に捨ててくるか……」

「まあ、何てこと言うの！」と奥さんがぴしゃりと言った。「動物の命を救うのがあなたの仕事じゃないの」

「そりゃあ、まあ……」と先生は少したじたじとなって、「しかし、ネズミだからなあ。何もネズミをね、わざわざ……」

「ネズミだって動物じゃない。第一、つい二、三日前に小学生が持ってきたあの白い子は手当てしてやったじゃないの。それで、こっちの子たちは見殺しにするの？」

「いや、そうは言ってない、そうは言ってないが……うん、この小さい方はまだ子どもだな。あの白いのよりは少し大きいか」

「あたしはこの子たちに餌と水をやります」と奥さんはきっぱり言った。「えーと、たしかハムスター用のケージがあったはずだわ」

　診療室を出てゆく奥さんの後ろ姿を見ながら、先生はため息をついた。何しろ、一度言い出したらてこでも動かない女性なのだ。

　奥さんは、回し車のついたケージをどこかから見つけ出してきた。何年か前、さすがの田中先生にも手の施しようがなくて死んでしまったハムスターの患者がいて、その飼い主がもう要《い》らなくなったからと置いていったケージだった。先生はそのケージの底に木のチップを敷きつめて、そのうえに二匹をそっとのせた。奥さんが餌入れにヒマワリの種やニンジンの切れはしを山盛りにして、水も容器になみなみと満たしてやった。それでも二匹はまだぐったりしたままだ。でも、ときどき交互に薄目を開けて、人間が何をやっているのか、こっそりうかがっているようでもある。

「どこか暗いところに置いて、様子を見よう」という先生の言葉に従って、奥さんはケージを抱えて奥に引っこんだ。しばらくして看護婦さんが出勤してきて、そろそろ診療時間が始まろうとする頃、奥さんがにこにこしながら戻って来た。

「あの二匹、あたしのあげた餌を夢中で食べてるわ。何だかけろっとした顔で、ケージのなかを元気に動き回ってる。さっきは何であんなにぐったりしてたのかしらねえ」

白ネズミは日一日と、少しずつ回復していった。抜糸も無事に済み、傷口には薄皮が張ってふさがりはじめている。一方、灰色ネズミ二匹の方はとても元気で、あの朝玄関前でなぜあんなふうにぐったりしていたのか、謎《なぞ》と言うほかはない。

「きっと、今にも死にそうだっていう演技をして、ぼくらに飼ってもらおうとしたのかもしれないぞ」と田中先生が冗談を言うと、

「そう……ほんとにそうなのかもしれない」と奥さんは真顔で答えた。

一緒にすると興奮するのではないかと先生が言うので、灰色ネズミたちのケージはリビングの隅に、少し小さめの白ネズミのケージは診療室のわきの予備室と呼ばれている小部屋に置かれていた。ところがある日、避妊手術をした猫が一晩入院することになって、その予備室に泊めざるをえなくなった。そこで田中先生は、白ネズミのケージをリビングに持っていって、ためしに灰色ネズミたちのケージの隣りに置いてみた。

すると、案の定、三匹とも凄い興奮状態になり、金網越しに食い入るように見つめ合いながら、チーチー、キーキー鳴きわめく。

「やっぱり駄目ねえ。白ちゃんは台所に置こうかな」と奥さんが言って白ネズミのケージを持ち上げ、台所の方へ歩きかけると、三匹の騒ぎはいっそうひどくなった。二匹の灰色ネズミが凄い勢いでぐるぐる駆け回るので、ケージががたがたと音を立てて揺れるほどだ。

「待て待て」と先生が言った。「そのケージ、ちょっと貸してごらん」先生は白ネズミのケージを抱えて戻ってきて、逆に、灰色ネズミのケージにぴったり寄せて置いてみた。す

ると、騒ぎはたちまち静まった。ぴたりと鳴きやんだ三匹は、黙ったまま金網越しに鼻を突き出し、お互いのにおいを夢中になって嗅ぎ合っている。「何だ、仲良しになれそうじゃないか。一緒のケージに入れてみるかな」

「やめた方がいいわ」と奥さんは反対した。「白ちゃんの怪我はまだ治ってないじゃない。この二匹にいじめられたらどうするの。この子はこんなにちっちゃいんだから」

「大丈夫……だと思う。ほら、見てごらん」先生が指さすところに奥さんが目を近づけてみると、大きい方の灰色ネズミが白ネズミの顔をちろちろと舐めてやっている。

「あら」

「ね？　種類から言えば、これは三匹ともクマネズミで、同族なんだよ。仲間意識の強い動物だからね。群れになっていた方が安心するんだ」

先生はケージの入り口を開け、なかに手を差し入れて、白ネズミをつかもうとした。最初、白ネズミは逃げ回っていたが、隣りのケージのなかの大きい方の灰色ネズミがひと声高く叫ぶと、急に静かになり、先生の手に従順に体を委《ゆだ》ねた。灰色ネズミのケージの入り口を開け、そのなかに白ネズミをそっと入れる。

たちまち三匹は体を寄せ合った。興奮がおさまって少し静かになったが、耳を澄ませてみると、三匹はチチチ、チチチというかすかな声を立てていて、何やら熱心に話し合っているようでもある。

「あらあら、すぐ仲良くなっちゃった」と奥さんが嬉しそうに言った。

　翌日は土曜日だった。午前中の診療時間が終わった頃においでと言ってあったので、白ネズミを連れてきた小学生二人、圭一《けいいち》くんと新太《しんた》くんがお昼頃にやって来た。

「あ、元気になったんだあ」と二人は歓声を上げた。

「うん、まだ傷は痛んでいるみたいだけどね」

「こっちの二匹はどうしたんですか」

「この子たちも保護したんだ。何だかこの頃、うちは変にネズミづいていてね」

「あのね、こいつのうちじゃあ、ネズミなんてきたないもの、絶対に家のなかに入れちゃいけないって言われたらしいけど、ぼくんちは飼ってもいいんだって」と圭一くんが嬉しそうに言った。

「そうなんだ」と新太くんは悔しそうな顔になって、「リスとかハムスターとかならともかく、ネズミじゃねえ、ってお母さんが言うんだ。だって、ハムスターだって結局、ネズミじゃん。ねえ、先生？」

「まあ、そうだね。ただ、ハムスターとかモルモットとかは可愛いけど、こういう普通のネズミは、まあ……ただのネズミだから。そういうことなんだろ、お母さんが言うのは」

「えーっ、それって変。動物はみんな可愛いよ。そう思わない、先生？　可愛いとか可愛くないとか、人間が勝手に決めてるだけでしょ。そんなのひどいよ」と新太くんが口を尖らせる。

「それはその通り。ぼくもそう思う」と先生も深く頷いたが、ちょうどそのときお盆にジュースを載せてやってきた田中夫人が、

「あら。この灰色の子たちを公園に捨てに行こうかって言ってたのは、誰かしら」と言った。

「え、いや、それはね、まあ……」と先生はちょっとどぎまぎして、「しかし、実際、この灰色ネズミたちの方はどうしよう」と言った。

三匹が固まって互いの体に顔をうずめているさまを見ながら、圭一くんは、

「すごく仲が良いんだね」と言った。

「そうなんだ。圭一くんの家で、三匹まとめて引き取ってくれないかな。検査したけど、寄生虫もいないしね」

「うーん……お母さんに聞いてみる」

「子どもが出来ちゃうぞ」と新太くんが言った。

「いやいや、この子たちはみんな牡《おす》だから」と先生が言った。

「この灰色の小さい方、ときどき咳をするみたいに、何だか……」

「うん、これはたぶんアレルギーだと思う」

「アレルギー？」

「木原公園にたくさん生えている植物……穂《ほ》みたいになっているところに薄紫色の小さな花がびっしり咲いている、そういう植物、見たことない？」

「さあ……」

「川べりにはとくに多くて、密生してるんだけどね。ナギナタコウジュ。花穂が薙刀《なぎなた》みたいに見えるってところから、そういう名前がついている。強いにおいがあって、どうやらネズミはこれと相性が悪いらしい。この咳はたぶんそのアレルギー反応なんじゃないのかなあ。木原公園に野ネズミがいないのはこの植物のせいだっていう研究を読んだことがある。白ちゃんの方も、最初は息が苦しいようだったんだ。怪我のせいかなと思ったけど、

たぶんアレルギーにやられてたんだと思う。でも、家のなかに入れて外気を遮断して、一週間もたつうちにすっかり良くなってきた。灰色の子の咳ももうそろそろ止まると思うよ」
「じゃあなおさら、公園に放つなんてできないじゃない。これからどんどん寒くなるし。きっとすぐに死んじゃうわ」と田中夫人が言った。
「ぼく、お母さんに話してみる」と圭一くんが言った。
ジュースを飲み終わって二人の子どもが帰っていった後、先生と奥さんは三匹のネズミたちを改めてじっと見つ

めた。灰色の大きい方が後足で立ち上がり、何やらもの問いたげに田中先生の目を真っ直ぐに見返していた。

「どうした？　圭一くんの家で貰ってくれるといいねえ」と先生がそっと話しかける。ネズミは前足で自分の顔をくりくりと撫でた。そのとき奥さんが、あっと小さな声を上げた。

「何？」

「あたし、ピアスの片方、どこかに落としちゃったみたい。あれ、留め金がちょっと弛《ゆる》くなってたからなあ」

9

実は、田中先生には悩んでいることがあった。母校の大学にポストが空いたから、戻ってきて教職につかないかという誘いを受けていたのである。ここで動物病院をやっていてもどうも客足が遠のく一方だし、また、自分の性格には教育や研究といった仕事の方が合っているのではないかと感じることがしばしばある。いっそのこと病院は廃業して、大学の研究者になってしまおうか。

「なあ、どうしようか、あの話」と奥さんに水を向けても、

「それは、あなたが自分で決めるべきことだと思う」と言うだけで、はっきりした意見は何も言ってくれない。

その日の昼食のときも、先生はまたその話を持ち出して、

「ぼくはこういう客商売は向いてないと思うんだよ。やっぱり研究室でもっと地道に……」

「うーん、そうかな」と奥さんはちょっと首をかしげた。そして、珍しく先生の目を真っ直ぐに見て、「ジュンちゃんは自分ではそう思っているかもしれないけれど……」と言った。奥さんは何か大事なことを言おうとするときにだけ、先生のことをジュンちゃんと呼ぶ。

「うん？」

「ジュンちゃんは動物が好きでしょう。病気の動物や傷ついた動物を助けてやりたいと、心底強く思っているでしょう」

「それはそうだけど」

「病気や怪我が治って動物が元気になると、あなたは本当に嬉しそうな顔になる。あたしが風邪を引いてもそれが治っても、どうでもいいような顔をしてるけど」

「いや、そんなことは……」

「でも、最後は自分でお決めなさい」

「つまりね、客がどんどん減って、先月だって赤字だったし……」

「そんなことはどうでもいいの。天職ってものがあると思う。それをやって一生をおくる

のがいちばん幸せな人生……。ああ、そんなことより、あたし、あの黒真珠のピアスの片方、どこに落としたんだろう」

「ぼくがインターンだった頃、安月給のなかからこつこつお金を貯《た》めて、きみにプレゼントしたやつだろ。あれ、けっこう上等な真珠なんだぜ」

「恩着せがましいわねえ。わかってるわよ。たぶんどこかから出てくるはずだけど……」

リビングの片隅に置かれたケージのなかで、三匹のネズミたちは、田中夫婦のそんな会話にじっと耳を傾けているようだった。

それからまた数日たった日の、お昼どきのこと。

「あら、またスズメが来てる」と奥さんが言った。リビングの窓の、外の桟のうえに二羽のスズメがとまって、ガラス越しに部屋のなかをのぞきこんでいる。

「この頃よくあそこに来ているの。同じスズメなんじゃないのかな。どうして庭の方へ回らないんだろう。鳥用の餌台に穀粒を出してあるのに」

「うちのなかが気になってたまらないみたいだね」と先生が言い、窓のところへゆっくり近づいて、サッシを十センチほど、そっと開けてみた。スズメたちはたちまち飛び立ったが、先生がそのままじっとしていると、しばらくしてまず一羽、続いてもう一羽も桟のうえに戻ってきた。先生はスズメたちを怖がらせないように、そろそろと窓を開けていった。

スズメたちは今にも部屋のなかまで入ってきそうだが、さすがにそこまでの踏ん切りはつかないらしい。

「白ちゃんたちの方ばかり見ているみたい」リビングの隅のラックに置いたネズミのケージと、窓のところのスズメたちとを見比べながら、そう奥さんが言った。なるほど、スズメたちは三匹のネズミに向かってしきりに羽ばたきしたりチュンチュン鳴いたりしているようだ。また、ネズミたちはネズミたちで、三匹並んで後足で立ち、ケージの桟の隙間に顔をぴったり押しつけ、スズメの方を熱心に見つめ、ちょっと興奮してキイキイ声を張り上げている。

「あ、もう一羽……」と先生が言った。その二羽よりもずっと小ぶりのスズメが飛んできて、二羽の間にちょこんととまった。

「まあ、夫婦とその子どもなのかしら」と奥さんが言った。

「どうなんだろう。そうかもしれない。しかし、ちょっと寒いな。スズメくんたち、悪いけど窓を閉めさせてもらうよ」

閉まった窓の向こう側に、それでもなお三羽のスズメはぐずぐずしていたが、しばらくたって見てみると、いつの間にかいなくなっていた。

「白ちゃんはだいぶ良くなってきたわね」

「うん。あと何日かで完治すると思うよ」

「あ……見て、見て！」奥さんが嬉しそうな声を上げた。ケージについている回し車のなかに白ネズミが入って、それをくるくる回している。「ああ、元気になったんだ。良かったねえ」

奥さんは先生の方を振り返った。田中先生は何も言わず、ただにっこり微笑《ほほえ》みながら、目を細めて、くるくる、くるくる、元気よく走りつづける白ネズミをじっと見つめていた。

その数日後、朗報があった。圭一くんが電話してきて、ネズミを三匹とも飼っていいことになったと言うのである。

「ネズミを飼うなんて変な話だって、お父さんもお母さんも最初は言ったけど、ぼくたちが助けたんだから、助けた命には最後まで責任を持たなくちゃいけないでしょ、って言ったんだ」

「うん、責任か。いいこと言うな、きみは。小学生のくせに」

「うん、お父さんもそう言ってた。何だか、すっかり感心したみたい」と、圭一くんは得意そうに言う。

「で、他の二匹も……」

「白ネズミなら可愛いけど、その二匹っていうのは、あのネズミ色のネズミでしょ、ってお母さんが言って、顔をしかめるんだよ。でも、仲良しの三匹だから引き離すことなんかできない、って言って頑張った。そうしたら、とうとう良いことになったんだ」

「そうか。それは良かった」

「でも、伝染病のバイ菌なんか持っていないでしょうねって、お母さんが」

「それは大丈夫だよ、ちゃんと検査したから。じゃあ、来週になればもういつでもいいから、取りにおいで。ネズミの飼いかたもじっくり教えてあげよう」

「うん、先生、どうも有難うございました」と言って圭一くんは電話を切った。

良かったなあと思いながら田中先生はケージのところへ行った。小さい方の灰色ネズミが回し車を熱心に回している。何しろ古いケージなので、回し車も最近の製品のようにプラスチックではなく、針金細工のものだ。くるくる回るたびにキコキコ音がするのは、どこかが歪《ゆが》んだか、ねじが弛んだかしているのかもしれない。壊れかけているのかなと先生は思った。ケージは新しいのを買った方がいいよと圭一くんには言おう。

「どうだい、くるくる回って楽しいかい」と先生はネズミに話しかけた。「きみらは良い家に貰われてゆくことになったよ。圭一くんはきっときみらを大事にしてくれる。ラッキーだったねえ」

今日もぽつりぽつりとしか患者は来なくて、看護婦さんは暇を持てあまし、診療室で週刊誌を読みふけっている。先生は窓のところに行って空を見上げた。ここ数日、寒そうな曇り空が続いている。天気予報によると、どうやら今年はかなり寒さのきびしい冬になるらしい。暖かな家のなかでたっぷり食料を貰えて冬を越せるあのネズミたちは、本当に幸運だったと先生はつくづく思った。

ネズミたちがいなくなったのは、その翌朝のことだった。

二階の寝室からリビングに下りてきた奥さんが、ケージの入り口の扉がぱかっと開いて、なかが空っぽになっているのに気づいた。続いて下りてきた田中先生も茫然として立ちつくした。

「ケージを最後に閉めたのはきみだろ。ちゃんと閉めなかったんじゃないか」

「そんな、あたしは閉めました！」奥さんはむきになって、「夕飯の洗い物の後、この子たちの餌を補充してあげたんだけど、扉を閉めて、ピンを穴にちゃんと差しこんだわよ。はっきり覚えてる。そうそう、このケージ、けっこう古くなってるから、ちゃんと閉まってるかどうか、ちょっと揺すって確かめてみたんだもの」

「そのときは三匹ともいたかい」

「床に敷いた木のチップの山のなかにもぐりこんでたけど、そう、たしかに、みんなちゃんといたわ。間違いないわよ」

「うーん、じゃあ、どうしたんだろう。まさか野良猫でも入ってきて、爪で引っかけて扉をこじ開けて……」

「猫がどこから入ってくるのよ」

「そう、そうだよなあ」

先生はケージを丹念に調べてみた。回し車が横倒しになっていた。軸が外れて車輪が落ち、そのはずみだろうか、針金の輻《や》が三本ほど取れて、チップのなかに散らばっている。

「うーん、何が起きたんだろう」このケージは、扉を閉め、その扉の穴とケージ側の穴を重ね合わせて、そこに上からピンを貫通して差しこみ、ロックするようになっている。そのピンがいまは抜けて、チェーンの端にぶらりと垂れ下がっているのだ。

「ひょっとして……」

「え？」

「いや、馬鹿々々しいと思うだろうけど、回し車から取れたこの針金を、ピンの頭の穴に差しこんで、ぐいっと上に持ち上げれば……」

「誰が？」

「いや、ネズミがね、なかから針金を……」先生は照れ笑いをしながらそう言って、奥さんの顔を見た。冗談はやめてよと言うかと思ったのに、意外にも奥さんは真面目《まじめ》な表情で何か考えながら、うんうんと小さく頷いている。そして、ただ、

「きっと、圭一くんががっかりするわね」とだけ言った。

「そうだね。せっかくあんなに一生懸命になってくれた

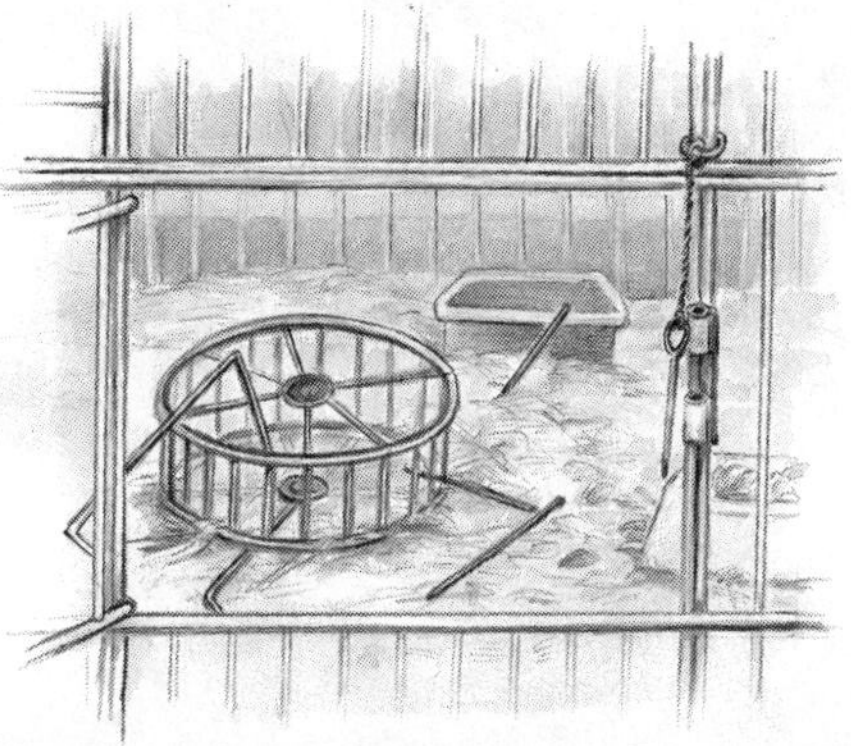

のにな」と先生も暗い顔になった。

二人はしばらくケージの前で首をひねっていた。ネズミたちはまだこの家のどこかにいるのだろうか。それとも、もうどこかの隙間から外に出ていってしまったのか。やがて先生は、

「まあ、圭一くんには謝るしかないな。さて、とにかく今日の診療の準備を始めなくちゃ」と気を取り直すようにつぶやいて、そそくさと診療室に入っていった。だがそのとたん、またすぐ廊下に飛び出してきて、「おい、ちょっと、ちょっと」と奥さんを呼んだ。

「何ですか」

「ちょっと来てごらん」先生は、込み上げてくる笑いを嚙み殺しているような、何とも不思議な表情を浮かべている。奥さんは診療室に入って、先生が指さす先を見た。診療台のちょうど中央、まん真ん中の位置に、奥さんがずっと探し回っていた黒真珠のピアスの片方が置かれている。

「あ、ここにあったの……」

「いやいや、今朝までは、もちろんなかった。とにかく昨夜《ゆうべ》遅くにぼくが電気を消したときには、こんなもの、ここにはなかった。それは絶対に確信がある」

「じゃあ、夜のうちに、誰かが……」

「誰かって？」

ねた。

「ジュンちゃん、ひょっとして、あたしと同じことを考えてる？」と、奥さんがそっと尋
　先生と奥さんは顔を見合わせた。

「さあ」

「たぶん」

「そんな、まさか」

「わからないけどね」

「ええっ、まさか……嘘でしょ」

「……お礼に、ってことかな」

　奥さんも、先生と同じ、こそばゆいような、おかしさをこらえているような、何とも奇妙な表情になった。それから、二人は同時に、声を出して笑い出した。先生は好奇心いっぱいの少年のような、爽《さわ》やかな笑顔になっていた。

「まあね、とにもかくにも、世の中には不思議なことがあるよ。なあ、ユウコちゃん、ぼくはあの大学のポストの話は断ることにした。今日、電話するつもりだ。やっぱりぼくは獣医をやっていたいよ。ずっとここで獣医をやりながら歳《とし》をとっていこうと思う。どんなにはやらなくても、毎月お金のやりくりが大変でもね。ここで動物たちの治療を続けるのがぼくの仕事だ。困ってる動物、弱ってる動物を助けてやるんだ。きみも手伝ってくれる

かい？」

奥さんは、ただにっこりと、大きく温かく、微笑んだだけだった。

10

実はその瞬間、タータたちはまだ〈田中動物病院〉のなかにいた。いや、なかにいたどころか、なくしたピアスを見つけて、呆気にとられたような、狐《きつね》につままれたような、でもとにかく、愉快でたまらない気持ちになって笑い声を上げている田中夫妻の、足元すぐ近くで息をひそめていたのである。彼らはゴミ袋のなかにいた。

どうやって家の外に脱出するか。

「どこかの窓か戸がちょっぴり開いているかもしれないよ」とタータは言った。「ブルーの家ではそうだった。真夜中でもいつでも、ぼくらはそこから出て、近所に散歩に行ったりできた。そういう隙間が見つかればそこから出られるよ」

「それは猫のいる家だからさ」とお父さんが言った。「飼い主がブルーのためにそうしておいたんだ。でも、この家はどうかな。それにもう家のなかを探し回っている時間がない。

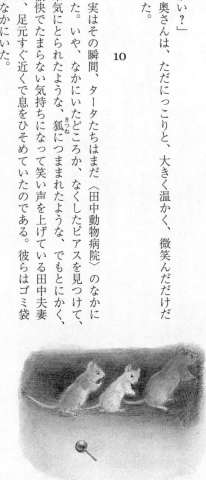

今にも人間たちが起き出してくる……なあ、これをごらん」

お父さんが指し示したのは、前日の夜の診療が終わった後、看護婦さんがその日のゴミをまとめて入れておいたポリ袋だった。使用済みの注射針や、感染の恐れのある血液の付着したガーゼといった「医療ゴミ」はもちろん別扱いにして厳重に管理し、業者に処分させるが、それ以外の一般のゴミを集めたポリ袋が、診療室の片隅に口を縛って置いてあったのである。

「こういう袋を、朝になると人間は家のなかから持ち出して、道路ぎわに積んでおく」

「うん、あちこちでよく見かけた」

「この袋に賭《か》けてみよう」とお父さんはきっぱり言った。「このなかに入って、袋ごと運び出してもらうんだ。目立たないような穴を開けるから、ちょっとお待ち……」お父さんはポリ袋と壁の間の隙間に体を押しこみ、はぐはぐと嚙みちぎって小さな穴を作ると、それを前足で少し広げた。

「穴がこれ以上大きくなると見つかってしまう。さあ、チッチ、なかにお入り……じっとしてるんだよ……さあ、タータも……」続いてお父さんが袋のなかにもぞともぐりこんだ、まさにその瞬間、田中先生が診療室に入ってきたのである。

おい、ちょっと、ちょっと、と言って先生が奥さんを呼んできた後、二人の間に交わされた会話を、ネズミたちはポリ袋のなかのティッシュや紙屑《くず》の間に身を隠し、息を殺しながら聞いていた。先生と奥さんが笑い合っている。しかし、三匹のネズミはそれどころではなかった。さあ、この袋ごと外に出してもらえるか、どうか。むろんお父さんには判《わか》りようはずもなかったことだが、実はその朝は、ゴミ回収の行なわれる曜日には当たっていなかったのである。

話はその前日の午後に遡る。

タータが回し車のなかに入ってホイールをくるくる回していると、田中先生がケージに顔を寄せて、「どうだい、楽しいかい」と話しかけてきた。「きみらは良い家に貰われてゆくことになったよ。圭一くんはきっときみらを大事にしてくれる……」

先生が立ち去った後、三匹は顔を見合わせた。

「ケイイチクンって誰？」とチッチが言った。

「おまえを拾ってここに連れてきてくれた子どもだろ。ほら、何度かおまえの具合を見にきたじゃないか」とお父さん。

「じゃあ、ぼくら、今度はあの子の家に行くんだね。どんな家なのかなあ」

「ぼくらはそこで暮らすの？　いつまで？」とタータが険しい声で言った。お父さんは難しい顔で黙っている。

「うーん、あんまり長くは嫌だなあ」とチッチはのんびりした声で言った。「檻《おり》のなかにいるのはもう飽きちゃった。モグラの子たちと遊びたいよ。モグラのかあちゃんにも会いたいし」

「ねえ、いつまで？　お父さん？」タータはお父さんにキッとした目を向けた。

「そうだね……ずっと、ずうっとだろうなあ……」とお父さんはのろのろと言った。

「ずうっとっていうのは……死ぬまで、一生ってこと？」

「そう。そういうことだと思う」

「それは嫌だ。そんなのは駄目だ」タータの声が大きくなった。

「うん……」とお父さん。

「そんなのは、そんなのは……」

「うん、わかるよ、おまえの言いたいことは。ただね、こういうふうにも考えられるよ。ぼくらがここへ来てからどのくらいたつのかな。十日くらいかな。こんなあったかな人間の家のなかで、毎日美味しいものを腹いっぱい食べ、ただのらくらして過ごしてる。この檻のなかにいるかぎり、鳥にもイタチにも襲われることはない」

「でも、でも……」

「待て待て。それから、先生がこないだ言ってたことを覚えてるだろ。どうやらあの公園にはぼくらネズミにとって有害な植物が生えているらしい。おまえやチッチの、あのいつまでも治らない風邪っていうのはそれのせいだったんだね。実際、ここへ来て何日かしたら、おまえたちの咳やだるさはぴたりと止まったじゃないか。ぼくののどの調子も良くなった。ぼくらはみんな、この十日でずいぶん太ったよ」

タータはいきり立って、

「じゃあ、金網で囲まれた四角形のなかで、こんな車をくるくる回しながら一生暮らすのでもいいって、そうお父さんは言うの？　それが幸せなんだって？」

「幸せ……かどうか、それはわからないけどな。ただ、少なくとも、野で暮らすネズミたちのなかには、ぼくらの境遇をうらやむ連中がきっとたくさんいるだろうさ」

「ぼくは好きだよ、この車を回すのは」とチッチが言って、ホイールのなかに入って走り出した。「お兄ちゃんだって、これ面白いねって言って、毎日ずいぶん長いこと、くるくる、くるくる、やってるじゃないの」

「そりゃあ、たしかに……」タータはきまりの悪そうな顔になり、それから思わず笑ってしまった。その後は少し落ち着いた声になって、「ねえ、お父さん。他の連中がうらやむかどうかなんてどうでもいいんだ。お父さんはどう思うの？」

「うん……なあ、タータ、ここに潜入するためのあの方法――病気のふりをするという――はとんでもなく危険な賭けだった。でもあのときは、チッチに再会するためにはあれがいちばん手っ取り早いと思ったんだ。スズメたちから聞いた、ここの人間たちの優しさに賭けてみようとね。幸い、それはうまく行った。ぼくらはまた一緒になれたし、チッチもほとんど回復した。ところが、気がついてみるとぼくらはこうして四角い監獄《かんごく》のなかに閉じこめられていて、来週にはどこか別の家にもらわれていくらしい。チッチを見つけることばかりに夢中になっていて、ここから川までみんなでどうやって戻るかまでは、あらかじめ考えておく余裕がなかった」

「だから、それをさ、いま考えようよ」

「このところずっと考えていたさ、もちろん。でもなあ、この金網はもの凄く固いよ。ちょっとかじってみたけど、とうていぼくらの歯が立つような代物じゃない」

「じゃあ、どうしたら……」

「じっと機会を待つほかないよ。そのうちきっとチャンスがめぐってくる……」

チェッとタータは舌打ちし、不機嫌な顔になり、ひとことも返事をせずに敷き藁のなかにもぐりこんでしまった。チェッ。チェッ。あんなこと言ってるけどお父さんは、あったかいところでお腹いっぱい餌をもらえるからって、きっと本心ではここにずっといたいんだ。そうに決まってる。だらしないよ。卑怯《ひきょう》だよ。川辺で暮らそうって、あんなに固く約束し合ったのに。

夜になってもタータは相変わらず、チェッ、チェッと心のなかで舌打ちしつづけ、新しい餌を入れてもらったときも、ふて腐れて敷き藁のなかにもぐりこんだまま、出てこようともしなかった。お父さんにはタータの気持ちがよくわかっていたので、何も言わずそのまま放っておいた。

いつの間にか眠りこんでしまったタータが目を覚ましたのは、そろそろ夜が明けようという時刻だった。お父さんとチッチは体を寄せ合って眠っている。ふん、いいさ、とタータは思った。誰もぼくの気持ちなんかわかってくれないんだ。それから、何となく回し車のなかに入って、無意識のうちに気を鎮めようとしたのだろうか、ホイールをくるくると回しはじめた。

そのうちに、何となくそんなことをしている自分に気づき、猛烈に腹が立ってきた。同じ一つところで、くるくる、くるくる。いつまでたっても、どんなに走っても、一センチだって動けやしない。これから死ぬまでこんなことをしつづけて生涯を終えるのか。夜明けの光が水面をさあっときらめかせる頃、水べりで涼しい空気を胸いっぱいに吸いこむ瞬間、体中にみなぎるあの緊張感。チッチを追いかけたり、チッチに追いかけられたりしながら、草むらのなかを全力疾走するときのあの興奮。たそがれの光を背に浴びながら、お父さんの待つ巣穴へ帰ってゆくときの、あの懐かしいぬくもりと心地良い疲労。もうそうしたものをいっさい味わえないまま、ぼくはこんなものを一生くるくる回しつづけるのか。くそっ、嫌だ、そんなのは。

タータはやけくそになってどんどんスピードを上げた。回し車はガタガタと横揺れしはじめた。くそっ、くそっと思いながら、タータは必死に走った。走っても、走っても、この場所から一歩も動けないんだ。ええい、いまいましい、この、と心のなかで叫んだ瞬間、タータは我知らず後足で思いっきりホイールを蹴りつけて、前方へやみくもにジャンプしていた。

一瞬、何が起こったのかわからなかった。パシッと何かがはずれるような音がしたかと思うと、タータの体は前に投げ出され、ケージの金網にぶつかって跳ね返されていた。敷き藁のうえにころころと転がったタータの顔を、お父さんとチッチが心配そうにのぞきこんでいる。

「おい、大丈夫か?」とお父さん。

「うん……」タータはのろのろと起き上がった。

三匹が振り返ってみると、回し車は横倒しになり、ホイールが軸からはずれて転がっている。

「あ、ぼく、壊しちゃった……。先生たち、怒るかな」

11

お父さんはホイールに近寄って、熱心に調べはじめた。やがて、ぼんやりしているタータに向かって、妙に上機嫌な声で、

「おい、ちょっと来てごらん」と言った。

「ごめんね、ぼく、こんなことするつもりなんかぜんぜんなくて……」

「いや、いいんだ。おまえ、大手柄を立てたのかもしれないよ」お父さんは五、六センチほどの針金を敷き藁のなかから拾い上げ、それを前足で支えて頭のうえにかざして見せた。

「これだ！　これだよ」

「え、何、それ？」

「回し車の部品だろう。今の衝撃で外れて落ちたんだ。よおし、やったな、おまえ！」

「やったって……何を？」

「こういうのがあればなあ、とぼくはずっと思っていたんだ。やった、やった！」お父さんは今にも踊り出さんばかりの興奮ぶりだったが、タータにもチッチにもどうしてお父さんがこんなに喜んでいるのか、わけがわからない。「そのうちきっとチャンスがめぐってくるって、そう言っただろ。しかし、それがこんなに早く来るとはなあ」

「その針金で、どうしようっていうの？」

「いいから。見ておいで」

お父さんはケージの扉のところへ行き、針金の一方の端を持って頭のうえに持ち上げ、他方の端を隙間から外に突き出して何かをしはじめた。

「うーん、難しいな……難しいが……しかし……」などとぶつぶつ言いながら、一生懸命何かをやっている。「よし、入ったぞ……ようやく入ったが……しかし、これは……」

じっと見ているうちに、お父さんが何をしようとしているのか、タータたちにもようやくわかってきた。

ケージの扉をロックしているピンには頭のところに穴が開いていて、その穴についたチェーンがピンをケージの本体に結びつけている。お父さんはピンの頭の穴に針金を差しこんで、ピンを持ち上げ、外してしまおうとしているのだ。

「うーん、駄目か……」お父さんが一生懸命背伸びすれば、何とかピンの頭の位置くらいまで手が届くので、穴に針金を水平方向に差しこむところまでは何とかできた。しかし、それをさらに上に持ち上げるにはお父さんの背丈が足りない。

「ああ、もう駄目だ、手も足もしびれて……」とうとうお父さんはへたりこんでしまった。でも、長くは休憩しようともせず、すぐまた立ち上がった。タータとチッチは息を呑んで見守っている。

「チャンスは意外に早く来た」とお父さんは言った。「しかし、こんなチャンスはたった一度しかないと思う。これを逃したら、こんな好機が今度いつ訪れるかわからない。もし訪れても、そのときにはもう真冬になってしまっているかもしれない。そんな季節に川辺に戻っても、凍え死ぬだけだ」そして、自分に言い聞かせるように、「今、やらなければ。今、どうしてもこの扉を開けなければ。それも、急いでだ。朝になって人間たちがこれを見つける前に」

お父さんは針金を頭上に捧げ持って、背伸びしながら、錠《じょう》はずしをもう一度試みた。が、やはりうまく行かない。

「やっぱり駄目か……」お父さんが唇を嚙みしめて肩を落としかけた、その瞬間、

「お父さん、ちょっとそのままでじっとしてて」とタータが言い、お父さんの肩にぴょんと飛び乗った。お父さんはちょっとよろめいたが何とか踏みとどまり、体を静止させたままでいようと懸命になった。針金の一方の端はピンの穴に引っかかっている。真ん中はお父さんがバンザイの格好で支えている。その他方の端にタータは手を掛け、ぐっと下に引いた。てこの原理で、穴に引っかかっている方の端が持ち上がり、それに引かれてピンが上にじりっ、じりっと動き出した。

「よし、いいぞ……もう少しだ……」背伸びをして針金を支えているうえに、肩にタータを乗せたお父さんの筋肉が、さすがに悲鳴を上げはじめた。体中がぶるぶると震えている。腕はしびれてとっくに感覚がなくなっている。もう……これ以上は……もたない……。差し錠をちらりと見ると、ピンは半分くらいまで抜けている。でも、まだ半分か……お父さんは目を伏せ、次いで両目ともぎゅっとつむった。脚の筋肉が引き攣《つ》って、体が大きくガタガタと揺れ出した。

「タータ、どうだ……まだか……」

「うーん……どうも……駄目かな、これ以上は……」というタータの声が聞こえ、やっぱり駄目か、とお父さんがあきらめかけた瞬間、タータが、

「よおし、こうなったら……」と小さくつぶやき、えい、とひと声叫んだ。次の瞬間、お父さんの肩から急に重みが消えた。それとともに、ぐいっと針金が引っ張られ、お父さんの手からぴーんと跳ね飛んだ。タータは針金の端に手をかけたまま、お父さんの肩から思いきって飛び降りたのだ。

お父さんはよろめいて倒れた。タータもすぐわきに転がっている。が、ふたりともすぐに頭だけ起こして差し錠を見上げた。さあ、どうなった？

穴から外れたピンが、チェーンでぶら下がってゆらゆら揺れていた。扉は細く開いていた。

「よし、やった！」と叫んだつもりだったのに、お父さんの口から洩《も》れたのはぜいぜいというあえぎだけだった。タータとチッチは歓声を上げて抱き合っている。荒い息がおさまるのを待って、お父さんは立ち上がり、

「行こう」と言った。「もうすぐ夜が明ける。先生たちが起き出してくる前に、何とかして家の外に脱出しなければ」

ケージの扉を押すと、キイと軋《きし》みながらもすぐに開いた。お父さん、チッチ、タータの

順に外に出る。ケージはラックの棚に置いてある。途中の棚板に手足を掛けることで落下速度を殺しながら、お父さんはするすると滑《すべ》り落ち、床のうえにすとんと降り立った。チッチ、さらにタータがそれに続く。

「チッチ、どうだい。傷が痛まないかい」とタータが気づかうと、

「大丈夫さ。もうほとんど治ってるから」とチッチは気丈に答えて胸を張った。

リビングの窓がぴったり閉まっていて、そこから出られる可能性がないことはわかっていた。幸い、家の奥へ続く引き戸がちゃんと閉めきられておらず、細い隙間が開いている。そこを抜けると廊下に出た。田中家の内部の間取りについては、むろん三匹には何の知識もない。正面に見えるドアは閉まっている。左手は二階にのぼる階段だ。三匹は右手に進んだ。リビングの隣りのドアは閉まっていたが、廊下の突き当りの引き戸が細く開いていた。お父さんは迷うことなくそのなかに滑りこんだ。

そこは診療室で、三匹ともその部屋のことは何となく覚えていた。

「ここで先生が手当てをしてくれたんだ」とチッチが言った。

「ぼくらも最初はここに連れて来られた。ここはきっと手当ての部屋なんだね」とお父さん。

さて、ここから外に出られるだろうか。曇りガラスの嵌まった横手のドアは閉まってい

て、ドアの下にも隙間はない。窓はどうか。椅子《いす》からデスクへ飛び移ったお父さんが、そこからさらにサッシ窓の桟にジャンプして、往復しつつ細かく調べたが駄目だった。

「タータ、チッチ、どこかに隙間はないか、穴はないか。どんな小さなやつでもいい」

「この洗面台……」というタータの声がした。そちらを振り向くと、たしかに洗面台があり、タータとチッチがそのふちにのってなかをのぞきこんでいる。お父さんも一度床に降りてから、わきの棚を伝ってその洗面台に飛び移った。

お父さんは、排水孔のうえにかぶさっているゴミ取り用の篩《ふるい》の金具を外し、排水管のなかをのぞきこんだ。あのグレンの図書館のときのように、ここをくぐり抜けて家の外に出られるだろうか。

「これは小さすぎてとうてい駄目だな。チッチだって入れないよ」そうお父さんが言うや、止める間もあらばこそ、チッチはそこに頭を突っこんで、どんどんなかへもぐりこんでいこうとした。

「駄目、駄目」お父さんはあわててチッチの背中を押さえ、「無理だって。おい、体が抜けなくなったらどうする……」上半身を排水孔に突っこんでしまったチッチは、案の定そこでつっかえて、垂直になったまま後足をばたつかせはじめた。

「あっ……もう駄目だ……もうこれ以上は……」というチッチの叫びがくぐもった響きになって伝わってくる。お父さんとタータは大あわてでチッチの体を引っ張り、ようやく引きずり出した。チッチは後足を投げ出して、ふう、と大きなため息をついたが、見ると、その両手に何やらキラリと光るものを持っている。

「チッチ、何だ、それ」

「何かなあ。管の途中の曲がったところに引っかかってたんだよ」

それは、銀色の金具に黒っぽい光沢を帯びた球が嵌めこまれた、小さな物体だった。排水孔にかぶせてあるゴミ取り用の篩が何かの拍子にはずれて、水道管のなかのその箇所まで落ちてしまったのだろう。

「あっ、それはきっと……」お父さんとタータは同時に思い当たった。田中先生の奥さんが、これの片割れがなくなったと言いながら、先生に向かって指でつまんでかざして見せた、あの黒真珠のピアスとやらにそっくり同じものを、チッチは両手に抱えているのである。

「ここに落ちて、そのまま流れずにいたんだね。見つかったら喜ぶだろうなあ」とタータが言った。

「見つけやすいところに置いておいてあげようか。チッチ、それを貸してごらん」お父さんはチッチの手からピアスを口で受け取ると、それをくわえたまま洗面台から飛び降りて、今度は別の椅子にのぼり、部屋の中央を占める診療台のうえに飛び移った。そして、その真ん中にそれをそっと置いた。何のかんのと言って、田中先生が手当てしてくれなければチッチは死んでいたに違いないし、先生の奥さんはと言えば、この十日間というもの、三匹みなに美味しいものをたっぷり食べさせ、安全な場所で休息させ、危険と苦難に満ちたここまでの旅の間に体と心のなかに溜《た》まっていた、重い疲労のかたまりを優しく溶かしてくれたのだ。お返しに、このくらいのことはしてあげなくちゃ。

お父さんが診療台から床に飛び降りると、そこにはタータとチッチが待っていた。

診療室のなかをあちこち右往左往しているうちに時間はどんどんたっていった。もうとっくに朝になっている。最後にお父さんが思いついたのが、ゴミ袋に身をひそめて人間の手で外に運び出してもらおうという奇策である。いずれにせよ、とりあえずどこかに隠れないわけにはいかなかった。さっきから二階で物音がしていて、どうやらもう先生と奥さんは起き出しているようなのだ。

ゴミ袋のなかに三匹がもぐりこむやいなや、その直後、田中先生が診療室に入ってきた。それから、奥さんとの会話。

「あのピアス、見つけたんだね」とチッチ。

「しっ、声を立てちゃいけない」とお父さん。

しばらくして二人は出ていったが、ほどなく奥さんだけ戻ってくると、三匹が身をひそめているゴミ袋を無造作に持ち上げて、どこかへ運んでゆく。お父さんが袋に開けた穴には気づいていない。

半透明のポリ袋越しに射してくる光が、急にさっと明るくなった。とうとう外へ出たのだろうか。だが、袋がどさりと投げ出された、その次の瞬間、袋のうえに何かがのしかかる気配がして、あたりはいきなり真っ暗になった。奥さんの足音が早足で遠ざかってゆく。

「どうしたんだろう」とお父さんがつぶやいた。

実はその日はゴミ回収がない朝なので、奥さんはゴミ袋を台所の通用口の外のポリバケツのなかに入れ、蓋《ふた》を閉めたのだった。

袋に開いた穴から外に出ようとすると、すぐさまプラスチックの壁に突き当たった。それでも三匹は、もがきながら何とかかんとか這い出し、袋の外側をよじ登った。ここでも三匹は幸運だった。ひょっとしたら彼らは、ゴミ回収の日までまるまる二日ほどそのポリバケツに閉じこめられることになってしまったかもしれないのだ。だが、幸いなことに田中夫人はそのとき気持ちが急いていて（ガスレンジにのせたやかんのお湯が沸騰しかけていたのである）、袋を投げ入れた後、蓋をちゃんと閉めずにあわてて台所に戻っていった。

バケツのなかにゴミ袋はすでにいくつも溜まっていたの

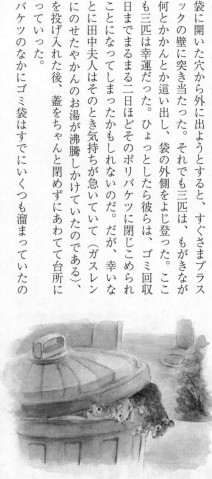

で、袋の山がバケツのふちから少々盛り上がり、蓋はそのうえにぽんと載せられた状態になっていた。バケツと蓋との間に細い隙間が出来ている。ここから出られるぞ！

「さあ、外に出るよ。ぼくにぴったりついておいで」お父さんが地面にぴょんと飛び降りた。チッチ、タータが後に続く。

風が吹きつけてきた。久しぶりの、外の世界の風。みんなの体にさあっと身震いが走った。寒さからではない。興奮、緊張、そしてたとえようもない喜びからだった。勇み立って、三匹は走り出した。

12

川をめざす。水をめざす。川の光をめざす。

またその旅が始まった。またもう一度、やり直すのだ。しかし、三匹の気持ちは明るかった。〈田中動物病院〉での日々は、ある意味で束《つか》の間の楽園のような生活だった。チッチの傷は完全に癒えたし、お父さんとタータも毎日たっぷり食べ、たっぷり眠った。そして、そうした生活をこの先ずっと続けてゆくことも、どうやら不可能ではなかったらしい。が、「それは嫌だ。そんなのは駄目だ」というタータの言葉が、三匹みなの心の、いちばん深いところにある気持ちを代弁していた。どんなに安楽でも快適でも、四角い檻のなかで回し車をくるくる回して暮らすような生活は、嫌なのだ、駄目なのだ。生きるというのはそういうことではないのだ。

生きるというのは、たとえば走ることだ。真夜中だった。ところどころに灯《とも》る水銀灯に照らされた闇《やみ》のなかを、三匹は走っていた。走るというのは、ただ脚を動かすというだけのことではない。体に、顔に、風を浴びることだ。足のうらで地面を踏みしめ、地面を蹴って、前へ前へと進んでゆくことだ。木のにおい、草のにおいを嗅ぎ、それがどんどん別のにおいに移ろってゆくのを全身で感じとることだ。深夜の木原公園は静かだった。梢の間を風が吹き抜け、さやさやと葉むらが鳴る音が聞こえるだけだ。

動物病院を抜け出したのがちょうど朝の通勤と通学の時間帯だったこともあって、公園までの道路は通行人が多く、ひやひやしたが、三匹は警戒しながら走ったり物蔭に隠れたりを繰り返し、何とか公園の入口まで辿《たど》り着いた。短い石段を下ると公園のなかに入るが、公園を抜けて駅に向かう人の流れがずっと途切れない。このまま走りつづけるのはあまりに危険だとお父さんは判断した。石段を降りたところの裏側の隅に小さな隙間があるのをタータが見つけ、昼の間はそこでじっとしていることにした。そして、ようやく夜になり、いま三匹は闇をついて、川をめざし、一目散に走っているのだった。

「お父さん、道はわかる？　ぼくら、いったいどの辺を走ってるのか……」と、休憩のときにタータが言った。

「うん……」とお父さんはちょっと首をかしげながら、「来たときには、あれも夜だったけれど、スズメたちが先に立って案内してくれたからね。ただ後をついていけばよかった。帰り道のために目印を覚えていようなんてことを、あのときは考える余裕もなかったしなあ。でも、だいたいの方角はわかるよ。ともかく川辺に着けば、その後は何とか見当がつく。川をめざすんだ。そして、川のにおいは何となくわかる。なあ、タータ、どうだい」

お父さんは頭を上げ、鼻をひくひくさせて、空気のにおいを嗅いでみせた。

タータも鼻をひくひくさせてみた。たしかに、いま自分たちが向かっている方角から、何かのにおいが風に乗って、懐かしい呼びかけのように漂ってくるようだった。

「水のにおい……」

「そう、水のにおいがするだろ。それから、音も……」

タータは目を閉じて耳を澄ました。木々の葉のざわめき、草のそよぎ……最初はそれしか聞こえなかったが、しばらくじっとしているうちに、それに混じって、それを縫って、かすかに、しかしたしかに、何か懐かしい音が伝わってくる。

「水の音……流れのせせらぎ！」

「そうさ」とお父さんは満足そうに言った。「少し前から聞こえはじめていたんだ。もうひと息だよ。そろそろ朝になるけれど、公園の真っ只中でまた丸一日じっとしているのは、もう嫌だろ？　危険だしね。このままもう少し頑張って、モグラのおばちゃんの家まで、何とか今夜のうちに辿り着いてしまいたいと思うんだ」

「うん、そうしよう。きっと、もうすぐそこだよ。ああ、早く川を見たいなあ」

「チッチはどうだ？　まだ走れるかい？」

「大丈夫さ。大丈夫だけど……」チッチも他の二匹を真似《まね》て、鼻をひくひくさせていた。

「ねえ、何だか、ちょっと、嫌なにおいもしない？」

「そう、たしかに」お父さんは立ち上がって、体をぐるぐる回転させた。「鼻につんと来る、この変なにおい……」

近くの木の根元に、薄紫色の小さな花をびっしりつけた長い穂を突き出した植物の群生がある。

「あれだ。チッチもタータも、あれには近寄っちゃいけない。先生が言ってたのを覚えてるだろ、ネズミの体の具合をおかしくする植物がこの公園にはたくさん生えてるって。たぶん、あれがそれだ。きみたちが咳をしたりだるくなったりしてたのは、きっとあれのせいなんだ」お父さんは大きなくしゃみを一つした。「ここはよくない場所だな。さあ、もう行こう」

お父さんがたたっと二、三歩、走り出しかけたが、タータは動かない。お父さんは立ち止まり、振り返って、

「どうした、タータ？」と不審そうに訊いた。

「ねえ、お父さん……あの紫の穂って、あっちにもあるよ……こっちにも……あ、そっち

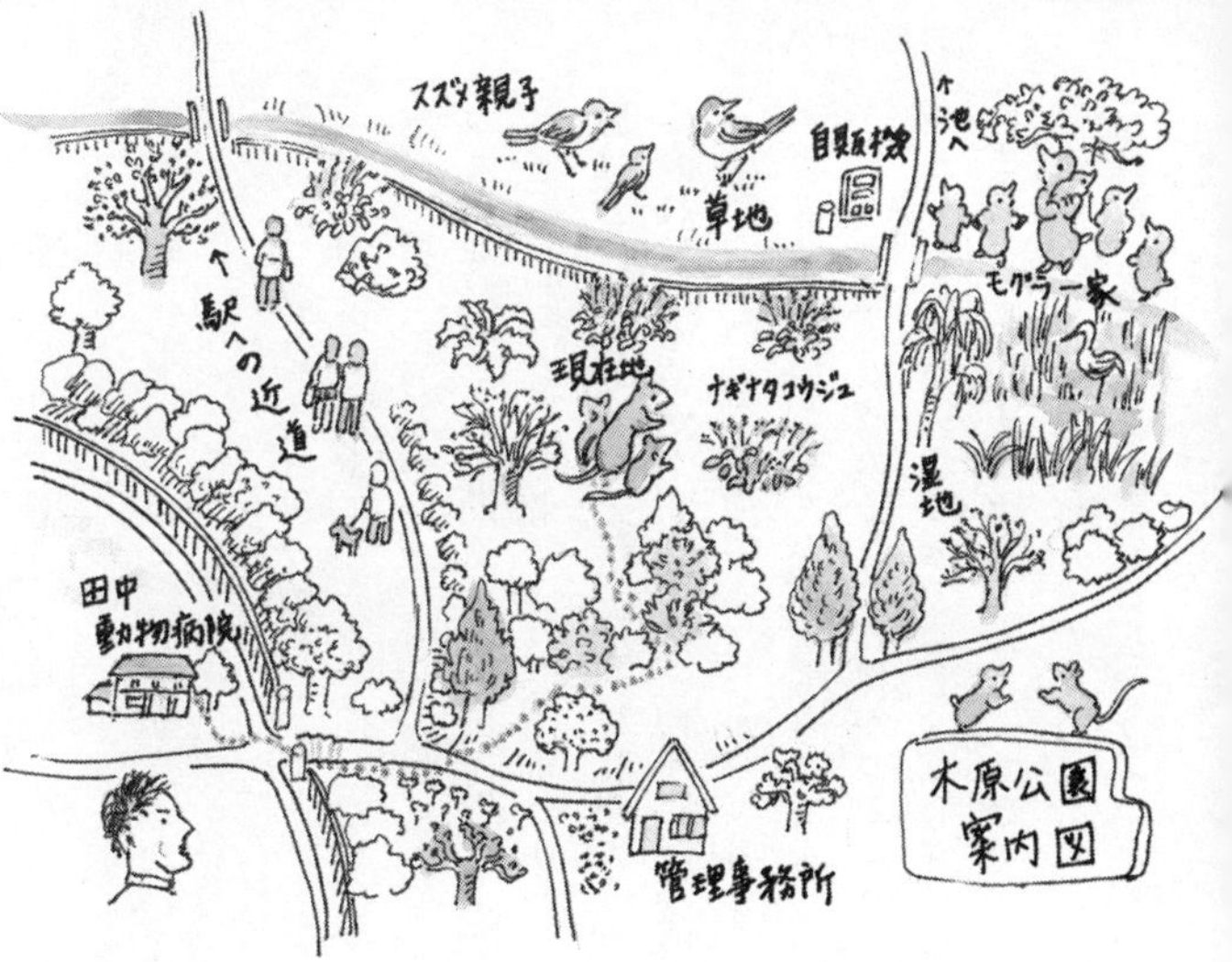

にも……」

　ひとたび気づいてみると、そのナギナタコウジュという植物の群生は、田中先生が言っていた通り、木原公園のいたるところにあるのだった。三匹はぞっとして、その場に立ちすくんだ。

　朝になってしまったが、せせらぎがだんだん大きくなってきたので、もう強行突破することにした三匹は、午前の陽光のなかを走りつづけた。幸い、公園のこのあたりには、通勤や通学のために駅に向かう人影はほとんどない。肉食の大きな鳥がどんなに怖いか、もう嫌というほど身に染みたので、三匹のうち一匹が必ず空を警戒しているようにした。進む速さは鈍ったが、こんなに苦労してチッチと一緒に帰ってきたのに、またやつらに襲われてしまったのでは元も子もない。

大きな木立ちを抜けると鉄柵《てっさく》があった。その隙間からのぞいてみると、斜面を下ったところがもう川べりだった。

「やったあ！」とチッチが叫んだ。

「あの橋……」慎重に左右を見回したうえで、右手の五十メートルほど先のところにある木橋を指し示しながらお父さんが言った。「あれには見覚えがある。モグラのおばちゃんの巣穴はたぶんあの近くだ。さあ、行くよ」

木橋のところまで来て、慎重にあたりを見回し、人間がいないのを確かめたうえで、三匹はそれをするすると渡って対岸に出た。飲み物の自販機の前を抜けて川原に降りる。水の流れや草木のたたずまい……懐かしい場所にようやく戻ってきた。

巣穴のずいぶん手前のあたりから、もうモグラの子たちがわらわらと飛び出してきた。

「わーい、お兄ちゃんが帰ってきたあ！」

チッチはモグラの子たちに担がれるようにして巣穴まで連れていかれた。モグラのお母さんも、もういきなり涙でぐしょぐしょになった顔で飛び出してきて、

「まあ、まあ、チッチちゃん……」と言ったまま言葉を継ぐことができず、ただチッチをしっかり抱きしめるばかりだ。しまいに、

「ねえ、苦しいよ、窒息しちゃうよ」と言ってチッチはモグラのお母さんの手を振りほど

いた。モグラのお母さんは続いて、タータやお父さんのことも息が詰まるほど抱きしめた。

「凄いわ！　どうぶつびょういんからチッチちゃんを奪い返してきたのね。ねえ、どうやって攻撃したの？　敵は何匹いたの？　そのうち何匹くらい殺した？」と立て続けに質問を浴びせかけてくるのに、お父さんはたじたじとなって、

「いや、話はまあ、後でゆっくり。ぼくらは一晩中走りづめだったので、へとへとで……。とくにチッチはまだ体が本当じゃないから」それからひとりごとのように、「しかし、この川辺は、実際、あの紫の穂だらけじゃないか」と呻くような小声でつぶやいた。

チッチとモグラたちがはしゃいで大騒ぎをしているなか、そのお父さんの呻き声を聞きつけたのは、タータだけだった。その後、騒ぎが一段落してみなが巣穴に入って休んでいる間も、タータはその言葉の意味をじっくりと嚙みしめつづけた。そして、夜が更けてから、

「お父さん、ぼくらはここにはいられないんでしょう？」と静かな声で言った。お父さんは一瞬、まじまじとタータの顔を見たが、すぐに、やはりあきらめきったような静かな声で、

「そうだね。いられないと思う」と言った。「遅かれ早かれ、ぼくらは病気になると思う。あの植物がこんなに生えていては……」

「じゃあ、どうするの？」

お父さんはいやはやというふうに頭を振りながら黙ってしまった。

13

翌朝早く、スズメの夫婦がやって来た。〈田中動物病院〉の庭で餌を貰うついでに三匹の様子を見ようと出かけていったのだが、窓の外から居間をのぞいて、ケージが空っぽになっているのを発見してびっくりしてしまった。そして、ひょっとしたらと思い、ここまでまっしぐらに飛んできたのだという。再会を喜び合った後、改めてスズメたちにお礼を言ってから、お父さんは、

「なあ、スズメさんたち、一つ聞きたいことがあるんだ。この川はここからさらに遡ると、どうなるんだね」

「公園を出たところで、なくなってしまうわ」とスズメの母親が答えた。

「なくなってしまう？」

「地面にもぐってしまうの。その先は街だから。ビルだの、駅だの、とても賑やかな大きな街」

「でも、川の続きがあるはずだろう？」

「ええ、駅の向こう側でまた表に出るの。そこからはずっと、ずうっと続いていって、さあ、どこまで遡れるのかしらねえ」

「知りたいことがあるんだ。ほら、ここにもあそこにも、長い穂に小さな紫の花をびっしりつけた植物が見えるだろう。あれは、このあたりの川べりにはどこにもかしこにも生えているよね」そして、その植物がネズミを病気にするという、田中先生から聞いたあの話をてみじかに語ってから、「あの植物はこの先、川に沿ってどこまでもこんなに密生しているんだろうか。それともこの公園のなかだけなんだろうか」と言った。

スズメの夫婦は、それがタータ一家にとってどれほど大事なことなのかをただちに理解した。

「待っていてちょうだい。見てきてあげる。すぐわかるから」と言い残して、スズメたちはさっと空に舞い上がった。

二時間ほどたつと、彼らは気の毒そうな顔つきで帰ってきた。

「あのね」とスズメの母親が言った。「あんたたちの生死がかかっている問題だから、時間をかけてじっくり調べてきたわ。あの植物はこの公園だけに、とくにこの公園内の川べりだけに、たくさん生えているの。下流にもないし、上流にもない。モグラさんたちにもあたしたちスズメにも何でもないのに、あんたたちネズミに対してだけ害になるなんて、ほんとに不思議。それさえなければここは緑の多い、こんなに住み易《やす》いところなのに。可哀そうにねえ」

「じゃあ、駅の反対側の、川の続きまで行けば、あの植物はないんだね」とお父さんは念を押した。

「ええ」

「そこはどんなところ？」

「どんなって……駅のすぐ向こう側からまた川が始まって、川沿いに細長い公園がちょっとあって、その先はまた普通の住宅地で……」

「よし、わかった。わざわざ見てきてくれて本当に有難う。ぼくらはそこへ行く」

「そこへ行くって、そんな」スズメの夫婦は目を丸くした。「だって、駅の向こうなのよ。人間がわさわさ行き交っている賑やかな街があって、バスのターミナルがあって、鉄道の線路があって、駅ビルがあって……そんな、無理、無理。あんたたちみたいな小さな動物がそういう全部を横切って向こう側に出るなんて、とうてい不可能だわ。車に轢《ひ》かれちゃうよ、人間に踏み潰されちゃうよ。駄目に決まってる」

「でも、それしかない」とお父さんは静かに言った。

「だって……」

「行くしかないんだ。ぼくらは川のネズミだ。川辺に住むと、そう決めた。旅に出たとき、最初にみんなでそう決めたんだ。やっとここまで辿り着いたけれど、ここでもまだ駄目なら、その先に行くだけだ。なあ、タータ、チッチ？」二匹の仔ネズミは、一瞬の躊躇《ちゅうちょ》もせずにこくりと頷いた。

「しかし、ほんとに大変だよ」とスズメの父親が言った。「夜のうちに何とか走り抜けるか。しかし、夜になっても人通りが多いからなあ」

「何とかなるさ」とお父さんが軽やかな口調で言った。「ここまでだって、何とかなってきたんだから。たぶん、いちばん大きな問題は……」お父さんが気をもたせるように言葉を切ったので、みんなはお父さんの顔をじっと見つめながら、固唾《かたず》を呑んで次の言葉を待ち受けた。

「モグラのおばちゃんがあっさりぼくらをここから出発させてくれるかどうか、ってことかも」そう言ってお父さんがにやりと笑うと、みんなもぷっと吹き出して、悲壮感でぴりぴりしていた空気が不意にやわらいだ。

　案の定、モグラのお母さんにその話を切り出すと、天地がひっくり返るような大騒ぎになった。やっとチッチちゃんが奇蹟的に生還して、これからみんなで楽しく暮らしましょう、冬を暖かく過ごしましょうって話してたっていうのに。何ですって。街を越えて、駅を越えて、遠い遠いところへ行っちゃうんですって（マチとかエキとか、あたしゃ、何のことか知らないけどさ）。あらまあ、そんな、とうてい、信じられない。そんなこと、絶対、させるわけにはいかない。

　だって、ここにいると、チッチもぼくらも病気になっちゃうんですとお父さんが言うと、病気なんか、あたしが追っ払ってやるわよ、病魔退散のおまじないで万全よ、備えあれば憂いなしよなどとわけのわからないことを言う。しまいに、そんならあたしたちも一緒に行く、モラ、モリ、モル、モレ、モロを連れて、あんたたちと新天地に移住するんだ、モグラ族の根性を見せてやるんだなどと言い出し、これは相当本気になったようで、けっこう長い間、強硬に主張しつづけていた。そんなことをされても、あんたたちは足手まといになるだけなんです、という言葉がつい舌の先まで出かかったが、お父さんは何とかこらえ、五匹の子どもを連れたモグラが人ごみの間を抜けて旅をするなどという企《くわだ》てが、どんなに非現実的かを根気良く説明しつづけた。

お父さんが半日かけて、大汗をかきながら説得しつづけたことが功を奏し、やっとモグラのお母さんはあきらめてくれた。冬になる前に新しい棲みかを見つけなければならない、そのためには一刻も早く出発しなくちゃならないんです、どうか気持ちよくぼくらを送り出してくださいというお父さんの話を、ようやく理性的に受け入れてくれたのだ。

その晩、モグラたちひとりひとりと抱き合って別れを惜しんでから、三匹は出発した。「何かあったら、いつでもすぐ帰っておいでよ」とモグラのお母さんは涙をほろほろこぼしながら言った。「ここはあんたらのうちなんだから。いつ戻ってきても住めるように、毎日掃除をしておくからね」

チッチも泣きじゃくりながら、長いことモグラのお母さんのお腹に顔をうずめていた。そのチッチの脚には、五兄弟のなかでもとくにチッチを慕っていた末っ子のモロがしがみ

つき、

「お兄ちゃん、行っちゃ嫌だあ！」と、駄々をこねている。のろのろしているモロは何かと世話が焼けたが、チッチの方もそのぶんこの体の弱い子が可愛くて可愛くて、本当の弟のように思いはじめていた。チッチ自身、ガキ大将を気取りながらも、実のところ末っ子らしい甘ったれ気分が抜けなかったから、どこか深いところでモロと気持ちが通じ合うものがあったのかもしれない。モロは足は遅いし反射神経は鈍いし、だから兄弟たちから馬鹿にされ、いじけがちだったが、ただ、穴掘りだけは大好きで、その地道な仕事をいつもとても熱心にやった。ネズミの一家が住まいを広げるときもずいぶん手伝ってくれたものだ。きみは穴掘りが上手《うま》いなあ、才能あるよと、チッチは機会あるごとにモロを褒めてやり、おかげでモロは自信がついて、だんだん他の四兄弟に伍《ご》して堂々とふるまうようになってきていた。

チッチはモグラのお母さんのお腹から顔を離し、体をかがめてモロの頭を撫でてやりながら、

「モロ、元気でね」と言った。

「お兄ちゃーん……」

「またいつか、一緒にサッカーをやろうな」

「……」

「体をきたえて、穴掘りの上手い、立派なモグラになれよ」

「……」

さあ、とお父さんに促されると、チッチは大きなため息を一つつき、それから、俯いたまま真っ先にぱっと駆け出した。その後ろ姿に向かって仔モグラたちが、さようなら、元気でね、といっせいに叫ぶ。モロの泣きじゃくる声がひときわ高くなる。

お父さんとタータも、もう一度みんなに向かって頷いてから、くるりと振り返り、チッチの後を追って走り出した。闇の底に川の水がしらじらと光っている。真っ暗に静まり返った森の上空が、かなたの繁華街の照明でほんのりと明るんでいる。

14

三匹はトンネルの前にいた。

その真っ暗な口から川の水が、轟々《ごうごう》という響きとともに流れ出している。お父さんは実は、川が地下にもぐっている部分があると聞いて、ひょっとしたらその地下道のなかをくぐり抜けて駅の向こう側に出られないものか、と期待していなくもなかった。だが、トンネルのなかをのぞきこんでその考えはすぐに捨てた。これは、グレンの図書館からずっと辿ってきたようなちゃちな下水道とはわけが違う。あのときも一挙に水が増えて結局流されてゆく羽目に陥ったけれど、この水量と勢いを見るかぎり、今度はひとたび水に落ちて流れに巻きこまれたら、きっと溺れ死んでしまうに違いない。トンネルのなかには岸のようになった細いへりの部分が両側に続いているけれど、そこを伝って進んでゆくのはあまりにも危険だった。第一、このトンネルの場合、ネズミたちは水の流れとは逆の向きに遡っていかなければならないのだ。

三匹は土手を駆け上がって遊歩道に出た。昔の巣穴があったあたりからここまで、橋をいくつも越えて川沿いにずっと続いてきた散歩道だ。しかし、それもここで行き止まりになっている。ここが木原公園の出口だった。もう道はない。後は、繁華街と駅を突っ切ってその向こう側に出なければならないのだ。そこで川の流れと再会しなければならないのだ。

目の前は自動車通りだった。まずここを渡らなければならない。まだ夜は明けていないのに、乗用車やトラックがけっこう切れ目なしに行き交っている。地響きがぶるぶると伝わってくる。明るくなったら車の量はもっと増えるだろう。

「どうせ昼間は移動できない」とお父さんが言った。「今夜はここまでにしよう。ここまで走りづめで、ちょっと疲れたろ？　夜を待とう。車がいちばん少なくなるのはきっと真夜中だろう。その頃には店も閉まるし、人通りも減るはずだ。さあ、もう一度土手を降りるよ」

さっきのトンネルの近くまでまた坂をくだって、三匹は木蔭《こかげ》のくぼみに身を落ち着けた。

しばらく休んでから、公園のベンチやゴミ箱の回りに餌あさりに出かけた。以前はチッチを残してお父さんとタータがその仕事に出かけたものだが、もうチッチも一人前の働きができる。自分の食べるものは自分で頑張って手に入れるのだ。

朝になり、長い一日がのろのろと過ぎていった。これまでは暗くなったらすぐに出発したけれど、日が落ちてから何度も偵察に出かけたお父さんは、そのつど首を振りながら帰ってきた。車も人も、まだ街に溢《あふ》れているというのである。

とうとう深夜になってしまった。

三匹は舗道《ほどう》に待機して、通りを渡るタイミングを見計らっていた。この時間になるとさすがに車の往来はほとんどなくなっている。

「よし、行こう」とお父さんが声をかけ、先に立って走り出したが、中ほどまで来たとき、急に近くの交差点の角を曲がって出現し、そのまま猛スピードで走ってくる一台のオートバイがあった。一瞬迷ったが、行けると判断してお父さんは全力疾走して向こう側の舗道まで渡りきった。振り向くと、道路の真ん中でチッチが立ちすくんで、爆音を立てながら近づいてくるオートバイを見つめたまま、進むもならず退《ひ》くもならずといった状態に陥っている。タータがおろおろしながら何か話しかけているが、チッチの体は硬直してしまって動けない。そうこうしているうちに、反対側の車線にも向こうから一台の車が接近してきているのが目に入って、お父さんは心臓が止まりそうになった。

やっとオートバイが通過して、チッチの呪縛《じゅばく》が解けた。

「さあ、走れ！」というお父さんの声が二匹の耳に届いたかどうかはわからない。とにかく二匹は走り出し、お父さんの待ち受ける舗道に何とかかんとか跳び移った。

「ああ、怖かった……」とチッチがため息をついて何か言いかけたが、それをさえぎるように、

「走れ！」とまたお父さんが叫んでダッシュした。一瞬遅れて兄弟も続く。こっちからもあっちからも通行人が近づいてきていた。建物の蔭に走りこみ、三匹はひとまず安堵した。

「さっきはごめんね。あの音が凄くて、動けなくなっちゃったんだ」

「まあとにかく、よかった。さあ、どこまで行けるか、とにかく進もう。できれば今夜のうちに、何とかこの街を突き抜けたいから」

三匹はいろいろな物蔭を伝いながら、舗道を進みはじめた。しかし、真夜中なのに通行人の数はあの石見街道の比ではない。さらにもっと遅い時刻まで待っていれば人通りが完全に絶えるのかもしれないが、それから出発するのでは、すぐにまた朝が来てしまう。多少の危険を冒しても進めるだけ進んで、できれば一晩でこの繁華街を抜けてしまおうというのがお父さんの心積もりだった。

だいたいのところはこの方向でいいはずだった。とにかく、川の流れを遡る。それは今までと同じだ。違うのは、その川がここでは地下にもぐってしまっているということだ。

ただ、地下にもぐっても川は川だ。足元にはあの懐かしい川の続きが流れていて、自分たちの歩みを導きつづけてくれているという考えが、三匹を勇気づけていた。

「あそこに見える、あの大きな建物、あれが駅ってものなんだと思う」とお父さんが言った。

　閉店したレストランのわきの路地に片づけて置かれた、ネオン付きの立て看板の蔭に、三匹は隠れていた。白ウサギが前足を上げている姿をかたどった看板で、それはレストランが〈ラビット亭〉という名前だったからだが、三匹はむろんそんなことなど知るよしもない。お父さんが恐る恐る顔だけ出して、かなたに見えるその鉄道の駅舎を指し示した。タータとチッチも看板の端から顔をのぞかせ、その明るく照明されたビルディングを見た。

「あの向こう側に行くんだね」

「そう、そういうことだ。スズメたちの話では、右の方にずっと回って行くと、向こう側に突き抜ける道が見つかるということだった。さあ、行こう……」お父さんは走り出しかけたが、びくっとしてあわてて身を引いた。「ちょっと待って。また人間たちがどっとやって来る……」

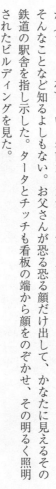

それは実は、終電車から降りてきた乗客だった。木原公園を抜けた向こう側の住宅地に向かって家路を急ぐ人々がおり、また駅前広場の停留所で列を作ってバスを待つ人々がいる。

「これはとうてい駄目だな。こんななかを突っ切ってゆくわけにはいかない。もうしばらく待ってみようか」

看板の蔭にじっとしているうちに、何台ものバスが来ては去り、広場は閑散としてきた。通行人の数も減ってきた。

「よし……なあ、タータ、チッチ、ここからは一《いち》か八《ばち》かだ。もう隠れ場所なんかは見つからないかもしれない。あたりに気を配る余裕もないだろう。一つところにとどまって周りをぼんやり見回したりしていたら、逆に危険だ。一気に行くから、ぼくの後にぴったりついてくるんだ。いきなり止まるかもしれない、いきなり方向を変えるかもしれない。はぐれるなよ。今度別れ別れになったら、もうそれっきりだと思わなくちゃいけない」

兄弟は緊張した面持ちで頷いた。

お父さんが飛び出した。兄弟が後に続く。まず舗道の端まで行った。細い通りを一つ渡って、向かい側の舗道へ飛び移る。前から男女のカップルが歩いてきた。それを見てとるや、お父さんはつつっとわきに逸《そ》れて、舗石を降り、その舗石に沿って、舗道と車道の間の段差に身を隠しながら走りつづける。それでも背後から、「あれっ、今の……」「何？」

「今、ネズミみたいなのが何匹も……」「えーっ、ネズミがこんなとこに出てくるかよ」「でも、たしかに、何かが……」などという会話が聞こえた。

舗石に沿ってそのまま走りつづけると、駅ビルの正面まで行ってしまう。そのあたりは明かりがまぶしいほどだし、通行人の数も多い。路上には、楽器を鳴らしながら歌を歌っている一団がいて、その回りに人垣が出来ていたりもする。お父さんは一瞬のうちに判断して、駅前広場の真ん中を突っ切ることにした。最終バスが出てしまった後は、そこは閑散としていて人間の姿もない。

広場の真ん中に突っこんでゆくのは怖かった。ネズミというのは、穴のなかだの狭い隙間だのにじっと蹲《うずくま》っているときがいちばん安心できる、そんな動物だ。身を隠す手段のない広い空間のただなかに、自分から進んで飛びこんでゆくなど、よっぽどのことがないかぎりまずしない。しかし、今こそまさにそのよっぽどのときなのだ。必死の勇気を奮い起こさなければならない場合なのだ。

えい、と気合をかけて、お父さんは方向を変え、広場の真ん中に飛び出していった。お父さんの動きに油断なく注視していた二匹も後に続く。街灯で煌々《こうこう》と照明されているので三匹の姿は丸見えだったが、あたりに人影はない。しかし、そのときタクシーが一台走りこんできた。真夜中で人影がないだけに、かなりのスピードを出している。公園を出たところの道路で起こったことを思い出し、お父さんは走りながら首だけひねって、「止まるな、チッチ……」と息を切らしながら叫んだ。チッチの反応を待つ余裕もなく、そのまま走りつづける。タクシーの前を突っ切った。

タクシーに気を取られていたので、駅の方からふらふらと歩いてきた男に気づくのが遅れた。どこかおぼつかない足取りで広場の真ん中にさ迷い出てきたところを見ると、どうやらしたたか酔っぱらっているらしい。お父さんが方角を急転換する。二匹も続く。「おっ、何だあ、ネズミか……」という男のだみ声を背後に聞き流して、さらに走る。

ようやく向かいの舗道が近づいてきた。右の方には交番がある。では、左か。だが、その左の方からは、数人の若者たちの一団ががやがやと声高に喋りながら近づいてくるところだった。交番の横に暗がりがある。あそこだ。

三匹は舗道を斜めに走り抜けて、その暗がりに飛びこんだ。幸い、若者たちはお喋りに夢中で、自分たちの前を横切った三匹のネズミに気づいた者はひとりもいなかった。ぺんぺん草の茂みの奥で、三匹は思い思いにごろんと転がり、荒い呼吸がおさまるのを待った。心臓がどきどきと高鳴っているのは、全力疾走したからというよりむしろ、怖かったからだ。お父さんは、チッチとタータの方に手を伸ばし、ふたりの背中を優しくさすった。

15

交番の横には、隣りのビルとの間に金網のフェンスが張ってある。それに沿って、三匹は路地の奥へ進んでいった。その路地を抜けて出たところはアーケード商店街だった。もうこの時刻なので人影はまばらになっているが、アーケードの照明が明るいから、ネズミたちの姿は丸見えになってしまう。

お父さんは決然として飛び出した。兄弟もそれに続く。幸い、大部分の店はもう店じまいしてシャッターが下りている。目立たないことを願いながら、できるだけ建物のきわに体をぴったり寄せて走ってゆく。二十四時間営業の牛どん屋の前に、スーツ姿のサラリーマンふうの男たちが何人かたたずんでいた。迂回《うかい》してそこをすり抜け（誰かが「あれっ」と叫んだ声が聞こえたような気もしたが、振り返りもせずに一目散に走り抜ける）、曲がり角をめざす。

ようやく横道に折れて、明るいアーケード街を後にしたときには本当にほっとした。だがそれも束の間、そこがバーだの飲み屋だのが集まっている少々怪しげな一角なのに気づいて、お父さんは困惑した。ネオンの灯った看板が点在する細い通りの真ん中を、酔客たちがふらふらしている。店の入り口のあたりにたむろして、怒鳴るような大声で陽気に喋り合っている連中もいる。しかし、もう引き返して代わりの道を探している余裕はない。一気に突っ切るしかない。

建物のきわを伝って走っていった。いきなり目の前のバーの扉が開き、客が出てきた。お父さんははっとして、危ういところで踏みとどまった。すぐ背後にいたチッチはうっかりしていてそれに気づかず、お父さんのお尻に頭からどんとぶつかり、転がってしまったが、すぐ体勢を立て直してぴたりと動きを止めた。三匹が息を殺しているうちに、扉が閉まり、客はそのままアーケード街の方へ歩み去っていった。

「よし……行こう」また走り出す。

ひやひやしつづけだったが、結局は誰の目にも留《と》まらずに、飲み屋の横丁はうまく抜けられた。ただ、そのあたりは入り組んだ路地になっていて、角を何度かジグザグに曲がって進むうちに、タータとチッチには、自分たちがどっちに向かって走っているのかよくわからなくなってしまった。しかし、お父さんにはおおよその方向については確信があるようだった。ときどき通行人だの自転車だのが不意に現われて、さっきのように急停止せざるをえないことがあったが、チッチもあの一度の失敗に懲りて、お父さんの走ったり止まったりにぬかりなく注意を払い、ぴたりとついてくるようになった。

「たぶん、あれだ……あそこを左に曲がる……そうすれば……」

お父さんが指し示す彼方《かなた》に四つ辻《つじ》が見える。いつの間にか三匹のネズミは、ぐるりと回って、高架の線路に沿って駅の正面から延びている通りに出てきていた。あそこに見える、あの四つ辻を左に折れていけば、線路の下をくぐって向こう側に出られるはずだ。きっとそうに違いない。

だが、その十字路に近づくにつれ、ガン、ガン、ガンというような騒音が聞こえはじめ、何かとんでもないことが起きている気配が伝わってきた。少々たじろぎながらもとにかくその十字路まで行き、角から左手をこわごわのぞいて、三匹はびっくりしてしまった。路上が煌々と照明され、ヘルメットをかぶったたくさんの人間たちがわらわらといて、せわしげに右往左往している。掘削機《くっさくき》がアームを振り上げては振り下ろし、ガンガンという大きな音とともにアスファルトの地面を掘り返している。

道の真ん中に立て看板が出ていた。三匹にはむろん読めるはずもなかったが、そこには「ガス工事中——車両は迂回してください」と大きく書かれていた。

工事現場の向こう側は、たしかに高架のガードになっている。そこを抜ければ駅の向こう側に出られるのに違いない。しかし、こんなてんやわんやの間をすり抜けていけるのだろうか。タータはお父さんの顔をじっと見て、

「朝までに、いったいこれは終わるのかな」と言った。

「さあ、どうだろう」とお父さんはつぶやき、何かをじっと考えこんでいるようだった。

しばらく見ていると、人間の歩行者はガードマンに先導され、工事部分を囲ったロープのわきの隙間を通って行き来しているのがわかった。だが、自分たちもそこを通っていけるのかどうか。

「道路をあんなに壊しているだろう。ということは、壊してから、地面のなかで何かして、それからまた、元通りの道路に直すっていうことだろう。だとすると、どうも朝まで待っ

ていても終わらないような気がするな」お父さんのそんな言葉も、その間中容赦《ようしゃ》なく響いてくる掘削機の騒音にかき消され、兄弟に聞こえるように、同じことを何度も何度も言い直さなければならなかった。

「じゃあ、どうしよう」

「うん……一か八か……」とお父さんは迷うように言った。今夜はずっと、その「一か八か」という言葉ばかりを、ひたすら心のなかで、あるいは口に出して、繰り返し繰り返しつぶやいてきたような気がする。

「どうかな、行けるかな……しかし……うん？　どうした、チッチ？」お父さんがふとわきを見ると、チッチが下を向いて、体をがたがた震わせている。

「どうした？」もう一度優しく訊くと、

「うん」というかぼそい声が返ってきた。「あの音……ガン、ガンって……何だか、怖いや……」たしかにひどい音だった。その音に加え、地響きも伝わってきて、チッチだけではなくお父さんとタータの体も、掘削機のアームがアスファルトに激突するたびに、かすかに揺れている。「ぼく、何だか、ひどく気持ちが悪くなってきちゃった……」

無理もないとお父さんは思った。今夜はここまで、すでに並たいていではない緊張を強いられている。これ以上きわどいことが続いたら、この子の神経はもう持ちこたえられまい。あの工事現場を突っ切るのはやはり無理だな、とお父さんが考えた、ちょうどその瞬間、「きゃあっ」という叫び声がすぐ間近で上がった。駅の方から歩いてきた若い女性の二人連れが、曲がり角のところで立ち往生している三匹のネズミに気づいて悲鳴を上げたのだ。道路工事の掘削機の騒音につい気を取られて、背後への注意がおろそかになっていた。

「行くぞ!」とひと声かけてお父さんは前方に大きくジャンプした。全力疾走に移ろうとしたが思い直して速度を弛め、後ろを振り返ってみると、ようやっとチッチがのろのろ動き出すところで、横でタータが一生懸命に言葉をかけて励ましている。だが、ひとたび走り出すとチッチの足取りもすぐに軽くなった。角のところでは女性たちが、怖がっているような、でも少し面白がってもいるような甲高い悲鳴を上げて、大騒ぎしつづけている。二匹がお父さんに追いつき、三匹一緒になって、とりあえず道路を渡って駅から遠ざかる方向へ走っていった。

お父さんは別の道を探すことにした。もう少し遠いところを迂回して、線路を横切る道を探せばいいわけだった。だが、三匹が入りこんだ道路はすぐに細くなって、入り組んだ路地に分岐し、くねくねと右に折れたり左に折れたりしているうちに、何が何だかわからなくなってきた。

しまいに、疲れきった三匹はポリバケツの蔭にへたりこんだ。ついでに生ゴミをあさって、少しはお腹の足しにする。

「うーん、困った。方角を見失ったな」とお父さんが言った。

「ごめんね。ぼくのせいで……」とチッチ。

「いや、おまえのせいじゃない」

「ぼく、大丈夫だ。ねえ、さっきの道、ぼくは行けるよ。行ってみようよ」

「さっきの道への戻りかたも、もうわからない。それにね、あそこはやっぱり駄目だ。危険すぎる」とお父さんが言った。

「何だか怪物みたいな、怖い機械が動いていたね。地面をガツン、ガツンってぶっ叩いて」

「人間というのは凄いことをするもんだ。道路を作って、それをまたぶっ壊す。また作る。また壊す」

「川のうえにだって道路を作るんだもんな」とタータが言い、その言葉で、生まれ育った川辺の光景を三匹は同時に思い出し、しばらく黙りこんでしまった。

「さあ、もう少し行ってみよう」とお父さんが言った。

　道に迷ったまま走りつづけるうちに時間はどんどんたっていった。しまいに、だんだん草木のにおいが強くなり、我知らずそちらに惹《ひ》かれるように進んでゆくうちに、広めの道路に出たとたん、こんもりした林のシルエットが目の前に黒々と浮かび上がった。

「これは……木原公園だ。あの公園にまた戻ってきてしまったんだ」

「何だ、ぐるっと回って逆戻りかあ」とタータがため息をついた。

「ほら、見てごらん。ずっと向こうの方……あそこに、ぼくらが出てきた公園の入り口が見える。そろそろ夜が明けて、明るくなってくる。仕方がない。公園に戻って、今日の昼間はそこで過ごそう。とにかく公園のなかならゆっくり休めるからね」

その日一日、三匹はまた、トンネルから川が流れ出しているあの水辺の木蔭にじっとしていた。とにかく水の流れの音が聞こえる場所にいるかぎり、気持ちが休まるのは有難いことだった。

次の晩、三匹はまた勇んで出発した。今度は駅の別の側を試してみようとお父さんが言い、駅に向かって左側の街のなかに分け入っていった。しかし、そちらの方へいくら行っても、線路を渡る道は依然としてどうしても見つからない。通行人に見つかって大声を上げられ、蹴散らされ、自動車のヘッドライトに脅かされ、そのうちに、またしても方角の見当がつかなくなってしまった。むやみやたらに走ってゆくうちに、建物のわきの路地の暗がりにようやく避難所を見出《みいだ》して、看板のようなものの蔭に入ってようやく息をついた。

「あっ、ここは……お父さん、この看板、ぼく、見覚えがあるよ」とタータが言った。それは、白ウサギが前足を上げている、あの〈ラビット亭〉の看板だった。三匹はまたしても駅前まで戻ってきてしまったのだ。

三匹はそのままウサギの看板の蔭に隠れて、長い一日が暮れてゆくのを待った。駅前広場のターミナルにはひっきりなしにバスが到着し、乗客を吐き出し、また新しい乗客を乗せてどこかへ走り去ってゆく。

三晩めは、正面突破を試みることにした。ずっと観察しているうちに、駅と呼ばれるその建物には、人々が入っていったり出てきたりする入り口があることがわかってきた。あの入り口は駅ビルをそのまま真っ直ぐ突き抜けて、反対側まで通じているのではないかとお父さんは考えたのだ。

三匹は、終電の乗客がどっと出てきた後、人通りがまばらになってきた頃を見計らって、必死の思いで何とか駅前まで辿り着いた。ところが、ちょうどそこへ一団の若者たちが現われ、路上でバンドの演奏を始めてしまい、その騒ぎに巻きこまれておたおたしているうちに、周りに人垣が出来てしまった。街路樹の根元に転がっていた段ボールの蔭に、とっさに隠れたのはいいが、そのままそこから出るに出られなくなってしまったのだ。

ようやく演奏が終わって人々が解散し、三匹が恐る恐る這い出してきたときには、すでに駅ビルの入り口は、無情にも、鉄のシャッターでぴったり鎖《とざ》されてしまった後だった。

三匹はまたすごすごと、ウサギの看板のところまで戻ってきた。

「また、駄目だあ」とタータが吐き棄てるように言った。

「うるさかったねえ、さっきの」とチッチが路上のバンド演奏の下手糞《へたくそ》さ加減を歎《なげ》いた。

「もうぼく、耳が痛くて、頭が痛くて、どうにかなっちゃいそうだった」

「もう駄目なのかなあ。お父さん、ぼくらはここで、永遠に足留めを食いつづけるのかなあ」

「うん……」お父さんは俯いてじっと考えこんでいた。「なあ、ちょっとした考えがあるんだ。これはね、あんまり突拍子もない思いつきだから、ぼくの頭がおかしくなったと思うかもしれないけど……」

「何？　言ってみてよ」と兄弟は口々に言った。

「うーん、しかしまあ、無理だろうなあ」

「何？　何？」

「でも、こうなったらもうやってみるしかないかなあ。それこそ、一か八かだが……」

「そうだよ、やってみようよ」とタータが勢いこんで言った。「きっとうまく行く。これまでだって、結局は何とかなってきたじゃない」

「あのね……」お父さんはいかにも自信なさげな小声で、ぽつりと言った。「人間の乗り物を使うんだ」

16

土曜日のお昼前、駅前広場はいっとき人通りが絶え、眠気を誘うような静寂が広がっていた。ターミナルに一台のバスが着いて乗客をどっと吐き出し、そのまま停留所に停《と》まって次の発車時刻を待っていた。運転手も降りてきて、緊張と気疲れで節々が痛くなっていた体を思いきり伸ばし、お茶でも飲もうとバス会社の事務所に入っていった。

もちろん舗道を行き交う人々がいないわけではなかった。しかし、彼らは隣りにいる家族や友人や恋人との会話に夢中だったり、それぞれの思いで心が占められたりしていて、地面に注意深く瞳をこらしている者などひとりもいはしなかった。だから、誰の目にも留まらなかったのである——三匹の小さなネズミがちょこちょこと車道のきわを走ってきたかと思うと、開いたままになっている乗降口のステップにぴょんと飛び乗り、バスのなかにするりと入りこんでしまったことは。

運転手が戻ってきてエンジンをかけ、しばらく待つうちに、乗客がちらほらと乗りこんできた。やがて定刻になって、バスはゆっくりと走り出した。何の変哲もない毎日の暮らしの一コマだ——バスの車内のどこかに、三匹のネズミが身をひそめていることを除いては。

「いいかい、ここにじっとしているんだ」とお父さんが囁《ささや》いた。「ここまではうまく行った。あとは、じっとして様子を見るだけだ。声も出すんじゃないよ。とにかく、人間には絶対に見つかっちゃいけない。これがどっちの方面に行くバスなのか、わからない。わからないが、とにかく、試してみるしかない」

三匹は運転席の後ろわきの、シートと窓の間の隙間にすっぽり嵌まりこんでいた。三匹がぎゅっと固まって互いの体のなかに顔をうずめると、見たところは毛皮の鞠のようで、そんなには目立たない。これは何だろうといぶかしんで、しげしげと眺めるといったことでもしないかぎり、それが身を寄せ合った三匹のネズミだなどとは思いもよらないだろう。バスは停留所ごとに停まりながら、安定したスピードで走ってゆく。乗客はほんの数人ほどしかいない。

ネズミたちは、乗り物というものに生まれて初めて乗った。それにしてもこれは、何ともかとも妙ちきりんな体験だった。機械が轟々《ごうごう》と唸る不気味な音が、体にじかに伝わってくる。ひっきりなしの軽い横揺れ、縦揺れ。「次は＊＊です……お降りの方はバスが完全に停車してからお席をお立ちください……」といった女性の声のアナウンスが流れると、続いて速度が弱まり、バスは停車の準備に入る。停留所に着いていよいよ停まると、運転席のすぐわきの扉が開き、客が乗りこんでくる。車内の客が降りるには、どうやら後ろの方の出口を使うらしい。

発進する、停止する。減速、加速。そのたびに体にいろんな力がかかり、あっちこっちに押しつけられるようになるのが、チッチには面白くてたまらない。お父さんが怖い目で睨《にら》みつけていなかったら、キャッキャッとはしゃいであちこち走り回ったりしかねなかったろう。

「おい、こら……じっとしていろ……こいつ……もぞもぞするんじゃない……」お父さんは最初のうち、しょっちゅうひそひそ声でチッチの耳に囁きつづけていなければならなかった。体が縦に横に押しつけられるのはいいけれど、何かの弾みでそのまま転がり出しでもしてしまったら、人間に見つかって大変なことになる。このバスの狭い車内に閉じこめられているかぎり、三匹はどこへも逃げ出しようがないのだから。

お父さんの心配事はもちろんそれだけではなかった。いったいこのバスは、自分たちを線路の向こう側に連れていってくれるのか、どうか。

しばらくして、お父さんは体を起こし、そろそろとシートに這い上がって、後足で立ち上がって一生懸命に背伸びをした。そうすると、正面の窓からの眺めが辛うじて目に入る。こんもりした緑がずっと続いているのが目に飛びこんできて、あ、これは駄目だなとお父さんはすぐに思った。これは木原公園だ。バスは木原公園に沿って走っている。これでは後戻りだ。あんなに必死に、前へ前へと進んできたのに、この乗り物は今、その努力のすべてを水の泡にして、ぼくらの旅の行程を一挙に逆戻しにしつつある。いったい、どうしたらいいんだろう。

窓外を過ぎ去ってゆく風景からお父さんが直感した通り、そのバスは、駅から南に下り、東にそれ、ふたたび一直線に南下して別の私鉄の駅まで行くものだった。線路を北に越えるコースとはまったく縁のない路線だったのである。

「駄目だ、駄目だ」お父さんは兄弟にまた体を寄せながら、「失敗だ。どこか、とんでもないところまで連れていかれるぞ」と呻くように言った。タータは落胆の表情を浮かべたけれど、一方、生まれて初めての乗り物体験を楽しんでいるチッチは、どうっていうこともないといった顔つきだ。

そうなるかもしれないというのは、もちろん想定内の可能性だった。ただし、たとえそうなっても、きっと最後にはまた出発点の同じ駅に戻ってくるだろうとお父さんは推理し、その仮定に賭けていたのである。日中、暇に任せてターミナルのバスの出入りを観察しつづけていたお父さんは、どうやら数台の同じバスが、出かけていっては戻ってくるようだと見てとっていた。

「こうなったうえは、体を丸められるだけ丸めて、ひたすらじっとしていよう。ともかく、人間に見つからないこと。後はただ、それだけに気をつけて……」

三匹はもう顔さえ上げず、ただ車体の振動に身を委《ゆだ》ねていた。ネズミなら必死に走っても何時間も、ひょっとしたら何日もかかるような距離を、この巨大な機械はほんの数分で楽々と踏破してゆく。それは何とも不思議な、めまいのするような体験だった。

停留所を知らせるアナウンスが繰り返され、そのつど停車と発進が繰り返され、ずいぶん長い時間がたった。そしてとうとう、停まったバスのエンジンが切られる瞬間が訪れた。ほっとしたような弛んだ気配が車内に広がり、乗客たちはひとり残らず降りていった。運転手も大きなため息を一つついて立ち上がり、最後までネズミたちの存在に気づかないまま、ステップを降りていった。今までずっと続いていた振動音もアナウンスも止《や》んで、バスのなかに静寂が満ちた。その静けさが、何だかとても変な感じがする。

「さあ、帰ってきたぞ。よし、今のうちに……」お父さんのその言葉を合図に、三匹はすわとばかりに起き上がったが、ちょうどその瞬間、乗客がひとり、扉が開いたままになっていた入り口からステップを駆け上がってきて、機械の受け口に乗車賃のコインを入れた。三匹はあわててまた身をかがめたが、そのわずかな隙にお父さんは窓の外に目をやって、あっと思った。外に広がっているのは、出発点の駅前広場とはまったく別の光景だったのだ。ここもまたやはりどこかの広場のようだが、元の広場よりずっと小さく、回りを囲んでいる建物も低いものばかり。

「ここは違う。ここはもとの駅じゃないぞ」お父さんはひそひそ声で、「待て待て……そうか、たぶん、ここからもう一度出発して、同じコースを逆に辿って帰ってゆくんだろう。きっとそうなんだと思う。さあ、もう一度、辛抱だ。頑張れ、タータ、チッチ」二匹の仔ネズミはこくりと頷いた。

それにしても、あのスピードでこんなに長い時間走ってきたのだから、いったいどれほど遠いところまで連れてこられてしまったのだろう。こんなところでうっかり降ろされてしまったら、とんでもないことになるところだった。この場所がどこやらまったく見当がつかないし、バスの出発点へはもう一生かかっても帰り着けないに違いない。あの懐かしい川にも、二度とふたたびめぐり会えないに違いない。

結局、お父さんの言った通りになった。しばらくして、さっきとは違う別の運転手が乗りこんでくるや、バスはまた動き出し、そこから折り返してもとの駅に戻っていった。

乗り物に乗るという体験に興奮しすぎたせいか、帰りの道中ではチッチはすっかり疲れきり、ぐっすり眠りこんでしまった。チッチの動きにはらはらしなくて済むようになって、お父さんはほっとした。

また長い時間がたって、もとの駅に帰り着いた頃には、もうたいそう短くなった初冬の陽が傾き、早くもたそがれの気配が漂いはじめていた。

乗客が後ろの出口から降り、続いて運転手も前の出口から降車する。そうしてバスのなかが無人になった直後、三匹も急いで運転席のシートから床に降り、乗降口のステップをぴょん、ぴょん、ぴょんとくだって、路上に降り立った。さあ、ともかくここまでは帰ってきたぞ。そのまま舗石の蔭に身を寄せる。

「こうなったらもう、一気に行こう。別のバスを試すんだ」とお父さんが言った。

「あ、それなら……」とタータがすぐに言った。「あそこにあるよ、別のやつが」

今しがた降りたばかりのバスの車体と地面との間の隙間から、タータは向こう側をのぞいていた。なるほど、そこに別のバスが停まっていて、乗降口の扉は開いたままになっているのが見える。エンジン音はしていない。

「あれはしかし、大丈夫かな……」

「大丈夫さ、お父さん、さあ行こう！」そう叫ぶや、タータはさっと飛び出した。待て待て、という声が背後から聞こえたが、気が逸《はや》っているタータはほとんど注意を払わない。バスの下を一気にくぐり抜け、向こう側のバスの乗降口のステップの真ん前までまっしぐらに走っていって、車内を見上げた。そのとたん、しかしタータはぎくっとして飛び上がりそうになった。

何と、運転席にはもう運転手が座っているのである。さらに横に目を走らせて窓のなかを見ると、そのバスにはもうすでに、溢れんばかりの乗客が乗りこんでいる。運転手も窓際の乗客たちも、みながタータのことをじっと見つめているような気がする。あ、いけない、どうしよう。タータは立ち往生し、パニック状態に襲われかけた。

そのとたん、ブルル……という音とともにエンジンがかかって、乗降口の扉がガチャリと閉まり、バスはおもむろに動き出した。タータはひとり路上に取り残され、立ちすくんだままだ。その姿は四方八方から丸見えになっている。ああ、まずい、まずいことになったぞと気持ちがあせるが、どうしていいかわからない。

そのとき、「早く早く、戻っておいで」というお父さんの叫び声が背後から聞こえた。タータはその声ではっと我に返り、くるりと振り向いて、あわてて駆け戻った。停まったままのバスの前輪のタイヤの蔭に、お父さんとチッチが待っていた。

「そそっかしいね。早とちりはいけないよ」とお父さんが穏やかに言った。

「うん……ヘマしちゃった……ごめんね」

「いいさ。それより、ほら、後ろを見てごらん」

三匹がいるのは、つい先ほど自分たちが降りたばかりのバスの下だが、その後尾につくようにして、もう一台のバスが停まっている。

「あれをちょっと調べてみよう」

乗降口の前まで行ってみると、このバスもまた扉が開けっ放しになっている。運転手はいない。ステップを昇って床のうえに首を出し、恐る恐る車内を見回してみる。無人だ。

「行こう」とお父さんが言った。三匹は運転席によじ登り、さっきと同じ位置にまた身を落ち着けた。後はただ、待つだけだ。さあ、今度はどうなるか。

17

客が次々に乗って、運転手も戻ってきた。しばらくしてブルル……とエンジンがかかり、バスが動き出す。この手順にも三匹はだんだん慣れてきた。立っている人がいるほどではないが、乗客はさっきのバスよりかなり多い。

お父さんは体を丸めてじっとしながら、バスがどっちに向かうかを気配で察知しようと一生懸命になっていた。まず、駅前のロータリーをぐるっと回ってゆく。このバスもまた、木原公園に沿って南下していってしまうのだろうか。

だが、バスは公園の手前の道を右に折れた。つまり、西だ。バスは線路と平行に、西に向かっているのだ。アナウンスがあり、停留所で停まり、お客が乗り降りしてはまた走り出す。その繰り返しがまたしても延々と続いてゆく。

お父さんが薄目を開けてあたりをうかがっていると、運転手の右手がいきなりぬっとこちらに伸びてきたのでぎくりとした。その手は、ネズミたちの体に今にも触れそうなところを、手探りするようにゆらゆらと揺れている。息づまるような思いでじっと凝視しているうちに、やがて手は、すぐそばにあったタオルをつかんで離れていった。それで顔をぬぐった後、前方をじっと見つめたままの運転手は、そのタオルをぽんとわきに放った。

それがタータのお尻に当たったので、飛び上がりそうになったが、静かにしていろというふうに間近からこちらの目をじっと見つめているお父さんの視線を受け止めて、タータはじっと我慢して体を動かさないように努力した。

前方からは赤い西日が射してくる。どこまでもどこまでも、バスは西へ走りつづける。お父さんは気を揉《も》んでいた。ああ、駄目か、今度もまた駄目かという失望感が、心に重くのしかかりはじめていた。

そのとき、運転手がハンドルをいきなり右に切って、バスがぐるりと九十度、方向を変えた。つまり、北だ。今、バスは北へ向かっている。ということは……。

お父さんは後足で立って背伸びをしてみた。バスの行く手に立ちはだかって、視界を真っ直ぐ横切っているもの。あれはいったい何だろう。高架鉄道の線路のような気がするが、はたしてそうなのか。半信半疑のまま、人目につくことを怖《おそ》れたお父さんはすぐまたしゃがみこんだ。ほどなく、窓の外が暗くなった。ガードの下をくぐっているか。願わくは、そうであってくれ。きっとそうだ。そうに違いない。あ、電車の走る音が上から聞こえてくるぞ。バスはすぐにまた明るいところに出た。

線路を越えた！　たぶんそうだ。そのはずだ。それなら、後は、もとの駅のあたりまで帰っていってくれればいい。それにしても、ずいぶん遠くまで来てしまったなあ。バスはさっきまで、線路と平行して西へ西へと走りつづけたわけだから、今度は逆向きに東へ、朝日の昇る方角へ戻っていけばいいということだ。しかし、ネズミにとっては大変な距離だなあ。

お父さんの頭を、いろいろな不安が次から次へと去来する。このバスは、この後、いったいどっちの方角へ行くんだろう。もとの駅からますます遠ざかってゆくんだろうか。それとも川の方へ向かって、多少は戻っていってくれるんだろうか。いずれにせよ、こんなふうにぼうっとしたままこれに乗りつづけていたら、最終的にはまたもとの駅前広場のターミナルへ連れ戻されてしまう。どこかでこのバスから逃げ出さなければいけない。でも、どうやって?

やはり、停留所に停まって扉が開いたとたん、乗降口から飛び出すしかないか。幸い、その出口はこの運転席のすぐ近く、通路の向こう側にある。だが、表でバスに乗ろうと待ち構えている人間たちが、どっとステップを駆け上がってくる、その足の間をすり抜けて脱出しなくてはならない。

見つからないようにこっそりと、というのはこの場合は絶対に無理だ。必ず見つかるに決まっている。一匹だけならまだしも、三匹のネズミが列を作って走り抜けるのだから。下手をしたら、ぼくかタータかチッチの誰かが蹴飛ばされるかもしれないな。いや、蹴飛ばされるだけならいい、ひょっとしたら踏み潰されるかもしれないぞ。その可能性に思い当たり、お父さんはぞっとして背筋がそそけ立った。

運転手のハンドルさばきが急にせわしくなってきた。複雑なルートなのだろう、右に左にいくつもの角を曲がってゆく。斜めに逸れてゆく道もある。円弧《えんこ》を描いている道もある。バスがどっちの方角に向かっているのか、お父さんにはだんだんわからなくなってきた。こうしているうちにも刻一刻、川からは遠ざかってゆく一方なのかもしれない。ぐずぐずしていると、いつなんどきまたふたたびガードをくぐって、線路のあちら側に戻ってしまうかもしれない。しかしまた、ぐるりと回って、だんだん川に近づきつつあるのかもしれない。だとすれば、もう少し待った方がいいのかもしれない。かもしれない、かもしれない、かもしれない……いろんな思いが頭のなかでぐるぐる渦巻き、お父さんは煩悶《はんもん》しつづけた。

ええい、迷っていてもはじまらない。偶然のチャンスに任せるほかはない。そういうことか。

またアナウンスがあって、バスが速度を落としてゆく。行くか、それとももう少し待つか。どうしよう、どうしよう。お父さんは腰を浮かしかけ、また座りこんだ。タータがお父さんの目をじっと見つめて、合図を待っている。行くか……いや、駄目だ、もう遅すぎる。バスが停まって扉が開くと、男子中学生の一団がどやどやと乗りこんできた。その勢いを見て、ああ、ここで飛び出さなくてよかったなあと、お父さんはひとまず胸を撫で下ろした。さっき出ていったら、あの連中の誰かの足に蹴っ飛ばされていたに違いない。

だが、その思いがかえってお父さんの逡巡《しゅんじゅん》を深くした。次の停留所でも同じようなことが起こらないと、誰が言えるだろう。とはいえ、いつまでもためらいつづけていたら、結局はまた線路を越えて、最後には出発点の駅前広場に連れ戻されてしまう。どこかで決断しなければ。

次のアナウンス。よし、ここで行こう。

「今度停まって扉が開いたら飛び出そう」とお父さんは囁いた。「いいか、タータ、チッチ……おい、チッチ！　チッチったら！」

のんきなことに、チッチはまた眠りこんでしまっているのだった。どうやらこの子にとっては、この乗り物に揺られているのがひどく心地良いことらしい。暖房が車内に行き渡ってぽかぽかしているということもある。

「起きろ、チッチ！　次に扉が開いたら、全速力でダッシュして脱出するぞ」

「うーん……」チッチは大きな息をつき、何やらむにゃむにゃと寝言を言っている。

チッチを揺すっているうちにバスはどんどん減速し、やがて停車した。ああ、またしても遅すぎた、今からではもう駄目だ。

ところが、その停留所で乗りこんできたのは、杖《つえ》をついたよぼよぼのお婆さんただひとりだけだったのである。よっこらしょとつぶやきながらそのお婆さんがのろのろとステップを昇ってくるさまを見て、お父さんは舌打ちした。こんなお婆さんの足元なら、楽々とすり抜けていけたのになあ。扉が閉まってバスがまた走り出しても、お父さんはまだ舌打

ちしつづけていた。絶好のチャンスを逃してしまったじゃないか。まったくもう、このの
んき坊主のせいで！

　よし、次の停留所だ。今度こそ行くぞ。

「タータ、チッチを起こせ。飛び出す準備をさせるんだ」そう言ってからお父さんはまた立ち上がり、背伸びして、外の風景に目をやった。とくに何を期待していたわけでもなく、ただ、あたりの状況を一応確かめておこうと思ったのだ。

　えっ、いったいこれは……。一瞬、自分の目が信じられなかった。

　道路わきにガードレールが続いている。ガードレールの向こう側は歩道、そしてその歩道の向こう側は……草むらの斜面がゆるやかに下っていき、そして、その先に見えるのは……水の流れだ！　川が流れている。今バスは川の流れに沿って走っているのだ。

　もちろん、初めて見る川の眺めである。しかし、お父さんにはすぐにわかった——それは間違いなくあの川だった。お父さんとタータとチッチが心の底から愛しているあの川、その岸辺で生まれて育ち、移ろいすぎる四季の変化のなかで毎日見つめつづけ、その水を飲み、ときにはそこで泳いで遊んだりしてきたあの川だった。これはあの川の上流に間違いなかった。

「川だ！　川が見える！」とお父さんは叫んだ。「川に戻ってきたんだ。しかも、ここは駅の向こう側だ。やった！　とうとう着いたぞ！」

タータも、やったあ、と叫んで跳ね起きた。ふたりの声で、チッチもようやく目が覚めた。だが、その後がまずかった。

実は、チッチという子には寝ぼけ癖があった。こんなふうに深く熟睡してしまっているときに急に起こされると、一瞬、自分がどこにいるのかわからなくなってしまう。夢のなかでチッチは、えいしょ、こらしょと丘を登っていた。丘の頂上はすぐ間近に見えているのに、いつまで登ってもそこに辿り着くことはできない。登れば登るほど、逆に頂上はいよいよ遠ざかってゆくようだ。たぶん、いま続けている苦しさ辛さに満ちたこの長い旅の体験が、そんなふうなかたちで夢のなかに現われていたのかもしれない。

チッチの夢のなかに、「川が見えるぞ！」「やった！」という声がいきなり響いてきた。え、本当に？　本当に川が見えるの？　あの頂上まで行けば川が見えるんだって？　そこでチッチは、いきなりぴょんと跳ね起きると、まだ半分くらい寝ぼけたまま、目の前の丘をいっさんに駆け登っていった。ただ、チッチが丘だと思ったものは、実のところバスの運転手さんの背中だったのである。

実際、運が悪かったと言うほかない。人間たちと一緒に鋼鉄の箱のなかに閉じこめられ、がたごと揺れながら凄いスピードで運ばれてゆくというのは、お父さんとタータにとってはずいぶん緊張を強いられる体験だったのに、チッチはここが案外気に入って、気持ちが弛みきっていた。その感じかたの違いが、最後の最後でとんでもない結果を生んだ。これ

以上はないというような絶好の位置にバスが差しかかったのだから、三匹はただ静かに身構え、次の停留所で停まったときに、よくよく注意しながらさっと外に飛び出せばよかったのである。

たぶんそれでうまく行ったはずなのだ。

ところが、突然、大騒ぎが持ち上がりかけている。運転手の背中を駆け上がったチッチは、彼の肩から制帽のうえにぴょこたんと飛び移り、後足で立って、窓の外を見ながら「あ、ほんとだ！ 川だ、川だ！ とうとう頂上に着いたんだ！」などと叫んでいる。驚いたのは運転手だ。背中がもぞもぞとしたかと思うと、何か小さな動物のようなものがいきなり頭のうえに乗ってきて、キッキッキーと叫んでいるのだ。ハンドルから手を離すわけにいかないので、運転手はとにかくまず、頭をぶるぶるっと振った。チッチは落っこちまいとして、よつんばいになって制帽に四本の足の爪を立ててしがみついた。

18

チッチの声を聞いたのは運転手だけではなかった。運転手の斜め後ろ、いちばん前の座席に座っていた中学生の女の子が、何やらキイキイという声がするのでふと目を上げると、

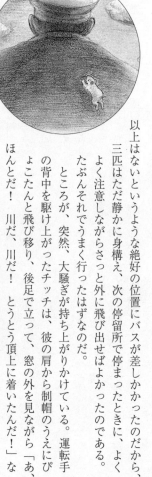

運転手の帽子のうえにネズミがいる。生きたネズミが、つい目と鼻の先でじたばたともがいているのだ。女の子は、「きゃあああ、ネズミがいるう！」と大声で叫んだ。同時に運転手が急ブレーキをかけ、乗客たちが座席から放り出されそうになった。

車内は騒然となった。バスを急停車させた運転手はハンドブレーキを引くと、頭に手をやり、温かな毛皮のかたまりに触れたのでぞおっとして、制帽を——そのうえに乗ったチッチごと——通路に放り投げた。さすがに今やはっきりと目が覚めたチッチは、座席の下に逃げこんだ。お父さんとタータも即座に飛び降りて、その後を追う。

「ネズミ？」「ネズミだってよ」「まさか、そんな……何かの間違いだろ」などという言葉があちこちで交わされた。それは最初は小さな囁きだったが、すぐに、「あっ、ほんとだ、ネズミがいるぞ」という大きな声に変わった。

「そっちに行ったぞ」……「やだあ、ほんとにネズミだわ」……「あっ、こっちに来た」……「あら、色が違う、これ、別のネズミだ」……「おい、何匹もいるぞ」……「このバス、ネズミだらけだあ」……さまざまな声が交錯しながらだんだん大きくなり、怒声や悲鳴や金切り声も混ざるようになってきた。座席はほとんど埋まっていたが、そのうち半分近くの人々がもうすでに立ち上がって、足元を見回している。

「降ろして、降ろして！　あたし、もうここで降ります！」と叫んでいる中年の女性がいるかと思うと、「どういうバスだ、これ。掃除くらいちゃんとしてないのか。会社を訴えてやるぞ」と息巻いている初老の男性もいる。運転手は後方の扉を開けた。最初の発見者の中学生の女の子をはじめ、何人かの人々が大あわてで降りていった。

お父さんとタータは、後部座席の方に向かったチッチの後を追い、ようやく合流した。タータとチッチが必死の形相になってお父さんの顔を見つめている。さあ、どうする？ しかし、考えている余裕もない。こっちを向いても足、あっちを向いても足。人間の足に追い立てられて右往左往しているうちに、どんどん騒ぎが大きくなってくる。そのうちにお父さんは、ものの弾みで誰かの革靴にぽんと蹴られるかたちになった。だが、蹴られて飛んで着地したところが、うまいことに、後部の開いた乗降口のちょうど真ん前だったのである。

タータもそっちにさっと走り寄る。どさくさに紛れて、二匹はステップを駆け降りることができた。地面に降り立った二匹はしかし、チッチがついて来ていないことに気づいてぎくりとした。チッチ、どこにいる？

そのときチッチは、乗客たちに取り囲まれて、バスの通路で立ちすくんでいた。

迫ってくる人間の足にさえぎられ、お父さんとタータについていけなかったチッチは、座席の下に逃げこみ、隅の暗がりに隠れてじっとしていようとした。しかし、床にしゃがみこみ、チッチをつかまえようとやみくもに手を振り回してくる男がいた。その手に追い立てられ、通路の真ん中に出てこざるをえなかった。お父さんとタータが逃げ去った方向を目の片隅で捉《とら》えてはいた。でも、そっちに走っていこうとすると、何人もの乗客たちの靴がずいずいっと迫ってきて立ちふさがり、どうしても行かせてもらえない。反対側に行こうとすると、そっち側にも人間の足が立ちはだかる。横に逃げようとしても駄目。彼らはチッチの一挙手一投足をしっかと見てとり、先回り先回りして、チッチをどこにも行かせまいとしているのだ。

あっちを見上げてもこっちを見上げても、出会うのはただ、嫌悪と怒りに吊り上がった、人間たちの怖い目ばかりだ。もうどこにも行き場がない、逃げ場がない。いったい何をされるんだろう。チッチは恐怖のあまり体が硬直し、動けなくなってしまった。背を丸めて俯いて、ぶるぶる震えているばかりだ。頭のなかは真っ白で、もう何も考えられない。「踏み潰しちゃえ」という声が上がる。「そんな、やめて、きたならしいじゃない」という声もする。「何か、棒とか、ないのかな」という声も。そこへ運転手が、紙挟みに使う固いボール紙の板を手にしてやってきた。彼は腹を立てていた。バスのなかが不衛生だと客になじられて、頭に来ていたのだ。バスにネズミが入りこんでいただなんて。それも何匹も。許せない。整備の連中が怠けているんだ。会社に帰ったら担当者をぶっ飛ばしてやる。いや、その前にまず、このくそ忌々《いまいま》しいちびネズミをぶっ飛ばしてやる。彼は、「ちょっとそこ、退《ど》いてください。今、これで、一発で片づけますから」とぶっきらぼうに言い、乗客をかき分けてチッチの真ん前に出た。こんなことで時間を潰している間も、運行スケジュールがどんどん遅れてゆくのだ。さっさと始末して、早くバスを出さなくては。彼は中腰になり、頭を下げふるふる震えている床のうえの小さな白いネズミに向かって、紙挟みを振り上げた。

そのとき、バスの後方から、「待って！」という鋭い声がした。運転手は紙挟みを宙に浮かせたまま手を止めた。乗客たちを押し分けて、野球のユニフォームを着た小学生の少年が出てきた。少年は、手にしていた子ども用のグラブとバットを床に置き、ゆっくりしゃがみこんでネズミを見下ろした。「おい、触るな、嚙まれるぞ」という声が飛んだ。少年はそれを無視して、右手の人さし指を伸ばし、その先でネズミの背中をそっと撫でた。そして、

「おまえ……」と言った。ネズミの震えがぴたりと止まった。「おまえ、何だか白ちゃんに似てるなあ」

少年は圭一くんだった。ノスリの爪から落ちたチッチを拾って田中先生のところまで運んでくれた、あの少年である。圭一くんは市営グラウンドで野球の練習をした後、帰宅するためにたまたまこのバスに乗り合わせていたのだった。

運転手がいきり立って、

「おい、これ、きみのネズミなのか。ネズミを何匹もバスに持ちこむなんて、いったいどういう料簡《りょうけん》なんだ」と怒鳴りつけた。

「ぼくのネズミじゃありません」と圭一くんは落ち着いて答えた。

「だって、シロちゃんとか何とか……」

「獣医の先生のとこに、前にそういうネズミがいたんです」

「きみが鞄《かばん》か何かに入れて持ちこんだネズミどもが、逃げ出したんじゃないのか」

「違います」

「だって、このネズミたち、前の方から走ってきたわよ」と、かたわらにいたひとりの主婦が圭一くんに助け舟を出してくれた。「この子はいちばん後ろに座ってたじゃない」

そうだ、そうだよという声が上がり、運転手さんが持ちこんだんじゃないの、とからかい半分に言う者もいる。運転手はたじたじとなって、咳ばらいを一つしてから、

「そうか、わかった。きみのペットじゃないんだ、と。じゃあ、とにかくこいつはおれが片づけるから」と言い、体のわきに下ろしていた紙挟みをまた振り上げた。

「待って！」とまた圭一くんは言った。そして、しゃがみこんだまま、チッチの体を右手でつかんでそうっと持ち上げると、それを左のてのひらにのせた。そのてのひらを目の高さまで持ち上げて、チッチの目をじっとのぞきこむ。

「おまえ、白ちゃんじゃないよな、まさかなあ。でも、ひょっとしたら……」

チッチも圭一くんの目をじっと見返した。少年の茶色がかった瞳のなかに、自分が――顔の汚れた白ネズミの姿が、ちっちゃくちっちゃく映っていて、こちらを真っ直ぐに見つ

め返しているのが見える。こんなふうに持ち上げられて、てのひらのうえに置かれたことが以前にもあった、前に一度、たしかにあったなとチッチは思った。同じてのひらの感触だ。これはあのてのひらだ、絶体絶命の窮地《きゅうち》からぎりぎりのところで救い出してくれた、あのてのひらだ。

圭一くんは、白ネズミをのせた左のてのひらを、そのまま目の高さに捧げ持つようにして、ゆっくり立ち上がった。そして、バスの後方の出口に向かう。その確信に満ちた態度に気圧《けお》されるようにして、おとなたちは思わず道を空けた。

圭一くんは乗降口のステップを降りた。ガードレールを跨いで歩道に出ると、またしゃがみこむ。白ネズミがてのひらのうえで、鼻をひくひくさせながら体をぐるぐると回転させた。それから、ふと何かを見つけたようにある方角を向いてぴたっと止まり、後足で立ち上がって、ひげをふるふると震わせた。

白ネズミが見ている方角に、圭一くんも目を向けた。数メートル先の街路樹の根元のところに二匹の灰色ネズミがいて、こちらをじっと注視している。そこにその二匹がいるのを、そのとき圭一くんはごく自然なことと思い、まったく驚きもしなかった。自分がその瞬間それを不思議なこととも感じなかったこと自体を、後になってつくづく不思議に思い、首をかしげたものだ。実際、あの二匹がそこで白ちゃんを待っていたんだよといくら言っても、お父さんもお母さんも信じてくれず、おまえの作り話だろうと笑うだけなので、ずいぶん悔しい思いをしたのである。

圭一くんはてのひらを地面につけて、「さあ、お行き」と小さな声で言った。

白ネズミは、ちょっとためらった後、圭一くんのてのひらから地面にぴょんと飛び降り、たたっと街路樹の方に走りかけたが、また何か思い返したように立ち止まって、圭一くんの方を振り返った。圭一くんは、行きな、行きなというふうに、手の甲をうえにして小さく指先を振った。白ネズミは街路樹の根元まで一目散に走っていき、二匹の灰色ネズミに合流した。三匹が固まって、また圭一くんの方をじっと見つめる。

圭一くんはしゃがみこんだまま、右手を上げて、さよならというふうにちょっと振った。さらに数秒の間、三匹は圭一くんを見つめていた。それから、いちばん大きな灰色ネズミに先導されるようにして三匹はいきなり走り出し、歩道をひと跳びで横切って、川べりへと下ってゆく斜面の草むらのなかに姿を消した。

立ち上がった圭一くんは、右のこぶしを左のてのひらにがつんと打ちつけて、やったあ！　と心のなかで叫んだ。練習試合では一本もヒットを打てなかったし、守備ではトンネルもするしで、さんざんだったけれど、今日はほんとに、いいことがあったなあ、ツイてたなあ。温かな気持ちがこみ上げてきて、圭一くんの体中に広がっていった。

19

お父さんとチッチとタータは一気に斜面を下って川岸に出た。

そこは遊歩道になっていて、コンクリートで護岸工事が施されており、遊歩道のきわには人間が川に落ちないように柵がめぐらされている。三匹がずっと見慣れていた、水ぎわまで草むらが続いている優しい自然の眺めと比べると、だいぶ殺伐とした光景ではあるけれど、とにかくそれはあの懐かしい川だった。三匹は柵の隙間から身を乗り出し、黙りこくったまま、たっぷりした水がゆるやかに流れ、その透きとおった水のなかで藻がゆらゆら揺れているさまに、しばらくの間うっとりと見とれていた。

「とうとう着いたね」とタータが言った。

まだ日は暮れていないけれど、ともかくその日は、人間の乗り物に乗ったり、車中で発見されて大立ち回りを演じたりで、三匹ともへとへとになっていて、もうそれ以上は何をする気にもなれなかった。手ごろな木の根元に大きめの石がいくつか転がっているのを見

つけ、その石と石の隙間に体を押しこみ、幹を風除《よ》けにして、ゆっくりと休むことにした。ようやく目的地に着いたという安堵《あんど》感で、ここまで緊張のあまり抑えこんでいた疲労がどっと表に出てきたような気がする。

三匹は固まり合って眠りこみ、そのままそこで一夜を過ごした。ただ、翌朝は早くから、犬を連れて散歩する人たちや、通勤通学のために足早に歩いてゆく人たちが遊歩道を往来しはじめ、おちおち眠りこけてもいられなかった。

問題はもう一つあった。すでに本格的な冬が訪れかけていて、朝晩の冷えこみが相当きびしく、石や草に囲まれている程度ではとうてい寒さがしのげなくなっていた。三匹はぎゅっと一つに固まってお互いの体で暖を取ろうとしたが、染み透《とお》ってくる寒気で歯がかちかちと鳴り、きれぎれの浅い眠りから、何度も目覚めずにはいられなかった。三匹を寒さから護《まも》ってくれるちゃんとした巣穴が必要だった。それも、早急に。

昼になって人通りが少なくなる頃を見計らい、三匹はその付近一帯の探検に出かけた。まず南に向かってずっと川沿いに下ってみることにした。遊歩道はカラフルなタイル貼《ば》りで、その横には、きれいな形に刈り整えられた低木の茂みが点在する緑地が帯状に続いている。そう言えば、スズメの夫婦が、駅の向こう側からまた川が始まると、そこは流れに沿って細長い公園になっていると言っていたが、これがそれなのに違いない。

百メートルほど行くと、川の水がトンネルのなかにどっと流れこんでいる場所に出た。

川はここで暗渠《あんきょ》のなかに入り、駅の向こうの木原公園のところでまた地表に出るというわけだろう。トンネルの空洞の暗がりのなかに川の水が轟々と音を立てて呑みこまれてゆくさまに、三匹はしばらく目をこらし、お腹のなかが不意にうつろになってゆくような寒々とした気分になった。

斜面を駆け上がってみると、車が騒がしく行き交う道路に出た。

「ほら、ごらん」お父さんが彼方のビルを指さした。「あれが駅だ。ぼくらはやっぱり、駅の反対側に来ることができたんだ」

バスターミナルのある向こう側の広場ほど大きいわけではないけれど、こちら側の駅前もやはり広場になっていて、人間や車で賑やかに溢れかえっている。

「いろいろあったけれど、とにかくぼくらは旅の終着点まで来た」とお父さんが言った。「駅を越えて、こうしてまた川とめぐり会うことができた。後は、冬を過ごせる住まいを大急ぎで作り上げることだけだ」

「よし、穴を掘ろうよ。みんなでやれば簡単さ。でも、どこに?」とタータが訊いた。

「それを探しに行こう。しかし、スズメたちは、駅を越えると細長い公園があるけれど、その向こう側はまた静かな住宅地になっていると言っていたな。本当はそこまで行った方がいいのかも……」

「もう、このあたりでいいじゃない。ぼくもチッチも、もうへとへとだよ」

「うん……ただ、このあたりは駅のすぐ近くだし、公園になってるから、人通りが多いよ。あんまり落ち着いて暮らせないかもしれない」

「いいじゃない。賑やかなのも面白いよ」

「でも、このあたりの川岸はコンクリートで固められているんだよ。それでもいいのかい？」

「うーん、それはあんまりよくはないけれど……」とタータは迷うように言った。

そんな会話を交わしながらも、三匹の心にはもうすでにゆったりした余裕が生まれていた。実質上、旅はすでに終わっているのだ。後は、もっといい場所に行くためにもうひと頑張りするかどうか、ということだけである。別に、このあたりに巣穴を掘ったって悪いわけではないのだ。ともかく川のそばに住めるのだから。

三匹はまた土手に戻り、斜面を下って遊歩道に出た。そして、通行人がいないのを幸い、柵に沿って川の眺めを楽しみながら、川上の方へのんびりと戻っていった。やがてお父さんが、

「なあ、あそこに階段がある。あれを降りて岸のところまで行ってみようか」と言った。

開閉できる扉が柵の一部分をなしていて、向こう側に出られるようになっている。その扉を出ると、水ぎわまで降りられるように、コンクリートの護岸壁に階段が刻まれている。扉はむろん施錠され、人間に対しては立ち入り禁止になっているが、ネズミにとっては、

柵の隙間をすり抜けるなど容易なことだ。三匹はその階段を下り、水面のすぐ近くまで行ってみた。護岸壁の下部には、川の流れに沿ってコンクリートの細いへりがずっと続いている。水が浅くなって川床が露出し、アシやガマが密生しているところもある。水ぎわのそのコンクリートのへりを伝って、三匹は上流へ向かってぶらぶらと戻っていった。やがてお父さんが、

「あれは何かな」とぽつりとつぶやいた。

そのへりから八十センチほど上がったところに、直径二十センチほどの穴がぽっかり口を開けている。穴から水面まで張り出している緩傾斜のコンクリートの台を伝って、お父さんはその穴を調べにいった。兄弟も後に続く。

「何だろう。排水の出口かな……」とお父さんはつぶやき、穴のなかに入っていった。しかし、ほこりっぽい暗闇のなかを一メートルと行かないうちに、土砂の山に突き当たり、それ以上奥へは行けなくなってしまった。

「これ、水が出てくるところ？」とチッチが訊いた。

「そう、排水管……だったんだろう、以前はね。この管の奥から水が出てきて、川のなかに流れこんでいたんだろう。でも、もう使われなくなってずいぶんたつようだ。こんなに土砂が溜まっているし、しかもほら、この土砂はすっかり乾ききっているからね」

「ふーん」

「なあ、ここ、いいじゃないか」とお父さんが急に興奮した口調になった。

「え、いいって……？」

「住むのにさ！　これは絶好の巣穴になる！　ほら、このなか、あったかいだろ」そう言えば、土砂で塞《ふさ》がれた突き当りのあたりまで行くと、川面《かわも》を吹き抜けてくる底冷えのする風はそこまではほとんど入ってこず、ほっこりした暖かさが空気のなかに満ちている。

「ほんとだ、外よりずっとあったかいね」

「食料の調達に出るのが、ちょっと不便だけど、それは、それだけ人目につかないということでもある。なあ、ここで冬を越すことにしよう。この土砂を積み直して、入り口側をもっと塞ぐんだ。そうすれば外気をほとんど遮断できる」

「でも、川が増水して、水がこの穴のところまで来ないかな」とタータが言った。

「もしここまで水位が上がってくるようなことでもあったら、もちろんここを棄てて出ていかなくちゃならなくなるが、まず大丈夫だろうと思うよ。これだけ高いところにあるんだから」

その日いっぱいかけて三匹は忙しく働き、その古い排水管の奥に詰まっていた小石や土を入り口の側に積み上げて、上部に小さな穴一つだけ残してすっかり塞いだ。内部はますます暖かくなり、いかにも快適な冬ごもりのできそうな巣穴が、大した苦労もせずに出来上がった。

旅は終わった。居心地のよい棲みかも見つかった。やっと、本当にやっと、新しい暮らしが始まるのだ。三匹はすっかりそう思いこんでいた。

20

上空からバサバサッという羽ばたきがいきなり近づいてきたので、タータとチッチはびくっとして身をすくめた。チッチを襲ったあの猛禽の爪の記憶は、ふたりの心にまだなまなましく刻みつけられている。しかし、暁方《あけがた》のほの明るい光のなか、水ぎわのコンクリートのへりに立ちすくむふたりの前に降り立ったのは、スズメのお母さんだった。

「来たんだ、とうとうここまで来たね！」とスズメは嬉しそうに叫んだ。「ついにやったわね。とうてい無理だろうとあたしは思ってた」

「そうさ」とタータは言って胸を張った。「まあね、いろいろあって、大変だったけど……」

「あれ以来、ときどきこのあたりを飛び回って、あんたたちの姿を探してたの。やっぱり駄目だったんだろうとあきらめかけたり……。でも、よかった、ほんとによかったわあ」

タータとチッチは、レストランの裏手に散らばった野菜屑やパンのかけらでお腹をくちくして、新しい住まいに帰ってくる途中だった。繁華街の近くに住むことが便利な理由の一つは、食料の調達に不自由しないということだった。何しろ人間がたくさん集まって始終行ったり来たりしているから、その気になって探せばネズミの餌になるものがけっこうあっちこっちに転がっている。後は、人間に見つからないように注意することだけだが、人目を避けながらの街歩きの技術も、ふたりは急速に習得しつつあった。チッチなど、最初はあんなに怖がりで、人間の足音に怯《おび》えていたのに、だんだん慣れてくると、通行人の足のわきのぎりぎりのところをさっとすり抜けてゆくスリルを楽しむようにさえなってきて、無用の危険を冒すんじゃないよとタータは何度もたしなめなければならなかった。

　ふたりはスズメに、バスに乗った冒険や新しい巣穴を見つけたいきさつを物語りながら、水ぎわのへりを進んで、新居の前までやって来た。この古い排水管に住みはじめてまだ数日にしかならないけれど、ふたりはもうここを自分たちの大事な「家」と感じはじめていた。スズメはその「家」を感心して眺めた。川育ちのネズミたちが、苦労に苦労を重ねて辿り着いた新天地で、早速こんなに立派な川べりの「家」を手に入れられた幸運を、スズメも一緒になって、心の底から喜んだ。

「モグラのおばちゃんもずっと心配しててねえ。これからすぐ飛んでって、おばちゃんに知らせてやろう。チッチちゃんたちはとってもすてきな家に落ち着いたのよって。『あたしの巣穴よりいいの？』って、気を悪くするかも」いかにもそんなことを言いそうなおばちゃんのすねた顔を目の当たりにするようで、みんなはぷっと吹き出した。

　そこへお父さんが帰ってきた。これまで餌あさりの巡回には三匹一緒になって出かけていたが、この頃はタータがおとならしい分別を発揮してくれるので、ためしにふた手に分かれて行動するようになっていたのである。その方が街の情報を広く集められるし、何よりまず三匹ひとかたまりだとこのあたりでは人目を惹きすぎる。

スズメはお父さんにも再会できて大喜びしたが、三匹との話もそこそこに、このニュースを皆に知らせたいからと、いそいそと飛び立っていった。

その日は早朝から雨になった。さほどの降りではないけれど、寒風に乗って冷たい雨滴が吹きつけてくると、それが針のようにちくちくと肌を刺す。三匹は一日中家のなかにこもって、旅の途上で起きたことをあれこれ思い出し、いろんなことがあったねえ、よく切り抜けられたもんだねえと言い合いながら過ごした。

チッチのしっぽを吊り下げたボスネズミの声色で、お父さんが「おお、チッチちゃんかーい」と怖そうに脅すと、チッチはお腹を丸出しにして笑い転げた。タータは、ブルーのおばちゃんにまた会いたいなあと懐かしんだ。サラとドラムとガンツはうまいこと図書館に行き着けたかなあ、グレンに再会できたかなあとみんなで心配した。グレンの詩をタータが小さな声で口ずさみ、お父さんとチッチが静かに聞き入った。

外は荒天でも家のなかは暖かい。雨の音を聞きながら居心地の良い巣穴にこもって、家族同士で屈託ない話をしてのんびり過ごすほど楽しいこともない。話に飽きれば、穴から外をのぞいて、氷雨のしずくが川面に落ちて作る波紋の形の変化のさまに、ぼんやり見とれているのもいいものだ。

　夜になると雨は止んだ。真夜中過ぎになって、お腹が空いたし、体も伸ばしたくなったので、三匹はまた食料を探しに街に出ることにした。タータとチッチの二人組をまず送り出し、お父さんはお父さんで単独行動をとることにする。

　明け方近くにお父さんが戻ってきたときには、子どもたちはまだ帰宅していなかった。どこかで遊び呆けているんじゃないかと、軽く舌打ちしたが、タータに任せておけば大丈夫、心配することはないと思い直す。お父さんはくたびれきっていた。街のなかで道に迷い、同じ一角をぐるぐる回って無駄に時間を潰してしまったのだ。そこで家に帰り着くとばたんと寝転び、そのままことんと深い眠りに落ちてしまった。

　どれほど眠ったのか、人間の話し声がいきなり近くに迫ってきているのに気づいて、お父さんは跳ね起きた。いったい何ごとだ？

　数人の人間たちが、陽気な大声で何か言い合いながら、どんどん近づいてきて、排水管の前で立ち止まった。お父さんは息を殺してじっとしていた。と、間を置かずに、ガリガリ、ゴリゴリという嫌な音がして、入り口の前に積んであった土砂の山が少し崩れた。このなかに手を突っこんでくるのか、とお父さんは怯え、入れ違いに飛び出して逃げるしかないが、はたしてそんなことができるだろうかと危ぶんだ。

　しかし、それ以上のことは何も起こらず、また話し声が遠ざかってゆく。よかった、何ごともなくて済んだんだと、お父さんは胸を撫で下ろした。外の様子を見に、入り口に近寄り、積んだ土砂のうえから顔を出そうとして、あれれ、と思った。頭が何かにつっかえて出られないのだ。いったい、何だ、何が起こった。

お父さんは土砂の山を崩しにかかった。するとたちまち、目の詰んだ金網が目の前に立ちはだかっているのが見えてきた。あわてて土砂をぜんぶ撥《は》ね除《の》けて、入り口を調べてみた。隅から隅まで金網がぴっちり嵌まっていて、這い出る隙間がない。さっき来た人間たちはこれを嵌めていったのだ。出られなくなった！

それは、市役所の職員と川の管理を請け負っている土木会社の作業員だった。実は、三匹がこの土地に到着するほんの数日前、秋の間に川床に溜まった落ち葉を撤去するための大掛かりな清掃作業があって、そのとき、この古い排水管の出口の蓋の金網がとれてなくなってしまっていることが発見されていた。どうせもう使われていない排水管なのだけれど、ぽっかり開いているのも見栄えが悪いし、一応付け直しておこうという話になっていた。急ぐ必要もないので後回しにされていたのだが、ようやくその朝、担当者が新しい金網を嵌めにやってきたのである。一秒で終わる簡単きわまる作業だった。そしてむろん、その一秒の作業が一匹の小動物とその家族の運命にどれほど決定的な打撃を与えたかということは、彼らには知るよしもなかった。排水管の出口に溜まった土砂の向こう側に、そのとき一匹のネズミが息をひそめてじっとしていようなどとは、彼らの想像もつかないことだったのだ。

閉じこめられた、とお父さんは呻くように考えた。目の詰んだ金網に体を押しつけ、うん、と踏ん張ってみる。びくともしない。かじってみる。太い針金で、まったく歯が立たない。困った。困ったぞ。とんでもないことになった。そこへタータたちが帰ってきた。

「お父さん、遅くなっちゃってごめん。チッチのやつが……あっ、これ、何？」

「人間が取り付けていったんだ。なあ、そっち側を見てみてくれ。何とか外せないか」

タータたちは動転しながら、それでもじっくり調べてみて、うーんと唸り声を上げた。

今までとくに注目していなかったが、排水管の外側のふちのコンクリ壁には、左右両側と下部に嵌めこみ口があるのだった。金網はそこに上から差しこまれ、しっかりと嵌まっている。外からタータとチッチ、なかからお父さんが力を合わせ、揺さぶったり引っ張ったりしてみたが、金網はびくともしない。どうやら上に押し上げれば外れるようだが、がっしりした鉄の外枠の付いたその金網はあまりに重くて、ネズミ三匹が力を合わせた程度で、とうてい持ち上げられるような代物ではない。

「本当に困ったね」とお父さんは静かに言った。ぎりぎりの状況に立ち至ると、お父さんの声はかえって静かになる。それは、ここまでの旅のなかでタータとチッチが何度もそんな場面に立ち会って、よく知るようになったことの一つだった。

「この金網はどうにも動かない。方法はただ一つ。逆に、穴のなかへ入っていってみるよ」

「だって、その奥は土砂で埋まって……」

「それを掘ってみる。それしかない。今は水は通っていないが、本来これは排水管だ。どこかには通じているはずだ。そこから出るんだ。こうなったら、その可能性しかない」

そして、その作業にお父さんは早速取りかかった。タータたちは手伝えない。ただ、外から心配そうに見守るだけだ。

「さっきの人間たちが戻ってくるかもしれない。よく気をつけているんだよ」お父さんが手を止めて振り返り、声をかけてきた。「なあ、そこにいると寒いだろ。川風がまともに吹きつけてくるから。おまえたちはどこか、風を避けられる木蔭にでも避難していた方が……」

「いいから、いいから、お父さん」とタータはいらいらした口調で言った。「ぼくらは大丈夫だ。ぼくらのことはいいから、お父さん、頑張ってどんどん掘るんだ、さあ」

「そうだな。わかった」お父さんはにっこりして、土砂掘りの作業に戻った。掘って掘って、かき出した土を後ろに蹴り飛ばす。それがだんだん積まれてゆき、その山の蔭に隠れて、やがてお父さんの姿がタータとチッチのところからは見えなくなった。

お父さんの手にはとっくに血がにじんでいた。えいこら。ガンツが、あの穴掘り名人がここにいてくれたらなあ。えいこら。この砂利は何でこう角が尖ってるんだろう。手が痛いなあ。背中も辛いなあ。えいこら。いったいこの穴、どこまで土砂で埋まってるんだ。えいこら。……おや、何かがあるぞ。これはいったい、何だ？

21

お父さんの手に触れたのは、またしても金網だった。入り口に蓋をしてしまったのと同じような金網が、ここにも、排水管を縦に断ち切るようにして張られているのだった。お父さんは土砂をかき分けかき分け、その金網を上から下まで、右から左まで、隅から隅まで調べてみた。駄目だ。どこにも隙間がない、破れ目もない。行き止まり。出口なし。そういうことなのか。

お父さんは顔を俯け、頭をその金網に押し当てて、うん、と力をこめて、押した、押した、押した。後足がずるずる滑る。それを引き戻しては何度も何度も踏み締め直す。うんしょ、うんしょ。押して、押して、押しつづけた。金網はびくともしない。体から力が抜けていった。お父さんは金網に頭を押し付けたままの姿勢で、しばらくじっとしていた。絶望が心のなかに、黒々とした染みのように広がっていった。くそ、どうしたらいい。

お父さんは金網に両前足の爪をかけ、力のかぎりに揺さぶってみた。ほんのかすかに揺れたようでもあるが、そんなことでは話にならない。

そのとき、さらにまずいことが起きた。もう一度、さらに力をこめて金網を揺さぶった瞬間、手が滑って金網から外れ、力が余って体が後ろに倒れたのだ。それだけならまだしもよかった。転倒したはずみに体のどこかが触れたのか、かたわらの土砂の山が一挙に崩れ、かなり大きな石が落ちてきて、それがお父さんの左脚の関節を直撃したのである。あまりの痛みに、お父さんは何分かの間、ほとんど失神状態になっていた。

ようやく体を起こし、のろのろと這いはじめるには、死に物狂いの気力を奮い起こさなければならなかった。自分が掘って土砂に開けた穴のなかを、お父さんはゆっくりと、ゆっくりと這い戻っていった。ときどき少しずつ休んで呼吸を整えながら、ずいぶん長い時間をかけて、ようやく入り口のところまで帰り着いた。そこには、タータとチッチが息を詰め、金網にぎゅっと顔を押しつけるようにしてじっと待っていた。

「お父さん、どう？　その奥はどこに通じているの？」

「うん……結局、駄目だった。どこにも行けないんだ」

「行けない？」

「行き止まりさ。金網が張ってあった。これに似たやつだ。抜けられない。どうにもならないんだ」脚を怪我したことは黙っていた。この子たちをこれ以上心配させても何にもならない。

「どうしよう」とタータが言った。かたわらでチッチは両目いっぱいに涙をたたえている。

楽しい「家」だったものが、いきなり「檻」になってしまった。しかもこれはぬくぬくとした人間の家に大事に置かれ、毎日美味しい餌をたっぷり入れてもらえる安全な「檻」ではない。苛酷《かこく》な自然の真っ只中に突然出現し、お父さんの自由を奪い、彼を可愛いふたりの子どもから永遠に切り離してしまいかねない、邪悪な「檻」なのだ。

「こっち側もあっち側も、金網で塞がれてしまった。参ったね」とお父さんは静かに言った。鋭い痛みに刺し貫かれるようだった左脚の関節は、不気味に腫《は》れ上がってくるにつれて、だんだんと麻痺《まひ》し、重いもので規則的に叩かれるような鈍痛に変わってきている。

「どうしよう、お父さん、どうしよう」

「うん……」お父さんは怪我の痛みから心を切り離し、ここからどうやって脱出するかという問題に考えを集中しようとした。お父さんは俯いて、考えた。考えに考えた。しかし、どうしても答えは出なかった。移住の旅に出立してから、いろんなことが、本当にいろんなことがあったけれど、様々な困難が持ち上がるたび、目の前に壁が立ち塞がるたび、それを乗り越えたり、迂回して向こう側に出たりする方法を編み出し、何とかかんとか切り抜けてきたお父さんだったが、しかしこの状況はもはや、ほぼ絶望的と言うほかない。

「ええと……とにかくこの金網はぼくらの力では外せない。向こう側のやつもおんなじだ。

この針金は嚙み切れない。だから…じゃあ、どうするか…うん……人間は何かの理由でこれを嵌めにきたわけだ…それなら、またやって来て外そうっていう気になるかもしれない……」お父さんは時間をかせぐようにして、そんなことをのろのろとつぶやいたが、何の説得力もないことは自分でもよくわかっていた。

「いつ？　人間たちが、いつ外しに来るのさ、お父さん？」

「さあね……」お父さんは金網に寄りかかって目をつむった。「しかし、参ったな」しばらくして瞳を見開き、不安をいっぱいにたたえた目で自分の顔を一心に見つめている子どもたちに向かって、うっすらと微笑んだ。「おい、きみら、あんまりぎゅっと金網に顔を押しつけるもんだから、顔に格子模様がついちゃってるぞ」

タータもチッチも、ふたりとも泣いていた。

「困ったね、お父さん、どうしよう、どうしよう」

「泣くな、泣くな。おいタータ、とくにきみは泣いちゃいかん。お兄さんなんだからね。チッチを心配させちゃいけないよ」

金網を間に挟んで対面しつつ、三匹はその日は一日中そこにじっとしていた。「家」から閉め出され、川風にさらされて凍えているタータとチッチにしたところで、実はお父さん以上に困った状況に置かれていた。それがはっきりしたのは、午後になって、対岸の遊歩道で柵にもたれかかり、川を見下ろしていた学校帰りの少年が、向かいの護岸壁の排水管の出口の前に二匹の仔ネズミが蹲っているのを見つけ、石を投げつけてきたときである。石は壁に当たってぴしっと跳ねた。二発目は排水管の金網を直撃して、それをびりびりと震動させた。

「いかん、おい、逃げるんだ」とお父さんは叫んだ。「土手を登ってどこかに隠れていろ。風の当たらない場所を見つけろ。そして……」そのときには二匹はもう全速力で走って姿を消していた。ネズミの姿を見失った対岸の少年は、ちぇっと舌打ちし、ランドセルをしょい直して、ぶらぶらと立ち去っていった。

真夜中近く、タータたちが戻ってきた。お父さんは相変わらず金網にもたれかかってじっとしている。左脚の関節が痛む。麻痺が消えると、今度こそ本当の激痛が襲ってきた。どうやら骨は折れておらず、打ち身のひどいやつのようだったけれど、打った場所が場所だけに、激痛でほとんど立ち上がることもできない。タータは、くわえてきたニンジンのかけらを金網の隙間からなかへ押しこみながら、

「お父さん、ご飯を持ってきたよ」と言った。チッチも小さめのかけらをくわえていて、同じようになかに入れる。お父さんは、有難うと言って、それを食べた。二匹はまたそこにしばらくじっとしていたが、寒くて寒くてたまらない。

「なあ、タータ、これから朝にかけて、ここはどんどん寒くなる」とお父さんは優しく言った。「どこかに暖かそうな居場所を見つけて、そこにじっとしておいで。この季節、土

手の茂みじゃあ、もう駄目だ。街のなかに行って、どこかの路地の箱の蔭か何かを見つけなさい。ぼくもこの土砂をもう少し積み直して、風をさえぎる工夫をするから」

「嫌だ、嫌だよ。お父さんと一緒にいたいよ」

「ここにいると凍え死んじゃうぞ。おい、タータ、駄々をこねるな！」とお父さんは怖い声で一喝《いっかつ》した。「チッチを死なせたら、おまえの責任だぞ！　さあ、行け！」

弾《はじ》かれたようになって、二匹は泣きながら走り去っていった。ひどいことを言ったな、ぼくは、とお父さんは思った。あんな子どもに「責任」なんか押しつけて。「責任」なんて言うなら、それはぜんぶぼく自身にあるというのに。

二匹はお父さんに言われた通り、街に出て、レストランのわきの路地のポリバケツの蔭で、震えながら寒さに耐えつづけた。長い夜がようやく明けて朝になった。通勤や通学の人々の流れが一段落した頃を見計らって、めいめいにお父さんのためのクッキーのかけらをくわえ、二匹はまた川岸の排水管のところに戻ってきた。土砂を積み直して寒さをしのぐよと言っていたのに、そんなことは何にもしないまま、お父さんは穴の奥の方へ少し入ったところに横たわり、目をつむっていた。子どもたちに気づくと起き上がり、左脚を引きずりながら、金網のところまでのろのろと近寄ってきた。

「脚をどうしたの」とタータが訊いた。

「うん、ちょっと怪我してね。なに、大したことはない。昨夜はどうした、どこにいた？」

「街の路地で、あったかい場所を見つけたよ。ぼくらは大丈夫さ。でもお父さん、その脚……」

「大したことはないんだ」と、話を断ち切るようにお父さんはきっぱり言った。

三匹はしばらくの間、黙りこんでいた。この狭い穴倉に閉じこめられたまま一生を終えるのかという、何度も何度も浮かんでは打ち消してきた考えが、またしてもお父さんの頭に浮かんだ。そう、きっとそうなるだろう。そうなるほかはない……。

そのとき、羽ばたきながら空から舞い降りてきたものがあった。

「タータちゃん、チッチちゃん、その後、どう、元気にしてる？　あら、どうしたの……」スズメの母親だった。すぐ続いて父親スズメの方も降り立って、金網の向こうのお父さんを見て目を丸くした。

一通り事情を聞くと、二羽のスズメはこの状況の絶望的なさまをすぐに理解して言葉を失った。

「とんでもないことになったわね」とスズメの母親が暗い声でつぶやいた。「この金網、あたしたちじゃあ、どうにもできない。どうしよう。誰か、助けてくれないかしら」

助けてくれる者……。タータはじっと考えこんだ。台風に襲われて立ち往生していた三匹を保護してくれたのはグレンだった。ドブネズミに囚《とら》われたお父さんとチッチを救出してくれたのはドラムたちだった。傷ついたチッチを拾い上げて田中先生の病院に運んでくれたのは、たまたま通りかかった人間の男の子だった。しかし、今度という今度は……。お父さんを救出するために一肌脱いでくれそうな知り合いが、ぼくにはいるだろうか。この重い金網を外せるほど大きくて力の強い動物を、ぼくは誰か知っているだろうか。

そうだ、いる。ひとり、いるぞ。

でも、遠いな。とてつもなく遠い……。

22

スズメの夫婦はさっと舞い上がった。かなりの高度まで急上昇し、ひと回りして方角を定めると、全速力で南へ向かう。駅をひと飛びで飛び越した。木原公園……川が見えはじめた。この後は、川に沿って飛んで行けばいい。三匹のネズミが辿ってきた旅の行程を、逆向きに辿り返すのだ。小さな木橋……モグラの巣穴のあるところだ。一昨日、チッチたちが新居に落ち着いたことを知らせたら、モグラのおばちゃんは相好《そうごう》を崩して喜んでくれた。ネズミの一家が陥ってしまった窮状を知ったら、どんなにか心を痛めるだろう。だが、そんな報《しら》せをもたらしに立ち寄る暇も今はない。

さらに飛ぶ……このあたりの草むらで、タータと初めて出会ったのだった。最初、父親スズメは自分の赤ちゃんをタータがいじめ殺したと誤解して、その初対面の灰色ネズミを口ぎたなく罵《ののし》り、突っつき回してしまったのだった。川に嵌まって溺れかけていたところをタータに救われたその赤ちゃんスズメは、すくすくと成長し、今はもうほとんどおとなになって、自分で自分の餌を探せるようになりかけている。

「今度は、あたしたちがあの一家を救うのよ」と母親スズメは言った。父親スズメは黙ったまま、答えの代わりにさらに速度を上げた。

さらに飛ぶ……迫村《さこむら》橋……ここからはドブネズミのテリトリーなのだという。大きなネズミだと、弱ったスズメを襲って食い殺すこともある。地面には降りない方がいい。やや高度を上げて一気に縦断する。しかし高度を上げるほどに向かい風が強くなり、風にもまれて進路がふらつき、速度も少々にぶった。

ずっと飛びつづけて、とうとう榎田《えのきだ》橋まで来た。コンクリート造の立派な橋だ。石見街道の車の往来が騒がしい。ずっと飛びつづけてきて、二羽とも翼の筋肉が悲鳴を上げはじめていた。二羽は橋を越えたところで川沿いの遊歩道に降り立ち、小休憩をとって、ついでに餌を探した。わずかに見つかった穀粒を体に補給して、またただちに飛び立つ。さあ、だんだん近くなってきた。このあたりは多くの木々が伐採《ばっさい》され、川原もブルドーザーで平らに均《なら》されて、無惨な光景が広がっている。タータの一家が移住を

決意したのも無理はないとスズメたちは思った。

目印は何だ？　タータは何と言っていたのだったか？　もとの巣穴は「太いケヤキの根もと」にあった……「対岸にもケヤキの木が生えてたけれど、最近切り倒されてしまった」……手がかりになるようなことを何にも言わないじゃない、馬鹿なネズミねえ。切り倒されちゃった木のことなんか言っても、何にもわからないじゃない。こっち岸のケヤキだってまだあるのかどうか、この惨状じゃあ、怪しいもんだ……「川幅が広くなって、流れが少し遅くなっているあたり」なんて言ってたかな……そうすると、このあたりか……でも、その先にもそんなふうな場所が……ああ、わからない……。

一方、川の上流、駅の向こう側では、事態に何の進展もないまま日が暮れて、夜の闇が落ちてきた。真夜中を過ぎると、お父さんはまたひとりぼっちになった。無理やり叱りつけるようにして、子どもたちをその街なかの隠れ場所に戻っていかせたのだ。お父さんは排水管のなかにぐったりと横たわりながら、さっき自分がタータに言ったことを思い返していた。

「なあ、タータ、土手のどこかに良さそうな場所を見つけて、巣穴を掘るんだ」そう言ったのだった。「おまえはもうおとなだ。きっと掘れる。チッチも手伝うんだ。チッチ、できるな？」チッチはこくりと頷いた。「ポリバケツの蔭で冬を越すのは不可能だ。冬ごもりができる、ちゃんとした棲みかを作るんだ」

「でも、お父さんは？　お父さんも一緒に掘ろうよ」とタータは駄々をこねるように言った。

「お父さんは、ここで何とか頑張るから……」

「じゃあ、毎日食べ物を運んでくる」

「うん……ともかく、おまえはもう一人前だ。自分の生活をひとりで切り開いていくんだ」

「どういうこと？　お父さんはどうするの？」

「おまえがひとりで生きていけるようになるのを手伝うのが、ぼくの仕事だった。それはもう終わった。仕事は済んだんだ。ちょっと早すぎるかもしれないけど、今のおまえなら、もう大丈夫だ、きっと大丈夫……」

「何言ってるのかわからないや」

「おまえの仕事は、同じことをチッチにしてやることだ。それから、誰かすてきな牝《めす》ネズミと出合って、子どもを作るんだ。そして、その子どもたちにも、同じことをしてやる。一人前になるのを手助けする。そして、おまえは死んで、おまえの子どもがまた子どもを作る。そうやって、ずうっと続いてゆく。この川の流れのように、ずうっと、ずうっと続いてゆく。ぼくはもう、自分の仕事を成し遂げた。タータ、チッチ、おまえたちみたいなすばらしい息子たちと一緒に暮らせて、ぼくはほんとに、ほんとに幸せだった……」

「何を言ってるのかわからない。チッチ、さあ行こう。お父さんったら、頭がちょっとおかしくなってるみたいだからね。お父さん、朝になったらまた食べ物を持ってくるよ。さあ、行くよ」

最後の方は震え声になっていたが、タータはとにかくそう言い終え、涙を溢れさせた目をチッチから隠すようにして、先に立ってどんどん走り出した。チッチはちょっとためらって、いいの？　というふうにお父さんの方を見た。お行き、お行きというふうにお父さんが手を振ると、チッチは背後を振り返り振り返りしながら、タータの後を追って走り去った。お父さんは目をつむった。

自分の言ったことに間違いはないはずだ、とお父さんは、強いて自分に言い聞かせるように、もう一度考えた。ただ、こういうことになるのは、ちょっぴり、ほんのちょっぴり早すぎたな。もうおとなだ、おまえは一人前だとタータには繰り返し言ったけれど、可哀そうに、あの子はまだ本当はチッチと鬼ごっこしたり、バッタを追いかけたりしていたいんだ。おとな扱いするには少々早すぎる。でも、あれはしっかりした子だ。きっと、ひとりでやっていける。ぼくの言ったことの意味も心の底ではちゃんと理解していた。

目を上げると、対岸の木々の上空に美しい星空が広がっていた。人間は「星座」というものを考えて、星の配置に絵を思い描くんだと、グレンが教えてくれたな。人間って、ほんとに変な生き物だなあ。ああ、それにしてもお星さまがきれいだなあ。慌しい毎日がずっと続いて、星空をこんなにじっくり眺めるなんてことは久しくなかった。

でも、星っていうのはいったい何なんだろう。きらきらするものがあんなにいっぱい空に浮かんでいるっていうのは、ほんとに不思議だなあ。夜があんまり暗すぎないように、淋《さび》しすぎないように、誰かがあんな、きれいで不思議な光の粒を空に撒《ま》いたんだろうか。あのきらきらする粒々を見つめていると、体がふうっと浮かび上がったようになって、いろんな不安も気がかりも、脚の痛みものどの渇《かわ》きも、川の流れも子どもたちの将来も、何もかもどうでもいいことのような気がしてくるなあ。そうだ、本当にどうでもいいんだ、きっと。そういうことはぼくにとっては、もうどうでもいいんだ。ぼくは頑張って、精いっぱい生きた。大事なのはそのことだけだ。後はタータとチッチがやる。ふたりが受け継いでくれる。それでいいんだ。

タータがまだやっぱり子どもなのは、食べ物を運んで金網越しに渡すことはできても、水を運んでくることは不可能だという点に、まだ思い当たっていないことだ。お父さんは今日はずっとのどが渇いて仕方がなかったが、それを言い出すことはあえてしないでおいた。タータたちにそう言ってみても、彼らが懊悩《おうのう》するだけだということがわかりきっているからだ。また雨でも降れば、少しはそのしずくを舐められるかもしれないけれど、そんなことも長くは続くまい。いくら食べ物があっても、水を飲めなければ、もう先は見えている。お父さんは美しい星空をもう一度じっと見つめて、それからゆっくりと目をつむった。

空気にようやく明るみが漂い出し、まだ鳥たちも鳴きはじめていない頃、タータとチッチがやって来た。金網越しに向かい合って、しばらくは誰も口を開かなかった。それからタータが、

「ねえ、昨日の晩お父さんが言ったこと、ぼく考えてみた」とゆっくり言った。「どうしても棲みかを作らなくちゃいけないのなら、ぼく、やるよ。でも、お父さんが、お父さんが……」涙声になってそれ以上は言葉を続けられなくなり、タータは口をつぐんだ。お父さんもチッチも目に涙を溜めて黙りこくっている。

そのとき、バウッ、バウッという大きな吠え声が響き渡ったかと思うと、どっぼーんというとんでもない水音がした。バシャバシャッと水しぶきが跳ね散る音とともに、「ひゃあ、水が冷たいや、寒いや！　でも、凄くいい気持ちだね！」という犬のタミーの陽気な叫び声が上がって、それがどんどん近づいてくる。

23

ゴールデン・レトリーバーのタミーは、水をじゃぶじゃぶ跳ね散らかしながら近寄ってきたかと思うと、ざっぶーんという大きな音を立てて水のなかから躍り上がり、コンクリ

のへりに飛び乗った。それから、ぶるんぶるんともの凄い身震いをしたので、水しぶきがあたりいちめんに飛び散り、三匹のネズミはぐっしょり濡れてしまった。

「やあ、タータ！　やあ、チッチ！　元気だったかい。久しぶりだねえ」とタミーは言った。

「タミー、タミーじゃないか！　よく来てくれたね！　まさかと思ってたよ。まさかほんとに、こんなところまで……」

「うん。ぼくが昨日、うちの庭で遊んでたら、スズメの夫婦がいきなり目の前に降りてきて、びっくりさ。そいで、何かと思ったら、きみたちが困ってるって話で、二度びっくりさ。そいで……まあいいや、話は後だ。ねえ、あなたがタータたちのお父さん？」

お父さんは巨大なレトリーバー犬が突然出現し、タータたちと馴《な》れ馴《な》れしい友だち言葉で喋り出したので、呆気にとられていたが、そう訊かれてとにかく、うん、と頷いた。

「じゃあ、この金網だね。これを外せばいいんだね。うーん、どうすればいいのかな」

「上げるんだ。上へ持ち上げればいいんだ」とタータが叫んだ。「きみならやれる。やれるに決まってる！」

タミーは後足で立ち上がり、護岸壁に前足をついて伸び上がり、金網の上端をくわえようとした。金網の枠のへりの幅が細いので、なかなか歯がうまく掛からない。てこずっていたが、ようやくがっしと固定できたようで、そのままうーんと背伸びした。ガリリ、ゴリリ、ガリゴリという音がして、重い金網はじりっ、じりっと持ち上がってゆく。

「そうだ、いいぞタミー、もう少しだ！」とタータが叫んだ、その瞬間、しかし金網はタミーの口から離れて、またガチャリともとの位置まで落ちてしまった。

「ちょっと待って、待って」とタミーは言った。「うへえ、歯が痛いや。これ、もの凄くくわえにくいんだもん。でも、大丈夫、もうコツがわかったから……」伸び上がって、金網のへりをもう一度がっしとくわえた。またじりじりと上がってゆく。金網の下枠の真下に細い隙間が出来た。

「今だ、お父さん、早く出て！」タータの叫び声を待たずに、お父さんはその隙間からすばやく外に転がり出た。

「やった、やったぞ！　タミー、もう放していいよ。お父さんは脱出できた……」

金網はタミーの口から外れてガチャリと落ちたが、そのときにはもう三匹のネズミたちはしっかりと抱き合っていた。安堵のあまり、タータは自分の体が温かくとろけ出してしまいそうに感じた。おまえはもうおとなだから、一人前だからって、お父さんは何度も何度も言ったけど、やっぱり駄目だ、お父さんがいなくちゃ、やっぱりぼくらは駄目なんだ。

三匹が抱き合って背中を叩き合うさまを嬉しそうに眺めていたタミーは、やがて、「ねえ、ここじゃあ、ゆっくり話もできないや。上へ行こうよ」と言って、先に立ってコンクリのへりのうえをたたっと走り出した。ネズミたちも後に続こうとしたが、お父さんは歩き出しかけて顔をしかめ、蹲ってしまった。振り返ってそれを見たタミーはすぐ戻ってきて、

「ねえ、お父さん、ぼくの首輪につかまりなよ。上まで運んであげるから」と言い、お座りの姿勢になり、そのまま、顎《あご》が地面に付きそうになるくらいに首をぐうっと下げた。

タミーの大きな顔が目の前にぐぐっと迫ってきたので、お父さんは思わずたじろいだ。でも、タータとチッチがわきでうん、うんと楽しそうに頷いているので、思いきって両手を伸ばし、レトリーバー犬の首輪にすがりついた。そのまま、えっちらおっちら、タミーの首のうえに自分の体を引き上げる。

「行くよ！」とひと声叫ぶや、タミーはだっとダッシュして、ぴょいん、ぴょいんと体を波打たせるようにして狭いへりのうえを川に沿って駆け抜けた。そのスピードにお父さんは目を白黒させ、落っこちないようにしがみついているだけで精いっぱいだ。タミーは石段をだっと駆け上がり、その凄い勢いのまま柵をひと跳びに飛び越えた。タミーの首輪をつかんだ前足だけは必死になって何とか離さなかったけれど、お父さんの体は宙に浮き、右に左にぶらんぶらんと振り回される。タミーは遊歩道を横切り、土手を半分登って、オ

オアレチノギクの茂みが深くなっているあたりで急停止した。そのはずみでまたお父さんは前方に投げ出されそうになったが、どうにかこうにか持ちこたえた。

「ふう」タミーは伏せの姿勢になって大きなため息をつき、首を後ろに向けて、「ちょっぴり揺れたかな。お父さん、大丈夫だった？」

「うん……」お父さんは手足がくがくしていたが、何とか地面に降り立って、こちらもふう、と安堵のため息をついた。そこへ、スズメが一羽、空からさあっと舞い降りてきた。

「ああ、よかった！　タミーはちゃんと行き着けたんだ。そしてあの金網を外せたんだ！」

父親スズメが歓声を上げた。

スズメの夫婦は、タータの話を手がかりに、タミーの姿を求めて家々を一軒一軒、しらみ潰しに見て回ったのだった。しかし、タータが一生懸命思い出しながら辛うじてスズメたちに伝えられたのは、もとの巣穴があったあたりの対岸で、川辺からほど遠からぬ家、という程度の漠然とした情報だけだったので、タミーと出会うにはずいぶん時間がかかった。犬小屋に繋《つな》がれた黄色い大きな犬なら二頭ほど見つけたが、近寄って名前を呼びかけても反応しないし、逆に大きな吠え声で威嚇され、追い払われてしまった。そもそもタミーという犬はリードに繋がれずに、庭を自由に走り回っているはずだという……。

草ぼうぼうのその狭い庭のうえは何度もすでに通り過ぎていたけれど、犬の姿は見当たらなかった。もうあたりが暗くなって、ほとんど希望を失いかけた頃、その庭の上空をまた横切りながらふと見下ろすと、潰れかけたサッカーボールをくわえ、ウーフ、ウーフと大きな唸り声を上げながらそれを振り回しているレトリーバー犬がいる。あれだ！　スズメの夫婦はただちに急降下していった。

　そのウーフ、ウーフというのは、ゴゴゴ……という地鳴りのようなのど音の混じったもの凄い声で、ふだんならスズメの夫婦は、そんなふうに唸っている犬のそばにほんのちょっとでも近寄ることなど、怖くてとうていできなかったに違いない。けれども、今はもうそんなことに構っている余裕はなかった。たぶんあれがタミーだ。きっとそうだ。タミーじゃないかもしれないけれど、もう時間がない、行くしかない、突進してゆくしかない。スズメたちはもう必死だった。

　猛スピードで舞い降りた二羽は、ほとんど転がり落ちるような具合になりながら、辛うじて無事にその庭の草むらに着地した。そんなスズメたちを、びっくりしたような顔でその犬は見つめていた。スズメたちを見たとたんに唸りを止め、少し首をかしげてもの問いたげにしているその犬の大きな瞳の穏やかな色を見るやいなや、スズメたちの心から恐怖も気後れもたちまち消し飛んだ。そして、これがタミーに間違いないとただちに確信した。

「そう、ぼくはタミー！」とその犬は、サッカーボールを勢いよく空中に放り投げながら、元気いっぱいの声で叫んだ。「散歩から帰ってきたところなんだ。ひとりで散歩してきたんだよ。ご主人には内緒なんだ。ぜったいばれないから大丈夫なんだけどね。何しろぼくのご主人はとっても間抜けな人だからね。あのね、ぼくは女の子なんだよ。あのね……」

スズメの夫婦は気が気ではなかった。

「タミー、ねえ、タミーったら！　ちょっと黙るの！」と母親スズメが叫んだ。「タータが、タータのお父さんが……」興奮のあまり泣き出してしまって、言葉が続けられない。

「タータって、ああ、ネズミのタータか。タータとチッチは元気かな。いつ帰ってくるのかな」

「タータたちが大変なことになってるんだ」と父親スズメが話を引き取って、ネズミの一家がようやく見つけた新しい棲みかのこと、排水管の出口に張られた金網のこと、それで閉じこめられてしまったお父さんのことをてみじかに話した。

「金網？　それでタータたちのお父さんが出られなくなっちゃった？」

「そうなんだ！　怪我もしてるみたいだし、このままだと飢え死にしちゃう！」

「行かなくちゃ」ちょっと黙ってから、タミーはすぐに言った。「じゃあ、絶対、どうしたって行かなくちゃ。そこ、遠いの？」

「うーん、けっこう遠いなあ……」

「じゃあ、すぐ行こう。きみたち、道案内してくれるよね」

「そりゃあ、もちろん」

タミーは庭の隅に行って、体をかがめると、柵の下に掘られた穴をごそごそと窮屈そうにくぐり抜けた。家の外の路地に出るや、ぶるぶるっと身震いして体に付いた土を撥ね飛ばす。「これでよし。さあ、行こう！」

24

「ほんと、ずいぶん遠かったなあ」とタミーは言った。「まるまるひと晩かかっちゃった」

「大変な夜だった」と父親スズメ。「でも、こっちは気が気じゃないってのに、きみは途中で川に入って遊んだりしてるから……」

「うーん、ごめん、ごめんね。でも、あの大きな公園のあたり、ぼくんちのそばの、あの嫌な工事が始まる前の川の風景とよく似ていて、とっても懐かしかったんだよ。それにちょっとジャブジャブッとしただけだろ？　何しろきみたちが早く早くって急《せ》かすから」

「でも、スズメのお母さんはどこ？」とタータが尋ねた。その頃にはタータとチッチも土手を登って合流し、三匹のネズミ、一匹の犬、一羽のスズメが茂みのなかで輪になっていた。

「家内は公園の、そう、ちょうどあのモグラたちの穴のあたりで、とうとうへたばってしまってね。もうこれ以上は飛べないから、後はあんたが道案内して、と言ってわたしに託したんです。しかしその後、かなり休憩する時間があったから、もうそろそろやって来る時分でしょう」スズメたちは本当に大変なことをやってくれたのだ。

「ところが」と父親スズメが話を続けた。「木原公園を出たあたりで、わたしはタミーくんとはぐれてしまったんですよ」

「そう、いつの間にかひとりになっちゃったんだ」とタミー。

「横なぐりの突風にあおられて、飛ばされたうえに、目に砂粒が入ってしまってね。目が見えるようになったときにはもうきみを見失ってしまっていた。きみは線路を渡って駅のこっち側に出る道を、ひとりでよく見つけられたね」

「うーん、大変だったんだよ。いちばん時間を食っちゃったのはそこだったんだ。道に迷って歩き回るうちに、変な人に連れてかれそうになって逃げ出したり、野良犬の集団に因縁をつけられたり……。ああ、ほんと、参ったよ」

「ああ、家内が来たら叱られます。いちばん大変なところでタミーくんの手助けをできなかった」と父親スズメが情けなさそうに言った。

「でも、大丈夫。ぼくは方角の見当をつけるのが上手い犬だから」とタミーは胸を張って、「とにかく川の続きを見つければいいことだけはわかってたし。くねくねした道から、ガードをくぐって……また水面が見えたときはほんとに嬉しかったなあ。後は簡単さ。川のへりにきみたちがいるって聞いてただろ。川沿いに探しながら歩いてきて、向こう岸の柵の間から見下ろしたらきみたちが見えた。そこで川岸まで降りて、川を渡って……」

タータたちは、タミーと父親スズメに改めて心からお礼を言った。

みんなはしばらく話しこんだ。タータとチッチがここまでの旅の物語を、ほんのさわりだけ話してやると、タミーは目を丸くして驚いていた。タミーの方は、タータたちのもとの家があったあたりの川原が工事でどんなふうに変わってしまったかを話し、いやはやと首を振りながらひどく歎いた。タータたちの巣穴の付近にもブルドーザーが入ったから、きっときみらの巣穴は押し潰されてしまったよとタミーは言い、三匹のネズミは、きっとそうなっていることだろうとあきらめてはいたものの、いざそう聞くと、やはり気持ちが滅入らざるをえなかった。

でも、三匹は逸早《いち》くその土地から脱出し、いろんなことがあったけれど、今はとりあえずみんな生き延びて、とにもかくにも、ここにこうしている。お父さんもタミーのおかげで金網の檻から解放され、子どもたちとまた一緒になることができた。よかった、よかった。みんなそう言い合い、笑い合って、また明るい気分が戻ってきた。大丈夫、大丈夫だ、何とかかんとか生きていける、そういうもんなんだ、そして、生きていさえすれば、楽しいことがいっぱいある……。そんなふうに夢中になって喋っているうちに、ふとタミーが空を見上げ、

「あ、雨……」と言った。なるほど、いつの間にかぽつりぽつりと冷たいものが落ちはじめている。

「さて、そろそろ帰らなくちゃいけないや。せっかくきみたちにまた会えて、ゆっくり遊

びたいんだけどなあ。まるまるひと晩、家を空けちゃって、さすがにご主人がひどく心配してるだろうから。お腹も空いたしね。また今度、ゆっくり遊びに来るからね。さあ、ぼくはもう行かなくちゃ……」

「でも、きみが昼日中街や公園を歩き回ってたら、人間たちに捕まらないかい」

「これがあるから大丈夫さ」と言ってタミーは前足を曲げて、自分の首輪に付いている小さな円盤を得意そうに指し示した。「これは鑑札《かんさつ》っていうものなんだよ。誰かに捕まっても、これがあればご主人のところに連れ戻してもらえるんだ」

ところがその右の前足を上げたとき、タミーの腋《わき》の下が血まみれになっているのが皆の目に見えて、ネズミたちもスズメもぞっとした。

「おい、タミー、その傷口……きみ、ひどい怪我してるじゃないか」

「ああ、これか」とタミーは事もなげに、「道に迷ってたとき、たちの悪い野良犬たちに通せんぼされてね。ちょっと面倒なことになったんだ」

「だって、その傷、まだ血が止まってないじゃないか。痛いだろ……」

「うーん、ちょっとね。でも、大丈夫。ぼくは喧嘩《けんか》は好きじゃないのになあ。仰向けになってお腹を見せて、負けましたって、そう言ってみたのになあ。あいつら、根性が捻《ね》じ曲がってるよ。向こうは何頭も束になって、いっぺんにかかってくるんだよ。引き返すのも癪《しゃく》だから、ぼくもちょっぴり、戦わなくちゃいけなかった。あーあ、ぼくは誰とでも仲良くしていたいのに」

その傷口をまじまじと見て、改めてタータの目が涙で潤んだ。

「タミー、ほんとに、ほんとに有難う。こんな遠いとこまで、ひと晩かけて走ってきてくれて、しかも悪い犬たちと戦って、こんなひどい傷を負ってまで、ぼくらのために、ほんとに……」

タミーは、何でお礼を言われるのかわからないといったきょとんとした表情で、首をかしげ、大きな真っ黒な瞳でタータの顔をじっと見つめながら、

「いいさ」と当たり前のことのように言った。「だって、ぼくら、友だちじゃないか」

その無邪気な言葉を聞いたとたん、タータの目から涙が溢れ出し、後から後から流れ出て止まらなくなった。「タミー、きみはいいやつだなあ」と叫んでタータはタミーに飛びつき、わんわん泣きじゃくりながら小さな両手を精いっぱい伸ばしてレトリーバー犬の太い首を抱き締めた。

何しろタミーは落ち着きのない犬だ。しかも、今はとても慌しい気持ちになっているので、ゆっくり別れを惜しむ間もない。じゃあね、と言うなり、ひと跳び大きく跳ねて坂を一気に下り、遊歩道に出た。そこでネズミたちの方を振り返り、ちょっとの間、何か考えていたが、またたっと駆け戻ってきた。

「何？　どうしたの、タミー」

「ねえ、ぼくを指さして、バーンって言って」

「え、どうして？」

「いいから、さあ、指さして、バーンって」

何が何だかわからないまま、タータは、お座りの姿勢になって待ち切れないといったふうに息をハアハアいわせているタミーに向かって、片手を突き出し、バーン、と小声で言った。するとタミーは、一瞬、舌を引っこめて口を閉じ、垂れた両耳を精いっぱい上に上げて、きょん、というこわばった姿勢になったかと思うと、次の瞬間、ごろんと横倒しになった。

「何だ、タミー、どうした！」

しばらくそのままでいたタミーは、ぴょんと跳ね起きて、また舌をだらりと出し、ハッハッと息を吐きながら、

「ねえ、どう、どう？」と急き立てるようにみんなを見回した。

「どうって……何がだよ」

「今のだよ。『バーン』だよ。『バーン』の芸だよ。これ、最近覚えたんだ。これやると、ご主人は大喜びしてぼくを褒めてくれるんだ」

「ああ、うん、そうか……」どういうことなのかさっぱりわからないタータは、たじろぎながら、「うん、そうだね、凄いや……」とともかく言った。

「凄い？　凄い？　凄い？　ねえ、ぼく、偉い犬かな？」

「うん、凄い、きみは凄い！　偉い犬だ！」やや当惑しながらも、タータはとりあえず力をこめて断言した。タミーは、ぴょん、ぴょん、ぴょんと跳ねながらその場でひと回りした。それからまた、だっと土手を駆け降りた。立ち止まり、振り返って、バウッ、バウッと二回大きく吠え、それから駅の方角に一目散に走り去った。

「あの子、また迷子になっちゃうぞ。なあ、スズメさんや……」とお父さんが言いかけると、それ以上聞かずにスズメはさっと飛び立ち、タミーの後を追っていった。

残された三匹のネズミたちは、しばらくの間ぼうっとしてしまった。

「タミーはいい子だなあ」とお父さんがぽつりと言った。

「うん。ぼくら、友だちなんだ」とタータ。

「友だちって、いいね」とチッチ。

「うん、友だちって、いいな」とタータが言い、みんなしばらく黙りこんだ。

25

お父さんは、左脚に力が入らないので、走ることができない。ただ、ゆっくりと歩いてゆくことはできる。茂みから茂みへと伝いながら、三匹は川の上流をめざした。朝の通勤と通学の時間帯になり、駅へ向かう人々の流れで川岸の遊歩道は賑わいはじめたが、遊歩道からちょっと登ったあたりの土手の斜面を伝ってちょろちょろと進んでゆくネズミたちに目を留める者はいない。

「あの排水管はとんでもない失敗だったね」とお父さんが言った。「この近辺は人間たちが多すぎる。川は川でも、このあたりはやはり人間たちのテリトリーなんだね。排水管のなかにしつらえた住まいがあんなことになってしまったことの理由も、結局はそれなんだ。やはり、もっと静かなところまで行かなければ。そして今度こそ、安心して暮らせるぼくらだけの棲みかを作るんだ」

雨が降っていた。午前中は小雨だったが、午後になってだんだん雨脚が繁くなってきた。灰色の雲がいちめん重く垂れこめた空から、冷たい雨滴が落ちてきて、ネズミたちの体を叩く。

「なあ、ちょっと辛いけれど、このまま行こう。もう雨宿りで時間を潰している余裕はない。もうほとんど冬だ。いい場所まで早く行き着いて、冬ごもりのできる棲みかを見つけないと……」

「ぼくらは大丈夫さ」とタータが言った。「それより、お父さんこそどうなの？　その脚、とても痛そうじゃないか」

「いや、そんなに痛むわけじゃない。こんなふうにゆっくり歩いていけば大丈夫……」

それはしかし、嘘だった。ひと足ごとにひどい痛みがずん、ずんと全身に響いてくる。

ときどき、ぬかるみに足をとられたり、雨に濡れた草の葉のうえで滑ったりするようなことがあると、激痛が脳天まで突き上げて、そのまま蹲ってしまいたくなる。子どもたちにそんな様子を見せるわけにはいかないと自分に言い聞かせ、平気なふりでどんどん進んでいったが、タータたちにはそんなお父さんの辛さも、辛いなかでの気遣いも、だいたいのところは察しがついていた。

三匹は、タータが先頭に立ち、お父さんを挟んで最後尾はチッチという順で一列になって進んでいった。タータがあちこちに気を配りつつ、人目につきにくい草木の蔭を選んでルートを決め、道を切り開いてゆく。その後をお父さんが追う。チッチは後方を注意しつつ、ときどき立ち止まりかけるお父さんの様子にも目を配りながら、しんがりを務める。いちばん弱い者を真ん中に置いて保護するというこの一家の旅の流儀が、いつの間にか自然に出来上がっていた。

しかし、雨のなかの道程は遅々として捗《はかど》らなかった。たっと走り、止まってあたりをうかがい、またさっと飛び出すというのがこれまでのリズムだったのに、今はお父さんの歩調に合わせてただひたすらのろのろと進んでゆくしかない。こんなところをイタチに襲われたらひとたまりもないだろう。空を見上げるたび、ノスリやトビの影がさっと走ったような気がして、それは結局はすべて怯えから来る錯覚にすぎなかったのだけれど、タータはそのつど背筋がぞっと凍りつき、足がすくんだ。

休み休みしながら土手を行くうちに、午後遅くになってようやくタイル貼りの遊歩道の起点ないし終点のところまで辿り着いた。公園として整備されているのはここまでだ。これより先の上流にはもう護岸壁沿いの遊歩道はなく、ただ川の流れがあり、その両側に自然のままの川原が広がっているばかりだ。そうだ、この先の川岸はもうコンクリートで固められてはいないのだ！

「あそこにゴミ箱があるぞ」とタータがつぶやいた。「ぼくとチッチとで、何か食べられるものが散らばってるかどうか見てくるから、お父さん、ここでちょっと待ってて」

ぐっしょりと濡れそぼったお父さんは、無言のまま頷いてその場にへたりこんだ。体中に脂汗がにじんでいて、言葉を喋る気力もない。草むらに蹲って目をつむる。ともかく脚を休ませることだ。この先どれほど長く歩かなければならないか、わかったものではないのだから。

「さあ、これ」というタータの声に目を開けると、小さなソーセージのかけらが目の前に置かれている。「これ、ホットドッグの食べ残し。パンの方は雨でもうぐずぐずに溶けちゃってた」

「おまえたちは食べたのか」

「うん、ビスケットや何か……それももうぐずぐずになってたけど」

お父さんはソーセージをがつがつと食べ、ちょっぴり元気が戻ってきた。「よし、行こう」

　三匹は土手の斜面を遊歩道まで降りて、その端の鉄柵の隙間をするりと抜けた。この雨のなかを散歩しようなどという酔狂な人間はいないようで、幸い人影はまったく見当たらない。コンクリートの土台から、五十センチほど下の野原に飛び降りる。お父さんの左脚にずきんという痛みが走ったが、柔らかな土のうえだったので怖《おそ》れたほどの衝撃はない。草むらの間を抜け、水の流れのすぐきわのところまで近寄ってみる。そこから川上の方向を眺め渡した。三匹はそのままましばらく立ちつくしていた。

「いいなあ。いいところだなあ」とタータが嘆声を上げた。

　そこから先はもう、自然そのままの川の流れだった。両側から緑豊かな土手がゆるやかに下ってきて、草が茫々《ぼうぼう》に生い茂った川原になる。ネズミが隠れるのに都合の良さそうな、こんもりした茂みや草の群生が点在する、鬼ごっこやかくれんぼで楽しく遊べそうな川原だった。あの嫌なにおいのする紫色の花穂をつけた植物など、むろんどこにも見当たらない。水ぎわには葦《あし》の茂みが続き、降りしきる雨を受けて少し速さを増した川が、そこにちゃぷり、ちゃぷりとひっきりなしに小さな波を寄せている。

「いいなあ、ここは」とお父さんも言った。

「ぼくらのもとの家のあたりとそっくりだね」とチッチが言った。

「土手の向こう側はぼくらがバスで通ってきた車道だね。そのさらに向こうの住宅街まで行けば、そこで食料の調達ができる」

「ぼくらの故郷より川原が広いよ。木も多い」とタータが言った。

三匹はしばらく黙ってあたりを眺めていた。

「さあ、棲みかだ。棲みかを作らなければ。しかし、この雨ではどうしようもない。どこかで雨宿りして、ひと休みしよう。とにかく疲れた、本当に疲れたよ。あ、あれは……」

お父さんが目に留めたのはフリスビーだった。向かい合った人間が互いに投げ合って遊ぶプラスチック製の円盤だ。誰かが置き忘れていったそれが、川原の大きめの石のうえに片端がのって、斜めに傾いている。三匹はそれに近づいて、その下にもぐりこんだ。

「これはいいな。雨宿りには最適だ」

三匹はフリスビーの下で身を寄せ合った。緊張しながらののろのろ歩きは、走ったり止まったりよりもある意味で疲労とストレスが大きい。それが一日中続いて、三匹はへとへとになっていた。雨を避ける場所が見つかってほっとしたとたん、その疲労がどっと出て、ほどなくみんなぐっすりと眠りこんでしまった。

最初に目を覚ましたのはタータだった。何やら妙な気配を感じて、ふと眠りが破られた

のだ。何か、変な感じがする。いったい何だろう。しばらく考えているうちに、何か変なことがあるのではなくて、あるはずのものがないのだ、そのこと自体が変なのだとふと気づいた。ずっと聞こえていた、ひっきりなしの雨音。それがない。

いつの間にか雨音が途絶えている。その代わりに、何か異様な感じの静寂が周囲に広がり、四方八方から耳の鼓膜を圧迫してくるようだ。雨が止んだのか。いや、この静けさ、この無音は、どうも、ただそれだけのこととも違うみたいだ。タータは起き上がり、円盤の外に出てみた。

もう夜になっていた。彼方の車道から届いてくる街灯の光が、あたりいちめん真っ白になってしまった川原の広がりを浮かび上がらせている。

雪が降っていた。

26

いつの間にかお父さんも出てきて、タータの横に並んでいた。

「お父さん、雪……」

「うん。まずいな。まずいことになった」お父さんは唇を噛み締めた。

チッチが飛び出してきて、大騒ぎしながらあたりを駆け回った。

「わーい、何だこれ！　凄い、凄いぞ！」チッチにとっては生まれて初めて見る雪なのだ。

「おい、チッチ、気をつけろ、気をつけないと……」お父さんがそう言いかけたとたん、チッチはつるっと滑ってすてんと転んでしまった。「ほら、そういうことに……大丈夫か？」

「大丈夫だーい。ねえ、凄いね、これ。どこもかしこも真っ白だーい！」チッチは天を仰ぎ、はらはら、はらはらとひっきりなしに落ちてくる冷たい花びらの華麗な舞いを、うっとりしながら見つめていた。そのまま地面に仰向けに寝て、しばらくじっと空を見上げていたかと思うと、今度は体が雪のなかに沈む感触を楽しみながら、右に左にごろごろと転がってみる。

「何て面白いんだろう。ねえ、お兄ちゃん、駆けっこしようか、あの大きな木の根元まで」

むろんお父さんはそれどころではなかった。さあ、どうする。いつの間にか、雨が雪に変わったのだ。もうずいぶん積もっていちめんの雪景色になっている。雪はかなりの勢いで降っているのだ。ほどなく止むだろうか。それともずっと降りつづくのか。土が凍りついてしまったら、もう穴を掘るなんてことはできやしない。

三つの選択肢があった。一つは、このかりそめの雨宿りの場所にとどまって、雪が止むのを待つことだ。もう一つは、土手の向こうの住宅街まで行って、家の軒下とかポリバケツの後ろとか、とにかく人間の作ったものの蔭にとりあえず避難すること。最後の選択は、このままこの川原をさらに先へ進んで、木の根っこの虚《うろ》なり石の下なり、もっとましな避難場所を探すことだ。さあ、どうしよう、どれを選ぶ？

　この長い長い旅の全体を通じて、お父さんがただ一つだけ犯した決定的な失策は、たぶんこのときの判断だったろう。お父さんは三つ目の途《みち》、川原を進むという途を選んだのだ。

　まず第一に、どこまで降り積もるかわからない雪のなか、このちゃちなプラスチックの円盤の下にいつまでもとどまっているわけにいかないことは明らかと思われた。

　かと言ってまた、土手を登って、自動車が絶え間なく往来する車道を横切るのも、走ることのできないお父さんには気が重かった。それに、住宅街のなかへ入っていけば、猫だの人間だのにいきなり出くわす危険がいつでもある。そんなとき、この脚でどうやって逃げたらいい。

　一方、この川原こそ、ここで新しい生活を始めると決めた場所だ。そして、今ぼくらはまさにそこに、その当の場所にいる。とうとうここまで辿り着いたのだ。ならば、もうここから離れることはない……お父さんには、解はそれしかないと思われた。たぶん、気は急くし脚は痛むしで、とにかく目先の道を前進するのがいちばんだという安易な考えに、大して深い思慮を凝《こ》ら

すこともないまま飛びついてしまったのである。

お父さん自身、雪というものの怖さを身に染みて知っているネズミではなかったということもある。これまで、雪が降っている日はただ巣穴にこもってやり過ごしていればよかったわけで、吹雪《ふぶき》のなかを歩きつづけるという経験など一度もしたことがなかった。

実はそのとき、関東地方一帯は季節外れの突然の大寒波に襲われつつあった。この冬初めての雪がいきなりとんでもない大雪になってしまったのだ。その晩は一時間に二度とか三度といった凄い勢いで気温が下がっていき、ホームレスの人々のなかから何人もの凍死者が出ることになるのだが、このときお父さんは当然まだそんなことを知るよしもない。

「さあ、行こう。急ごう。もっといい避難場所を探すんだ」

「あるかな、そんなのが……」とタータが疑わしげに言った。

「あるさ。きっとあるとも」そう言ってお父さんはどんどん歩き出したが、それはいつものお父さんのあの冷静な声ではなく、少し上ずった、せかせかした口調になっていた。タータとチッチはお父さんの挙措《きょそ》にかすかな変調を感じて、怪訝《けげん》そうにちょっと顔を見合わせた。タータは、何でもないというふうにチッチに向かって首を振ってみせ、すぐさまお父さんの後について歩き出した。チッチもそれに続く。

最初のうち、チッチのはしゃぎようが他のふたりの気分を引き立てて、雪のなかの行進もそう大したこととは思われなかった。

しかし、東京近郊の平地で暮らしてきて、きびしい自然と闘うすべなどまったく知らないネズミたちは、吹きっさらしの戸外で吹雪のなかを歩きつづけるというのがどういうことか、たちまち思い知らされることになった。何しろ風の冷たさが尋常なものではない。しかも夜が更けてゆくにつれ気温はますます下がってゆくようだ。

さらに、雪のうえはとても歩きにくい。左脚が雪にとられるたびに、お父さんは呻き声を押し殺さなければならなかった。チッチもだんだん無口になり、遅れないようについてゆくことだけに専念するようになった。

ほどなくそれは、恐ろしい行軍になった。雪はどんどん勢いを増してくる。手足はたちまちかじかんで、感覚がなくなってしまった。

木の根っこの虚《うろ》を探す……しかし、そんなものはどこにも見つからない。そうこうしているうちに雪はどんどん積もっていき、木々の根元もすっかり真っ白に覆《おお》いつくされてしまった。しかも、それを掘り返そうとするネズミたちの小さな前足は、固い氷の層にはばまれた。当初、降り始めの頃はみぞれ混じりだった雪の、最初に積もった部分は水分の多いべったりとした層だった。それが、どんどん気温が下がるにつれてザラメ状に固く凍りつき、もはやネズミの手ではなかなか突き崩すことができなくなっている。

歩く、歩く……木から木へ……しかし、お父さんやタータの爪ははじき返されて、やがて三匹の前足には血がにじみはじめた。

木の幹の蔭で風をよけながら何度か休憩をとった。しかし、体を動かすのをひとたび止めるや、毛皮に染みとおった水分がたちまち凍りつき、寒くて寒くて、居ても立っても居られなくなる。三匹はお互いの体を代わりばんこにごしごしこすって何とか暖をとろうとしたが、あまり役には立たず、結局休憩は早々に切り上げて、また辛い行進を再開せざるをえなかった。

「どうもこれは、駄目かもしれない……」お父さんはつい小声でひとりごとを洩らしてしまい、それがタータとチッチの耳に入った。チッチは歩きながらタータのそばにそっと寄っていき、その耳元で、

「ねえ、駄目かもしれないって、お父さんが……」と囁いた。

「ああ」とタータはぶっきらぼうに言った。

「ね、大丈夫だよね。ね？」

タータは何と答えていいやらわからなかった。

さらに時間がたった。……顔にびゅうびゅう吹きつけてくる雪片の舞うなかを、足に冷たい雪原のうえを、もう何時間さまよっているだろう。三匹の歩みはどんどん遅くなっていった。お父さんはもう頭がしびれたようになって、まともなことは何も考えられなくなっていた。もちろんそれは、タータとチッチも同じだった。最初に音《ね》を上げたのはチッチだった。

「お父さん、もう歩けないや」そう言ってチッチは立ち止まり、雪のうえに蹲ってしまった。

「もう少し、もう少しだから……」

「もう駄目だ。ほんとに駄目なんだ」とチッチが悲壮な声を出したが、実を言えば、お父さん自身の本音もほとんどそれと同じだった。左脚が硬直してほとんど動かなくなっていた。激痛の走るそれを引きずりながら辛うじてのろのろと動いていたが、今や一歩踏み出すためだけにそのつど、えい、と気合いを入れなければならなかった。

「ねえ、ここでじっとして、雪が止むのを待っていようよ」とチッチが言った。

「こんなところでじっとしていたらどんどん体温が奪われてしまう。そして……」お父さんは「死」という言葉を口にするのをためらった。

「ねえ、あのプラスチックの円盤のところまで戻れないかな」とタータが言った。

「もう、あの場所を探し出すのは無理だろう。雪に埋もれてしまっているだろうし。それに、あんなものではこの寒さは防げない……実際、何ていう寒さなんだ……」タータもチッチも返す言葉がなかった。

「なあ、チッチ」とお父さんが言った。「あそこに……ほら、十メートルくらい先のあそこに、こんもりした雪の山がいくつか見えるだろ。あそこまで行ってみよう。たぶんあれは灌木《かんぼく》か何かの茂みだろう。あれを試してみよう。な、あそこまで何とか頑張ってごらん」

チッチは頷いて、えい、えい、えいと自分に号令を掛けながら歩き出した。お父さんとタータも後に続く。

そこまでようやく行った三匹は、おびただしい雪片の舞うなかを透かして、前方に目をこらした。前へ前へと行くほどにだんだん暗くなり、十五メートルほど先になるとほとんど真っ暗闇のなかにすべてが呑みこまれてしまう。もう駄目だ、本当に駄目だとお父さんは思った。かたわらの雪の小山をほじくり返してみる。固くなった雪の層を根気よく引っかいて、突き崩してゆくと、思ったとおり草の茂みが現われた。

「さあ、チッチ、このなかへお入り、ここで何とか持ちこたえてみよう」とお父さんは言った。チッチがそこに、もぞもぞともぐりこんでゆく。

「タータも、さあ……」とお父さんが言うと、タータはそれには従わず、

「ねえ、お父さん」と改まった口調で言った。

「何だい。さあ、早く、このなかへ……」

「こんな茂みに入っても、この寒さはきっとしのげやしないよ」チッチに聞こえないように低い声で言おうとしたが、肺が凍えて息が短くなっていて、どっちみち掠れた小声しか出ない。

「いや、でも、ないよりはましだ……」

「きっと無理だよ。ねえ、お父さんにもわかってるんでしょう」

「……」

「ぼくが行くよ。お父さんも、もう歩けないんでしょう。ふたりはここで待ってて。ぼくがこの先へ行って、避難場所を見つけてくる。きっと見つけてくるから。チッチとここで休んでて」

お父さんは黙りこんだ。たぶん、タータが正しい。三匹が助かる唯一の可能性は、たぶんそれだ。それしかない。

「よし。タータ、頼んだぞ……」

27

その言葉を聞くや、タータはだっと小走りにダッシュした。だんだん濃くなってゆく暗がりのなかにたったひとりで突き進んでゆくのは、何とも言えず心細かった。しかし、どこか安全な場所を見つけて来なければ、ぼくが見つけて来なければ、きっと三匹とも死んでしまう。

今まではお父さんとチッチに合わせた速度でしか進めなかったけれど、ぼくひとりならもっと速く走れる。タータは走った、走った……でも、たちまち雪のかたまりに足をとられて前に投げ出され、ころころと転がってしまった。

上っ調子になっちゃあ、駄目だ。もっと慎重に行かなければ。起き上がって、前方に目をこらした。人間の作ったもの……たとえば、ベンチとかゴミ箱とか子供用の遊具みたいなものは、このあたりに設置されていないのか。材木の山が残されているとか、木箱が転がっているとか……せめて段ボール箱だっていい。とにかく、雪が盛り上がっているところは、そこに何かがあるということだ。雪の山を探すんだ。

タータは血走った目を瞠《みは》ってあたりを必死に見回しながら、小走りに進んでいった。何か、ないか、何か。風が渦を巻いている。川上から川下に向かってびゅうと吹き抜ける風を正面から受けると、雪の粒をまともに食らって目を開けていられなくなる。かと思うと、川の方から横殴りに吹きつけてくる風を脇腹に受けて、体の安定を失い、思わず転倒しそうになる。

自分ひとりならどんどん走っていけるとタータは思っていたが、いざ走り出すと、実はタータ自身の体力も尽きかけていることがすぐにわかった。とっくのとうに感覚を失った足で雪原を蹴りながら、しかも、渦を巻くように吹きつけてくる雪嵐に飛ばされないように、右に左に絶えず体の重心を移しながら、走ってゆく。それは恐ろしく体力を消耗する大変な仕事だった。しかも、体の芯《しん》まで染み入ってくる寒さは、刻一刻、ますますひどくなってくるようだ。

何か、ないか、何か……何もない。

タータは走った、走った……速度が落ちた……もう走れない……歩く速さでしか進めなくなった。しっぽが痛いや。ちぎれそうだ。足が痛いや。体中が痛いや。そのとき、横殴りの突風がびゅうと吹きつけてきて、タータは飛ばされた。起き上がってまた歩き出す。あ、いけない、うっかり後戻りしてゆくところだった。川の水音で方角をたしかめて向きを変え、また歩き出した。今度は真正面から風が来る。足を出そうとしても、風で体が押し戻されてしまう。歩くというより、もうほとんど這っていると言った方がいい。

何か、ないか、何か……何もない。

寒い。寒いなあ。片足を前に出す。今度はもう一方の足。またもう一方の足。ああ、ぜんぜん進んでいかないじゃないか。もう駄目かな……いや、駄目なんてことがあるもんか。チッチとお父さんがぼくを待ってるんだ。安全な避難場所を早く見つけて、ふたりのところに戻ってやらなくちゃ。でも……もう足が出ない、出ないんだよ……ごめんね、チッチ、ごめんね、お父さん。

とうとうタータの動きが止まった。変だなあ、ついさっきまであんなに寒かったのに、今はもう何も感じないや。体中、何の感覚もなくなってしまったみたいだ。ただ、眠くて眠くてたまらない。おまえ、何してる、とタータは自分を叱りつけた。眠ってる場合じゃないぞ、チッチとお父さんが……でも駄目だ、この眠さにはとうてい抵抗できない……甘い甘い眠りのなかにすとんと落ちてゆく……ぼくは頑張ったんだ、信じてよ、お父さん……でも、駄目だった、ごめんね……。

タータの体に雪が積もり出し、その厚みがどんどん増していった。もう少したてばタータはすっかり雪に覆われて、大きめの石か何かと区別がつかなくなってしまうだろう。雪の下にネズミの子が横たわっているなんて、誰にもわからなくなってしまうだろう。

そのとき、タータの方へゆっくりと近寄ってくる影があった。

それよりも百メートルほど川下の、小さな雪の室《むろ》のなかでは——。

じっと蹲ったお父さんは、目をつむったまま夢見るように考えていた。

……そうだ、きみと一緒に雪のなかを転げ回って遊んだことがあったね。あれはきみと初めて出会って間もない頃だった。きみは、はしばみ色の目をした本当に美しい牝ネズミだった。きみの目と、ほとんど白に近いきみの毛色を、チッチが受け継いでくれて、本当によかったな。

あたしはきっと、雪国で暮らした方がいいのかな、ときみは言ったね。こういう白い毛皮は雪のうえでは目立たないから、ハイタカにもノスリにも襲われにくいでしょう。雪国じゃなくたって大丈夫だよ。ぼくはそう答えたのだった。これからはぼくがきみを守ってあげるから。はにかみ屋のぼくがよくもまあ、あんなきざなことを言えたものだ。恥ずかしかったけれど、でも心の底から真剣に、ぼくはきみに言ったのだった。鳥にも猫にもイタチにも、もうきみを襲わせない。ぼくが守ってあげる。ね、ぼくと一緒に暮らそう。

きみと家庭が作れて、ぼくは本当に幸せだったよ。川で遊んだり、巣穴にこもってお喋りしたり、夫婦の連係プレーで猫をだまして、美味しい餌にありついたり。短かったけれど本当に楽しかったあの月日……きみが急な病気にかかってあの若さで死んでしまったときには、涙というものが体からこんなに出るものかと思うほど、何日も何日も泣きつづけたものだ。もうぼく自身、生きていても意味がないとさえ思ったものだ。でも、タータとチッチがいた。あのすばらしいふたりの息子を、きみはぼくに残してくれた。ぼくは死ぬわけにはいかなかった。ぼくが守ってやらなければならない子どもたち……。

なのに、ああ、こんなことになってしまった。きみには心から謝らなくちゃ。ごめんね、本当にごめん。

お父さんはチッチの体を抱きかかえ直した。チッチ、眠るな、眠るんじゃない。さっきから叫びつづけていた言葉だが、どうやらもう、ちゃんとした声にはならなくなってしまったようだ。もう声が出ない、体がしびれて動かない。ただひたすら眠い。眠くて眠くてたまらない。

抵抗するのをやめて、この眠りのなかに引きこまれてしまえば、この甘美な暗がりに呑みこまれてしまえば、そこできみとまた再会できるんだろうか。きみの温かな声をまた耳元で聞いたり、きみのあのなめらかで美しい毛皮を撫でたりすることができるようになるんだろうか。それならそれで、いいのかもしれないな。タータもチッチもそこに来て、一家四匹がまた一緒になれるのかもしれないな。

ああ、もう駄目だ。暗闇に吸いこまれてゆく。眠ってゆく、眠ってゆく……。

28

三匹のネズミが死にかけている。

銀河系の辺境の、とある恒星の回りを公転する、地球というちっぽけな惑星のうえでの出来事だ。

百数十億年前のビッグバンで生誕し、それ以来、光の速さで膨張《ぼうちょう》しつづけているこの宇宙の途方もない大きさを考えれば、地球などけし粒みたいなものにすぎない。ただ、そのけし粒のうえにも、一応は海があり大陸があり、山がそびえ川が流れ、そこにはアメーバや粘菌から象やクジラまで、無数の生物がひしめき合って暮らしている。

今のところそのなかでいちばん威張って、驕《おご》り高ぶって、わが世の春を謳歌《おうか》しているのは、ニンゲンという名の野蛮な哺乳《ほにゅう》類の一種族だ。自分たちの安逸のことしか考えないニンゲンの好き勝手のしほうだいのせいで、あんなに美しかった緑の星は、今どんどん荒れつつある、衰えつつある。その一方、ニンゲン自身もお互い同士、何やらわけのわからぬ理由で戦い合い、殺し合っているのだから、馬鹿々しい話ではある。しかし、放っておこうではないか。どうせ長くは続くはずのないニンゲンの、地球上での繁栄など、無限の宇宙のなかに置いてみれば、一瞬のエピソードでしかないのだから。

　そのけし粒くらいの星のうえの、とある小さな島の、とある小さな小さな一平野の、とある小さな小さな小さな川のほとりで、今、三匹のネズミが死にかけている。体に降り積もる雪が彼らの体温をどんどん奪い、心臓の機能を停止させかけている。

　どうでもいいことだ。つまらぬ話だ。地球上で今この瞬間に起きている、取るに足りない無数の小事件の一つ。

　でも、これはとてつもなく大事なことなのだ。このちっぽけな三匹が――こんなに頑張って、こんなに懸命に、はるかなはるかな距離を旅してきたこの三匹が、ついにここで力尽きてしまうかどうか。それは宇宙の運命に匹敵する大問題だ。手に汗握って見守らなければいけない大事件なのだ。そう、わたしは断言する。

　なぜか。その理由は簡単だ。ネズミであろうと何であろうと、生命《いのち》というものはそれ自体、一つの奇蹟だからだ。ある特殊で複雑な仕方で組み合わさったたんぱく質の分子の複合体に、あるとき突如として、生命が宿った。生まれて、生きて、番《つが》って、死ぬという不思議なサイクルが生じ、生命の輝き

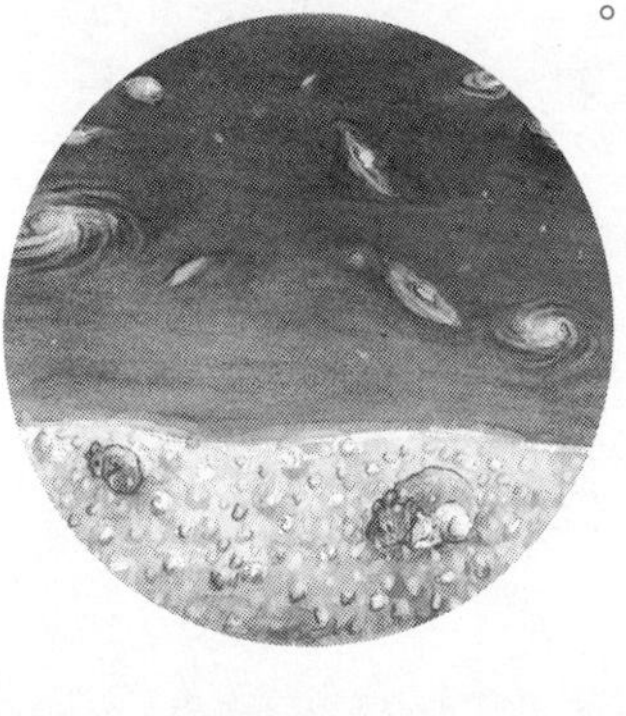

が、温《ぬく》もりが、歓《よろこ》びが、世代から世代へと受け継がれてゆくようになった。これが神秘でなくて何だろう。奇蹟でなくて何だろう。

宇宙の開闢《かいびゃく》以来経過した気の遠くなるような歳月、宇宙の終焉《しゅうえん》までにこれから経過するであろうさらにさらにとんでもなく長い長い歳月——そうしたものと比べてみれば、ちっぽけなネズミがこの世で過ごす束の間の生の時間など、ほんのまばたき一つの出来事にすぎない。でも、その一瞬こそは、途方もない奇蹟なのだ。とうてい信じられないような、畏怖《いふ》すべき驚異なのだ。

その奇蹟が今、ふっと吹き消されるマッチの先の小さな炎のように、この世から失われかけている。その炎の一瞬のなかには、膨大な記憶が詰まっている——ああ、露の玉を跳ね飛ばしながら草むらを走り抜けた、あの夏の早朝の歓喜、穏やかな陽光に暖められた枯れ葉のうえをごろごろ転げ回って遊んだ、あの晩秋の午後の気持ち良さ、まだまだ寒い日が続いているのに、いつの間にか木々にちっちゃな若葉がいっせいに芽吹いていることにふと気がついたあの早春の朝の驚き……。そのいっさいが、そのとき一挙に失われてしまうだろう。無に帰してしまうだろう。

そんなことになっていいのか。本当にいいのか。

29

　タータは薄目を開けた。誰かがタータの背中を揺すりながら、顔のすぐ間近で、大きな声で何か叫んでいる。「……おい！　起きろ！　起きるんだ！……」タータはすぐまた目を閉じた。何だ、何だよ、うるさいなあ。ぼくはもう駄目なんだ。もう駄目だから、ここで眠ることにしたんだ。眠くて眠くてたまらないんだから。放っといてよ、頼むから。

「眠ると死ぬぞ！……何だ、おまえ、タータか、タータ坊やじゃないか……」

　ぼくの名前を知ってる……いったい誰だろう。タータはまた薄目を開けた。誰かがかがみこんで、タータのひげをぐいぐい引っ張っている。

「痛いよ……やめて……」という掠れ声がようやく出た。

「きみらもようやくここまで来たのか。おい、お父さんはどこにいる？　チッチは？」

　チッチという言葉に刺激されて、意識が少しばかりはっきりしてきた。チッチとお父さん……そうだ、ふたりを置いて、ぼくは避難場所を探しにきたんだ。チッチとお父さんが後ろの方の、もっと川下のどこかでぼくの帰りを待っている。ぼくはこんなところで眠ってるわけにはいかない。タータは必死の努力で、目をぱちぱちと何度かまばたきした。起きるぞ、ぼくは起きる！　凍えきった手足に力をこめて、ぐっと起き上がろうとした――つもりだったが、実際はかすかに身じろぎしただけだ。

「頑張れ、起きろ！」とその誰かが言って、タータの背中を抱きかかえ、ぐいと活を入れてくれた。この声……聞き覚えがある……お爺《じぃ》さんの声だ……ネズミのお爺さん……。

「お爺さん？……近所に住んでたあのお爺さんなの？」

「おう、そうだとも。きみら一家もおっつけ到着する頃合いだろうとは思っていたが、案外手間取ったんだな」

それは、道路工事で追い立てを食うまでタータたちが暮らしていたあの懐かしい故郷で、タータの家のすぐ近くに住んでいた爺さんネズミだった。川にふたをする工事が始まるからこの土地を離れるようにとターター家に忠告してくれた、あの痩せた老ネズミである。

「後のふたりはどこだ？」

「うん……向こうにいる……」

「向こうってどこだ？」

「向こうだよ……もっと下流の……ぼくの帰りを待ってるんだ……戻らなくちゃ……ああ、でも、その前にまず避難場所を見つけなくちゃ……それを探しにきたのに……どうしよう……」

「避難場所？　避難場所ならちゃんとあるさ！」と爺さんネズミは言った。

「ある？　避難場所が……？」

「おお、あるとも！」鼻の回りが真っ白になった爺さんネズミは、天を仰いでワッハッハッと豪快な笑い声を上げた。「もちろんあるとも！　わしが掘り上げた立派な巣穴がな！ついこの目と鼻の先にあるブナの大木の根元に、三週間もかけて掘り上げたやつだ。ネズミ専用の、特製の、最上等の、豪勢きわまるお屋敷だぞ！　広さもゆったりしてるから、あと何匹か住民が増えたところで、どうってこたあない。なあ、きみらは昔馴染みのお隣りさんだ。一緒に住もうじゃないか。積もる話もいっぱいあるしな。おお、こりゃあ、楽しくなってきたわい」

　タータの頭のなかにかかっていた不透明なもやのようなものが、すうっと晴れていった。爺さんネズミが喋りつづけている。

「いや、雪の積もり具合を見ようと、ちょいと外に出てみたら、向こうの方に何やらもぞもぞ動いているものがあるじゃないか。見に行くか、無視して穴に戻って寝てしまうか、しばらく迷ったんだが、わしはけっこう好奇心の強い性《たち》でなあ。しかし、いやいや、雪をかき分けかき分け、難儀しながらわざわざ見にやって来て、本当によかった、よかった。昔馴染みのタータ坊やにめぐり会えるとは。おまえなあ、朝までこんなところにいたら、確実に凍え死んでたところだぞ」

　爺さんネズミがこの土地に先に着いていた。そして、すでに巣穴を作っていて、ぼくたちをそこに住まわせてくれるという。なら、問題解決だ。よかった。よかったなあ。……いや、待て、まだ解決なんかしていない。

「お爺さん」とタータは言った。もうタータの声はしっかりした調子を取り戻していた。

「チッチとお父さんのところに戻らなくちゃ。ふたりとも弱りきってる。お父さんは脚に怪我して、ほとんど歩けなくなってる。まだ間に合うかなあ。急いで戻らなくちゃ。でも、ふたりをすぐに見つけられるかどうか。雪がこんなにどんどん降ってきて、もうどこもかしこも真っ白だし……」

　爺さんネズミは一瞬の躊躇もしなかった。

「よし、行くぞ。タータ、案内しろ」と言うや、先に立ってどんどん歩き出した。タータもよろめきながら後を追った。ぼくはひとりで歩き出して、いったいどれほどの距離を来たんだろう。たぶん、そんな大した距離のはずはない。ともかく、後から後から雪が降り積もって、タータ自身の足跡はもうすっかり消えてしまっている。

　さくっさくっと一歩ごと足が雪にはまり込み、それを引っこ抜いては前に出す。それを果てしなく繰り返しながら、ふたりは懸命に歩きつづけた。

「どうだ、この辺か?」

「うーん、もうちょっと先、だと思う」

「たしかか、タータ?」

「うーん……」

　しかし、どこもかしこもただいちめん真っ白で、何のしるしも手がかりもない。これでは……。お父さーん！　チッチーい！　とタータは叫んだ。耳を澄ます。返事はない。もしや、もう……。そんな考えを打ち消すように、声をかぎりにまた叫ぶ。爺さんネズミも、おーい、おーいとのどを嗄《か》らすほどに叫んでいた。しかし、どんな大声も、しんしんと降り積もってゆく雪景色のなかにすうっと吸収されてしまって、声が途絶えたとたん、後には何の響きも残らない。聞こえるのはただ川の流れの水音ばかり。怖いほどの白さと静寂ばかりが、あたりを傲然《ごうぜん》と支配している。

返事がないということは……もしもチッチとお父さんが死んでしまったら……それはぼくのせいだ、ぼくの責任だという考えが浮かんで、タータはぞっとした。打ちのめされて、その場にへなへなとくずおれそうになった。もしこの旅に出発する前の、本当に子どもでしかなかった頃のタータだったら、この瞬間、きっとわっと泣き出していただろう。実際、その場に座りこんで泣きじゃくりたい、かたわらの爺さんネズミに、可哀そうに、坊や、可哀そうにと慰めてもらいたいという抗しがたい誘惑に、一瞬タータは囚われた。

いや、泣いている場合かとタータは自分を叱りつけた。ふたりを見つけるんだ。たったふたりだけのぼくの家族。弟と父親。そのふたりを救う。それができるのはぼくしかいない。避難場所は見つかった。後はただ、ふたりを見つけて、そこに運びこむだけだ。

どこだ、どこでふたりと別れた？　「タータ、頼んだぞ」とお父さんが肩を叩いてくれた、あの場所……。思い出せ、思い出すんだ。しかし、何の目印もないこの雪景色のなかでは……。何か手がかりはないか、思い出せ！　うろうろしながらやみくもに叫んで回るのを止めて、タータはつと立ち止まった。込み上げてくる大きなかたまりのようなものをぐっと呑みこんだ。

タータが安気《あんき》で無邪気な子ども時代をとうとう脱したのは、――辛いことも苦しいこともたったひとりで引き受けて、黙って唇を嚙みしめて生きてゆく、本当の意味でのおとなの、一人前のネズミになったのは、たぶんその瞬間だった。タータは爺さんネズミに向かって、

「お爺さん、ちょっと黙って。今、考えるから」と抑制の利いた静かな声で言った。それは、お父さんならこんな絶体絶命の場面で必ず出すような、落ち着き払った声だった。爺さんネズミはぴたりと口をつぐみ、タータをじっと見守った。

タータは俯いて、じっと集中し、考えた。

「ぼくが行くよ」と言ってふたりと別れ、ひとりで走り出したあの場所……ふたりは何かの雑草の茂みのなかに体を丸めてそこに残った。何の特徴もない茂み……しかもそれはあのときすでに雪に埋もれていたし、お父さんがそこに開けた穴も、今ごろはもう降り積もった雪で完全に塞がってしまっているだろう。

あの付近に、何か目印になるようなものがあったか。たとえば、木はあったか。たぶん、なかった。ああ、わかりやすい大木か何かの根元にふたりを残せばよかったのに！　いや、

今さらそんなことを言っても始まらない。そのあたり、川岸の光景に何か特徴はあったか。何もなかった。とにかく、何も思い出せない。では、土手の側はどうだ。これもない。ああ、絶望的だ。

考えろ、考えるんだ！　土手の、さらに上……車道がある。タータは顔を上げ、たぶん雪のせいでずいぶん前から車の通行が途絶えてしまっているその車道の方に、視線を投げた。車道には規則的な間隔で街灯が灯っていて、それが投げかけてくる光で、今この瞬間も川原の光景が辛うじて薄ぼんやりと見分けられる。街灯の真下に当たる川原はとても明るくて、街灯と街灯のちょうど中間に当たるあたりがいちばん暗い。では、あの場所は明るかったか、暗かったか。

ふたりと別れて、どんどん暗いなかに入ってゆくのが心細かったのをタータは思い出した。そうだ、お父さんとチッチも、前方がどんどん暗くなってゆくのを見て、気持ちがくじけ、ついにあの地点で立ち往生してしまったのだ。だとしたら、ふたりと別れたのは明るいところだ、街灯の真ん前だ。ではどの街灯だ？

タータは後ろを振り返り、川の上流を、今しがたやってきた方角を眺めやった。あの街灯……たぶん、あれではない。あそこからぼくが行き倒れたもっと先の地点まででは、あまりに距離が短すぎる。ぼくがひとりで進んだ距離は、それでももう少しはあったはず。タータはまた振り向いて前を見た。では、次の街灯か、さもなければその次、そのどちかだ。間違いない。

タータは黙ったまま、確信に満ちた足取りでゆっくりと歩き出した。爺さんネズミがその後ろにぴたりとついてくる。街灯の真下まで来た。そこでないことはすぐにわかった。そこは均されたように真っ平らになった林間の空き地で、こんもりした茂みのようなものは何一つ見当たらなかったからだ。

さらに先に進む。街灯の明るみがだんだん弱まり、あたりが暗くなってゆく。ほとんど真っ暗になった。それから、次の街灯の光が届きはじめ、だんだん明るくなってゆく。だんだん……だんだん……いちばん明るいところまで来た。

ここが街灯の真ん前だ。真っ白な地面がでこぼこしているのは、草の茂みがいくつもあってそれが雪に埋もれているからだ。ここだ。きっとここだ、そのはずだ。タータは祈るような気持ちで、

「お父さーん！ チッチーい！」と四方八方に声を張り上げ、それからじっと耳を澄ました。返事はない。聞こえるのはただ、降りしきる雪をどんどん運んでゆく、いつもよりずっと速い川の流れのせせらぎばかり。

「お爺さん、このあたりだと思う。探して！」と言うや、タータはこんもりした草の茂みとおぼしいものを手当たり次第に掘り返しはじめた。爺さんネズミも同じことをする。ああ、雪が固い、何て固いんだろう。いない……いない……ここにもいない……。

いた！　四つ目の雪の山をほじくりはじめたとたん、ぐっしょり濡れた毛皮の感触がただちに手に触れた。「いた！」と叫ぶと、爺さんネズミがこけつ転《まろ》びつしながら大急ぎでやって来た。

　お父さんは雪に埋もれながら、チッチを自分の体のなかにしっかり抱えこむようにして蹲っていた。目をつむったまままったく動かない。チッチも同じだ。ふたりとも体が氷のように冷たい。ああ、遅かったのか。タータの体からへなへなと力が抜けていった。もう、泣きじゃくる気にもなれない。周囲の雪景色そのままの、冷たい無感覚なかたまりがお腹のなかに大きくふくらんでゆく。体の外にも厚ぼったく広がってゆく。爺さんネズミが一生懸命チッチの体をさすっている。駄目だよ、今さらそんなことしても。もう手遅れだ。ぼくのせいだ、ぼくの責任だ。ぼくの頑張りが足りなくて、とうとう間に合わなかった。ああ、チッチ、ごめんね。お父さん、ごめんね。そのとき、「生きてるぞ、まだ息をしている！」という爺さんの叫びが、厚ぼったい無感覚のかたまりを刺し貫いてタータの心まで届いた。飛び起きたタータはお父さんのそばに駆けつけて、冷たい顔に手を当てた。お父さんが薄目を開けた！

「うーん、タータ……」とつぶやいてタータの目をじっと見つめ、かすかな笑みを浮かべた。

「お父さん、ああ、よかった」

でも、チッチは？　チッチはどうなんだ？

「チッチ、チッチ、聞こえるか？」そう叫びながら、タータはチッチの顔を一生懸命にさすりつづけた。それでもまだ目が開かない。やっぱり駄目か、手遅れだったか？　そのとき、

「ん……もう、お兄ちゃんったら。遅かったじゃないか……」という小さな、でもはっきりとした声がタータの耳に届いた。

エピローグ　ひと月後

1

　ひと月ほどたった。

　朝から雲一つない真っ青な空が広がって、午後いっぱいそれが続き、夕闇《ゆうやみ》の接近とともに、空の青さが東の方角からだんだん翳《かげ》ってゆく。本格的な冬はまだまだ始まったばかりだけど、何の拍子かふと寒さが弛《ゆる》み、季節外れのぽかぽか陽気に恵まれた、それはすばらしい一日だった。

　タータとチッチは久しぶりにまるまる一日外で遊んで、疲れきって川原の石のうえに寝転んでいた。

「お兄ちゃん、空を飛んだことのあるネズミって、世界中でぼく一匹だけだろうなあ」とチッチが得意そうに言った。またその話か、やれやれとタータは肩をすくめたが、

「そうだね、そうかもしれないね」と一応は言ってやった。そのうえで、「でもおまえ、空を飛んだ、空を飛んだって自慢するけどさ、あの鳥に捕まったとたんに気絶して、結局、飛んでいた間のことは何一つ覚えてないんだろ。最初はそう言ってたじゃないか」とからかうように言った。

「うーん、でも……ほんのちょっとは覚えてるさあ。地面が凄《すご》く、凄く下の方に見えたんだ……森も川もちっちゃく、ちっちゃく見えてさ……風がびゅうびゅう吹きつけてきてさ……そいで……」

どうだかな、後になって想像して言ってるだけだろうとタータは思ったが、それでも、猛禽《もうきん》の爪につかまれて地上何十メートルのところに吊《つ》り下げられ、猛スピードで運ばれ、あまつさえその高さから地面に墜落するという大変な体験をしたネズミの子が、この世にそうそういないことは間違いない。そういう試練をくぐり抜けて生き延びてきたのである。わが弟ながら大したやつだった。

「お兄ちゃん、明日もこんなにあったかいといいねえ」

「そうだね。どうかなあ。お父さんたちは、春が来るのはまだまだ先だって言ってるけど」

「でも、外に出られないような寒い日に、うちのなかにみんなでいて、お喋《しゃべ》りしてるのも楽しいなあ」

「ほんとに。それから歌を歌うのもね」

爺さんネズミは、クマネズミの一族に代々伝えられてきた、お父さんも知らなかった古い歌をいろいろ教えてくれた。冬の夜長にそんな歌を代わる代わる、あるいはみんなで声を合わせて歌うのは本当に楽しい。そんなときタータがつくづく思うのは、爺さんから習った「真夏の宵《よい》に、川辺で」だの「星への祈り」だの「梢《こずえ》を揺らす風から聞いたこと」だのをグレンに歌って聞かせてやりたいなあ、ということだった。今ごろあの図書館で、グレンは何をしてるだろう。サラさんたちはグレンに再会できたろうか。

爺さんネズミがすでに作っていた巣穴は、かなりゆったりしているとはいえ、タータたち三匹が加わって一緒に暮らすにはもちろん狭すぎた。そこでタータとチッチが頑張って掘り進め、土を外に運び出し、穴を延ばして奥を広げた。食料貯蔵庫になりそうな横穴も掘ったし、万一の場合に備えて裏口も作ろうと、ずっと離れた場所で外に出る枝道を、今少しずつ掘り進めてもいる。春になるまでにはそれも完成するだろう。

川下のもとの住まいでひとり暮らしが長かった爺さんネズミは、タータたちと一緒に暮らすようになって、毎日が賑《にぎ》やかでとても楽しいと言っている。タータたちも、古い歌を歌ってもらったり、猫やイタチの接近を察知して身をくらます方法を教わったり、爺さんから学ぶことがたくさんあって、面白くてたまらない。

それにしても、タータたちが不思議でたまらないのは、この爺さんが三匹に先んじて、どうやって川を遡《さかのぼ》り、この場所に行き着けたのかということだった。タータたちがあんなに苦労して踏破《とうは》し抜いたこの道程を、爺さんはたったひとりでいったいどうやって旅してきたんだろう。あのドブネズミの縄張りを、あの繁華街や駅を、どうやって横断してきたんだろう。でも、それを尋ねるたびに、いつも爺さんは言を左右にし、決して教えてくれようとしない。

「年寄りには年寄りなりの知恵というのがあってな。馬鹿にはできないもんだ。そのうち教えてあげよう。そのうちにな……」後はただ、ふっふっふっとじらすように笑うばかりなのである。

タータとチッチは川面《かわも》をじっと見つめていた。昼の間、ピーヨ、ピーヨと騒がしく鳴き交わしていたヒヨドリの声ももうとうに絶えていた。ただ川の流れの音だけが、優しく静かに響いている。あたりがどんどん暗くなってゆく。西の空が茜《あかね》色に染まり、その光が水面に照り映え、いたるところに立ったさざ波がその夕焼けと同じ色にきらきら輝いている。何てきれいなんだろう、とタータは思った。川の流れは止まることがない。悲しかったことも嫌だったことも、何もかも押し流してゆく。もちろんついでに、楽しかったことや嬉《うれ》しかったことも押し流されてゆくけれど、それでいいんだとタータは思った。美しいものも醜いものもどんどん過ぎ去って、でも川の水はいつも新しい。大事なのはそのことだ。川と一緒にいるかぎり、ぼく自身もまた、いつだって新しい自分自身になることができる。ぼくはこの川が大好きだ。

　チッチがふと顔を上げて、あ、お父さんたちだと言った。

　川原のうえをこちらに向かって、お父さんと爺さんネズミが並んで何かを熱心に話しながら、ゆっくり歩いてくるところだった。昔はご近所同士でもあまり深い付き合いはなかったけれど、今やふたりはすっかり仲良くなって、この頃はいつも一緒にいてお喋りや議論にふけっている。お父さんはまだ左脚をほんの少し引きずっているけれど、春までにはすっかり治ってまた走れるようになるだろう。声が届くところまで近づいてきたお父さんが、

「やあ、子どもたち、今日も楽しかったかい」と言った。楽しかったあ、とチッチと声を揃《そろ》えて答えながら、タータは、「子ど

もたち」かあ、おまえはもうおとなだって、あのときお父さん、何度も言ったのにな、とちょっぴり不満に思う。

「お父さん、ぼく、空を飛んでたときにさあ……」とチッチが言いかけると、

「うんうん。風が冷たくなってきたから、さあ、ともかくうちに帰ろう。そこでゆっくりチッチの話を聞くよ」とお父さんが言った。

2

この物語はこれで終わりだ。しかし、本当に終わりにしてしまう前に、これまで登場した動物や人間にその後起こったことを、ほんの少しだけ紹介しておくことにしよう。

タータたちを襲おうとして猫のブルーに撃退されたあの老イタチは、ドブネズミ軍団と戦いながら何とか辛うじて生き延びていたが、ある夜、石見《いわみ》街道を渡ろうとして車に轢《ひ》かれて死んだ。

サラ、ドラム、ガンツの三匹はさまざまな危機を乗り越え、ずいぶん苦労して、ようやくグレンの棲《す》む図書館に辿《たど》り着いた。説得されたグレンはついに立ち上がり、翌年の春、反乱軍を再組織し、ドブネズミ帝国を攻略、恐怖政治を布《し》いていた悪辣《あくらつ》な連中を追い払い、平和で静かな新しいネズミの国を作ることに成功した。

グレン軍のドブネズミ帝国への侵攻作戦を物語るには、それだけで一冊の本が必要にな

る。敵の意表をつく緻密《ちみつ》な計略を立て、大胆に実行したグレン、ふだんは物静かなのに、ひとたび戦場に出るやうって変わって獅子奮迅《ししふんじん》の戦いぶりを示したドラム、参謀《さんぼう》本部にからめ手から前衛部隊を送りこむための、絶妙な間道を掘り抜いた穴掘りガンツの活躍など、語るべき面白いエピソードはたくさんあるけれど、残念ながらそれは別の機会に譲らなければならない。

　ボスネズミは最後まで抵抗したが、参謀本部での最後の白兵戦で大怪我《おおけが》を負って逃走、その後誰も彼の姿を見た者はいない。

　グレンとサラは結婚し、最初に生まれた子どもたちのうち、長男にはタータ、次男にはチッチという名前を付けた。

　モグラのお母さんはその後、気弱なやもめのモグラを見つけて再婚し、また子どもを何匹か作ったが、ほどなく夫に逃げられてしまった。しかし相変わらず意気軒昂《いきけんこう》で、新しい恋の予感に毎日胸をどきどきさせている。

　末っ子だったモロは弟や妹が出来たので末っ子ではなくなり、頼りになる優しい兄貴としての風格が出てきた。モロの穴掘りの腕前は大したもので、今では兄たちからも一目置かれ、増えた家族のために巣穴を広げることになったとき、その腕前は遺憾なく発揮された。「チッチ兄ちゃん」が発明してモグラ一家に伝えていったドングリ・サッカーは今も大人気だが、弟たち妹たちがもう少し成長して参加できるようになれば、ゲームはもっともっと面白くなるはずだ。

猫のブルーの飼い主のお婆《ばあ》さんは、俳句の同好会に毎週通うようになったことがきっかけで、友だちが増え、俄然《がぜん》、若返って元気になった。一時期の耄碌《もうろく》ぶりが嘘《うそ》のように頭も体もしゃんとして、句会誌の編集にうるさく口を出し、編集部をへきえきさせている。

ブルーの生活にはまったく変化がない。でも、相も変わらぬお澄ましのポーカーフェイスの裏で、実は内心、飼い主のお婆さんが元気になったことをとても喜んでいる。とはいえ、よく晴れて星のきれいな晩、庭の芝生に座ったブルーが夜空を見上げながら長いことじっとしているようなとき、彼女が何を考えているのかは、誰にもわからない。

〈田中動物病院〉が繁盛しはじめたのは、最初は近所に「ペットの飼えるマンション」が建ったのがきっかけだった。しかし、そんなこととは無関係に、やがて田中先生は名医だ、あの先生に診てもらえば間違いないという評判が徐々に広まって、市外からも車に犬猫を乗せて診察してもらいにくる人々が増えていった。

田中先生と奥さんの間では、二週間ほど病院に滞在し、最後に自分たちでケージの扉を開けて出ていったあの三匹のネズミたちの話題が今でもときどき出る。「あの子たちは旅行中だったんだよ」と先生は言う。それどういうこと、どうしてわかるのと奥さんが訊《き》いても、先生は謎《なぞ》めいた微笑《ほほえ》みを浮かべるだけだ。

圭一《けいいち》くんは春が来て中学生になり、さっそく学校の野球部に入部した。あれ以来、しばらくの間、バスに乗るたび座席の下をきょろきょろのぞいてネズミの姿を探す癖がついてしまった。一度、隣に座った女の人のスカートの下に頭を入れかけて怖い目でにらまれてからは、できるだけやめるようにしているけれど。動物は飼いたいものの、檻《おり》に閉じこめておくのは何だか嫌になってしまったので、結局、両親の許しを得て、猫を飼うことにした。田中先生の斡旋《あっせん》で近所で生まれた黒白柄の仔猫《こ》をもらってきてハナちゃんと名づけ、可愛《かわい》がっている。ネズミは絶対にとっちゃ駄目だよと毎日言い聞かせているが、はてさて、ハナちゃんに通じているかどうか。

タミーも相変わらずだ。この腕白坊主のレトリーバー犬は、あの日、夕方遅くになってようやく（途中でまた道草を食って水遊びをしていたのである）、全身泥まみれで、しかし意気揚々と帰宅し、心配のあまり前の晩ろくろく眠れなかった飼い主の大学教授を狂喜させた。もっとも、あの日、雨が雪に変わる直前に帰って来られたのは本当に幸運で、もし外にいるとき雪が降り出してしまっていたら、そのなかを大喜びではしゃぎ回っているうちに、家に帰り着くのがいつのことになっていたかわからない。

タミーがこっそり出入りしていた庭の柵の下の抜け穴は発見され、塞《ふさ》がれてしまった。でも、タミーはすぐまた別の場所に穴を掘り、ご主人の先生はそれに気づかないままなので、野良犬に噛《か》まれた傷が治ったタミーはそこから自由に出入りして、今でも気ままなひとり散歩を楽しんでいる。ただ、川の暗渠《あんきょ》化の工事が始まったので、川辺で遊ぶことはできなくなってしまったのが悲しくてたまらない。恋のシーズンを一度経て、少しは女の子らしくなったけれど、相変わらず自分を「ぼく」と呼ぶのをやめようとはしない。タミーは、餌《えさ》探しのついでにときどき訪ねてくるスズメの夫婦から、ター夕一家の暮らしぶりを聞くのを楽しみにしている。そのうちまた駅の向こうまで大遠征してター夕とチッチに会いに行こうと、虎視眈々《こしたんたん》、機会をうかがっているところだ。

そのスズメの夫婦は、街と駅と線路を越えてター夕一家の家にも遊びにくるが、住むには木原公園がいちばんだという意見を変えようとしない。彼らは今年、公園の林に面した民家の軒下に新しい巣を作った。新しく五羽の雛《ひな》が孵《かえ》り、今は子育てで忙しいので、友だちの家を訪ねる時間はここしばらくはとれないだろう。

さて、最後の最後に、ター夕とチッチとお父さんの近況についてほんのひとことだけ。三匹は、物知りで親切な爺さんネズミと一緒に、暖かな巣穴でぬくぬくと過ごしながら、冬の間の長い夜々、川を遡る波瀾万丈《はらんばんじょう》の大旅行の間に起きたいろいろな出来事の思い出を語り合い、笑い合って楽しんだ。

そうこうしているうちに、草木が芽吹き、水がぬるみ、さんさんと降りそそぐ暖かな陽光で水面がきらきら光り、川が嬉しそうに笑いながら、さんざめきながら流れてゆく美しい季節がめぐってきた。新しい川辺の暮らしはきわめて快適で、何やかや小さな喜びに満ちた、平穏そのものの、ただし、少々退屈でなくもない毎日がするすると流れてゆく。

そんななかで、タータとチッチは（とくにチッチは）、はらはらする――チッチに言わせれば、わくわくする――スリルと緊張の連続だったあの冒険の日々を、ときとして少しばかり懐かしむこともないではない。「大変だったけど、でもいろいろ面白かったじゃないか」などと、この懲りないのんき坊主はのんびり言うのだった。

だが、わからないものである。やがてタータたちは、三匹で力を合わせてやり遂げた川を遡る移住の旅など比べものにならないような、もっともっと凄い、胸躍らせる大冒険に身を投じることになるのだから。それはしかし、また別の物語だ。

（おわり）

あとがき——著者から読者へ

これは、川のほとりに平穏に暮らしていた三匹のネズミの一家が、巣穴から追い立てられ、新天地を求めて川を上流へ遡《さかのぼ》ってゆく冒険の物語です。

わたしはこの物語を本当に楽しく書きました。ネズミたちが危機におちいるたびに、わたし自身も胸を締めつけられるような思いを味わい、危機を脱するとほっとして体中が温かくなり、タータの勇気に感心し、チッチの可愛《かわい》さに頰《ほお》がゆるみ、泣いたり笑ったりしながら書いていきました。しまいには、街を散歩しながら、タータたちが今この瞬間にも人目を忍んだ旅を続けているのではないかと、ブロック塀のきわや交番のわきのぺんぺん草の茂みに目をこらしたりするようにさえなってしまったものです。

家内に言わせると、タータもチッチもお父さんも、みなどことなくわたしみたいだということです。「要するに、あなたの現在、過去、未来というか、自我とエスと超自我というか……」などと妙な（失礼な？）ことをのたまうのですが、なに、ふだんからわけのわからないことを口走る人ですから、気にするには及びません。それにしても、物語の筋立てを一緒に考えてくれたり、「ほーら、チッチちゃんかーい」などというボスネズミの不気味な口調の真似《まね》（この人がそれをすると本当に怖いのです）

でわたしを笑い転げさせてくれたり、そんなこんなで、この物語を書いていた間中ずっとわたしを励ましつづけてくれた家内には、心からお礼を言わなければなりません。

三匹のネズミもみな少しずつわたしに似通っているかもしれないけれど、この物語のなかのどこにわたし自身がいるかということに関しては、実はわたしなりの考えがあります。物語のすべてのページを通じてずっと流れつづけているもの、ネズミたちの旅を終始導きつづけたもの、彼らが熱烈に愛し、自分たちの運命をそれに託そうと強く強く願いつづけたもの――つまり、川です。この川それ自体が結局、わたしなのだと思います。わたしは川となってこの物語のなかを流れているのです。恰好《かっこう》良すぎる言いかたで、ちょっと不遜《ふそん》かもしれませんが、ときどきそんなふうに感じながらわたしはこの物語を書いていきました。

物語の舞台は東京の郊外という設定で、わたしの住む武蔵野のあたりの風物を参考にしたり、友人知人の風貌《ふうぼう》を少しばかり拝借したところもありますが、土地にも登場人物にもそっくりそのままのモデルがあるわけではありません。いや、たった一つ、例外がありました。実名で登場するわたしの飼い犬のタミーです。もしタミーが言葉を喋《しゃべ》れたら、きっとこんなことを言うに違いないとわたしは信じて、この物語のなかのいくつかの情景を書きました。

物語のなかで、当局は木を切り倒し小動物を追い立てて、強引に川にふたをしてしまいますが、現実には、最近のお役所は案外と環境への配慮があり、道路を通すためにむやみに川を潰《つぶ》したり生態系を破壊したりといった野蛮な所業はしなくなってきているようです。まことに結構なことと思います。また、動物学や植物学の知識に照らすと、あまり科学的とは言えない叙述も紛れこんでいるかもしれません。こうした寓《ぐう》話《わ》的なお話のなかのことですので、現実との多少の不整合はどうか大目に見ていただければと思います。

ネズミの旅のお話を書きたいと恐る恐る口にしてみたとき、いわゆる「新聞小説」としては異例の内容なのに、それはいいですねと平然と応じてくれた読売新聞文化部の度量の広さには、ちょっぴり感動したものです。読売の文化部の皆さん、とくに原稿を受け取りつづけてくださった山内則史さん、また毎回すてきな挿《さ》し絵《え》を描きつづけてくださった島津和子さん（幸いその挿し絵の多くを本書に再録することができました）に、いま改めて感謝の気持ちを捧《ささ》げます。その感謝は、単行本化に当たってご尽力くださった中央公論新社の打田いづみさんとデザイナーの中島かほるさんにも捧げなければなりません。また、連載時に励ましのお便りをくださった多くの新聞読者の方々にも、この場を借りて改めて篤《あつ》くお礼申し上げます。

一度はこんな物語を書いてみたいと子どもの頃からずっと夢見つづけていたことがようやく実現し、本当に嬉しい気持ちです。わたしの生涯はだんだん終わりが見えてきて、それなのにやらなければならないことがまだ山積しており、だから、たぶんこうしたものを書くことはもう二度とふたたびないでしょう。いま思うのは、有限の生のはかない時間をいつくしみ、自分なりにできるだけ充実させようと努めながら、また周囲の人々の好意と親切に支えられ、動物だの植物だのに慰められながら、一日一日を精いっぱい暮らしてゆくこと——そのこと自体が、川を遡ってゆく長い長い旅に似ているのではないかということです。それにしても、はたして、わたしたちにとっての安住の地はあるのかどうか。

——川の光を求めて！

松浦寿輝

二〇〇七年五月

初出
『読売新聞』二〇〇六年七月二五日～二〇〇七年四月二三日
単行本
『川の光』二〇〇七年七月　中央公論新社刊

文庫版のための追記

『川の光』の初版が刊行されて以来、早いものでもう十一年もの歳月が流れてしまいました。有難いことにこの物語は多くの読者に愛され、もとの本も今もって版を重ねつづけていますが、このたび文庫版を出していただけることになったのは、著者として嬉しいかぎりです。

てのひらにすっぽり収めることのできる文庫サイズの判型（A6判）には、四六判（もとの『川の光』の単行本がこれです）やA5判にない独自の魅力があります。手にしっくり馴染み、どこにでも持ち運べる気軽さ、気安さ、親しみ易さから、普通サイズの単行本に対してとはまた少々違った種類の愛着が湧《わ》くのだと思います。もっとも、本書じたいは少々厚くなりすぎて、気軽に持ち歩くというわけにはなかなかいかないかもしれませんが……。

言うまでもなくこの十一年という歳月の間に、世の中にもわたしの身の上にもいろいろのことが起こりました。我ながら驚いたのは、単行本の「あとがき」で「たぶんこうしたものを書くことはもう二度とふたたびないでしょう」と書いたのに、そしてそう書いたときには嘘いつわりなくその通りの気持ちだったのに、その後、どういう成り行きでそうなったのか今はもうよく覚えていませんが、あっさり前言をひるがえし、『川の光　外伝』『川の光２　タミーを救え！』という二冊の続篇を出してしまったことです。他人事のような無責任な言いぐさで恐縮ですが、まったく、人生というのは何が起こるかわからないものだなあとつくづく感心します。

今後、その二冊も『月の光　川の光外伝』『タミーを救え！　川の光２』と改題し、逐次、中公文庫で出していただける由。文庫版という新しい装いをまとったこの三冊が、この先どんな未知の読者と出会えるのか、わたしはいま、期待に胸を高鳴らせているところです。

二〇一八年三月

松浦寿輝

解　説——私が見つけた「川の光」

平川哲生

川沿いに暮らすクマネズミの親子が、暗渠《あんきょ》工事で故郷を奪われて、新しい家さがしの旅に出る——『川の光』は二〇〇六年七月から二〇〇七年四月まで読売新聞で連載され、二〇〇七年七月に単行本が出版されました。

この小説を新聞連載で少しずつ読んだ方や、単行本でまとめて読んだ方、はたまた子どもに読み聞かせた方もいることでしょう。私はアニメーション化する監督として小説『川の光』を読みました。とても貴重で、忘れられない経験となりました。もしかしたらアニメ『川の光』をご存じない方がいるかもしれないので、文庫解説の場をお借りして紹介したいと思います。

『川の光』アニメ化企画は二〇〇八年の中ごろスタートしました。私は知人のプロデューサーから分厚い単行本を渡されて「監督やらない？」と言われ、松浦寿輝さんの名前に驚いて、本の著者欄を二度見、三度見したことを覚えています。

松浦寿輝さんと言えば当時、東京大学教授にして、研究・創作・批評という境界領域で活躍されていた方です。私は学生時代から批評に熱中していて、松浦さんは特別な映画評論家の一人でした。アニメ業界には松浦さんの批評好きがたくさんいて、たとえばアニメーション監督の細田守さん（代表作に『時をかける少女』『おおかみこどもの雨と雪』など）と『口唇論』について語り合ったこともあります。

松浦さんの読者だった私にとって、プロデューサーからいただいたお話は大変ありがたいものでした。しかしそのときの私は、演出家を目指している二十代のいちアニメーターにすぎなかった。監督未経験どころか、演出すら一度もやったことがない状態だったのです。興奮と不安を抱えつつ、私は「少し考えさせてください」とプロデューサーに言って、本を抱えて家に帰りました。

『川の光』を一読して、松浦寿輝さんの新境地に驚きました。それまでの松浦さんの小説は、現実か非現実かわからない場所でくたびれた中年男性がふしぎな女性と出会うなどして、描写が研ぎ澄まされるほどに描き出される世界の輪郭があいまいになっていく、といった作品が多かったのです。まるで脱臼《だっきゅう》したフィルム・ノワールのような小説たちと『川の光』は大きく違っているように思えました。しかし、何度も『川の光』を読むうちに、豊かな細部が全体と響き合うスタイルはこれまでの作品と変わらない、いやさらに推《お》し進められているのではないか、と考えるようになりました。

豊かな細部とはたとえば、主人公たちが「自分たちの意思とは関係なしに移動させられる」といった場面を指します。生まれ育った家を壊されて、なし崩し的に旅に出る冒頭をはじめ、ドブネズミのテリトリーから押し出されて回り道したり、下水道では迫る濁流から逃げたり、行く先のわからないバスに乗って移動したり、吹雪の中で決死の行軍をしたり、などなど、挙げはじめると切りがありません。

安全な図書館に定住すればいいじゃないかとグレンから提案されても、タータは川を思い出して泣いてしまいますし、田中動物病院にあった同じ場所をぐるぐる回転するだけのハムスター用の回し車はすぐに壊されます。主人公たちが移動を止める場面はあっさり否定され、常に動きの中に置かれているようです。

それに加えて、誰かを助けて助けられる連鎖や、子を生みその子がまた子を生む大きな生命の循環も、くり返し描かれる豊かな細部です。小説全体に響き渡るこれらの細部が、流れつづける川のイメージと重なってきたころには、私の頭の中で、タータやチッチたちが勝手におしゃべりをはじめ、元気に動き出していました。小説がアニメーションになろうとする瞬間でした。

「監督、やらせてください」

プロデューサーにそう告げてから怒濤《どとう》のスケジュールで映像化が動きはじめました。アニメ版『川の光』は最初から七五分の放送枠が決まっていました。多くのテレビアニメーションは三〇分枠で、劇場作品になると一〇〇分ほどの長さになります。七五分は中編といったところでしょう。

小説『川の光』は新聞連載の読者たちをつかんで放さないためか、ハラハラドキドキの短いエピソードのつるべ打ちです。そしてなんと言っても、たくさんの愛らしいキャラクターたちが登場します。長期テレビシリーズであれば、このような盛りだくさんの内容も余すところなく描き切れたでしょうが、七五分の中編にはとても入りません。無理をして登場キャラクターを増やせば、数分ごとに交代する目まぐるしい展開になり、原作のダイジェストのような印象になってしまうでしょう。アニメ版では、原作のどこを描いて、どこを削るかという厳しい選択を迫られました。

脚本が難航する中、原作者顔合せが行われました。松浦寿輝さんのご自宅にうかがったときに、松浦さんが自ら、

「短くするならドブネズミ帝国はなくていいんじゃないですか」

と、おっしゃったことを覚えています。小説の中でも厚く描かれる、規模の大きいエピソードだったので、スタッフ一同で判断に迷いましたが、この一言でアニメ版の方向性は決まりました。

ちなみに、そのご自宅の玄関を開けてすぐに、ゴールデン・レトリーバーのタミーが突進してきて、私は危うく倒れそうになりました。小説の中のタミーはかなりのおてんば娘ですが、あれは小説らしいフィクションではなく、写実的な描写だったのです（！）。

さまざまな調整が行われ、アニメ『川の光』にはドブネズミ帝国、グレンの仲間たち、愉快なモグラの親子、圭一くんは登場しないことになりました。私がお気に入りだった獣医の田中先生も、やはり時間の都合でカットされ、仕方ないとは言えショックでした。しかしどうしても田中先生の残り香のようなものをアニメにも入れたかったので、原作にある田中先生の奥さんが失《な》くした黒真珠のピアスを見つける場面をもじって、アニメ版では、ブルーの飼い主のお婆さんが失くした指輪をチッチが見つけてあげる場面に替えました。チッチが自分の身体の色についての悩みを受け入れる大切な場面に、これを入れたかったのです。

アニメの中に原作にないセリフを創造するためには、小説『川の光』をじっくり読み込み、深く理解する必要がありました。ある部分でタータはこう言ってるから、ここではこう言うはずだ、という検証をくり返し、セリフの修正を続けます。冒頭で私は、アニメ化する監督としてこの小説を読んだと書きましたが、アニメをつくり終えた今でも、セリフを完璧に「書き終わる」ことや一冊の本を「読み終わる」瞬間はついにやってこなかったな、と考えたりしました。グレンは「『書く』ことも『読む』こともできないのは、われわれネズミ族の幸福なんじゃないのかな」と言いましたが、私は「書き終わる」ことも、「読み終わる」こともできないのは、われわれ人間の幸福じゃないかと思います。

映像づくりでは、最初にロケーション・ハンティングを行いました。原作に登場する「石見《いわみ》街道」などの地名から推測して、多摩川から野川公園までを舞台に決めました。あとはひたすら歩いて歩いて、川をさかのぼること十数キロ。架空の場所を描くことの多いアニメーションですが、この作品では実際の風景がたくさん使われています。

アニメ『川の光』はスタッフに恵まれました。キャラクターデザインは映画『天空の城ラピュタ』で有名な丹内司《たんないつかさ》さんと小林一幸《いっこう》さん、背景美術は映画『もののけ姫』などで知られる山本二三《にぞう》さん、音楽は栗コーダーカルテットなどで活躍されている栗原正己《まさき》さんです。声優さんたちキャスト陣に関しては、実はスケジュールの都合で先に収録日が決定してしまい、この日に来られる人を優先して選ぶというバタバタした状況でした。ところが偶然が重なって、あれよあれよという間に、驚くべき豪華なキャスティングになりました。タータ役が折笠《おりかさ》富美子さん、チッチ役が金田朋子さん、お父さん役が山寺宏一さん、グレン役が大塚明夫さん、ブルー役が田中敦子さん、タミー役が平野綾さん、スズメのお母さん役にはタレントの藤原紀香さん。
松浦寿輝さんの美声をラジオ番組で聴いた方も多いと思いますが、実は松浦さんに声優として演じてもらう案も初期にはありました。もしアニメにも続編があったら、松浦さんには何かの役で出演していただきたいと私は密かに考えています。

完成したアニメ『川の光』は二〇〇九年六月にNHKで放送されました。視聴者からの反響が大きかったようで、本放送からの半年足らずで、衛星放送を含めると七回も再放送されました。また、国内外の映像祭からたくさんの賞をいただきました。順番に列挙します。

•第一八回アース・ビジョン地球環境映像祭
子どもアース・ビジョン賞
•第一六回上海テレビ祭　海外アニメーション部門
銀賞
•第二七回シカゴ国際子ども映像祭　アニメーション部門
子ども審査　1st Prize
大人審査　1st Prize

・二〇一〇年アメリカ国際ビデオ・フィルム祭　エンターテインメント部門
Best of Awards
Gold Camera賞
・二〇一一年アルゼンチン映像祭EXPOTOON
1st SPECIAL MENTION

このうちシカゴ国際子ども映像祭と上海テレビ祭には、現地に招待いただいて、監督の私も参加しました。海外の映像祭では日本語の音声に英語字幕をつけた上映でした。海外では字幕が好まれないと聞いていたので、上映会場では少し覚悟していたのですが、席を立つ人はひとりもなく、みな画面を食い入るように見つめていました。クマネズミというマイノリティが故郷を追われて旅をする移民の物語は、海外文学のようだと私は思っていたのですが、やはり国内外を問わず、誰にでも通じる普遍的な内容なのだと、この経験であらためて感じました。

賞をいただいたことはもちろん嬉しかったのですが、それ以上に、映像祭でみなさんが鑑賞している姿そのものにとても感動しました。チッチが白い毛の身体を嘆く場面で、会場のあちこちから鼻をすする音が聴こえたときに、ふと、ああそうか、私が追い求めていた「川の光」はこれだったんだと思いました。慣れ親しんだアニメーターという職から離れて、不慣れな監督業に四苦八苦し、たくさんのスタッフの力を借りて作品を完成させ、そして多くの方々に見ていただいている。これはまるで、住み慣れた家を離れて、たくさんの動物たちの力を借りて旅を続け、再び川の光を手に入れる物語と同じではありませんか。私は、知らず知らずのうちに、タータたちと同じ道を歩んでいたのです。

小説『川の光』のシリーズは、二〇一二年六月に『川の光　外伝』が、二〇一四年二月には『川の光2　タミーを救え！』が出版されています。この文庫版を読み終わった方は、お次に手にとってみてはいかがでしょうか。私も、続編のアニメ化企画が来たときに慌てないよう、今からまた読みはじめるつもりです。

――川の光を求めて！

（ひらかわ・てつお　演出家・脚本家）

中公文庫

川《かわ》の光《ひかり》

2018年5月25日　初版発行

著　者　松《まつ》浦《うら》寿《ひさ》輝《き》

発行者　大橋善光

発行所　中央公論新社
〒100-8152　東京都千代田区大手町1-7-1
電話　販売 03-5299-1730　編集 03-5299-1890
URL http://www.chuko.co.jp/

DTP　平面惑星
印　刷　三晃印刷
製　本　小泉製本

Published by CHUOKORON-SHINSHA, INC.
Printed in Japan　ISBN978-4-12-206582-6 C1193

中公文庫既刊より

各書目の下段の数字はISBNコードです。978-4-12が省略してあります。

う-9-5
ノラや
内田百閒
ある日行方知れずになった野良猫の子ノラと居つきながらも病死したクルツ。二匹の愛猫にまつわる愛情と機知とに満ちた連作14篇。〈解説〉平山三郎
202784-8

う-9-10
阿呆の鳥飼
内田百閒
鶯の鳴き方が悪いと気に病み、漱石山房に文鳥を連れて行く……。『ノラや』の著者が小動物たちとの暮らしを綴る掌篇集。〈解説〉角田光代
206258-0

い-35-19
イソップ株式会社
井上ひさし
和田誠 絵
夏休み。いなかですごす二人の姉弟のもとに、毎日届く父からの手紙には、一日一話の小さな「お話」が書かれていた。物語が生み出す、新しい家族の姿。
204985-7

お-51-5
ミーナの行進
小川洋子
美しくて、かよわくて、本を愛したミーナ。あなたとの思い出は、損なわれることがない——懐かしい時代に育まれた、ふたりの少女と、家族の物語。谷崎潤一郎賞受賞作。
205158-4

タ-8-1
虫とけものと家族たち
ジェラルド・ダレル
池澤夏樹 訳
ギリシアのコルフ島に移住してきた変わり者のダレル一家がまきおこす珍事件の数々。溢れるユーモアと豊かな自然、虫や動物への愛情に彩られた楽園の物語。
205970-2

ち-8-2
教科書名短篇 少年時代
中央公論新社 編
ヘッセ、永井龍男から山川方夫、三浦哲郎まで。少年期の苦く切ない記憶、淡い恋情を描いた佳篇を中学教科書から精選。珠玉の12篇。文庫オリジナル。
206247-4

ほ-20-2
猫ミス！
新井素子／秋吉理香子
芦沢央／小松エメル
恒川光太郎／菅野雪虫
長岡弘樹／そにしけんじ
気まぐれでミステリアスな〈相棒〉をめぐる豪華執筆陣による全八篇——バラエティ豊かな猫種と人の物語を収録した文庫オリジナルアンソロジー。
206463-8